LAURE,
LE SECRET D'UNE MÈRE

*

Les terres de Maison Haute

DE LA MÊME AUTRICE

Un été à Fontaine, 2024

LAURE, LE SECRET D'UNE MÈRE

*

Les terres de Maison Haute

Marie DEWAVRIN

Roman

58000 Nevers
Dépôt légal : novembre 2024
ISBN 978-2-9592340-3-3

À Papa et Maman

LE LABOUREUR ET SES ENFANTS

Travaillez, prenez de la peine :
C'est le fonds qui manque le moins.
Un riche Laboureur, sentant sa mort prochaine,
Fit venir ses enfants, leur parla sans témoins.
Gardez-vous, leur dit-il, de vendre l'héritage
Que nous ont laissé nos parents.
Un trésor est caché dedans.
Je ne sais pas l'endroit ; mais un peu de courage
Vous le fera trouver, vous en viendrez à bout.
Remuez votre champ dès qu'on aura fait l'Oût.
Creusez, fouillez, bêchez ; ne laissez nulle place
Où la main ne passe et repasse.
Le père mort, les fils vous retournent le champ
Deçà, delà, partout ; si bien qu'au bout de l'an
Il en rapporta davantage.
D'argent, point de caché. Mais le père fut sage
De leur montrer avant sa mort
Que le travail est un trésor.

Jean de La Fontaine

1

— Je suis navrée, madame, mais votre carte bleue ne fonctionne pas. Avez-vous un autre moyen de paiement pour régler ces achats ?

Laure releva la tête et croisa le regard blasé de la vendeuse. La clientèle allongeait la file derrière elle et les murmures d'impatience enflaient. Les joues empourprées, Laure marmonna une vague excuse et serra ses doigts crispés sur la lanière de son sac. Elle demanda à la jeune femme de garder les chaussures qu'elle voulait pour ses enfants, et s'échappa du magasin, horriblement gênée. Les yeux noyés de honte, elle traversa le parking bondé et se jeta dans sa vieille voiture qu'elle démarra la main tremblante. Elle avait beau épargner chaque centime et limiter ses dépenses au strict minimum vital, le solde de son compte bancaire s'évaporait comme neige au soleil. Pourtant, le calendrier affichait à peine le quinze du mois. Elle s'engouffra dans la circulation et prit la direction de la maison tandis que les sanglots la clouaient sur son siège. La demi-heure de trajet pour rentrer à « Maison Haute » lui permit de se calmer avant de retrouver sa famille. Elle mit son clignotant et tourna sur la petite route de campagne. La propriété, qui était devenue son ultime refuge depuis six mois, apparut au loin sur la colline.

Revenir dans la Nièvre lui avait semblé la seule option envisageable pour mettre à l'abri les siens. Mais se rabaisser à demander l'hospitalité à son père avait été une épreuve qu'elle n'oublierait jamais.

2

6 mois plus tôt…

Son mari avait attendu le lendemain de Noël pour lui avouer toute la vérité sur le marasme de ses affaires. Ils avaient passé leurs vacances chez ses beaux-parents et les petits étaient occupés à jouer avec leurs nombreux cadeaux. Laure écoutait d'une oreille distraite les débats politiques et n'avait à ce moment-là qu'une envie : rentrer à Lyon. Ses relations avec Bernadette et Jacques n'avaient jamais été très chaleureuses et elle venait dans le Sud, uniquement pour faire plaisir à ses enfants et éviter les disputes avec Pierre-Alain.

Elle rêvassait tandis qu'ils délibéraient de la dernière annonce gouvernementale. Elle n'essayait plus de prendre part à leur discussion, son époux lui ayant souligné plus d'une fois son ignorance d'un sourire moqueur. Elle avait entendu un bip sur son téléphone portable et avait regardé sa messagerie d'un œil distrait.

« Bonsoir, Laure, vous ne m'aviez pas prévenue de votre départ pendant les vacances ! J'ai croisé les déménageurs en sortant faire quelques courses. Voulez-vous que je leur donne la machine à coudre que vous m'aviez gentiment prêtée ? Je regrette que nous n'ayons pas pris le temps de nous dire au revoir ! »

Laure avait senti son cœur s'emballer. Sa main s'était glissée autour de son cou et elle avait relu deux fois le message de sa voisine, avant de se tourner vers son mari. Choquée par la nouvelle, elle s'était dressée sur ses jambes, tremblante.

— Pierre-Alain ? Notre appartement est en train d'être vidé ! Nous devons appeler la police !

Il l'avait toisée sans rien montrer et avait souri à son père.

— Pierre-Alain ! s'était-elle emportée de nouveau. Que se passe-t-il ? Tu dois faire quelque chose !

Son mari s'était levé. Il avait tourné le dos à Jacques et lui avait attrapé le bras qu'il avait agrippé d'une poigne de fer. Elle avait dissimulé un gémissement sourd de douleur et avait croisé son regard, glacial. Ses mâchoires étaient tendues et elle avait remarqué sur sa joue un tic nerveux qui prouvait à quel point il serrait les dents. Elle ne l'avait pas vu dans cet état depuis très longtemps. Avec lenteur, il l'avait dirigée vers la sortie et lui avait fait rapidement monter les marches de l'escalier jusqu'à leur chambre. Ils avaient à peine passé la porte, qu'il l'avait jetée violemment sur leur lit. Il était blanc de colère et elle n'avait pas osé bouger.

— Ne-me-parle-plus-jamais-sur-ce-ton-devant-mes-parents ! avait-il menacé d'un ton froid, en soulignant chaque syllabe.

Laure, tremblante, avait promis d'un hochement de tête. Les yeux brillants de larmes, elle l'avait regardé se détourner et il l'avait laissée seule, sans même avoir répondu à ses questions.

Elle ne comprenait plus son comportement ces derniers temps et se gardait de le contrarier. Il était irritable pour la moindre broutille et ses emportements la tétanisaient. Elle savait qu'elle n'obtiendrait aucune information. Elle n'avait pas eu le courage de supporter la discussion avec sa belle-mère et elle avait prétexté une migraine pour ne pas descendre dîner.

Plus tard dans la soirée, Pierre-Alain lui avait apporté un plateau. Il avait posé son repas sur la table de nuit et lui avait souri d'un air si triste. Il s'était glissé à genoux au pied du lit, l'avait entourée de ses bras et avait fondu en pleurs. Laure avait compris entre ses sanglots déchirants qu'il avait été licencié depuis plusieurs mois et que son directeur l'avait banni de l'entreprise comme un malpropre. Il ne s'expliquait pas pourquoi il l'avait limogé de la sorte, alors qu'il lui avait apporté tant de nouveaux contrats.

Son mari avait fini par lui avouer à quel point leur situation financière était désastreuse. Depuis sa mise à pied, il avait tout tenté pour maintenir leur niveau de vie. Il espérait le meilleur pour sa famille depuis toujours. Il n'avait pas pu se résoudre à lui annoncer la vérité plus tôt et il avait dû vendre leur appartement et les quelques objets de valeurs pour régler leurs nombreuses dettes.

— Je t'aime tant, chérie ! Je ne veux pas lire dans tes yeux tout le déshonneur que je t'inspire !

— Mais je n'ai jamais eu honte de toi, Pierre-Alain !

— Je souhaitais que tu ne manques de rien ! C'est pour toi que j'ai essayé tout ça !

Il s'était effondré dans ses bras et Laure en avait eu le souffle coupé.

— Tes parents ne pourraient-ils pas nous aider ?

— Je refuse de les contrarier avec nos problèmes ! hoqueta-t-il de plus belle. Je ne veux pas les décevoir.

— Je ne comprends pas, Pierre-Alain. Si tu as vendu notre

appartement, il doit bien rester de quoi nous retourner quelque temps !

— J'ai réalisé des placements qui devaient nous sortir de la misère, mais ce rat de Bertrand m'a floué !

Laure avait couvert sa bouche d'une main tremblante. Elle entendait enfin la raison de la disparition soudaine de l'ami de son mari.

— Tu veux dire que nous ne possédons vraiment plus rien !

Pierre-Alain avait relevé ses yeux rougis jusqu'à elle et tourné la tête de gauche à droite avant de replonger dans ses bras pour pleurer.

— Je ne suis qu'une merde, Laure ! Je ne suis qu'une pauvre merde !

Deux jours plus tard, sous son insistance pesante, Laure avait accepté de demander refuge à son propre père. Son mari réalisait le sacrifice qu'il lui demandait, mais il désirait les savoir en sécurité dans la Nièvre pendant qu'il reprendrait le cours des affaires à régler et qu'il chercherait du travail. Ils s'étaient rapidement séparés à Lyon. Pierre-Alain l'avait déposée devant le stationnement où elle garait sa petite voiture. Il l'avait aidée à charger le coffre de leurs bagages et lui avait laissé le soin de prévenir les enfants de ce soudain changement de vie. Il l'avait serrée dans ses bras et l'avait remerciée de se montrer si forte pour eux. Il avait tant besoin d'elle. Puis il était parti s'assurer que leur maigre déménagement était bien arrivé dans le garde-meuble avant de se rendre chez un de ses amis, qui pouvait le loger quelques jours.

Laure avait fait le trajet dans un semi-brouillard. Elle avait écouté les petits jouer sur la banquette arrière et avait évité plusieurs fois les regards curieux de son aînée. Elle avait senti les battements de son cœur s'emballer sur la dernière ligne droite avant d'accéder à la route de campagne qui rejoignait la maison de son enfance.

Dès que la voiture s'était arrêtée dans la cour, la lourde porte en bois s'était ouverte et son père s'était dressé sur le perron. Albertine et Augustin, tous les deux impressionnés, s'étaient plaqués contre leur mère et avaient attendu le signal des adultes pour bouger.

Jean d'Anglois avait vieilli depuis leur précédente visite. Il avait conservé ses yeux noirs et ses sourcils en champ de bataille. Ses lèvres étaient serrées et il se tenait parfaitement immobile devant elle. Son visage froid ne révélait rien. Ils s'étaient mesurés du regard dans un lourd silence. Laure avait eu le cœur brisé et n'avait rien pu dire de plus que :

— Merci, papa, de nous accueillir !

— Bonsoir Grand-père ! s'était écriée Albertine en se postant devant lui, les épaules droites. La route était longue et j'ai mal aux fesses à être restée assise tout ce temps !

Un éclair avait traversé le regard sombre de son aïeul qui s'était finalement écarté pour les laisser entrer.

— Ton mari n'est pas venu avec toi ? avait-il demandé avec un soupçon d'ironie à peine perceptible.

Laure avait soupiré et avait pris sa défense aussitôt. Elle avait informé son père que Pierre-Alain était retenu à Lyon pour sauver les meubles.

— En effet, c'est le cas de le dire ! Je te laisse installer tes enfants dans les chambres du haut. Ta mère se repose, inutile de la déranger. Je vais à la ferme surveiller mes vaches. Bonne soirée !

Quand il les avait abandonnés, Laure avait repris sa respiration. Elle avait demandé à Céleste de l'aider à vider le coffre de la voiture et ils étaient montés à l'étage de la grande maison.

Dès le lendemain, elle avait frappé à la porte des appartements maternels. Elle avait attendu que l'horloge sonne les dix coups réglementaires pour se permettre de saluer son artiste de mère. Cette dernière buvait sa première tasse de thé de la matinée et lisait le journal en robe de chambre. Ses traits étaient tirés et le manque de sommeil lui faisait gonfler les paupières.

— Tiens, Laure ? Que fais-tu ici ? Ton père ne m'a pas annoncé ta visite !

Laure avait serré les lèvres. Elle ne l'avait pas vue depuis des mois et ses dents avaient grincé de dépit. Celle qui l'avait mise au monde n'arriverait-elle donc jamais à lui montrer un peu d'attention, si ce n'est de tendresse ?

— Je profite de quelques jours avec mes enfants pour rester ici. Ils viendront te saluer plus tard, si tu veux bien ?

— Je les apercevrai ce soir pour le dîner ! avait-elle coupé, fort peu intéressée. Jean travaille déjà à la ferme ? Je dois lui rappeler que mon voyage est avancé à dimanche. Je vais assister à un vernissage à Paris et à un cocktail ensuite. Ton mari se porte bien ?

— Il va très bien, je te remercie, Maman.

Comme sa mère reprenait sa lecture, Laure n'avait pas poursuivi plus longtemps son supplice. Elle lui avait souhaité une bonne journée et l'avait laissée à ses préparatifs de départ.

Après un déjeuner succinct, avalé en vitesse dans la cuisine,

Laure avait installé ses enfants dans le salon où ils avaient regardé une émission de télévision sans intérêt. Elle avait tenté de joindre son mari encore une fois sans succès. Son inquiétude était montée d'un cran. Il ne lui avait pas donné de nouvelles depuis leur séparation à Lyon.

L'heure du goûter avait carillonné à la pendule et Albertine avait sauté sur ses pieds pour s'étirer. Elle était restée trop longtemps immobile dans son gros fauteuil, et le besoin de bouger la démangeait soudain. Laure leur avait proposé de mettre leurs manteaux pour aller se promener avant la nuit. Céleste avait décliné l'idée et était montée s'enfermer dans sa chambre pour téléphoner à ses camarades. Laure avait habillé Augustin, avait vérifié le bonnet et l'écharpe d'Albertine, et ils avaient quitté l'ambiance lourde de la maison pour aller prendre l'air. Ils avaient emprunté l'allée qui traversait le petit bois jusqu'à la route. Albertine chantait et sautillait d'un pied sur l'autre. Augustin était muré dans son silence, la main fixée dans celle de sa mère.

Et sans même réfléchir, les pas de Laure l'avaient menée là où elle était toujours venue chercher du réconfort lorsqu'elle était enfant. Elle s'était trouvée devant la porte des Martin. Elle avait à peine levé le poing pour frapper à la vitre que la poignée avait déjà tourné. Un chien s'était faufilé dans ses jambes pour les renifler tour à tour. Albertine avait ri, Augustin s'était tendu en réclamant la protection de sa mère.

— Mais regardez qui arrive ! s'était écriée Fanette, d'une voix chargée d'émotion. Entrez vite, mes chéris !

Elle s'était écartée pour les laisser passer devant elle et avait fermé la porte sur le vilain temps d'hiver. Dans la pièce unique, le poêle ronflait et une délicieuse odeur de sucre se répandait depuis la cuisine.

— Ma Laurette, tes enfants sont magnifiques ! Je sentais que vous viendriez me voir, alors j'ai préparé un gâteau pour le goûter. Je vous en coupe une part et ensuite, vous pourrez aller découvrir les chatons qui se tiennent au chaud dans la cave.

Laure avait adressé un véritable sourire à celle qui avait été sa nourrice et sa confidente. Martin, le mari de Fanette, était ouvrier agricole chez son père, depuis quarante ans. Les deux hommes se connaissaient si bien tous les deux qu'ils n'avaient même plus besoin de se parler, pour se comprendre. Fanette s'occupait de la maison depuis toujours, car sa mère ne s'y était jamais intéressée. Se retrouver dans cette pièce accueillante lui rappelait tellement de bons souvenirs qu'elle avait senti sa gorge se serrer. La gardienne avait pris les deux enfants en charge, comme elle l'avait fait avec tous ceux de la famille d'Anglois. Elle leur avait servi un verre de lait chaud et une belle part de gâteau et les avait installés devant la chaleur du feu. Elle avait ensuite préparé deux tasses de thé, dont une avec une rondelle de citron et une généreuse cuillère de miel. C'était toujours ainsi que « sa grande » le buvait et elle ne l'avait pas oublié. Laure s'était tournée vers la fenêtre pour dissimuler ses yeux humides. À peine leur dernière bouchée avalée, les deux petits avaient réclamé les chatons et avaient laissé les deux femmes entre elles.

— Alors, ma jolie, dis-moi tout ! avait commencé Fanette dès qu'elles se retrouvèrent seules dans la pièce. Que se passe-t-il vraiment ?

— Oh, Fanette, nous avons tout perdu ! lui avait-elle avoué, effondrée. Pierre-Alain a dû vendre notre appartement et il ne nous reste plus rien !

— Allons ! Allons ! Ma chérie, ne perds pas espoir ! Tu as

bien fait de revenir à « Maison Haute », nous allons nous occuper de toi ! Tout va s'arranger !

La question d'un rapide retour à Lyon fut écartée à la fin des vacances de Noël. Laure s'était inquiétée auprès de son mari pour savoir si elle devait inscrire leurs enfants dans une école à Nevers. Son père, qui avait surpris cet échange au téléphone, avait déclaré d'un ton sans appel qu'ils iraient à Saint-Cyr quoi qu'il advienne. Céleste avait fait vivre un enfer à sa mère. Elle la tenait responsable de leur situation et elle avait lutté pour ne pas rester plus longtemps coincée « dans ce trou perdu », si loin de ses amis ! Laure avait soupiré, le regard bas, et avait cherché sur le net les modalités administratives. Albertine avait souligné d'un air dubitatif que le nom de *Sainte-Bernadette* était noté sur l'écran de l'ordinateur.

— Ils pourront bien lui changer son nom tous les quatre matins, cet établissement demeurera toujours Saint-Cyr, dans le cœur de notre famille ! s'était emporté Jean d'Anglois. Et c'est là que vous étudierez, comme tous les enfants d'Anglois !

— Oncle Tanguy aussi, il est allé dans cette école ?

À ces mots, Laure se tendit comme un arc, et attendit que la foudre leur tombe sur la tête. Son frère avait quitté la maison après une énième dispute avec leur patriarche et n'était plus jamais revenu en France depuis dix longues années. Que son père reste de marbre l'avait surprise. Il avait alors répondu à sa petite fille trop intrépide qu'en effet son oncle Tanguy et sa tante Isabelle avaient étudié dans cette école, tout comme leur mère. Et ils y seraient très bien à leur tour.

3

Été

Six mois plus tard, la situation familiale de Laure était toujours aussi critique. Son mari ne venait à « Maison haute » qu'en coup de vent et se comportait comme si le contexte était tout à fait normal. Laure était horriblement tendue dès qu'elle reconnaissait le bruit de sa voiture qui pénétrait dans la cour. Il ignorait superbement l'air sévère de son beau-père, et se conduisait comme un paon pour charmer sa belle-mère. Il arrivait le coffre rempli de victuailles, de cadeaux pour les enfants et de fleurs pour sa femme. Il adressait un regard ni à Fanette ni à Martin, pour leur signifier où se tenait leur place de domestique. Il faisait des promesses à Laure, lui imposait quelques exercices en privé dont elle se serait bien passée et disparaissait de nouveau.

Le patriarche, qui voyait la famille de sa fille bien fixée dans sa maison, tenta de rappeler à son gendre ses devoirs, et l'interrogea quant à ses recherches de travail. Pierre-Alain se lança dans une discussion sans fin, disait tout, et son contraire, puis il finit par incriminer sa femme. Il révéla que Laure ne lui faisait pas suffisamment confiance malgré ses efforts constants. C'est elle qui avait souhaité se réfugier dans le giron paternel au lieu de le soutenir comme le ferait une véritable épouse. Jean d'Anglois avait respiré lentement pour rester maître de lui et s'était muré dans un silence glacial. Il ne pouvait pas demander au père de ses petits-enfants de quitter sa propriété et pourtant l'envie ne lui manquait pas. Il n'ajouta pas un mot, mais il s'empressa de programmer un rendez-vous chez son notaire, pour ajuster quelques notions dans son testament.

Au fil des semaines, puis des mois, toute la famille prit ses marques dans la grande maison. Laure l'entretenait comme elle le faisait déjà bien avant son mariage. Et s'occuper les mains lui permettait de ne pas sombrer. Sa mère brillait par son absence et passait le plus clair de son temps à Paris. Quand elle restait à « Maison Haute », elle ne quittait presque jamais sa chambre et son père allait la retrouver tous les soirs pour discuter des heures avec elle. Il allait ensuite se coucher et France commençait sa nuit d'artiste. Elle peignait jusqu'à l'aube et s'endormait à la lumière du jour. Laure, contrairement à son propre vécu, n'avait pas besoin de rappeler à ses enfants de ne pas faire de bruit pour ne pas la déranger. Céleste restait enfermée des heures dans sa chambre, ses écouteurs sur les oreilles et les yeux rivés sur son téléphone portable. Albertine courait la campagne derrière Martin et ne montait à l'étage que pour aller se coucher. Et Augustin ne s'éloignait pas de la cuisine où il trouvait un peu de chaleur entre sa mère et Fanette.

Laure avait constamment l'impression de marcher sur des œufs. Elle avait honte de devoir demander l'aumône à son père et osait à peine croiser son regard fermé. Il avait payé les frais de scolarité de ses petits-enfants et lui laissait une enveloppe remplie de billets de banque à disposition pour les emplettes de la maison et les frais imprévus. Il était froid et autoritaire et elle n'avait jamais su comment l'aborder. Il ne cherchait pas non plus la discussion et supportait leur présence sans montrer la moindre chaleur. Il serrait les dents quand les enfants faisaient trop de bruit et Laure faisait tout pour ne pas le gêner.

Pierre-Alain, de son côté, lui envoyait une somme dérisoire. Pôle emploi tardait à lui verser tous ses droits. Il ne décolérait pas, car en plus de tous ses problèmes, il devait encore perdre du temps à les contacter pour clarifier son dossier. Elle lui avait proposé de s'en charger, mais il avait rejeté son aide avec brusquerie.

Laure maigrissait à vue d'œil et si Fanette ne la veillait pas du coin de l'œil, elle aurait fini par s'effacer complètement. Heureusement, sa vieille nourrice l'encourageait à garder espoir et lui promettait que le printemps arriverait après l'hiver. La vie était ainsi faite ! Elle devait s'accrocher et serrer les poings. Laure essayait de la croire. L'hiver avait laissé place au printemps et maintenant à l'été. Les saisons étaient passées, mais sa situation n'avait pas particulièrement évolué. Pierre-Alain se montrait distant et irrité dès qu'elle voulait lui parler. Il s'était présenté une fois ou deux, les yeux injectés de sang. Le niveau de la bouteille de whisky descendait bien trop vite à son goût et Laure mettait de plus en plus de temps à le rejoindre dans leur chambre. Il devenait taciturne et impatient, elle ne pouvait plus l'approcher sans se faire rabrouer. Le regard sombre et chargé de sous-entendu de son père n'améliorait en rien sa situation.

Ce soir, elle était seule à la maison. Sa mère se pavanait depuis quinze jours à Paris et avait demandé à son mari de venir la chercher puisqu'elle ne conduisait pas. Laure voyait bien qu'il croulait sous le travail en cette fin du mois de juin.

Elle ruminait quand il cessait toute occupation, même de la plus haute importance, pour céder aux moindres caprices de France. Le foin était coupé, il avait fané et Martin longeait maintenant les champs avec le tracteur pour ramasser les andains et les transformer en bottes. Son père était donc parti à l'aurore la chercher, après une courte nuit. Laure attendait leur retour d'un moment à l'autre. Elle aperçut les phares d'une voiture éclairer la vitre, puis ceux d'une seconde. Elle fut surprise de les voir s'arrêter juste devant la porte. Elle s'approcha de l'entrée, les sourcils froncés, et découvrit deux gendarmes, suivis d'un troisième homme qui avait le visage sombre et les épaules tombantes. Elle sentit son cœur s'emballer et se mit à trembler, ses bras serrés autour d'elle.

— Bonsoir, madame, déclara l'individu en civil. Je suis le maire de la commune et je suis porteur d'une bien triste nouvelle.

— Êtes-vous parente avec Monsieur et Madame Jean d'Anglois ? questionna l'autre qui se tenait droit devant elle.

— Je suis leur fille… murmura Laure, la bouche sèche et les lèvres bloquées.

— Nous sommes navrés de devoir vous apprendre le décès de vos parents. Ils ont eu un accident sur l'autoroute. La voiture a quitté la chaussée et ils sont morts tous les deux sur le coup !

Laure resta de marbre. Les gendarmes s'attendirent à la voir s'effondrer en prenant connaissance de cette double perte, mais elle réussit à se contenir. Ses yeux brillèrent, sa gorge se bloqua, mais aucune larme ne fila. Elle serra les dents et se tapota les lèvres avec le bout de ses doigts d'un geste mécanique. Le maire se demanda quand elle allait reprendre son souffle.

— Je suis vraiment désolé, continua-t-il. Votre père était un homme respecté dans notre commune et sa disparition va bouleverser beaucoup de monde. Pouvons-nous prévenir quelqu'un pour ne pas vous laisser seule ?

— Non ! dit-elle en respirant enfin. Je vais m'en occuper !

— En êtes-vous certaine ?

— Je vais tenir, ne vous inquiétez pas. Je vais tenir…

Une fois les gendarmes repartis, elle tomba sur une chaise. Elle empoigna son verre d'eau d'une main tremblante et le but d'un trait. Elle se balançait d'avant en arrière comme pour se bercer et finit par attraper son téléphone portable. Une seule personne pouvait l'aider. Elle composa le numéro, le ventre noué.

— Allo, Fanette ?

Et elle s'effondra véritablement.

Après une nuit sans sommeil, Laure se leva, le pas lourd. Elle trouva Fanette dans la cuisine qui préparait leur petit déjeuner. Sa nourrice essuya ses mains dans son tablier et cueillit sa protégée dans ses bras pour la réconforter. Laure se tendit aussitôt. Mais Fanette n'avait pas l'intention de la lâcher et elle finit par s'écrouler contre son épaule.

— Martin est allé demander de l'aide aux voisins pour finir les travaux dans les champs aujourd'hui.

— Merci…

— J'ai averti Isabelle à la première heure ce matin. Elle se trouve sur un tournage à Lille et cherche un moyen de rentrer au plus vite.

— Bien…

— Et ton mari ? Tu lui as dit ? questionna la vieille dame, soudain plus sévère.

— Je lui ai laissé un message. Je n'ai pas réussi à le joindre.

Fanette soupira d'un air entendu et continua ses allées et venues dans la grande cuisine. Elle s'occupait les mains pour dissimuler son immense chagrin. Elle devait préparer des plats en prévision de l'arrivée de la famille éloignée et des amis de monsieur Jean. Madame n'allait pas lui manquer, toujours perchée dans sa chambre et dans ses idées. Fanette n'avait jamais accepté qu'elle repousse ses petits à ce point. Mais monsieur Jean, malgré son air dur et autoritaire, était un homme bien. Un homme valeureux. Une qualité qu'il dissimulait sous son caractère détestable. Il s'emportait pour un rien. Il avait réussi à faire fuir ses enfants les uns après les autres. Au lieu de les écouter, il était resté sur ses positions et ne partageait rien. Il était mort sans pouvoir se rapprocher d'aucun d'eux. Fanette et Martin étaient persuadés qu'il en souffrait même si sa fierté de patriarche l'avait empêché de le reconnaître.

Fanette mélangea du beurre très frais à la farine et malaxa le tout pour former une pâte à tarte. Elle glissa ses doigts dans la texture et réfléchissait à tout ce gâchis en respectant le silence de Laure. Une voiture arriva dans la cour et une magnifique jeune femme s'engouffra dans la maison comme une tornade. Elle releva ses lunettes de soleil dans ses longs cheveux bruns et ses yeux clairs déjà rougis par le chagrin débordèrent.

— Ma chérie ! s'écria Fanette, en levant les mains en l'air, juste à temps pour la recevoir tout contre elle.

— Dis-moi que ce n'est pas la réalité ! murmura Isabelle dans son épaule.

Sa nourrice lui embrassa le sommet du crâne et s'écarta d'elle en souriant tristement. Isabelle se tourna alors vers sa sœur aînée et fit trois enjambées pour la prendre à son tour dans ses bras. Laure se raidit par habitude. Elle grimaça un maigre rictus, et remit doucement de la distance entre elles deux, avant de leur annoncer qu'elle allait s'occuper de ses enfants.

Isabelle, déçue de l'accueil réservé de Laure, regarda Fanette, les sourcils froncés de stupeur.

— Elle a beaucoup changé… lui confia leur nourrice d'une voix douce.

— Son connard de mari n'est pas là ?

— Non, elle n'arrive pas à le joindre.

— Tant mieux ! Il nous foutra la paix !

Isabelle n'avait jamais accepté que son beau-frère écarte peu à peu Laure de sa propre famille. Si les relations avec leurs parents avaient toujours été détestables, la complicité au sein de la fratrie s'était fortifiée tout le long de leur enfance. Laure était l'aînée et s'était vouée à eux comme une seconde mère. Jusqu'à ses noces. À l'époque, Isabelle avait à peine treize ans. Quelques années plus tard, Laure avait traversé une période très compliquée et elles avaient perdu contact peu à peu. Isabelle le regrettait et soupçonnait Pierre-Alain de ne pas y être étranger.

— Laure a besoin de nous, confia Fanette en posant une tasse de café devant sa protégée. C'est sans doute le bon moment pour vous rapprocher.

— J'aimerai tant ! dit-elle en haussant les épaules. J'ai prévenu Tanguy comme tu me l'as demandé.

— Il va rentrer ? s'inquiéta la pauvre femme, pleine d'attente.

— J'ai insisté. Mais tu le connais !

4

Les trois jours suivants passèrent à la vitesse du son. Laure était à bout de nerf. Elle avait dû organiser l'enterrement de ses parents et la cérémonie religieuse. Elle avait préparé l'arrivée de quelques oncles et tantes d'une branche éloignée de la famille qui logeaient dans la grande maison. Elle avait aidé Fanette à cuisiner pour restaurer tous les invités et elle avait interrompu chacune de ses nombreuses tâches dès qu'un visiteur s'annonçait pour lui présenter ses condoléances.

Elle n'avait pas beaucoup eu l'occasion d'échanger avec Isabelle, mais elle avait pu compter sur son soutien. Sa sœur avait rapidement fait tomber la réserve de ses neveux qu'elle ne connaissait que très peu. Elle avait écarquillé les yeux de surprise en découvrant à quel point Céleste avait changé pour devenir une gracieuse demoiselle.

Laure se gardait de montrer combien les sourires de sa fille, uniquement adressés à Isabelle, l'attristaient, même si elle comprenait qu'avoir une tante actrice était tout à fait passionnant.

À la tombée de la nuit, Laure renvoya Fanette chez elle. La vieille femme était épuisée. Elle l'embrassa tendrement, avant de prendre le bras de Martin pour s'appuyer. Laure les observait marcher au loin sur le chemin, et soupira. Elle ne pourrait jamais tenir sans leur aide, à tous les deux. Et en les voyant courbés par les rhumatismes, la fatigue et la tristesse, elle pensa que leur disparition lui causerait beaucoup plus de chagrin que celle de ses propres parents. À cette idée, la honte la submergea. Elle rangea les dernières casseroles qui s'égouttaient au coin de l'évier, passa un coup d'éponge sur le plan de travail, vérifia que la porte était bien fermée et baissa la languette du vieil interrupteur.

La maison était silencieuse. Laure monta le grand escalier et traversa le couloir baigné par le clair de lune pour rejoindre sa chambre. Elle fit un arrêt devant les appartements maternels, surprise que quelqu'un se soit permis d'y pénétrer. Elle poussa doucement la porte et découvrit sa sœur qui se tenait immobile en face d'un tableau immense, et qui fumait en toute tranquillité.

— Qu'est-ce que tu fais ?

— Je brave les interdits ! déclara la jolie brune qui rapportait sa cigarette entre ses lèvres.

— Tu fumes ici ?

— Je ne pense pas que notre chère mère revienne pour m'en empêcher !

— Isabelle ! gronda-t-elle, gênée.

— Ne reste pas plantée là et entre !

Sa cadette lui tira légèrement le bras et ferma derrière son dos. Cet endroit lui avait toujours semblé secret, magique, et en premier lieu : défendu. L'atelier se situait au nord, alors que la lumière directe était idéale pour révéler les couleurs des tableaux. La chambre, à l'ouest, bénéficiait des dernières nuances du jour, à l'heure où leur artiste de mère se trouvait au sommet de son inspiration. Les appartements se tenaient tout au bout de la maison et France d'Anglois ne s'était jamais beaucoup préoccupée des siens. Elle avait toujours vécu dans un monde parallèle à celui de sa progéniture.

— Tu savais qu'elle préparait une exposition à Bruxelles ?

— Bien sûr que non, avoua Laure qui poursuivait la visite, curieuse malgré elle.

— Ils représentaient l'élégance sur cette photo…

Laure s'approcha de sa sœur qui agrippait un cadre dans ses mains. Leurs parents apparaissaient en habits de gala sur les marches de l'Élysée, dans les années 2000. Isabelle se souvenait que son père ne voulait pas y aller, mais sa mère atteignait l'apogée de son art à l'époque. Jean d'Anglois, fier terrien nivernais, avait donc revêtu son plus beau costume pour aller soutenir sa femme dans sa gloire. Et elle se remémorait ses fous rires avec Martin quand il lui avait raconté le déroulement de la réception à Paris. Ses exclamations de joies étaient si rares, qu'elles avaient toujours eu une saveur particulière.

Les deux sœurs poursuivirent leurs explorations dans l'armoire qui contenait les robes du soir et les tenues chics, que leur mère ne portait qu'à Paris. Ici, elle conservait sa blouse immense et informe, couverte de taches de peinture. Dans le petit secrétaire en marqueterie, Isabelle dénicha une bouteille de crème de cassis, probablement réalisée par Fanette avec les fruits de son jardin. Elles se sourirent et s'installèrent côte à côte sur la banquette près de la fenêtre. Elles se servirent une rasade dans des verres fins en cristal et Isabelle alluma à nouveau une cigarette qu'elle tendit à son aînée.

— Je suis soulagée d'être avec toi, pour traverser cette épreuve ! murmura la cadette en se laissant glisser contre le dossier du siège.

— J'ai toujours cru nos parents immortels.

— Tu m'as manqué !

Un silence chargé de non-dits les enveloppa. Laure n'ajouta pas un mot et termina sa liqueur. Elle avait honte. Ses propres problèmes l'avaient accaparée et elle n'avait plus cherché à maintenir un quelconque lien avec les siens.

— Je te demande pardon.

— Non ! s'écria Isabelle, émue. Je ne veux pas te faire culpabiliser ! Je sais que la vie n'a pas été tendre avec toi…

Isabelle lui avoua qu'elle avait essayé de la joindre quand elle étudiait à l'étranger et qu'elle se sentait seule. Pierre-Alain lui promettait de transmettre le message, mais il ne l'avait pas fait. Laure l'ignorait. Elle prit la défense de son mari. Il était tellement préoccupé qu'il avait probablement oublié. Il ne l'avait sans doute pas fait exprès.

Les deux sœurs restèrent une partie de la nuit à discuter dans l'atelier de leur mère. Laure s'intéressait à la vie peu ordinaire qu'Isabelle se construisait peu à peu, dans le monde du cinéma. Isabelle voulait rattraper le temps perdu et lui posait sans cesse des questions. Laure évita soigneusement de parler de son couple, mais se confia de bonne grâce sur ses enfants.

— Tu penses qu'il va venir ? demanda-t-elle enfin.

— Je l'ignore. J'ai vraiment insisté, mais il n'avait pas l'air concerné quand je l'ai appelé !

— Il a changé ? continua Laure, curieuse et nostalgique.

— Il ressemble à Papa ! avoua Isabelle, d'un soupir. Il peut se montrer têtu comme une mule ! Je suis allée au Québec il y a deux ans et j'ai passé quelque temps avec lui. C'était chouette !

Les deux sœurs grimacèrent à l'unisson. Leur frère leur

manquait. Elles entendirent se manifester la petite pendule posée sur le marbre de la cheminée et sursautèrent en découvrant l'heure tardive. Elles se séparèrent vite pour aller glaner quelques heures de repos avant la longue journée du lendemain.

Depuis qu'elle s'était levée, Laure ne trouvait pas un moment pour elle. Elle s'était occupée de ses enfants, puis avait servi le petit déjeuner de leurs invités. Elle avait filé en ville pour effectuer quelques courses de dernière minute. Elle avait eu la surprise à son retour de découvrir Pierre-Alain dans le salon, en grande discussion avec leurs vieux oncles. Il s'empressa de la prendre dans ses bras avec effusion pour la consoler. Elle constata alors que ses beaux-parents avaient fait le voyage également. Elle leur grimaça un sourire et repartit aussitôt vers la cuisine.

Le manque de sommeil, la pression, la gestion de tout ce va-et-vient l'épuisaient. Et pour finir, la présence de Jacques et Bernadette allait l'achever ! Heureusement qu'Isabelle avait pris le relais pour accueillir les voisins, qui défilaient les uns après les autres. Elle avait interdit à Fanette de la rejoindre avant la fin d'après-midi pour qu'elle se repose. Mais elle devait en contrepartie, redoubler d'efforts pour tout préparer. Elle retourna dans la salle à manger pour mettre le couvert et trouva sa sœur qui avait déjà commencé.

— Nous aurions dû refuser de recevoir les amis de notre mère ! chuchota Isabelle, à ses côtés. Sous couvert d'avoir du chagrin, ils se font tous servir comme des princes !

— Je sais ! Et la présence de mes beaux-parents m'achève ! J'ignore dans quelle chambre je vais les installer !

Céleste vint les interrompre pour leur signaler qu'un visiteur attendait pour les voir.

— Vas-y ! jeta Laure, le regard noir. Je n'en peux plus !

— Il souhaite te saluer toi aussi, maman !

Laure grogna et reposa les fourchettes sur la table pour suivre sa sœur de quelques pas. Elles longèrent le couloir en pierre de bourgogne et Laure se pétrifia tout net sur le seuil de la cuisine en découvrant qui patientait. Il était tendu à l'extrême. Elle l'était tout autant !

— Jusqu'à maintenant, je doutais de jamais te revoir ici un jour ! s'écria Isabelle, fébrile.

— Bonjour Isa !

— Laisse-moi t'embrasser et ensuite, mon cher grand frère, je te dirai tout le mal que je pense de toi ! déclara-t-elle en riant avant de se jeter dans ses bras. Tu m'as tellement manqué !

— Arrête de pleurnicher ! la consola-t-il en souriant, ému lui aussi.

— Je suis si contente que tu sois arrivé ! dit-elle en essuyant ses joues du bout des doigts.

— Laure n'est pas là ?

— Si ! répondit-elle d'une voix plus froide qu'elle ne l'aurait souhaité.

— Laure ? s'écria Tanguy, les yeux écarquillés.

Ils ne s'étaient pas vus depuis dix ans et les marques du temps ne l'avaient pas épargnée. Elle en était parfaitement consciente. Ses cheveux, naguère si bruns, se parsemaient maintenant de quelques fils blancs. Mais ce qu'elle avait le plus de mal à dissimuler était cette maigreur qui lui creusait les joues. Elle serra son châle noir sur ses épaules et supporta le regard de son frère en silence. Comme elle se tenait droite et immobile, les bras croisés, il fit un pas jusqu'à elle, presque intimidé.

— Je sais que tu m'en veux d'être parti si longtemps, commença-t-il tendu. Que décides-tu, Laure ? Nous n'allons pas bouder durant les prochains jours !

Laure grinça des dents, encore plus fort, pour ne pas s'effondrer. Seule une larme s'échappa de ses yeux, et coula doucement sur sa joue.

— Si pour te faire revenir dans cette maison, nous devions attendre la mort de nos parents, j'aurais préféré qu'ils disparaissent bien plus tôt !

— Ne dis pas ça, je t'en prie ! murmura-t-il en la prenant dans ses bras pour la première fois.

Laure se dégagea bien vite de son étreinte, presque gênée de s'être laissée aller. Elle ressentait pourtant un véritable soulagement de le voir de retour à « Maison Haute ». Ils étaient de nouveau réunis tous les trois et elle aurait besoin d'eux pour affronter les prochaines semaines.

— Tout le monde se tient dans le salon, expliqua-t-elle, la gorge nouée. Je suppose que tu n'as pas très envie de les saluer.

— Pas vraiment, je l'avoue.

— Je vais demander à Céleste d'enlever les affaires d'Albertine qui a pris possession de ton ancienne chambre.

— Non ! coupa Tanguy. Ne changez rien pour moi ! Je peux poser mon sac n'importe où, du moment que je trouve un lit.

— Tu connais la maison ! Je retourne m'occuper de nos invités ! déclara-t-elle dans un soupir en disparaissant de la pièce, les épaules basses.

5

Après l'enterrement de leurs parents, Laure ressentit une immense mélancolie. Isabelle était retournée à Paris depuis quelques jours pour des obligations professionnelles qu'elle ne pouvait pas repousser. Tanguy campait fermement sur sa décision : il repartirait sitôt l'ouverture du testament. Laure voyait bien le jeu de Fanette et Martin pour le convaincre de rester. Mais il avait construit une vie au Québec qu'il n'avait pas l'intention d'abandonner.

Durant ces derniers jours, il avait fait preuve d'une curiosité équivalente à celle d'Isabelle pour connaître ses neveux. Albertine le suivait maintenant pas à pas. Céleste était captivée par sa tante et lui racontait tous ses espoirs pour fuir la campagne au plus vite !

Laure gardait sa réserve naturelle, mais elle devait avouer que la présence de ses frères et sœurs était comme une bouffée d'oxygène. Ils avaient retrouvé, en peu de temps, leur complicité d'enfance et ils reprenaient naturellement la même attitude qu'ils avaient au sein de leur fratrie. Ce nouveau rapprochement ne plaisait pas à Pierre-Alain qui ruminait sans arrêt. Il avait décidé de s'installer quelque temps à « Maison Haute » pour réconforter sa femme, mais Laure ne le voyait le plus souvent qu'au moment des repas. Et sa mauvaise humeur n'aidait en rien à soulager l'ambiance générale.

Dans leur chambre, Pierre-Alain s'étendit en jetant un regard vers Laure, qui lui tournait le dos comme d'habitude. Elle était blottie au bord du lit et tenait fermement le drap sous son menton.

— Tanguy t'a dit quand il comptait repartir ?

— Non ! Il m'a juste prévenu qu'il allait faire les moissons. Je suppose qu'il va prolonger son séjour de quelques semaines.

— Il va moissonner ? Pourquoi ne demande-t-il pas à une entreprise agricole de s'en charger ? C'est ridicule puisque vous allez tout vendre !

— Nous n'en avons pas encore parlé.

— Laure ! s'emporta son mari. Je t'ai déjà dit le fond de ma pensée !

— Oui, Pierre-Alain ! soupira-t-elle. Mais je ne suis pas la seule à décider.

— Nous avons besoin de cet argent, je te le rappelle !

— Je ne risque pas de l'oublier ! As-tu jeté un œil aux annonces que je t'ai envoyées ? J'ai noté un poste à Villeurbanne qui pourrait te convenir.

— Tu ne vas pas recommencer ! Je te remercie, mais il est hors de question que je bosse à Villeurbanne. Fiche-moi la paix avec tes messages sur le bon coin. Je vaux mieux que ces postes pour minables !

— Je veux seulement t'aider !

— M'aider à quoi ? s'énerva-t-il de plus belle. Tu veux me rappeler que je suis un imbécile, comme d'habitude ?

— Pierre-Alain, je n'ai jamais pensé ça de toi ! Je sais que tu vas trouver un emploi qui correspond à tes qualifications. Je te fais entièrement confiance !

— Alors, reste en dehors de ça et occupe-toi des enfants !

— Très bien, je ferai comme tu le souhaites, marmonna-t-elle quand il éteignit la lampe de chevet pour lui signifier que la discussion était close.

Le soleil brillait haut dans le ciel et Laure observait par la fenêtre ouverte, au loin, le ballet de la moissonneuse dans le champ. Isabelle était revenue pendant la nuit pour seconder Tanguy et Martin. Laure sourit. De son temps, son père n'aurait jamais accepté la présence d'une de ses filles sur un tracteur. Mais heureusement, les mentalités évoluaient. Laure pensait à l'éducation qu'elle souhaitait donner à ses enfants et elle s'attachait à les élever tous les trois sur un pied d'égalité. Elle n'était pas toujours en phase avec Pierre-Alain qui vouait une admiration sans bornes à leur aînée. La beauté sauvage de Céleste pesait dans la balance et il buvait littéralement ses paroles. Il montrait peu d'intérêt pour les plus jeunes. Albertine, en retour, l'ignorait tout à fait ; et Augustin, terrifié, le fuyait le plus souvent. Leur séparation depuis des mois ne faisait rien pour améliorer leurs rapports. Laure se demandait si leur famille n'était pas vouée à reproduire les mêmes relations désastreuses à chaque génération. Elle avait trop souffert de la distance avec ses parents pour ne pas recommencer le même schéma avec ses enfants. La froideur que Céleste lui imposait ces derniers temps la minait.

Derrière elles, Albertine et Augustin tournaient en rond et finirent par se quereller.

— J'ai une idée ! Nous allons préparer un pique-nique et nous irons déjeuner dans le champ avec les moissonneurs !

— Ouais ! cria Albertine en levant les bras au ciel.

— Et vous irez proposer à Fanette de nous accompagner !

Ils affichèrent les mêmes sourires et le cœur de Laure se réchauffa.

À treize heures, elle se gara à l'ombre de la haie et aida Fanette à sortir le panier en osier du coffre. Albertine et Augustin gambadaient déjà avec la glacière. Elles entendaient le ronflement du moteur de la machine qui avançait lentement et elles signalèrent leur présence à Isabelle qui patientait dans le tracteur. Elles étalèrent une grande nappe à l'abri d'un chêne et disposèrent les plats devant elles. Albertine se tenait droite dans ses bottes et suivait l'ouvrage de son oncle, d'un œil concentré et les poings sur les hanches. Les travailleurs arrêtèrent enfin les engins et le silence se posa dans la campagne.

Laure n'avait pas assisté aux moissons depuis tant d'années. Elle ne l'avoua pas, mais elle était si fière de rappeler à ses enfants leurs origines paysannes et leur montrer la consécration de toute une année de labeur. Ils étaient de nouveau tous réunis à « Maison Haute » et un même sang coulait dans leurs veines. Un voile de tristesse la traversa quant à l'avenir de la propriété. Leur famille allait probablement s'éloigner à nouveau. Tanguy et Isabelle allaient bientôt repartir et retourner à leurs projets. Elle serait encore une fois seule. Elle repoussa ses pensées sombres.

— Nous avons estimé que vous perdriez moins de temps si nous venions à votre rencontre ! confia Laure.

— C'est une excellente idée ! Je meurs de faim ! s'écria Isabelle en s'écroulant sur son neveu et en faisant mine de le dévorer, ce qui le fit rire aux éclats.

— Je vous ai préparé ma tourte à la viande ! annonça Fanette qui découpait des parts pour tout le monde.

Tanguy la prit par les épaules et l'embrassa avec tendresse.

— Enfin, jeune homme ! Je vous rappelle que je suis une femme respectable ! grommela-t-elle, affectueuse, alors qu'elle le considérait comme son fils.

— Pour ta tourte à la viande, je veux bien fermer les yeux ! s'écria son mari, faussement sévère.

— Vous nous avez préparé tant de bons plats que nous allons devoir faire la sieste ! dit Tanguy, en mangeant avec appétit.

— Ah non ! pesta Albertine, impatiente. Tu m'as promis de m'emmener sur la moissonneuse !

Ils se mirent tous à rire et se moquèrent gentiment de la fièvre agricole de la petite fille.

6

À la maison, Laure et Stéfanette étaient occupées à préparer le dîner. Selon la tradition, les travailleurs se réunissaient pour fêter la fin des moissons. L'absence de Jean d'Anglois se faisait sentir à chaque instant, mais la famille refusait de le souligner. Laure s'attendait encore à le voir apparaître à la moindre occasion, avec son regard sombre et ses sourcils froncés.

Isabelle se tenait dans l'entrée et discutait avec son compagnon au téléphone. Elle s'approcha de la fenêtre et grimaça en reconnaissant la voiture de son beau-frère.

Pierre-Alain pénétra dans la cuisine et la pièce se chargea d'électricité. Laure s'enferma dans sa réserve habituelle et Stéfanette prétexta une urgence pour les laisser seuls.

— Tu ne m'avais pas prévenu que tu rentrais ce soir.

— Depuis quand dois-je signaler mon retour auprès de ma famille ? jeta son mari qui ouvrait le réfrigérateur pour chercher quelque chose à grignoter.

Il mourrait de faim. Son regard se posa sur les deux bouteilles de champagne. Il siffla, ironique :

— Que fêtons-nous ?

— Tanguy a terminé les moissons, marmonna Laure.

— Et comme d'habitude, nous sommes obligés de subir la

présence du personnel à notre table ?

— L'aide de Martin nous est précieuse ! dit sa femme en grinçant les dents. Que cela te plaise ou non, Tanguy les a invités !

L'apparition d'Isabelle, suivie des enfants, évita au couple d'épiloguer plus longtemps. Tanguy ne tarda pas à les rejoindre avec Martin et Fanette. Laure lui donna la bouteille de champagne et sortit du four une galette aux griaudes.

— Voilà une fin de moisson comme je les aime ! lança-t-il en faisant sauter le bouchon. C'était du bon travail, n'est-ce pas Albertine ?

— Vous avez obtenu un rendement satisfaisant ? demanda Pierre-Alain qui tendit sa coupe avant Martin. Combien as-tu récolté de quintaux ? Les cours sont excellents en ce moment, non ? Les paysans vont arrêter de se plaindre pour une fois !

— Tenez les enfants, donnez-moi vos verres ! dit Tanguy sans lui répondre. Stéfanette vous a apporté un sirop réalisé avec les poires de son jardin !

— Nous allons bientôt pouvoir passer à table ! La côte de Bœuf est presque cuite ! annonça-t-elle, sans quitter des yeux ses casseroles.

Le dîner se déroula dans une relative bonne ambiance. Isabelle évita de déclencher les hostilités contre son beau-frère et Tanguy mena la conversation sur des sujets qui limitaient les disputes. À la fin du repas, Pierre-Alain ne put se retenir plus longtemps et remit en lumière les questions de l'héritage et de la vente de la propriété.

— Mes chéris ! Il est l'heure d'aller vous coucher ! s'écria Laure en lançant un regard noir à son mari qui l'ignora superbement.

Par discrétion, Stéfanette et Martin décidèrent de rentrer chez eux. Tanguy les remercia une nouvelle fois et les raccompagna jusqu'à la porte.

— Vous savez ce que j'en pense, continua Pierre-Alain qui alluma un cigare sans se soucier du désagrément qu'il faisait subir à son entourage. À mon avis, vous ne pouvez plus agir comme des enfants !

— Tu as raison, Pierre-Alain. Nous devons en discuter, coupa Tanguy, épuisé par le travail fourni pour les moissons.

Le manque de sommeil rendait sa patience fragile. Il avait de plus en plus de mal à supporter que son beau-frère se considère comme leur chef de famille et qu'il leur rappelle sa suffisance, à tout bout de champ. Du temps de son père, jamais il ne se serait permis une telle liberté.

— Laure est de mon avis. Vous ne pouvez pas conserver une propriété de cette envergure ! Entre toi qui vis de l'autre côté de l'Atlantique et ta sœur qui se prend pour une star…

— Je me moque bien de ce que tu peux penser de ma carrière ! s'emporta Isabelle qui s'était contenue jusqu'à maintenant. Laure me semble capable d'exposer ses volontés ! Nous n'avons pas besoin de tes conseils !

— Qu'est-ce qu'elle a encore ? demanda-t-il à sa femme d'un air innocent. Elle est de mauvaise humeur parce qu'un rôle avec la dernière star américaine lui est passé sous le nez ?

— Pierre-Alain… soupira Laure, fatiguée.

— Nous allons décider de l'avenir de « Maison Haute » entre nous, si tu n'y vois pas d'inconvénient ! coupa Tanguy, en le fixant.

— Qu'est-ce que tu veux dire ?

— Tu dois certainement devoir préparer quelques entretiens !

intervint Isabelle avec un sourire ironique. Tu seras gentil de te retirer puisque tu n'es pas concerné !

— Je n'arrive pas à le croire ! Vous me poussez dehors ? Laure, n'oublie pas mes explications ! Ne te laisse pas avoir !

— Bonne nuit ! articula Tanguy en lui tenant la porte. Nous sommes au courant de vos difficultés financières et nous ferons notre possible pour aider Laure !

Pierre-Alain quitta la pièce sans dissimuler sa colère. Isabelle proposa de préparer du café et se leva de table pour chercher des tasses. Tanguy reprit sa place et regarda sa sœur qui n'avait pas bougé. Elle fixait ses doigts qui jouaient machinalement avec des miettes de pain sur la nappe. Elle sursauta au claquement violent de la porte d'entrée, bientôt suivi par le ronflement de la voiture, qui démarra en faisant voler le gravier dans la cour.

— Vous auriez pu lui demander de partir d'une autre manière, murmura-t-elle, fatiguée.

— Excuse-moi, Laure ! Je ne voulais pas te blesser, mais j'en ai assez qu'il se mêle de nos affaires et qu'il nous considère comme des adolescents !

— Je ne sais pas pourquoi tu le laisses se comporter ainsi avec toi ! ajouta Isabelle.

— Qu'est-ce que vous croyez ? s'emporta Laure, les yeux brillants. Il n'est pas toujours commode, mais il reste mon mari et le père de mes enfants ! Il fait de son mieux pour s'occuper de nous ! Vous pensez que c'est facile pour lui en ce moment ? Vous le traitez comme un crétin parce qu'il est au chômage !

— Pardonne-moi ! dit Tanguy en posant sa main sur son bras. Je n'aurais pas dû lui parler de vos soucis d'argent, c'était déplacé. Nous sommes bien conscients que cette situation est pénible pour toi.

Une larme s'échappa sur la joue de Laure, très vite accompagnée d'une autre. Isabelle et Tanguy échangèrent un regard gêné. Leur aînée semblait à bout de nerfs et son désespoir prenait le dessus. Elle s'effondrait, ce qui ne lui ressemblait pas. Ils ne savaient comment réagir. Elle refusa sèchement le geste de tendresse d'Isabelle et finit par libérer son cœur. Elle ne supportait pas de voir dans leurs yeux de la pitié quand ce n'était pas de l'agacement. Elle souffrait d'entendre les attaques permanentes entre son frère, sa sœur et son mari. Elle grimaça lorsque Isabelle lui assura qu'il prenait un malin plaisir à les pousser à bout avec ses réflexions inutiles. Laure confirma, la voix cassée par l'émotion, que depuis qu'il se trouvait au chômage, il devenait plus susceptible. Ils avaient tout perdu. Ils avaient dû vendre leur appartement de Lyon en catastrophe et elle avait été réduite à venir mendier de l'aide à leurs parents. Pouvaient-ils se mettre à sa place et imaginer la honte qu'elle pouvait ressentir ? Elle paniquait devant le manque d'argent qui se faisait cruellement sentir et pensait à sa situation en boucle. Elle ne possédait plus rien ! Elle n'osait plus entrer dans la boulangerie du village, car c'était leur père qui s'y arrêtait pour régler l'ardoise ! Son existence n'apparaissait sans doute pas brillante, mais elle n'avait pas le choix. Elle devait la supporter pour ses trois enfants !

Elle termina son monologue, le souffle court, en essuyant ses joues ruisselantes de larmes. Isabelle, secouée, posa enfin la cafetière sur la table et sortit de l'armoire la bouteille d'eau-de-vie à la mirabelle. Tanguy en versa dans un verre à goutte et lui intima l'ordre de le boire d'une seule traite. Ils se mirent à rire tandis que Laure toussait pour supporter la chaleur de l'alcool.

L'orage était passé. Isabelle se glissa en face d'elle et la regarda dans les yeux. Elle lui assura qu'elle n'avait pas à avoir honte d'être revenue à « Maison Haute ». Dans ses moments de doute et de découragement, elle aussi avait pensé s'y réfugier. Quand elle était seule à courir les castings, à démarcher les agences sans succès. Lors de soirées mondaines où elle devait repousser les avances de ces hommes qui lui promettaient de se pencher sur sa carrière uniquement après s'être penché sur elle ! Combien de fois elle avait voulu tout arrêter et venir se terrer dans cette maison !

— Tu n'as pas à être embarrassée de ta situation devant nous, Laure ! Tu as fait le meilleur choix en revenant ici avec tes enfants !

Isabelle lui avoua qu'elle avait de la chance de les avoir pour tenir ! Elle ne vivrait probablement jamais ce bonheur ! Devant le regard surpris de Tanguy, la jeune femme leur parla enfin de sa relation compliquée avec Olivier. Elle partageait l'existence de ce réalisateur brillant dans le secret le plus complet depuis maintenant cinq ans. Il refusait d'officialiser leur liaison. Olivier avait déjà deux enfants adultes, et il ne lui avait jamais caché son intention de ne pas réitérer cette expérience.

Tous les trois étaient attablés dans le silence de la cuisine et revenaient sur leurs souvenirs. Laure, la première-née, qui s'était toujours sentie responsable de son frère et sa sœur. Tanguy qui s'était cru obligé d'être parfait en tant que fils héritier. Isabelle, la cadette, qui avait éprouvé tant de solitude après leur départ de la maison, l'une par son mariage, l'autre pour ses études. L'ambiance qui était devenue glaciale à cette époque. Elle avait ressenti un tel sentiment d'abandon. Seule l'attention de Stéfanette et Martin lui avait permis de supporter cette période d'isolement jusqu'à ce qu'elle prenne à son tour son envol.

Tanguy avait apporté à table le reste de la tarte aux abricots, qu'ils mangèrent tout en discutant de leurs parents. Ils tentaient de mettre des mots sur l'éducation qu'ils avaient reçue. Pourquoi leur mère ne leur avait-elle jamais accordé la plus petite marque d'affection ? Pourquoi leur père s'était-il montré si dur avec eux ? Tanguy avoua qu'il avait sans cesse cherché à lui faire plaisir uniquement pour obtenir une reconnaissance et enfin lire de la fierté dans ses yeux. La déception de n'y voir que du mépris pour ses idées nouvelles l'avait blessé à jamais. Avec le recul et les années écoulées, loin de la Nièvre, il n'avait jamais cerné ses raisons de vouloir le rabaisser. Il n'avait jamais compris ce qui avait motivé son refus de l'accepter à ses côtés. Il cherchait encore ce qui avait conduit Jean d'Anglois à se comporter avec ses enfants tel un colonel. Et leur mère ? Tanguy se montrait plus sévère que ses sœurs. Il se souvenait uniquement des journées entières qu'elle passait derrière son chevalet et les odeurs de peinture et de détergents qui l'accompagnaient. Avec le recul, il se demandait si les périodes où elle s'enfermait dans son atelier étaient propices à la création ou à la dépression. Laure et Isabelle gardèrent le silence.

Leurs parents avaient été distants, leur enfance pesante, mais cela leur avait permis de construire un lien étroit tous les trois. Leur longue séparation et les difficultés qu'ils avaient vécues les avaient éloignés des années. Malgré tout, ils se retrouvaient aussi complices qu'autrefois. Ils étaient tout à fait conscients de cette chance incroyable.

L'horloge piémontaise carillonna deux coups avant de poursuivre son tic-tac régulier.

— Il est déjà si tard ? s'exclama Laure en vérifiant l'heure sur sa montre.

— Et nous n'avons pas encore abordé le sujet de notre réunion ! dit Tanguy en s'étirant.

— Je n'ai pas arrêté d'y penser ces derniers jours ! continua Isabelle, tendue.

— Nous t'écoutons !

— Voilà ! J'ai les mêmes souvenirs que vous, mais j'en garde quelques-uns tout aussi merveilleux ! Dès que je n'avais pas le moral, je m'accrochais aux souvenirs de « Maison Haute ». Quand tu t'es retrouvée sans rien, Laure, tu es revenue ici ! Cette propriété appartient aux d'Anglois depuis des générations et Papa l'a toujours entretenue. Les relations avec nos parents étaient exécrables, je vous l'accorde. Ils ont réussi à nous pousser à partir les uns après les autres et pourtant, si nous vendons cette maison, notre famille n'existera plus ! Nous perdrons notre mémoire, nos repères, nos liens ! Je pense que Céleste, Augustin et Albertine en ont besoin, tout autant que nous ! Vous n'arriverez pas à me faire croire que vous n'éprouvez aucun attachement pour « Maison Haute » ! Cela ne vous fendra pas le cœur de l'abandonner à de parfaits étrangers ?

— Tanguy ! continua-t-elle en se tournant vers lui, le regard fiévreux tel un avocat qui plaide l'innocence d'un condamné à mort. Ne me dis pas que tu n'as rien ressenti ces derniers jours, à conduire cette moissonneuse, à travailler selon tes idées, sans avoir à supporter les critiques incessantes de Papa ! Tu ne me feras pas croire que tu as oublié ton rêve le plus cher !

— Je sais où tu veux en venir, Isabelle ! coupa son frère en se passant une main lasse devant les yeux. Mais ce n'est pas si simple !

— Pourquoi ? s'emporta-t-elle de plus belle.

— À mon tour de te rappeler que notre père et moi nous sommes quittés en très mauvais termes ! Je n'ai pas besoin de te remémorer à quel point son caractère était insupportable ! Je doute fortement qu'il souhaitait mon retour un jour !

— Et si c'était tout le contraire ?

— Je refuse qu'on m'imagine patienter jusqu'à ce qu'il repose au cimetière afin que je m'empare de sa place ! s'écria Tanguy, blessé.

— Et même si certains le pensent, tu ne peux rien y changer ! insista Laure. Tu n'aurais pas envie de leur montrer à tous que cette place te revient de droit ? Tu pourrais enfin révéler tes compétences et prouver que notre père s'était trompé !

— Je ne sais pas ! J'ai fait une croix sur « Maison Haute » depuis des années ! avoua-t-il, perturbé. Je vis loin d'ici maintenant. Et toi, Laure, qu'en penses-tu ?

— Pierre-Alain estime…

— Je ne te demande pas l'avis de ton mari !

— Laisse-moi finir ma phrase avant de t'emporter ! Selon Pierre-Alain, il semble préférable que nous vendions ma part et qu'avec cet argent, notre famille puisse prendre un nouveau départ.

— Et ? continua Isabelle, déjà agacée.

— Je vis dans cette maison depuis sept mois maintenant. Je m'y sens bien et les enfants ont l'air de s'y être enfin habitués. Albertine est comme un poisson dans l'eau. Augustin trouve chez Martin et Fanette le même réconfort qu'ils nous apportaient à nous. Avec Céleste, c'est un peu plus difficile, mais je pense que l'adolescence ne fait rien pour faciliter le climat. Je ne vous ai rien caché de ma situation. Nous n'avons plus un sou devant nous ! Et je ne vois pas comment nous pourrions régler les droits de succession. Mais si j'en avais les moyens, je la garderais ! Pour mes enfants !

— Il nous reste à découvrir les volontés de nos parents pour leur suite. Nous aurons certainement du mal à conserver cette propriété, soupira Tanguy en se frottant les yeux de fatigue.

7

Tanguy l'appela une nouvelle fois du bas de l'escalier. L'heure tournait et ils allaient arriver en retard à leur rendez-vous. Laure savait qu'il avait horreur de ça. Elle descendit les dernières marches d'un pas pressé, tout en finissant d'attacher négligemment ses cheveux dans un élastique. Elle le suivit en dehors de la maison où Isabelle les attendait près de sa voiture en téléphonant. Elle glissa son portable dans son sac et découvrit sa tenue.

— Tu pourrais faire un effort ! s'écria-t-elle. Tu ne possèdes rien d'autre dans ton armoire que cette chose informe ?

— Fiche-moi la paix ! gronda Laure, la mine sombre.

— Vous n'allez pas vous quereller maintenant ! intervint Tanguy. Nous sommes suffisamment en retard !

Ses deux sœurs se jetèrent un regard noir et montèrent en voiture, les lèvres pincées. Ils quittèrent la propriété dans un profond silence qui se poursuivit jusqu'à Nevers.

Alors qu'ils marchaient tous les trois jusqu'à la place Guy Coquille où se trouvait le cabinet de leur notaire, Laure devait bien avouer qu'Isabelle était toujours très élégante. Elle portait une robe marine en lin et les fines bretelles faisaient ressortir son bronzage acquis ces derniers jours. Elle maintenait ses longs cheveux bruns qui lui arrivaient au milieu du dos, avec des lunettes de soleil à la mode. Laure vérifia rapidement que les regards pétillaient sur son passage.

Elle avait, de son côté, mis à la hâte son éternel pantalon noir et une chemise qu'elle boutonnait pratiquement jusqu'au cou. Malgré la chaleur estivale, elle persistait à garder ses manches fermées aux poignets. Elle en avait pris l'habitude depuis des années pour ne plus subir les critiques de son mari.

Ils pénétrèrent dans l'hôtel particulier. Une secrétaire les salua et se leva pour les diriger vers le bureau du notaire qui les attendait. Ils échangèrent quelques banalités et l'homme de loi les invita à s'asseoir avant d'ouvrir le dossier devant lui.

— Bien ! commença-t-il, en leur lançant un regard par-dessus ses lunettes. Nous sommes aujourd'hui réunis pour régler la succession de Monsieur Jean d'Anglois et de son épouse, née France Jacquemin. Un testament a été rédigé en leur présence le 5 décembre de l'année 1990 et réexaminé le 18 mai de cette année, en présence de maître Forais et de moi-même.

Le notaire releva les yeux et regarda les trois adultes, assis devant lui. Ils étaient nerveux, mais dignes. Il essaya de deviner, à cet instant précis, la teneur de leurs pensées. En trente ans d'expérience, il en avait vu des légataires défiler dans cette étude : certains qui se déchiraient, d'autres qui étaient déshérités, d'autres qui ne dissimulaient pas leur convoitise.

L'homme de loi n'ignorait pas les relations tendues de son client avec ses enfants, et il se demanda quelle serait leur réaction en découvrant le contenu de la succession.

— Pouvons-nous commencer ? interrogea-t-il en glissant

ses lunettes sur son nez.

— Nous vous écoutons ! répondit Tanguy, le regard fermé.

Le notaire énuméra d'une voix monocorde l'inventaire des biens qu'ils connaissaient déjà tous les trois. La propriété se composait de cinq cents hectares de terre exploitables, d'une maison de maître appelée « Maison Haute », d'une ferme nommée « le Moulin » avec ses bâtiments agricoles et d'une autre habitation « la Forge ». La liste continua avec l'appartement de 120 m2 situé avenue Victor Hugo dans le XVIe arrondissement de Paris, puis le relevé de tous les meubles et les bijoux expertisés par un antiquaire et répertoriés dans le rapport qu'il leur montra.

— Je vous prie de m'excuser, coupa Tanguy, surpris. Mais nos parents possédaient un bien dans le Sud…

— Je vais y venir ! reprit le notaire, sévère. Votre père, avec l'accord de votre mère, avait partagé leur patrimoine en trois parts égales lors de son précédent testament. Comme je l'ai déjà mentionné, il a souhaité le modifier en début d'année.

Tanguy échangea un regard entendu avec ses sœurs. Il se doutait parfaitement de la correction apportée et n'attendait rien de ce testament.

— Je vous lis l'ultime décision de vos parents ! annonça-t-il en réclamant toute leur attention. « L'appartement à Paris reviendra à notre fille Isabelle. » Ils ont fait le nécessaire pour que les droits de succession soient réglés à leur décès, ajouta-t-il à l'adresse de la jeune femme. « L'exploitation agricole qui se compose des terres, de la maison d'habitation dite « le Moulin » et tous les bâtiments qui s'y rattachent seront pour notre fils Tanguy. » Les droits de succession seront également acquittés avec l'argent qu'ils avaient placé pour vous !

Tanguy, sous le choc de cette annonce, resta sans voix. Il

s'était préparé à toutes les éventualités, mais jamais à ce que son père lui reconnaisse cette légitimité. Il se demandait s'il avait bien entendu les propos du notaire. Il se tourna vers ses sœurs, qui lui confirmèrent l'incroyable nouvelle par un sourire. Il reprit sa respiration et calma les battements de son cœur pour écouter la suite de la lecture.

— Nous exigeons que Monsieur et Madame Vincent, en qui nous avons une éternelle reconnaissance, puissent garder la maison de « la Forge » jusqu'à leur décès, continua le notaire. Il attendit l'approbation des trois enfants.

— Cela va de soi ! dit Tanguy.

— En ce qui concerne le manoir nommé « Maison Haute », de 600 m2 avec ses douze hectares de parc et jardin et d'un étang, vos parents ont choisi de partager le tout en trois parts égales. Ils étaient conscients des difficultés à entretenir une telle propriété et ne savaient lequel de vous trois serait en mesure de s'en charger financièrement. Quelle que soit votre décision, ils souhaitent que Laure et ses enfants puissent y rester tant qu'elle n'aura pas les moyens de subvenir aux besoins de sa famille et jusqu'à ce que l'avenir de cette maison soit défini. Les droits de succession ont été approvisionnés de leur vivant, également.

— Et qu'en est-il de la part de Laure ? questionna Tanguy.

— Je vais y venir ! annonça le notable en la fixant. Dans le précédent testament, cet appartement que vos parents possédaient à Cannes vous revenait. Or, votre père l'a vendu il y a huit ans pour acheter celui que vous occupez actuellement à Lyon.

— Je vous demande pardon ? demanda-t-elle dans un souffle.

Le notaire se racla la gorge, mal à l'aise devant la pâleur de la jeune femme.

— Monsieur d'Anglois a laissé ici la reconnaissance de dette signée de la main de votre mari. Ayant rencontré de sérieux problèmes financiers à l'époque, il avait sollicité son aide.

— Mais je ne comprends pas ! intervint Isabelle en volant au secours de sa sœur, abasourdie. Notre père a prêté de l'argent à Pierre-Alain pour réaliser l'achat de leur appartement ?

— Il a effectivement été acquis en votre nom. Monsieur d'Anglois y tenait.

— Ce n'est pas possible… murmura Laure en tremblant. Mon mari vient de le vendre et je n'ai signé aucun papier !

— Et la part qui revient à ma sœur me paraît inférieure à la nôtre, reprit Tanguy.

— Votre père avait placé au nom de vos enfants, la différence entre les deux biens : une somme de 90 500 euros. Je vous transmettrai les coordonnées bancaires.

— Pouvez-vous m'expliquer comment Laure aurait pu acheter un appartement alors qu'à l'époque, elle était hospitalisée et ne pouvait donc pas participer à une telle affaire ! s'écria Tanguy.

— Je vous prie de m'excuser ! dit-elle en se levant soudainement.

Elle avança jusqu'à la porte, la démarche incertaine, et sortit sans un mot. Tanguy et Isabelle échangèrent un regard entendu. Elle attrapa son sac à main, puis salua précipitamment le notaire avant de courir après sa sœur.

Dix minutes plus tard, Tanguy quitta l'étude, le visage fermé. Il les aperçut installées à la terrasse du pub et traversa la rue pour les rejoindre. Laure était accablée, ses doigts entouraient un verre d'alcool qu'Isabelle avait tenu à lui commander, mais qu'elle n'avait pas touché.

— Alors ? demanda Isabelle. Comment est-ce possible ?

— Le notaire va se renseigner et te donner une explication dès qu'il le pourra.

— Finalement, c'est moi qui suis déshéritée ! Laure grimaça un sourire amer. Papa n'a jamais accepté que j'épouse Pierre-Alain.

— Ne dis pas ça ! Tu es certaine que ton mari n'a pas pu…

— Je t'en prie ! s'écria Laure en colère. Arrête de toujours t'en prendre à lui !

— Nous allons trouver une explication, soupira Tanguy. J'espère sincèrement qu'il n'a pas trafiqué cet achat d'appartement sinon il va au-devant de gros ennuis !

— Tu ne vas pas t'y mettre toi aussi !

— Si le notaire commence à poser des questions, souhaitons que les réponses ne soient pas contre lui. C'est tout !

— Qu'est-ce que je vais devenir maintenant ? Et mes enfants ? Je ne vais pas continuer de vivre de votre charité ! grimaça-t-elle en essuyant une larme sur sa joue. Elle serrait ses bras autour d'elle et fuyait le regard fermé de son frère.

— Nous allons trouver une solution ! Tu vas t'en sortir, j'en suis certaine ! jura Isabelle en la prenant par les épaules. Tu es chez toi à la maison autant que nous et tu y resteras tant que tu n'auras pas réglé ta situation !

— Qu'est-ce que je vais bien pouvoir annoncer à Pierre-Alain ?

— Tu ne vas rien lui dire pour le moment, tu m'entends ? s'écria Tanguy en jetant de la monnaie sur la table pour payer la consommation. Rentrons !

Le retour à « Maison Haute » se passa dans le même silence qu'à l'aller, mais pour des raisons bien différentes. Dès qu'il se gara dans la cour, Tanguy se tourna vers Laure et lui proposa d'aller questionner lui-même son mari. Laure garda les yeux baissés. Elle lui fit promettre de ne pas intervenir pour ne pas envenimer la situation. Elle l'interrogerait elle-même. Il avait des entretiens ces jours-ci et elle ne voulait pas le perturber. Elle ouvrit la portière et sortit sans rien ajouter.

Quand les enfants se couchèrent enfin et que la maison redevint silencieuse, Laure gagna sa chambre, les membres aussi fatigués que ceux d'une octogénaire. Pierre-Alain n'était pas encore rentré, ce qui la soulagea. Elle n'avait aucune envie d'aborder le sujet du testament avec lui, quand bien même elle brûlait de connaître la vérité. Elle ne pouvait pas croire les aveux du notaire. Elle refusait d'imaginer que son mari puisse lui mentir à ce point. Sa famille n'avait jamais accepté son union. Tanguy et Isabelle ne cachaient pas leur exaspération en sa présence, mais Pierre-Alain n'avait pas toujours été si difficile. Elle tenait sa part de responsabilité, elle aussi. Elle était convaincue de ne pas se montrer suffisamment brillante pour lui plaire à nouveau. Elle n'était pas assez sophistiquée. Elle ne savait pas s'habiller avec élégance ni mettre son corps en valeur. Elle ignorait comment entretenir une conversation passionnante et fuyait toutes relations qui pourraient souligner son manque de culture et d'intérêt. Pierre-Alain méritait d'avoir une femme qui l'encourage et le porte au lieu d'avoir à ses côtés une mère de famille sans lumière. Si leur couple traversait une crise actuellement, elle était convaincue d'en porter les torts. Elle repoussa au plus profond d'elle la crainte qu'il lui inspirait quelquefois quand la colère brillait dans ses yeux et elle se promit de ne pas l'agacer plus encore avec ses doutes.

Bouleversée, elle se déshabilla en vitesse, tout en prenant soin d'éviter de croiser son reflet dans le miroir. Depuis bien longtemps déjà, ce qu'elle y voyait lui rappelait l'échec cuisant de son existence. Le désespoir et la peur de l'avenir lui donnaient de telles bouffées d'angoisse qu'elle avait du mal à reprendre son souffle. Seule la présence de ses enfants lui maintenait la tête hors de l'eau. Mais pour combien de semaines encore ? Leur condition financière était devenue alarmante et la banque la harcelait pour qu'elle réagisse. Elle essayait d'échanger avec Pierre-Alain, mais le plus souvent il lui assurait qu'elle avait la faculté de s'inquiéter pour un rien. Il lui rappelait qu'elle ferait bien de lui faire confiance et que leur situation allait bientôt s'arranger. Il lui apportait alors un bouquet de fleurs, donnait des bonbons pour les enfants et refusait toute discussion plus profonde.

Ces derniers jours, elle ressassait sans cesse l'idée de trouver elle-même un moyen de nourrir sa famille, mais elle ignorait comment s'y prendre. *Une véritable incapable* ! pensait-elle dans ses moments de grande détresse. Pierre-Alain lui confortait parfois cette idée quand il avait trop bu. Elle avait émis le projet d'aller réaliser des ménages chez les personnes âgées, puisque la demande existait dans les environs. Pierre-Alain était entré dans une colère noire. Il avait juré qu'il n'accepterait jamais que sa femme s'abaisse à réaliser ce genre de tâche tout à fait indigne de son rang ! Qu'en penseraient leurs relations ? Il lui avait souligné que c'était son choix, à elle, de faire de l'éducation de leurs enfants une priorité, au lieu de privilégier sa carrière. À la naissance de Céleste, elle s'était consacrée à devenir une bonne mère pour ne pas ressembler à la sienne. *Mais même une bonne mère, elle n'avait pas su l'être !* se rappelait-elle chaque jour, alors que la culpabilité la rongeait de l'intérieur. Dorénavant, Céleste se transformait en cette adolescente froide et distante, qui lui jetait des regards chargés de reproches, comme si elle était l'unique responsable de leur condition. Albertine, son feu follet, se montrait de plus en plus indépendante et la repoussait souvent. Seul Augustin, son fils aux yeux tristes qui s'inquiétait de tout et qui fuyait son père, ne la quittait pas. Elle devait l'encourager à se débarrasser de ses peurs. Mais comment l'aider alors que sa propre situation l'affolait considérablement ?

Laure s'allongea sur son lit en prenant garde de ne pas s'éloigner de son bord et éteignit la lampe. Elle se devait de rester forte pour les siens, mais la tâche lui semblait parfois insurmontable. Le sommeil tarda à venir, mais finit par la libérer de ses sombres pensées. Elle ne s'aperçut pas du retour de son mari au milieu de la nuit.

8

Tanguy entra dans la cuisine, rasé de près et les cheveux encore mouillés. Malgré cela, son teint pâle et ses yeux gonflés ne cachaient rien de ses abus de la veille. Laure et son mari se tenaient à table et terminaient leur petit déjeuner avec les enfants.

— Alors mon vieux ! s'exclama Pierre-Alain en souriant d'un air qui se voulait complice. La soirée a été chaude ?

— Où est Isabelle ? demanda Tanguy qui n'avait aucune envie de rentrer dans le jeu de son beau-frère.

— Elle est partie chercher Olivier à la gare.

Laure lui tendit un verre d'eau fraîche où deux cachets d'aspirine finissaient de se dissoudre.

— Les enfants ! déclara-t-elle en dissimulant son amusement. Je vous interdis de suivre le mauvais exemple de votre oncle !

— Très drôle ! Je sors !

— Je reconnais que prendre l'air te fera le plus grand bien !

Laure demanda à son aînée de l'aider à ranger la cuisine si elle espérait ne pas partir trop tard à Nevers. Pierre-Alain voulut savoir pourquoi elle se rendait en ville et Céleste déclara en soupirant qu'elle allait chez une amie.

— Je n'ai jamais entendu parler de cette copine !

— Évidemment ! Tu n'es jamais là ! marmonna Céleste en lui tournant le dos.

— Pardon ? gronda-t-il.

— Elles sont dans la même classe ! intervint Laure qui sentait venir l'orage. Son père est avocat.

— Tu dois faire attention à tes relations et te créer un réseau sans tarder, approuva-t-il. Tu pourras toujours t'en servir !

— Va chercher tes affaires, chérie ! lança Laure, agacée. Elle détestait les phrases convenues de ce genre. Et préviens Augustin et Albertine que je les emmène faire des courses.

— Tu vas encore faire les boutiques ?

— Je vais remplir le réfrigérateur ! répondit-elle en grinçant des dents. Pourrais-tu me laisser un peu d'argent ?

— Ben voyons ! Tu n'as qu'à leur demander ! Ton frère et ta sœur passent l'été ici, à nos crochets ! Ils peuvent payer un peu, non !

— Ne t'énerve pas ! Je me débrouillerai ! coupa-t-elle avant que son mari ne s'emporte.

— Et n'oublie pas notre invitation à dîner ce soir ! lui cria-t-il alors qu'elle avait déjà disparu.

Dès que Laure monta en voiture, elle remarqua le regard sombre de sa fille aînée et s'inquiéta de son humeur.

— Je te préviens ! Emma m'a conviée pour le week-end et je ne ferai pas la baby-sitter si vous sortez ! Je t'avais dit que je passerais la nuit chez elle, mais tu as zappé, comme d'habitude ! jeta-t-elle en colère.

— Pourquoi me parles-tu sur ce ton ? soupira-t-elle, blessée. Contrairement à ce que tu penses, je n'ai pas oublié de prévoir leur garde ! As-tu des questions ?

— Non ! maugréa Céleste en se murant dans un silence hostile jusqu'à ce qu'elle arrive chez son amie.

Sa fille devenait aussi difficile que son père et la gestion de leurs deux caractères allait finir par l'épuiser.

Parcourir les allées des grandes surfaces à la recherche des produits les moins chers était un sport auquel Laure avait le plus d'entraînement. Et refuser systématiquement les demandes de ses enfants qui voulaient acheter ces petites babioles inutiles, que le marketing les poussait à consommer, était usant. Laure arriva à la caisse à bout de nerfs, avec les deux qui boudaient. Elle aurait tellement aimé céder à Augustin et le laisser prendre cette voiture de collection dont il rêvait, tout comme le pistolet à eau qui amusait Albertine. Mais elle n'avait pas le choix. Si Tanguy n'avait pas insisté, elle n'aurait pas accepté cette enveloppe garnie de billets de banque. Et elle n'aurait même pas pu se procurer le strict nécessaire pour la maison. Son âme de mère se serra en voyant leurs regards résignés et elle attrapa deux sucettes sur le présentoir avant que la caissière n'édite sa facture. Leurs sourires ravis lui redonnèrent du baume au cœur et elle fit grimper Augustin dans le chariot tandis qu'Albertine s'agrippait sur les roues. Puis elle poussa tout son petit monde jusqu'à sa voiture.

De retour à la maison, elle se mit à l'ouvrage sans perdre de temps. Elle sortit le linge de la machine à laver et alla l'étendre sur le fil pour qu'il sèche au soleil. Puis elle effectua le tour des chambres pour ranger et faire un brin de ménage. La demeure était tellement grande qu'elle avait l'impression que ses journées n'étaient pas assez longues pour l'entretenir.

Elle prépara le dîner, confectionna un gâteau pour le lendemain, répara l'accroc qu'Albertine avait encore fait à son pantalon usé jusqu'à la trame, puis elle repassa les chemises de Pierre-Alain pour la semaine. Ses tâches ménagères répétitives lui pesaient, mais elle se gardait de l'exprimer. Elle voulait tant que ses enfants se sentent bien dans cette maison, qu'elle s'évertuait à rendre leur vie confortable et oubliait ses propres désirs. Au fil des années, son mari la considérait comme sa bonne et ne faisait même plus l'effort de ramasser ses affaires sales dans leur chambre. Céleste ne levait pas le petit doigt pour l'aider non plus. Si elle ne s'était pas posé de questions sur son existence de mère au foyer tant qu'ils habitaient à Lyon, depuis son retour dans la Nièvre, elle lui semblait de plus en plus pesante.

Elle arriva enfin au bout de la liste de ses tâches et elle se rendit compte de l'heure. Elle n'avait aucune envie d'accompagner son mari. Quand elle avait vaguement émis l'idée de rester à la maison, il ne lui avait pas laissé le choix.

Elle demeurait devant son armoire, parfaitement indécise. Elle négligeait sa tenue depuis des mois par manque d'argent, mais aussi parce qu'elle n'avait plus aucun désir de plaire à qui que ce soit. Pierre-Alain se montrait souvent cassant. Il la dénigrait et elle cherchait par-dessus tout à s'effacer.

Il émergea de la salle de bain et elle découvrit sa chemisette de marque et un costume beige flambant neuf.

— Tu n'es pas encore prête ? gronda-t-il.

— Tu as une nouvelle veste ?

— Oui ! C'est pour mon prochain entretien ! Dépêche-toi, je t'attends dans le salon !

Laure se décida pour un pantalon bleu marine, qu'elle avait repris de nombreuses fois à la taille au fur et à mesure qu'elle perdait du poids, et pour une blouse en lin que lui avait donnée

Isabelle. Elle brossa ses cheveux et les attacha avec un simple élastique puis s'appliqua du brillant sur les lèvres. Inutile de vouloir se mettre du parfum, Pierre-Alain ne lui en offrait plus depuis bien longtemps et elle n'avait plus d'argent pour s'accorder cette folie.

Elle rejoignit Tanguy qui gardait ses neveux et lui donna les consignes pour la soirée, puis elle suivit Pierre-Alain. Une fois dehors, il s'emporta en découvrant ses vieilles ballerines usées :

— Qu'est-ce que c'est que ce déguisement ? Tu cherches à me faire honte par tous les moyens ?

— À propos de moyens, je te rappelle que nous n'en avons pas ! jura-t-elle entre ses dents. Tu sembles en avoir trouvé pour t'offrir ce nouveau costume alors tu pourrais peut-être nous en faire profiter ?

— Tu vas encore ressasser le même discours ?

— Si tu préfères y aller seul, je peux très bien rester là ! s'écria-t-elle dans un ultime espoir.

Mais son mari ne changea pas d'avis.

Laure se douta que la soirée allait être un enfer, dès qu'ils arrivèrent. Les voitures, garées devant la porte, étaient toutes plus luxueuses les unes que les autres. La maîtresse de maison vint les accueillir et les remercia pour le bouquet de fleurs que Pierre-Alain avait pris soin d'acheter, alors qu'elle n'y avait même pas pensé. Elle les entraîna jusqu'à la terrasse où plusieurs couples discutaient joyeusement. Pierre-Alain avait raison, elle ressemblait à Cendrillon au milieu de toutes ses femmes bronzées et habillées avec chic. Quand elle vit l'état de ses mains, usées par les travaux, elle faillit refuser la coupe de champagne qu'on lui tendait pour aller s'enfermer dans la voiture. Si elle se sentait mal à l'aise, son mari semblait tout à fait dans son élément. Il plaisantait avec d'autres hommes devant la piscine et il l'avait déjà parfaitement oubliée.

— Vous êtes sans doute la mère d'Albertine ! s'écria une invitée couverte de bijoux. Elle se tenait gracieusement assise au bord de la banquette, les jambes croisées. Elle était superbe et sa plastique ne devait rien au hasard. Elle représentait tout à fait le style de femme que Laure fuyait.

— Oui.

— Nos filles sont dans la même classe. Je suis la maman de Lou-Anne !

— Je suis enchantée de vous connaître, mentit Laure en souriant.

— Votre fillette est un sacré numéro ! Lou-Anne me raconte ses péripéties tous les soirs ! Elle doit vous donner du fil à retordre !

— Elle ne manque pas d'idées, je l'avoue ! admit sa mère. Albertine est une enfant très gaie !

— Si vous pouviez la voir à la sortie de l'école : un véritable garçon manqué avec ses grosses chaussures ! continua-t-elle en prenant ses amies à témoin. En juin dernier, elle a apporté une grenouille en classe, tous ses camarades étaient épouvantés ! Elle semble beaucoup aimer la vie à la campagne ! Elle ressemble à une vraie petite fermière !

Laure grinça des dents tandis qu'elles se mettaient toutes à pouffer de rire.

— Dorothée, ma première, était rondelette et empotée jusqu'à ce que je l'inscrive à un cours de danse classique, trois fois par semaine ! dit une autre. Elle s'est transformée ! Vous devriez essayer ! Elles sont à un âge où nous ne devons pas les négliger et les guider sur le chemin de la féminité !

— Sans doute, murmura Laure qui ne savait comment se sortir de cette discussion stérile où les mères se moquaient ouvertement d'Albertine.

— Ma fille aussi se comportait comme un garçon ! intervint une femme distinguée derrière Laure. Elle suivait son père pas à pas et refusait de porter des robes. Elle détestait le rose et voulait un rat pour animal de compagnie. Maintenant, elle est devenue une adolescente très féminine ! Laissons donc cette petite Albertine profiter des joies de l'enfance, avant de l'enquiquiner avec les règles que se fixent les adultes et la bonne société !

— Catherine, ta fille est une véritable beauté, c'est un fait ! dit la mère de Lou-Anne, soudain moins piquante.

— Ma chère Laure, je t'enlève quelques minutes ! Jean-Baptiste sera si content de te saluer, lui aussi !

Laure la suivit sans cacher sa surprise. Dès qu'elles se tinrent suffisamment loin des oreilles indiscrètes, elle demanda :

— Je vous remercie de m'avoir tirée de ce mauvais pas ! Avais-je l'air si misérable ?

— Ces trois-là sont les pires mégères de la place de Nevers ! répondit Catherine en riant. Elles s'imaginent que tout leur est dû, uniquement parce que leurs époux ont été sollicités pour remettre l'hôpital à flot, à grand renfort budgétaire. Mais n'en parlons plus et allons retrouver mon mari !

— Pardonnez-moi de vous poser cette question, mais nous sommes-nous déjà rencontrées ?

— Nous sommes vos plus proches voisins ! Jean-Baptiste exploite les terres de « Souchy » avec son frère Rémi, qui était en classe avec Tanguy.

— Bien sûr ! Excusez-moi ! s'écria Laure, gênée. Je ne les ai pas vus depuis des années et depuis mon retour à « Maison Haute », je ne sors pas beaucoup.

Catherine l'entraîna avec une douce autorité.

— Racontez-moi les activités de vos enfants. J'avoue avoir un penchant pour les petites filles qui emmènent des grenouilles dans leurs cartables !

Laure prit place pour dîner entre Jean-Baptiste et un autre homme jovial. Ils découvrirent, étonnés, qu'ils avaient étudié tous les trois au lycée Saint-Cyr et s'amusèrent à se remémorer les noms de leurs professeurs et de leurs travers. Laure essayait de ne pas regarder au bout de la table où son mari faisait ouvertement du charme à sa voisine. Elle ne ressentait plus de jalousie depuis des années, mais une pointe de honte lui vrilla le ventre en le voyant se comporter avec une telle goujaterie. Les deux hommes à ses côtés s'employèrent à lui rendre la soirée agréable. Laure retrouva ensuite Catherine et apprit qu'elle était avocate au Barreau de Paris et qu'elle partait toutes les semaines travailler à la capitale.

— De nos jours, l'indépendance financière des femmes devient nécessaire et elles ont tout intérêt à poursuivre leur activité professionnelle, déclara-t-elle quand elles passèrent dans le salon où la maîtresse de maison servait le café. Quand les enfants étaient petits, ce n'était pas toujours facile et j'aurais préféré rester à la maison pour m'en occuper. Mais ils sont grands maintenant et je suis bien contente de n'avoir pas arrêté.

— C'est le problème que rencontrent beaucoup d'entre nous, confia Laure. Je me suis consacrée à élever les miens et je regrette parfois de n'avoir pas mieux réfléchi à ma propre situation.

Laure rougit de s'être confiée si facilement. Elle n'eut pas l'occasion de se reprendre que Pierre-Alain les interrompit pour la présenter à un couple d'invités. Laure se leva sans attendre. Les yeux brillants de son mari montraient qu'il avait dû boire plus que de raison et elle ne désirait pas le contrarier et risquer un éclat en public.

— Fais un effort pour une fois ! lui murmura-t-il à l'oreille, tout en lui serrant le bras. Ce type est le patron d'une grosse boîte et j'ai des chances d'obtenir un entretien. Et ferme le bouton de ton chemisier. Tu ressembles à une pute, on voit presque tes seins !

Puis se tournant tout sourire vers le couple, il déclara :

— Cyril et Florence ! Permettez-moi de vous présenter ma femme, Laure !

— Bonsoir ! s'écria-t-elle en tenant discrètement sa blouse à son cou. Je suis ravie de vous rencontrer ! Pierre-Alain m'a dit que vous veniez d'arriver dans la région.

— Nous avons déménagé depuis peu. Mon mari travaillait à Clermont-Ferrand et il reprend la direction d'une entreprise qui prépare des voitures de course à Magny-Cours.

— Cela doit vous changer de vie ! continua Laure. Ce n'est pas trop difficile de quitter une grande ville pour la campagne ?

— C'est une formidable opportunité professionnelle qui vaut bien quelques sacrifices ! Nos garçons sont ravis, eux !

— Vous devriez venir dîner un soir à la maison ! coupa Pierre-Alain. Qu'en dites-vous, Cyril ?

— Ce serait avec plaisir ! répondit-il poliment.

— Ma femme est constamment débordée, mais elle est

bonne cuisinière ! Je suis sûre que vous allez vous entendre, ajouta-t-il en se tournant vers Florence. Et puis vous pourrez lui donner quelques conseils. J'ai beau rappeler à Laure que si nous vivons à la campagne, ce n'est pas une raison pour qu'elle s'habille comme une paysanne : rien n'y fait !

Un silence gêné tomba sur eux que Pierre-Alain fut le seul à ignorer. Cyril eut pitié de Laure et enchaîna très vite :

— Il est déjà tard ! Nous devons rentrer pour libérer le baby-sitter !

— Au revoir ! murmura Laure, mortifiée.

— On se retrouve de toutes les façons demain, à Magny-Cours, pour une partie de golf ! s'exclama son mari tout sourire en les laissant s'éloigner.

Jusqu'à ce qu'il décide de partir, Laure ne fit plus aucun effort pour desserrer les dents. Elle n'avait plus envie de se montrer souriante et agréable avec personne. Elle écoutait d'une oreille distraite le récit des vacances dans le midi des uns, des voyages à l'étranger des autres, leurs soucis avec la jeune fille au pair, la femme de ménage, la Mercedes ou la BMW, leurs impôts et tout le reste. Elle se retenait pour ne pas exploser et son mari, qui faisait des efforts désespérés pour s'intégrer à leur groupe, avait le don de l'horripiler.

Elle attendit d'être en voiture pour laisser libre cours à sa colère. Pierre-Alain avait passé une excellente soirée et gardait un sourire béat aux lèvres quand il alluma un dernier cigare. Laure appuya rageusement sur le bouton pour descendre la vitre. Elle avait déjà mal au cœur. Elle respira l'air frais pour tenter de se calmer. Sans succès. Elle explosa. Son mari, surpris, ne comprenait absolument pas pourquoi elle était dans cet état-là.

— C'était de l'humour ! On peut s'amuser un peu, non ?

— Nous n'avons décidément pas les mêmes raisons de rire !

— Je n'y peux rien si c'est ma femme qui avait le moins de classe ce soir ! cria-t-il à son tour.

— Je n'ai pas un seul t-shirt neuf à me mettre ! Tu me donnes de l'argent au compte-gouttes ! Je peux à peine acheter des chaussures à nos enfants pendant que, toi, tu dépenses du fric sans compter !

— Ne me parle pas sur ce ton ! menaça-t-il.

— Et tout ça pour quoi ? continua Laure avec ironie. Pour frimer devant une bande de snobs qui se moquent éperdument de ta petite personne !

— Tais-toi ! rugit-il en lançant brutalement son coude qui la cogna sur la pommette.

— Tu es complètement fou !

— Si tu l'avais fermée, ça ne serait pas arrivé ! cria-t-il sans s'émouvoir de ses gémissements de douleur. C'est de ta faute, tu me pousses sans arrêt à bout !

— Attention ! hurla-t-elle en voyant les phares d'une voiture foncer droit sur eux.

Pierre-Alain rattrapa sa trajectoire au dernier moment sous les coups de klaxon de l'autre bolide. Laure, les larmes aux yeux, tremblait nerveusement et croisa ses bras autour d'elle. Elle était choquée. Ils rentrèrent à la maison sans avoir ajouté un mot.

9

Laure s'était installée devant la table de la salle à manger et découpait le patron d'une robe pour Albertine. Elle était encore bouleversée du retour de leur dîner. Elle ne s'était pas attendue à ce coup brutal de Pierre-Alain et elle avait pris son coude dans la pommette sans le voir venir. Elle avait eu si mal qu'elle n'avait pas pu lutter contre ses larmes. Pierre-Alain n'avait plus rien prononcé durant la fin du trajet et Laure s'était tenu la joue en silence. Elle était complètement abattue. Plus les semaines passaient, moins elle reconnaissait son mari. Il ne lui disait rien de ses expéditions, soi-disant pour chercher du travail. Il revenait souvent agité et ils n'avaient plus l'occasion de se retrouver pour partager un moment agréable, encore moins une discussion sensée. Laure commençait à se poser des questions. Ce matin, il avait blêmi en découvrant le bleu sur sa pommette et il s'était confondu en excuses. Il l'avait embrassée tendrement, lui avait proposé de rester plus longtemps au lit et lui avait même rapporté une tasse de thé. Laure ne savait plus comment gérer ses montagnes russes émotionnelles. Elle s'accrochait à l'espoir qu'il redevienne comme avant.

— Tu es toute seule ? demanda Isabelle.

— Pierre-Alain est parti, Céleste écoute de la musique dans sa chambre, Albertine doit traîner chez Stéfanette et Augustin fait la sieste.

Elle releva enfin la tête et Isabelle découvrit les traces de coup.

— Que s'est-il passé ? Qu'est-ce que c'est que ce bleu sur ta joue ? s'inquiéta sa sœur, les sourcils froncés.

— Ce n'est rien ! Nous avons failli avoir un accident de voiture hier soir, en rentrant. Heureusement, nous avons eu plus de peur que de mal !

— Tu es sûre que ça va ?

— Oui ! Ne t'angoisse pas. Je ne ressens plus rien et dans deux jours, l'hématome aura disparu.

— Tu as déjeuné ?

— J'ai grignoté ! répondit Laure sans lever les yeux de sa couture.

Isabelle haussa les épaules. Elle avait une idée précise du contenu de ses repas. Elle le voyait sur son corps devenu beaucoup trop maigre ces derniers temps. Olivier les retrouva et tira une chaise pour prendre part à la discussion.

— Je disais à Isa que cette maison a vraiment un charme fou !

— Oui, mais son entretien nous coûte trop cher !

— Vous devriez trouver un moyen de la rentabiliser.

— Mais des moyens, nous n'en avons pas ! marmonna-t-elle, encore.

— Comment s'est passé ton dîner ? demanda Isabelle pour changer de sujet. Sa sœur semblait contrariée. As-tu rencontré des gens sympathiques ?

— Pas vraiment ! À part nos voisins de « Souchy », les autres invités n'avaient rien d'amusant ! Et je n'ai pas particulièrement apprécié qu'on dise de ma fille qu'elle ressemble à une bohémienne ! jura Laure entre ses dents.

— Céleste ? dit Isabelle, surprise.

— Non ! Albertine !

— Elle l'aurait sans doute pris pour un compliment !

— Et bien pas moi !

La principale intéressée arriva à cet instant en pédalant de toutes ses forces sur son vélo. Elle s'arrêta dans un dérapage et lâcha sa bicyclette devant les marches pour s'écrier depuis la porte :

— Oncle Tanguy va rester ici pour travailler à la ferme !

— Qu'est-ce que tu racontes ? s'exclamèrent les deux femmes à l'unisson.

— Il part plus au Québec ! Quand je serai assez grande, il m'embauchera pour conduire son tracteur ! Il me l'a promis ! ajouta-t-elle en repoussant les cheveux de son visage avec fièvre.

— C'est une excellente nouvelle ! déclara Olivier. Vous voilà maintenant fixées toutes les deux !

Albertine s'envola aussi vite qu'elle était apparue, laissant sa mère pensive.

— J'ai décidé de vous revendre mes parts de la maison.

— Pourquoi ? s'écria Isabelle.

— Parce que je refuse que l'on considère mes enfants comme des miséreux ! Parce que je ne sais plus comment faire pour nous sortir de cette crise !

— Laure ! soupira Isabelle en la tenant par les épaules pour la réconforter. Avant de prendre une telle décision, tu dois y penser calmement ! Pour le moment, tu n'as pas vraiment le choix pour avoir un toit ! Cette maison, toi et tes enfants pourrez lui redonner vie !

— Et comment vais-je arriver à l'entretenir ? J'ai à peine de quoi nous nourrir !

— La théorie d'Olivier n'est pas si mauvaise ! Tu devrais tenter de gagner de l'argent en utilisant les nombreuses chambres vides.

— Mais comment ? Je ne sais rien faire !

— Qui t'a mis une telle idée dans la tête ! s'écria Isabelle. Arrête de te sentir inférieure parce que tu n'as pas de diplôme ! Tu es capable de réaliser tant de choses !

— Ah oui ? Lesquelles ?

— Tu cuisines très bien, tu couds admirablement bien aussi ! Tu peux décorer une pièce avec un rien. Tu transformes l'ordinaire en extraordinaire ! conclut Isabelle en souriant.

— Et je vais gagner de l'argent en sachant faire tout ça ? grimaça Laure avec ironie.

— Nevers est à deux heures de Paris et les gens partent en week-end pour se ressourcer, commença Olivier. Vous pourriez tout à fait créer des chambres d'hôtes dans une si grande maison. Et la réputation d'artiste de votre mère pourrait vous aider.

— Voilà une idée ! s'écria Isabelle avec son entrain habituel.

— Cela voudrait dire que nous aurons sans arrêt des étrangers dans nos couloirs. Pierre-Alain ne le supportera pas.

— C'est un détail, éluda sa sœur, agacée. Je te donne l'autorisation d'utiliser ma part. Tanguy en fera autant, j'en suis sûre. Nous pouvons nous renseigner pour créer une entreprise ou une association, je n'en sais rien encore ! Cela te permettra de gagner ta vie, par toi-même ! Qu'en dis-tu ?

— Ce n'est pas en louant des suites de temps en temps que je vais avoir un revenu fixe ! Et puis des chambres d'hôtes s'établissent partout dans le département !

— Vous devez aller chercher l'argent là où il se trouve ! continua Olivier. Votre maison a un potentiel extraordinaire et vous recevrez des clients qui devront payer la tranquillité que vous leur offrirez !

— Tu vas devoir te retrousser les manches !

— Oui, mais comment faire pour les attirer jusqu'ici ?

— Vous devez réfléchir à une bonne publicité ou un nouveau concept ! déclara Olivier.

— Alors ? demanda Isabelle.

— Je vais y songer…

— Arrête de penser, Laure ! soupira sa cadette. Il est grandement temps d'agir ! Tu as dépensé suffisamment d'énergie à compter les pièces qu'il te reste dans le fond de ta poche ! Si tu veux que tes enfants ne manquent de rien, tu dois te réveiller et ne miser que sur toi ! Je suis prête à te laisser mon tiers de la maison et à t'aider en fonction de mes possibilités. À toi de monter un bon projet. Je t'assure que tout ira bien ! Tu en es capable, crois-moi ! Tu dois reprendre confiance en toi !

10

La fin de l'été approchait, entraînant derrière elle l'odeur de la rentrée. Les matins devenaient plus frais et la brume recouvrait l'étang tout comme la rosée qui détrempait les prés. Très vite, les feuilles gagneraient leur couleur mordorée, avant de tomber en pluie au sol, pour former un épais tapis. Laure frissonna en pensant qu'à la Toussaint, tous les arbres du parc ne présenteraient plus que des branches sombres et nues et resteraient endormis jusqu'au printemps prochain. Elle comprenait si bien l'humeur agressive d'Albertine. Tout comme sa fille, elle n'avait jamais aimé la rentrée qui annonçait l'arrivée de longs mois d'hiver. Elle se resservit une tasse de thé et profita de ce dernier moment de solitude, avant que les enfants descendent prendre leurs petits déjeuners.

Dès qu'ils avaient accepté leur héritage, Tanguy était reparti aussitôt au Québec pour régler ses affaires. Laure ignorait tout de sa vie passée. Et son frère, si peu bavard, ne lui avait pas confié ce qu'il allait abandonner là-bas. Laure comprenait qu'il garde ses secrets. Qui n'en avait pas dans cette maison ?

Pendant son absence, Martin avait commencé de labourer les champs. Il allait semer au plus vite avant que la pluie ne vienne les retarder. Le retour définitif de Tanguy dans la Nièvre avait rapidement fait le tour de la campagne. Laure n'avait rien dit, mais la présence de son frère la rassurait. Même s'ils ne se confiaient pas beaucoup, elle pouvait compter sur lui au moindre problème. Et Dieu sait si elle les accumulait ces derniers temps !

Son mari avait encore essuyé un refus pour le poste qu'il convoitait. Son humeur demeurait particulièrement détestable, pourtant Laure n'en pouvait plus d'attendre le bon moment pour lui parler. La crainte que Tanguy finisse par intervenir la décida à passer à l'action. Elle devait obtenir des informations quant à la vente de leur appartement de Lyon et le prêt d'argent que son père leur avait accordé sans qu'elle n'en sache rien. Pierre-Alain avait commencé par lui répondre vaguement sans quitter l'écran de son téléphone. Elle avait insisté, les épaules tendues et un poids sur l'estomac. Son mari avait alors jeté son iPhone, de rage, en lui demandant de quel droit elle l'interrogeait de cette manière. Laure avait sursauté, le souffle court et les doigts si serrés que ses ongles lui étaient entrés dans la paume des mains. Il avait continué de plus belle. Depuis quand avait-elle des doutes sur sa bonne foi ? Pour qui se prenait-elle à lui demander de clarifier ses propres décisions ? Qui de son frère, ou bien sa sœur, lui retournait l'esprit pour semer la zizanie dans leur couple ? Il ne supportait plus cette ambiance de suspicion. Laure avait préféré ne pas insister plus longtemps et s'était enfuie en attendant que Pierre-Alain retrouve son calme.

Augustin apparut à la porte, les yeux gonflés par le sommeil et les cheveux en bataille, et Laure repoussa ses pensées. Il tenait son vieil ours à la main et quand elle lui sourit, il courut jusqu'à elle pour grimper sur ses genoux. Laure l'entoura de ses bras et l'embrassa en lui demandant s'il avait bien dormi. L'enfant répondit par un hochement de tête et resta blotti tout contre elle. Rassuré par sa chaleur, il se réveilla doucement. Albertine arriva ensuite, habillée à la hâte et les cheveux dans la figure. Elle tendit distraitement sa joue à sa mère et commença à se quereller avec sa sœur aînée. Céleste marmonna un vague bonjour et se laissa tomber sur la chaise au bout de la table.

Laure servit ses trois enfants et leur fit passer des tartines grillées. Quand le silence revint, une fois qu'ils eurent la bouche pleine, elle en profita pour annoncer :

— Après-demain, vous allez retourner en classe.

— Maman ! s'écria Albertine en grommelant. Tu ne pourrais pas parler d'un autre sujet ? Je ne veux pas y penser !

— Justement ! continua Laure en souriant. Nous allons faire quelques achats à Nevers. Vous avez tellement grandi cet été que vous allez avoir besoin de nouveaux vêtements, de chaussures…

Elle repoussa loin de son esprit les paroles blessantes de la mère de famille qu'elle avait rencontrée à ce fameux dîner. Jamais plus elle ne voulait entendre de critiques sur la tenue de ses enfants.

— Sans moi ! jeta Céleste, boudeuse. De toute façon, nous n'avons pas d'argent…

— Ce n'est pas ton problème ! reprit Laure avec patience. Et puis, ne désirais-tu pas un sac neuf pour ta rentrée en première ?

— T'as braqué une banque ? s'inquiéta Albertine, ce qui fit rire sa mère.

— Pas exactement ! Cette dernière année nous a tous éprouvés, mais tout va changer !

— Nous repartons à Lyon ? Papa a trouvé du travail ? demanda Céleste, le regard dur.

— Nous allons rester ici pour le moment. Ne sommes-nous pas bien installés dans cette maison ?

— Tu parles ! On est perdus en pleine campagne. Je ne connais personne et en plus, je ne peux rien faire !

— Si ! coupa Albertine. On peut faire du vélo, on peut se baigner, on peut faire des cabanes…

— Tant mieux pour toi ! s'écria sa sœur en colère. Mais moi, je suis bloquée ici ! Je ne peux même plus aller au cinéma, ni…

— Je vais m'organiser pour que cela change ! réagit Laure. Tu pourras reprendre des cours de danse et de piano comme tu le faisais à Lyon.

— Bien sûr ! Et j'aurai un scooter pour m'y rendre ?

— Hors de question ! Je te conduirai !

— Et moi ? interrogea Albertine. Pourquoi j'aurais pas le droit d'avoir une activité si Céleste…

— Quel sport aimerais-tu faire ? coupa sa mère.

— Du judo… ou du rugby ! Je ne sais pas moi ! Tu crois qu'ils prendraient une fille dans une équipe de rugby à l'Usson ?

— Nous allons nous renseigner, ma chérie ! Allez donc vous préparer pendant que je range la cuisine.

Les deux plus jeunes s'élancèrent hors de la pièce, telle une volée de moineaux, suivis de Céleste qui traînait sa mauvaise humeur comme un boulet. Laure soupira. Elle ne savait que trouver pour rendre le sourire à son aînée. Elle pouvait comprendre que leur départ précipité de Lyon et la perte de ses amis et de ses repères la bouleversent. Mais pourquoi ne s'en prenait-elle qu'à elle ? Laure voulait bien accepter de partager la responsabilité de leur situation actuelle, mais bon sang, elle n'avait pas tous les torts ! Lire dans les yeux de sa fille tant de mépris la peinait. Malgré cela, Laure refusait de se servir des enfants pour mieux se déchirer avec son mari. Céleste finirait bien par grandir et comprendre qu'elle n'avait pas toujours eu le choix dans les décisions familiales.

Finalement, ils passèrent tous les quatre une agréable journée en ville. Elle les habilla de la tête aux pieds, sous le regard fermé de Céleste. Décidée à ignorer son caractère maussade, Laure les entraîna pour déjeuner. Sa fille aînée daigna enfin sourire, quand elle les encouragea à entrer dans cette célèbre chaîne américaine. Fanette et sa mère étaient de fins cordons bleus, mais manger un burger et des frites était un baume sur son moral meurtri d'adolescente incomprise. Après cette pause, Laure lui annonça qu'ils allaient lui chercher son sac de cours.

— Maman ! Le vieux fera l'affaire ! s'écria cette dernière, inquiète de la voir dépenser sans compter depuis le matin.

— Chérie ! Contrairement à ce que pense Albertine, je n'ai pas volé cet argent, alors détends-toi ! Tu as besoin d'un cartable et d'un nouveau manteau également. Allons-y avant qu'il ne reste plus rien dans les rayons !

— Maman !

— Et dépêchons-nous si tu ne veux pas que ton frère s'impatiente ! coupa-t-elle, une bonne fois pour toutes.

Laure avait retiré cette somme sur son héritage pour leur faire plaisir. Et si les billets lui brûlaient les doigts au fur et à mesure qu'elle les sortait de son porte-monnaie, elle s'en tenait à sa décision. Jamais plus ses enfants n'inspireraient la pitié même si pour cela elle allait devoir s'attaquer aux plus basses besognes.

De retour à « Maison Haute », en fin de journée, Céleste souriait. Elle agrippait devant elle le sac à dos dont elle rêvait depuis des mois. La paire de boots qui lui donnait l'impression d'être une femme reposait à ses pieds, de même que le manteau à la mode, les deux pulls et le jeans qu'avaient toutes les filles de son âge.

— Merci, Maman ! murmura-t-elle avant de disparaître dans sa chambre.

Laure soupira en la regardant s'éloigner. Céleste avait horreur de toutes démonstrations affectives. Elle se renfermait sur elle peu à peu, toujours plus distante et effacée. Laure se demandait s'il n'était pas déjà trop tard pour retrouver la confiance de son aînée et elle en souffrait.

Isabelle boucla ses valises et vérifia une dernière fois qu'elle n'avait rien oublié.

— Tante Isa ? l'interrompit Céleste. Tu as besoin d'un coup de main ?

— Je veux bien ! Où se cache ta Maman ?

— Elle bricole dans la cuisine. Encore des papiers à étudier pour son entreprise ! déclara l'adolescente, le regard sombre.

Isabelle lui sourit et n'insista pas. Personne n'ignorait dans la famille les tensions entre la mère et la fille. Céleste était trop jeune et impatiente pour comprendre les projets de Laure. Sa tante n'essayait plus de lui faire entendre raison et tentait seulement d'aplanir les conflits.

Elle déposa ses bagages dans le coffre de sa voiture et embrassa sa nièce avec affection. Elles échangèrent un sourire complice et Céleste s'éloigna quand Laure vint saluer sa sœur à son tour.

— Sois prudente ! Tu m'appelles dès que tu arrives ?

— Bien sûr ! Je te raconterai tout ! Prends soin de toi !

— Reviens-nous vite !

— Je suis impatiente de voir les rénovations que tu vas

réaliser dans cette vieille maison ! Je te fais confiance, je sais que tu vas mener ce projet d'une main de maître ! Ne laisse personne te dire le contraire !

Laure regarda sa sœur partir et lui fit un dernier signe de la main. Son absence lui pesait déjà. Isabelle transformait toujours leur routine avec ses rires et sa perpétuelle bonne humeur. Elle allait tous leur manquer.

Le jour tant redouté de millions d'élèves arriva enfin. Céleste refusa que Laure l'accompagne jusqu'au lycée l'Espérance et préféra monter dans la voiture de luxe de son père pour qu'il la dépose devant la cathédrale. Albertine et Augustin, eux, ne boudèrent pas la présence rassurante de leur mère. Elle les laissa avec leurs maîtresses, soulagée qu'ils retrouvent leurs camarades de l'année précédente. Elle passa ensuite la journée derrière un ordinateur pour se renseigner sur la création des chambres d'hôtes et reprendre les comptes et les études avant de se lancer dans sa future activité. Elle se trouvait tellement sur la corde raide qu'elle avait peur de s'enfoncer un peu plus encore.

Elle arriva juste à l'heure pour la sortie de l'école. Quelques femmes attendaient déjà et papotaient entre elles. Laure répondit au salut de la mère de Lou-Anne, mais se garda de rejoindre le groupe. Décidément, les réflexions sur sa fille lui restaient en travers de la gorge.

— Bonjour ! Vous devez être Laure ?

— En effet ! dit-elle sur ses gardes à la jeune femme souriante.

— Ma belle-sœur, Catherine, m'a parlé de vous !

— Vous êtes Cécile ? Je suis ravie de faire votre connaissance !

— Nos fils sont dans la même classe et ils s'entendent bien. Je pense que nous aurons souvent l'occasion de nous rencontrer !

Laure récupéra ses trois enfants et rentra à « Maison Haute », les oreilles brisées par leurs cris d'excitations et par leurs disputes.

Laure soupira, la tête posée entre ses mains en jetant un regard désolé à tous les documents étalés devant elle. Les devis pour réaliser les travaux s'annonçaient tous plus chers les uns que les autres. Les sanitaires devaient être changés dans l'une des salles de bains, l'alcôve d'une chambre être transformée en cabinet de toilette, sans compter la réfection des papiers peints ! Même si elle utilisait ce qui lui restait de son héritage, elle ne viendrait pas à bout de la somme à investir et elle n'aurait plus rien pour subvenir aux dépenses exceptionnelles. Elle ne pouvait pas demander un emprunt à la banque qu'elle ne pourrait certainement pas rembourser par la suite. Elle avait bien tenté d'en parler à son mari, mais depuis qu'elle avait décidé de garder la maison contre son avis, il ne décolérait pas. Elle longeait les murs et faisait profil bas. Malgré les encouragements de son frère et de sa sœur, elle ne lui avait encore jamais tenu tête. Pierre-Alain avait toujours possédé un caractère autoritaire et Laure s'en était accommodée jusqu'à maintenant. Mais leur éloignement forcé et son retour dans le giron familial lui donnaient un semblant d'assurance qu'il ne supportait pas. Depuis qu'il se trouvait au chômage, parler d'argent le mettait dans un état indescriptible et elle ne pouvait attendre aucune aide de sa part. Recevoir des hôtes partait d'un bon principe, mais elle n'avait pas les moyens de transformer « Maison Haute » en palace.

Stéfanette entra dans la cuisine et posa dans l'évier en pierre un panier rempli de courgettes et d'aubergines que Martin venait de ramasser dans le jardin. Avec les tomates cueillies la veille, elles allaient préparer des bocaux de ratatouille pour tout l'hiver. Elle nota en silence le pli de contrariété qui barrait le front de Laure et serra les dents. Elle la connaissait depuis sa plus tendre enfance et elle donnerait tout pour qu'une infime lueur d'espoir brille à nouveau dans ses grands yeux tristes. La voir se débattre seule pour ne pas s'enfoncer dans la misère la désolait, mais elle ne savait que faire pour l'aider. Fanette alla jusqu'à la cuisinière où elle posa la bouilloire sur le feu et prépara deux tasses de thé avant de rejoindre Laure.

— Ce sont les devis que tu attendais ?

— Hum ! murmura Laure sans lever les yeux. Je ne peux pas me permettre une telle dépense.

— Ne te décourage pas !

— Si tu savais à quel point je suis fatiguée de compter l'argent que je n'ai pas et que je n'aurai sans doute jamais !

— Tu trouveras toujours une solution à chaque problème !

— Stéfanette ? commença Laure, le regard fuyant.

— Oui, ma chérie ?

— Ne le prends pas mal, mais…

— Arrête de tergiverser, veux-tu ! Dis-moi ce que tu as sur le cœur !

— Tu as travaillé toute ta vie et tu as le droit de te retirer pour ta retraite ! Tu sais à quel point tu comptes beaucoup pour nous tous…

— Et ?

— Je ne peux plus régler ton salaire comme nos parents l'effectuaient ! avoua Laure. Tu pourras toujours venir nous rendre visite, mais je suis obligée de me passer de tes services,

Fanette ! Tu vas prendre le temps de t'occuper de Martin et de tes fleurs et…

— Je n'ai jamais rien entendu de plus stupide ! gronda la vieille dame, le visage sévère.

— Je t'en prie ! Ne te fâche pas…

— Je me fâche si j'en ai envie ! Tu crois que je vais accepter de démissionner sans rien dire ? Poser mon tablier à sa place et tourner les talons, l'esprit en paix ? Regarde-moi bien, Laure ! s'écria-t-elle en lui attrapant le menton pour plonger ses yeux dans les siens. Depuis mon arrivée dans cette maison, j'ai partagé toutes tes joies et toutes tes peines ! Que veux-tu que je fasse à rester toute seule chez moi ? Je n'ai pas eu le bonheur de donner des enfants à Martin et ça a été terrible pour nous, tu le sais ! Mais le Seigneur vous a mis sur notre route ! Tanguy, Isabelle et toi, vous êtes la famille que nous n'avons jamais eue. Tu m'entends bien : jamais je ne vous abandonnerai !

— Stéfanette ! murmura Laure, les yeux noyés de larmes.

— Ma p'tite chérie ! dit sa nourrice en l'attirant dans ses bras pour la consoler. Je veux rester auprès de toi pour te secouer dès que tu seras tentée de capituler ! Je t'aiderai de mon mieux, tu le sais !

— Je ne peux pas accepter !

— Bah ! s'écria-t-elle en repoussant Laure à bout de bras. Tu n'as qu'à te dire que tu rends service à Martin ! Imagine s'il devait me supporter toute la journée sur son dos ! Il viendrait te supplier de me trouver un travail !

— Que ferais-je sans toi ? demanda Laure, émue. Je te le promets, dès que j'en aurai les moyens, je te réglerai tes heures.

— Si tu veux, nous en reparlerons plus tard ! Je dois préparer ces légumes, ils ne vont pas sauter dans la casserole tout seuls !

annonça la vieille dame en haussant les épaules.

La sonnerie du téléphone résonna dans toute la maison et Laure se leva pour aller répondre. C'était Olivier. Ils discutèrent quelques minutes et Laure raccrocha.

— Stéfanette ! cria-t-elle en se demandant si elle n'avait pas rêvé de cet appel.

La cuisinière accourut dans le vestibule en s'essuyant les mains dans son tablier.

— Que se passe-t-il ?

— Je vais avoir l'argent nécessaire pour commencer les travaux ! s'écria Laure radieuse.

— Comment as-tu fait ?

— J'ai accepté la proposition d'Olivier !

— Quelle proposition ?

— Je vais louer la maison pour tourner un film publicitaire ! Toute l'équipe arrivera dans une semaine !

— Une publicité pour quel genre de produit ?

— J'ai oublié de lui demander ! pouffa Laure.

Quand la dernière voiture disparut à la grille de la propriété, Laure se posa sur la première marche du perron et souffla de satisfaction. Elle tenait dans sa main le chèque signé et vérifia une nouvelle fois le montant. Elle était soulagée d'avoir gagné tout cet argent, mais elle n'avait pas ménagé sa peine durant cette semaine. Céleste s'était intéressée à leur travail et avait passé tout son temps libre à les observer. Albertine les avait ignorés en les traitant « d'urbains », son insulte fétiche, à partir du moment où ils avaient eu le malheur de rire de ses ambitions paysannes.

Elle sourit en repensant à la tête de Stéfanette quand l'équipe avait préféré se rendre à Nevers pour manger un burger plutôt que sa traditionnelle omelette aux cèpes.

Laure rangea le chèque dans sa poche et se leva pour aller contacter le plombier et le plâtrier peintre qui allaient enfin pouvoir commencer les travaux sans plus attendre.

11

Automne

Emmanuel Duvernoy était originaire de La Rochelle, mais le hasard de la vie l'avait amené à s'installer à Paris, dix ans plus tôt. Après des années passées à apprendre son métier avec les plus grands chefs à travers le monde, le mal du pays l'avait rattrapé et il était rentré en France sur un coup de tête. Il avait suivi la mode de la restauration rapide et avait acheté un bar dans le neuvième arrondissement qu'il avait transformé en endroit chic et branché. Il servait à ses clients pressés des tartines de pain de campagne fraîches, ou grillées, et composées des meilleurs produits du terroir. Très vite, le lieu en vogue avait rencontré un immense succès, puis il en avait ouvert aussitôt un second : « le Gargantua ». L'établissement, consacré à la haute gastronomie, lui permettait de laisser libre cours à sa créativité. Il se montrait confiant pour l'avenir de ses deux restaurants parisiens et s'occupait plus ardemment à de nouveaux projets. Les banques lui accordaient sa demande de prêt et il ne lui restait plus qu'à dénicher l'endroit idéal pour réaliser son rêve. Pendant que son associé prospectait dans le nord de l'Europe, lui revenait du sud de la France. Il avait fait un détour sur sa route et traversait donc la Nièvre, à cette heure tardive. Il était trop fatigué pour regagner la capitale et se trouvait devant « Maison Haute » à presque minuit.

En découvrant la maison à la lumière des phares de sa voiture, il pensa que la publicité n'était pas mensongère. Il attrapa son sac de voyage avant d'aller jusqu'à l'entrée. Il s'apprêtait à sonner lorsque la lourde porte en bois s'ouvrit sur une femme brune au regard épuisé.

— Bonsoir, madame ! déclara-t-il en souriant. Je vous remercie d'avoir accepté de me recevoir malgré l'heure tardive.

— Je vous en prie ! coupa-t-elle en s'effaçant pour le laisser passer. Vous n'avez pas eu de difficulté pour trouver la maison ?

— Les explications que vous m'avez données au téléphone étaient tout à fait claires !

— Je vais vous montrer votre chambre.

Comme la maîtresse des lieux restait muette, Emmanuel en profita pour jeter un regard discret tout autour de lui. Même si le vestibule témoignait de quelque usure du temps, il s'en dégageait un charme particulier qui lui plut aussitôt. Il la suivit et monta l'immense escalier de pierre jusqu'au premier étage où ils arrivèrent dans un large couloir. Un profond silence régnait, juste entrecoupé par le bruit de leurs pas sur le parquet en chêne parfaitement ciré. Laure le fit entrer dans une chambre où le papier clair mettait en valeur l'élégance des meubles anciens. La pièce, décorée avec goût, le combla. Il écouta ses explications d'une oreille distraite, incapable de la quitter des yeux. Elle n'était pas du tout le genre de femme qu'il remarquait : trop maigre, trop terne, pas assez féminine, pas assez ou trop, d'il ne savait pas quoi ! Il se rendit compte que son regard insistant la mettait mal à l'aise et se reprit.

— Je suppose que vous n'avez pas dîné ?

— Je vous demande pardon ?

— Voulez-vous manger quelque chose ? répéta Laure.

— Non, je vous remercie ! Je tombe de fatigue !

— Je vous laisse alors. Dormez bien !

— Merci ! Vous aussi… eut-il seulement le temps de répondre avant qu'elle ne disparaisse.

Emmanuel haussa les épaules. Elle ne s'était pas montrée des plus accessible, mais elle avait eu l'amabilité de l'attendre jusqu'à minuit. Si la propriétaire des lieux le surprenait par sa réserve, il était sous le charme de sa maison. Il ouvrit la fenêtre en grand et resta immobile un moment pour apprécier le calme environnant : aucun bruit de circulation, pas de sirènes ni de cris. Il n'entendit que les aboiements lointains d'un chien et le hululement d'une chouette. Le froid qui s'engouffrait dans la pièce le décida à refermer. Il passa dans la salle de bain attenante et en goûta le confort : une baignoire à pieds de lion identique à celle de chez sa grand-mère, sur le lavabo ancien, des billes de savon dans un vase en porcelaine et un bouquet de lavande séchée. Si l'accueil avait été distant, la qualité de la chambre avoisinait le sans faute. Emmanuel se déshabilla en vitesse et se coucha au milieu du grand lit en soupirant de bien-être. Sitôt la lumière éteinte, le chef cuisinier s'endormit.

À l'autre bout de la maison, Laure se glissa sous la couette sans faire de bruit pour ne pas réveiller son mari. Il ne partageait pas sa volonté d'accueillir des étrangers chez eux, et ne s'en cachait pas. Laure usait de stratagèmes pour que cette nouvelle activité ne perturbe pas le confort de Pierre-Alain. Si elle ne se trouvait pas aux abois financièrement, elle se passerait bien, elle aussi, de recevoir des inconnus dans sa maison. Elle devait se faire violence pour participer à leurs discussions, répondre à leur curiosité et se montrer aimable et naturelle alors qu'elle n'avait plus de relations sociales depuis des années.

La sonnerie de son téléphone portable le réveilla en milieu de matinée. Emmanuel décrocha sans même ouvrir les yeux. Le ton de la voix, continuellement pressée, le renseigna aussitôt sur l'identité de sa correspondante.

— J'attends de tes nouvelles depuis des heures ! Où es-tu ?

— Quelle heure est-il ?

— Il est dix heures et demie ! Ne me dis pas que tu traînes encore au lit ?

— Caroline chérie ! s'écria-t-il en riant. Je me demande depuis combien de mois, je n'ai pas dormi aussi profondément !

— Tu m'en vois ravie ! Pendant que tu prends du bon temps, je travaille comme une folle !

— C'est bien pour cette raison que je t'ai engagée pour être mon assistante ! dit-il d'excellente humeur.

— Je ne suis pas ton assistante, je suis ton souffre-douleur ! corrigea-t-elle en riant. Parle-moi plutôt de ton entrevue d'hier !

— Un vrai fiasco ! s'écria-t-il en se redressant contre ses oreillers. Ce n'est pas du tout ce que je cherche. Beaucoup trop de travaux sont à réaliser et le propriétaire m'a semblé trop original pour être sérieux. Nous allons devoir continuer nos investigations.

— Quand rentres-tu à Paris ?

— Je serai au restaurant pour le service de ce soir ! Je te fais confiance pour superviser l'équipe.

— C'est ça ! maugréa-t-elle.

— À ce soir, Caroline chérie !

— Ne m'appelle pas ainsi ! s'écria-t-elle avant de raccrocher, ce qui fit sourire Emmanuel.

Depuis le premier jour de leur collaboration, il n'avait pas regretté un seul instant de l'avoir engagée. Caroline était un modèle d'efficacité et il lui faisait entièrement confiance. Elle débordait d'énergie et ne manquait jamais d'idées nouvelles pour promouvoir ses restaurants. À son arrivée, il s'était inquiété. Comment sa brigade et l'équipe de serveurs allaient-elles réagir sous ses ordres alors qu'elle était si jeune ? Mais Caroline avait très vite su se faire respecter. Elle se montrait juste avec eux et ne ménageait ni son temps ni son travail. Il s'en voulait parfois de tant lui demander, car elle laissait trop souvent empiéter sa vie professionnelle sur sa vie privée. Mais quand il tentait d'aborder le sujet, elle lui renvoyait aussitôt le propre échec de son histoire personnelle.

Emmanuel quitta sa chambre quelques minutes plus tard et retrouva son chemin d'après ses souvenirs de la veille. L'odeur appétissante le mena jusqu'à la cuisine. Il baissa la tête pour passer sous le chambranle de la porte et salua la propriétaire des lieux. Elle était assise devant la grande table en chêne et dès l'instant où il pénétra dans la pièce, elle reposa l'enfant qu'elle avait sur les genoux. Une femme d'âge mûr lui tournait le dos, son tablier noué autour de la taille, elle s'affairait sur ses fourneaux.

— Bonjour ! déclara Laure, gênée de le voir dans leur cuisine rustique. Avez-vous bien dormi ?

— Merveilleusement bien ! avoua-t-il en souriant. Je n'avais pas prévu de rester si tard !

— Vous n'allez pas nous quitter sans prendre de petit déjeuner ? Je dois m'absenter, dit Laure en tenant son fils par la main. Stéfanette va vous servir !

Laure disparut. Emmanuel haussa les épaules. Il se demanda si ce n'était pas lui, finalement, qui la mettait si mal à l'aise. La cuisinière lui sourit et lui proposa de la suivre dans la salle à manger où était dressé son couvert. Il répondit que si cela ne le dérangeait pas, il préférait rester dans cet endroit si chaleureux et profiter des odeurs délicieuses qui s'échappaient du four. Fanette tomba sous le charme de ce client facile et l'invita à s'installer, avant de lui présenter sa brioche tout juste refroidie. Emmanuel goûta à toutes les confitures qui lui étaient offertes tout en discutant avec la vieille dame, qui continuait de concocter son plat. Il reposa sa tasse vide et soupira de bien-être.

— Cette maison est extraordinaire ! déclara-t-il subitement. Je ne sais pas comment trouver le courage de reprendre la route.

— Vous êtes si pressé ? demanda-t-elle en enfournant une terrine de gibier dans l'Aga.

— Mes affaires ne peuvent pas attendre ! Je brûle de curiosité : qu'avez-vous préparé dans cette terrine ?

— C'est une tourte de chevreuil !

— Je ne m'étais pas trompé !

— Êtes-vous chasseur ?

— Je suis chef cuisinier à Paris.

— Et que fait un restaurateur parisien perdu dans notre campagne ?

— Je cherche un établissement à reprendre ! éluda-t-il.

— Avez-vous terminé votre petit déjeuner ?

— Oui ! C'était vraiment délicieux !

— La tourte sera cuite à midi ! Pourquoi n'iriez-vous pas faire le tour du parc en attendant ? Vous pourriez la goûter avant votre départ.

— Ne me tentez pas ! répondit Emmanuel en souriant. Très

bien, je me rends ! Je vais profiter de ce rayon de soleil pour prendre l'air avant de regagner la capitale !

Quand Emmanuel posa ses bagages dans son bureau en fin d'après-midi, Caroline apparut aussitôt.

— Te voilà déjà de retour ? demanda-t-elle avec une pointe de sarcasme dans la voix. J'espère que ta journée d'école buissonnière s'est bien passée !

— Parfaitement ! Tu n'as pas eu de problème durant mon absence ?

— Hadji menace encore une fois de donner sa démission. La livraison de poisson ne correspondait pas du tout à notre commande. Sophie s'est encore mise en arrêt maladie pour le week-end et j'ai dû chercher une remplaçante au dernier moment. Bref ! La routine ! termina-t-elle en s'asseyant sur le coin du bureau.

— Je crois avoir découvert l'endroit que j'attendais ! s'exclama Emmanuel, le regard brillant d'excitation.

— Tu m'as dit au téléphone que ton rendez-vous n'avait pas été concluant.

— C'est le cas ! Je te parle de la maison où j'ai passé la nuit ! Elle est splendide avec des pièces suffisamment vastes, une cuisine ancienne avec une grande cheminée et un parc immense avec un étang. Nous pourrions réaliser notre projet !

— Et les propriétaires seraient intéressés ?

— Je ne lui ai rien proposé, mais j'en doute fortement ! Elle va me prendre pour un fou !

— Elle ? répéta Caroline. Je ne vois pas pourquoi nous perdons notre temps à en parler si tu es certain qu'elle dira non !

— Je vais devoir la convaincre !

— Je comprends ! s'écria-t-elle en se levant. La propriétaire est une jolie femme qui t'a ensorcelé !

— Tu as tort ! C'est une mère de famille respectable et glaciale, si tu désires tout savoir ! Mais sa maison, je la veux ! C'est exactement celle que je cherche et même si cela doit me prendre des mois, voire des années, c'est à « Maison Haute » que je réaliserai mon projet ! Fais-moi confiance !

— Eh bien, en attendant ce grand jour, je te rappelle que nous sommes vendredi, que les clients vont envahir le restaurant dans moins de deux heures et que nous avons du pain sur la planche !

— Message reçu, mon général ! dit Emmanuel en claquant les talons.

— Tu dois parler à Hadji !

— J'y cours, Caroline chérie !

— Arrête de me baptiser ainsi sinon je te donne ma démission moi aussi !

Ils quittèrent le bureau d'Emmanuel en se querellant comme des enfants et retournèrent à leurs tâches respectives afin de vérifier la bonne marche de leur établissement.

12

Sur l'agenda ouvert posé près du téléphone, Laure nota la réservation d'une chambre pour deux nuits. Elle ne dissimula pas son contentement : ce client était déjà venu à « Maison Haute », un mois plus tôt. S'il s'arrêtait à nouveau, elle pouvait espérer que son travail convenait. Elle avait tant besoin de reconnaissance. Elle craignait les échanges avec les hôtes. Elle se tenait sur la réserve et n'aimait pas se mettre en avant. Elle se tendait immédiatement. Elle se croyait incapable d'accueillir des étrangers dans sa propre maison, et de répondre à toutes leurs attentes. Et pourtant, ces derniers temps, elle remarquait que les échanges étaient moins pénibles. Fanette l'encourageait d'un regard confiant. Isabelle et Olivier faisaient de la publicité tout autour d'eux et Laure avait reçu une équipe de comédiens en séance de répétition ainsi que quelques couples fatigués par le stress de la ville en recherche de calme pour se reposer.

Elle avait gagné la somme nécessaire pour régler les activités extrascolaires des enfants. Elle avait rangé les billets dans une enveloppe sans cacher son sourire de satisfaction. Elle avait réalisé seule cette action : c'était un début prometteur. Elle n'avait jamais vu autant de passage à

« Maison Haute » et s'occuper lui faisait du bien. Elle s'ouvrait peu à peu et tout son entourage semblait apprécier ce changement. Seul Pierre-Alain prenait un malin plaisir à la dévaloriser. Elle savait que son comportement n'était autre que de la jalousie, et elle usait de patience pour supporter ses critiques. Il daignait parfois lui donner un peu d'argent pour les dépenses alimentaires. Surtout depuis qu'il l'attendait dans leur lit et qu'elle luttait contre le sommeil pour le satisfaire. Elle prenait bel et bien conscience de ce qu'était le devoir conjugal et avait honte de le laisser la rabaisser de la sorte. Mais elle voyait s'accumuler les factures de téléphone et d'électricité, sans compter la prochaine commande de fioul pour la chaudière. Elle n'avait pas la force de se disputer avec lui et comblait tous ses désirs de gamin capricieux. Elle n'avait pas renouvelé ses questions concernant le prêt de son père. Mais voulait-elle vraiment connaître la vérité ? Elle se rattachait à un semblant de paix et elle ne voulait pas le contrarier. Les enfants paraissaient plus tranquilles et acceptaient l'idée qu'ils allaient rester ici quelque temps. Son mari partait régulièrement à droite ou à gauche et cette situation lui convenait.

Elle allait veiller à ce que leur existence évolue dans ce sens, même si elle devait supporter son côté sombre la nuit et dissimuler la réalité de sa vie de couple la journée.

Emmanuel était installé à « Maison Haute » depuis deux jours. Il avait observé les lieux avec une discrète attention et ce qu'il découvrait le charmait. La maîtresse de maison était toujours aussi distante, mais elle accédait à toutes ses demandes. Il était reçu comme un roi et la cuisine de Stéfanette était un réel plaisir. Il avait bien tenté de lui arracher quelques recettes, mais si elle acceptait ses compliments avec amusement, elle ne dévoila pourtant rien de ses secrets.

Emmanuel attendait Laure dans le grand salon. Il regardait la collection de photos de famille disposées harmonieusement sur le manteau de la cheminée. Le feu crépitait dans l'âtre et l'envie de s'installer sur le canapé pour somnoler comme un chat lui traversa l'esprit. Mais il n'était pas là pour ça, il ne devait pas l'oublier.

Dans un des cadres, la photo d'un couple, le jour de ses noces, attira toute son attention. Il avait du mal à reconnaître les traits de son hôtesse sur le visage poupin de cette jeune fille brune qui souriait à l'objectif. Le regard pétillant, le teint mat et les joues rondes montraient qu'elle sortait à peine de l'enfance. Des cheveux noir de jais retenaient un voile de dentelle ancien et la mariée contemplait son nouvel époux avec admiration. Qu'avait-il bien pu lui arriver pour qu'elle se transforme ainsi ? Les années avaient laissé leurs traces sur cette femme aux yeux cernés de tristesse, à la maigreur maladive et à la chevelure parsemée de fils gris ?

— Vous désirez me parler ? demanda Laure ce qui le tira de ses pensées.

— Est-ce vous sur cette photo ?

— Oui ! marmonna-t-elle en déplaçant discrètement les cadres de façon à cacher celui de son mariage derrière les autres. Elle détestait la curiosité de ses clients. Que puis-je pour vous, monsieur Duvernoy ?

Elle jeta quelques bûches dans la cheminée pour maintenir le feu et s'installa dans un des fauteuils, face à lui. Elle croisa ses jambes, tout comme ses doigts fins. Elle le regarda, le dos droit, et attendit. Emmanuel se racla la gorge, étonnement intimidé.

— J'aimerais vous parler d'un projet qui me tient particulièrement à cœur.

— Je vous écoute ! l'encouragea-t-elle, tout en glissant un œil discret vers la pendule qui égrenait les secondes sur la commode ancienne.

— Je possède actuellement deux restaurants à Paris et je cherche depuis des mois une propriété à la campagne, afin d'en créer un troisième. J'envisage de développer un complexe de luxe et de présenter à mes futurs clients un lieu gastronomique et des chambres proposant un confort absolu et un service irréprochable. J'attends que ce domaine se situe à moins de trois heures de Paris et qu'il ne soit pas dans le Luberon comme tous les autres.

— Je suis désolée, mais je ne connais pas d'endroit susceptible de vous satisfaire. Avez-vous consulté les offres des agences ?

— Je souhaite réaliser ce projet à « Maison Haute » ! coupa Emmanuel avec le plus grand sérieux.

Un silence pesant les entoura. Laure le regarda comme s'il avait annoncé une énormité et ne bougea pas d'un cil.

— Je vous demande pardon ? souffla-t-elle enfin. Vous me suggérez d'acheter ma maison ? Mais elle n'est pas à vendre.

— Je pensais plutôt à une association !

— Une association ? s'écria Laure, amusée. Quelle idée !

— Je savais que vous refuseriez ! dit-il en souriant à son tour, sans la quitter des yeux.

— Alors dans ce cas, pourquoi perdez-vous votre temps à m'en parler ?

— Parce que je prépare ce projet depuis des années et je suis certain de son succès ! Je vous ai apporté le dossier qui développe toutes les étapes. Je vous demande seulement de le lire avec attention.

— Je ne le ferai pas ! s'écria Laure qui ne riait plus. Vous me proposez de collaborer avec vous ? Vous êtes stupéfiant ! Nous ne nous connaissons pas ! Comment voulez-vous que nous travaillions ensemble ? Vous aimez sans doute prendre des risques, mais pas moi !

— Les difficultés ne sont pas moins présentes lorsque les associés s'entendent parfaitement bien ! Je dois rentrer à Paris, mais je vous laisse mon projet, n'est-ce pas une première marque de confiance ? Vous pourriez très bien me dérober mes idées pour les réaliser seule de votre côté.

— Je ne suis pas une voleuse ! jeta-t-elle, le regard sombre.

— J'en suis convaincu ! Avant de prendre une décision définitive, je vous invite à venir dîner dans mon restaurant à Paris et vous pourriez découvrir mon univers.

— Je n'ai pas le temps d'aller à Paris. Et je ne suis pas l'unique propriétaire de « Maison Haute », déclara Laure dans l'espoir de le voir changer d'avis. Mon frère et ma sœur en possèdent les deux tiers.

— Alors, demandez-leur de vous accompagner, riposta Emmanuel avec un sourire désarmant. Et après cela, si votre réponse est toujours négative… nous n'en parlerons plus !

— Je ne peux pas accepter votre invitation.

— Vous semblez avoir un appétit d'oiseau, mais votre famille ne refusera certainement pas un dîner au « Gargantua » !

Emmanuel la salua avant de quitter la pièce. Laure resta immobile un moment, le regard perdu dans les flammes qui dansaient dans la cheminée. Elle se demandait si elle avait réellement entendu la proposition délirante de ce client. L'épais dossier abandonné sur la table basse le lui confirma.

Il était bien sûr de lui, mais il allait être déçu ! Il était hors de question qu'elle accepte ce projet délirant ! Elle attrapa son téléphone dans sa poche et chercha sur le net des informations le concernant. Elle fit défiler une à une les photos de ses deux établissements et la réputation irréprochable d'Emmanuel Duvernoy la rendit perplexe.

Le restaurateur entra sur l'autoroute et composa le numéro du « Gargantua ». Caroline répondit.

— Alors ? Comment a-t-elle reçu ta proposition ?

— Comme je m'y attendais !

— Elle a refusé ?

— Un non catégorique ! Elle m'a pris pour un fou !

— Elle n'a pas tout à fait tort !

— Je n'ai pas dit mon dernier mot. Es-tu prête à parier que mon projet se réalisera à « Maison Haute » ?

— Je ne mise rien avec toi ! Tu es suffisamment insensé pour gagner.

Il était tard ce soir-là et tout le monde dormait. La maison était calme, Laure en profitait pour repasser les draps. Le téléphone sonna et elle se précipita pour aller répondre avant que l'appel ne réveille ses enfants. C'était Isabelle.

— Où es-tu ? questionna Laure qui savait qu'elle devait rentrer ces jours-ci d'un tournage en Hongrie.

— Je viens d'arriver à Paris ! Je suis soulagée d'être enfin chez moi !

— Alors je vais avoir un petit neveu, paraît-il ? Tu n'es pas trop dérangée par les nausées matinales ?

— J'ai découvert cette heureuse nouvelle de la même façon que toi ! répondit Isabelle, amusée.

Ce n'était pas la première fois que l'entourage de l'actrice apprenait de telles informations dans les magazines people. C'était le prix à payer de la célébrité et elle ne pouvait rien y changer. Elle n'avait rien pu faire pour empêcher la publication d'un article sur l'enterrement de leurs parents. Laure se demandait comment la relation de sa sœur avec Olivier n'avait pas encore été dévoilée. Le couple prenait énormément de précautions, mais un jour ou l'autre, tout finirait par se savoir.

Isabelle lui raconta les difficultés du tournage. Le froid glacial rendait les prises de vue en extérieur éprouvantes et le caractère détestable du réalisateur avait apporté une ambiance tendue sur le plateau. Tout le monde avait regagné la France sitôt la dernière scène enregistrée. Elle lui avoua combien il lui serait pénible de faire la promotion du film en clamant que tout s'était merveilleusement bien passé, et que les acteurs étaient une grande famille ! Elle préféra changer de sujet et demanda des nouvelles de ses neveux. Elle annonça sa présence pour les fêtes, car Olivier allait retrouver ses enfants comme chaque année. Laure devina la déception dans sa voix. Leur relation de couple était vraiment particulière et Isabelle en souffrait. Laure se promit de lui en parler bientôt et, pour ne pas la rendre plus triste, elle lui raconta la proposition suspecte de son client.

— Fanette est un véritable chef ! Tu n'as pas besoin des services de ce type ! Tu as lu son projet ?

— Bien sûr ! Ses idées sont intéressantes, mais ce n'est pas pour nous, je t'assure. Il voit tout en tellement grand ! Je dois lui ramener son dossier à Paris et il nous invite à dîner dans son restaurant. Tanguy a déjà accepté. Tu veux nous accompagner ?

— Je vais être très occupée jusqu'à Noël, tu sais. Comment s'appelle son établissement ? Je peux peut-être me renseigner.

— C'est le « Gargantua ».

— Le « Gargantua » ? répéta Isabelle, sceptique. Tu es sûre ? C'est une institution qui appartient à Emmanuel Duvernoy depuis des années et je doute…

— C'est bien lui ! coupa Laure.

— Duvernoy est venu à « Maison Haute » et il t'a proposé de t'associer avec lui ?

— En effet ! Tu le connais ?

— Je ne l'ai jamais rencontré, mais ce chef a un succès fou ! On a beaucoup parlé de lui à une époque, car il contestait le jeu des critiques gastronomiques. Il n'a pas eu d'étoile au Michelin, mais sa renommée a atteint des sommets. On dit qu'il est sympathique, qu'il travaille énormément et qu'il a une volonté de fer ! Et sa cuisine est une pure merveille ! ajouta-t-elle. Pour rien au monde, je ne refuserais une telle invitation. Tu peux compter sur moi pour un dîner au « Gargantua » !

13

Hiver

Quinze jours avant Noël, Laure retrouva Tanguy chez Isabelle. Il venait à peine de descendre d'avion. Son voyage au Québec lui avait permis de clôturer ses affaires, d'annoncer ce brusque retour sur ses terres natales à ses amis interloqués et d'organiser son maigre déménagement jusque dans la Nièvre après dix ans passés à l'étranger.

Isabelle les accueillit tous les deux avec effusion. Ils devaient se rendre au restaurant d'Emmanuel Duvernoy sans tarder.

— Où est ton mari ? demanda-t-elle à Laure en la conduisant jusqu'à sa chambre.

— Je n'en ai pas la moindre idée ! marmonna-t-elle.

— Ah bon ? Je te laisse te changer sinon nous allons finir par être en retard.

— Je n'ai rien apporté d'autre ! Nous n'allons pas au Ritz que je sache !

— C'est presque ça ! s'écria sa sœur cadette. Je vais te trouver une robe dans mon placard.

— Je t'en prie, Isa ! Tu deviens pénible à toujours me

rappeler que tu as honte de ma tenue !

— Ce n'est pas le cas ! répondit-elle, désolée. Je ne voulais pas t'ennuyer, mais seulement que tu te sentes…

— Je m'en moque ! soupira Laure, les lèvres pincées.

Dix minutes plus tard, Tanguy resta sans voix devant la transformation de sa sœur aînée. À force de persuasion, Isabelle avait réussi à lui faire porter une robe en fin lainage bleu ciel qui mettait en valeur la couleur de ses yeux. Elle lui avait remonté les cheveux dans un chignon lâche qui dégageait sa nuque et un maquillage savant atténuait ses traits fatigués.

— Tu es superbe ! déclara-t-il seulement.

— Vous êtes certains que je ne suis pas ridicule ? s'inquiéta Laure en tirant machinalement sur ses manches pour recouvrir la moitié de ses mains.

— Mais non ! répondirent-ils en chœur en la prenant chacun par le bras.

Un taxi les mena jusqu'à l'adresse donnée et ils pénétrèrent dans l'établissement, gagnés par un fou rire. Tanguy et Isabelle se liaient pour faire revenir un peu de légèreté dans les yeux de leur sœur. Elle semblait en avoir tant besoin, même si elle se gardait de leur confier ses tourments. Le rire de Laure se figea en découvrant un tel endroit. La réalité dépassait de loin les images repérées sur le net. Les plafonds à la française, des tapisseries contemporaines et les tables nappées donnaient un style très élégant. Un parquet en chêne clair et une grande baie vitrée révélaient un jardinet joliment éclairé. Les nombreux bouquets de fleurs et les bougies allumées ne faisaient que renforcer l'intimité des lieux. Laure était très agréablement surprise de trouver un tel établissement, qui mêlait savamment une décoration classique et contemporaine, en plein cœur de Paris.

Une jeune femme souriante vint les accueillir, leur annonça qu'un des invités les attendait et les dirigea vers la table qui leur était réservée. Ils découvrirent alors Pierre-Alain et la bonne humeur de Laure fondit comme neige au soleil.

— Qu'est-ce que tu fais là ? demanda Isabelle, contrariée, dès que la serveuse s'éloigna discrètement.

— Nous étions tous conviés, non ? répondit-il narquois, en levant sa flûte de champagne vers elle.

— En effet… murmura Laure entre ses dents.

Il ne lui avait pas donné de nouvelles depuis quatre jours et il choisissait ce soir-là pour réapparaître.

— Heureusement que ma petite Céleste dit tout à son papa ! Tu n'es pas contente de me voir, ma chérie ?

— Si !

— Profitons de cette invitation pour passer un agréable moment ! s'écria Tanguy en recouvrant la main de sa sœur de la sienne.

— Absolument ! reprit Isabelle pour soutenir son frère.

Le maître d'hôtel s'approcha de leur table, suivi d'un serveur qui posa devant chacun d'eux une flûte de champagne.

— Soyez les bienvenus au « Gargantua » ! déclara-t-il, en souriant. Monsieur Duvernoy est occupé en cuisine et il m'a chargé de vous dire qu'il vous saluera après le dîner. Il vous a concocté un menu unique pour vous présenter son registre. Il vous souhaite une excellente soirée !

— Tout sera parfait ! répondit Tanguy.

— J'ai l'impression d'être un critique gastronomique ! s'écria Pierre-Alain sans discrétion. J'adore quand le personnel me cire les pompes !

Les épaules de Laure se contractèrent un peu plus et elle pria pour que personne n'ait rien entendu de ses propos dédaigneux. Isabelle intervint avant que l'ambiance ne dégénère. Elle attira leur attention sur la vue qu'ils avaient à travers la longue baie vitrée. La cour intérieure avait été aménagée par un paysagiste de talent. Un rideau de verdure recouvrait le mur de l'immeuble qui leur faisait face et les spots de lumière dissimulés dans le sol embrasaient les différentes essences d'arbustes plantés dans de gros pots réalisés par un artiste cubain. Pour s'accorder aux fêtes de fin d'année qui approchaient, les parterres étaient garnis de roses de Noël.

L'arrivée d'une suite de mises en bouche détourna leur attention, très vite suivie de mets raffinés qui excitèrent autant leurs papilles que leurs yeux. Les couleurs explosaient dans les assiettes telles que sur la toile d'un peintre ! Ils prirent leur temps pour apprécier le contenu de leurs plats tout en goûtant les plus grands crus. Ils parvinrent à la même conclusion en terminant leur dessert, Emmanuel Duvernoy était un véritable artiste qui sollicitait tous les sens à travers ses assiettes.

— Quel délice ! s'écria Isabelle.

— Et ces vins ! continua Tanguy, repu.

Pierre-Alain fit signe au serveur d'un claquement de doigts sec et lui ordonna d'apporter une bouteille de champagne. Sa femme lui jeta un regard noir. Elle lui rappela dans un sourire crispé qu'ils étaient invités et qu'il pourrait se montrer plus discret.

— Et alors ! coupa Pierre-Alain.

— Si nous prenions un café ! proposa Isabelle.

— Allez me chercher cette bouteille ! insista-t-il, sans gêne.

À l'accueil, Emmanuel retrouva le maître d'hôtel et lui demanda si ses convives avaient passé un bon moment.

— Ils m'ont dit avoir apprécié les plats.

— Ils sont satisfaits ?

— Je ne saurais le dire ! L'ambiance est plutôt électrique à leur table. J'ai l'impression qu'ils s'inquiètent du comportement du mari.

— Le mari ? répéta Emmanuel qui n'avait pas eu l'occasion de le rencontrer lors de ses deux séjours à « Maison Haute ».

— Vous voulez une réponse franche ?

— Je vous fais confiance pour cela !

— Je pourrais vous le décrire avec de la poésie, mais c'est tout simplement un abruti ! Le style de client que vous n'acceptez pas deux fois dans cet établissement !

— Je vois ! grimaça-t-il. Je retourne quelques instants en cuisine. Ne les laissez pas repartir avant que je ne les aie salués !

Emmanuel réapparut un peu plus tard à l'accueil et trouva Laure au comptoir, en grande discussion avec l'hôtesse. Il observa son effort vestimentaire même si sa tenue en lainage ne pouvait dissimuler son extrême minceur. Quand elle se tourna vers lui, l'éclat de ses yeux le frappa de nouveau.

— Bonsoir ! déclara-t-il en lui souriant. Comment allez-vous ?

— Je vous remercie pour ce dîner merveilleux ! Votre cuisine est absolument délicieuse ! Nous avons tous passé une excellente soirée.

— J'en suis ravi !

— Mon mari a commandé du champagne et je souhaite régler la note ! continua Laure tendue, mais votre hôtesse refuse de me la donner.

— Elle respecte mes consignes ! N'oubliez pas que vous êtes mes invités !

— Je ne peux pas accepter !

— N'en parlons plus ! coupa-t-il. J'ai hâte d'aller saluer votre famille. Je me suis permis de convier une de mes amies pour vous la présenter également. Hélène, pourriez-vous nous apporter des tasses de café et la bouteille de cognac, s'il vous plaît ?

— Oh, mon frère ne boit pas de digestif, nous non plus et…

— Entendu ! déclara-t-il en voyant son air gêné.

Elle voulait manifestement limiter la consommation de son mari et il n'insista pas. Emmanuel l'accompagna à travers la salle et sursauta en reconnaissant Isabelle.

— Isabelle d'Anglois ? Quelle heureuse surprise ! C'est la première fois que nous avons le plaisir de vous recevoir au « Gargantua » !

— En effet ! Mais je suis une habituée de la « Grignote » !

— Je le sais parfaitement ! répondit-il en lui souriant chaleureusement.

Un serveur lui approcha un fauteuil et un autre leur apporta les tasses de café. Emmanuel, qui surveillait tout autour de lui, aperçut son invitée et lui fit un signe discret pour lui signaler leur présence. La jeune femme avança à leur table et embrassa Emmanuel avant de les saluer en souriant. Victoire était architecte paysagiste et elle avait travaillé sur tous ses projets. Elle prit place à côté de Tanguy et Emmanuel lança aussitôt la conversation avec naturel. Tanguy et Isabelle le complimentèrent, puis très vite la discussion dévia sur le cinéma, l'agriculture, les difficultés du monde rural, mais la qualité de vie tellement appréciable à la campagne. Laure restait muette et les écoutait d'une oreille distraite. Pierre-Alain finit par se lever de table, l'équilibre incertain avec tout ce qu'il avait bu durant le dîner. Ne supportant plus d'être tenu à l'écart, il donna le signal de départ. Laure n'avait aucune envie de le suivre, mais ne voulait pas le contrarier dans son état. Elle repoussa sa chaise quand Tanguy intervint.

— Ne t'inquiète pas ! Je suis venu avec Laure et je la raccompagnerai.

— Elle est ma femme et elle rentre avec moi !

Tanguy se leva à son tour et fixa son beau-frère sans baisser les yeux. Le combat était silencieux, mais intense. Tanguy lui montrait qu'il n'avait aucune intention de se laisser manipuler ni de recevoir d'ordre. Pierre-Alain lui jeta un regard noir et tourna les talons sans ajouter un mot. À table, Isabelle et Laure se remirent à respirer. Emmanuel fit comme s'il n'avait rien vu et reprit la conversation là où elle s'était arrêtée. Ils redemandèrent une tasse de café et, tout en discutant, le restaurateur observa discrètement sa future associée. Elle l'ignorait encore, mais il parviendrait à ses fins, il se l'était promis ! Même s'il devait user de patience, de persuasion, de charme, il utiliserait tous les moyens possibles pour la convaincre ! Il gagnerait infiniment plus de temps à chercher une autre propriété, mais « Maison Haute » l'avait séduit.

Laure attisait sa curiosité et il ne savait que penser d'elle. Cette femme représentait une énigme ! Après le départ de son mari, elle avait mis un long moment avant de se détendre. Malgré le soutien constant et discret de son frère et de sa sœur, elle restait sur ses gardes. Elle avait fait semblant de les écouter, il l'avait bien vu. Puis elle avait fini par revenir parmi eux et prendre part à la conversation. Elle s'était intéressée au travail de Victoire et elles avaient échangé sur les fleurs en général et les jardins en particulier. Elle possédait une jolie voix, mais il devait tendre l'oreille pour l'entendre. Il croisa ses yeux clairs absolument renversants et elle se détourna aussitôt, embarrassée. Quel secret cachait-elle ? Tout en elle n'était que fragilité, mais dans son regard, il devinait une sourde détermination. Il se demandait si elle en était consciente. Et il espérait ne pas s'être trompé en lui confiant un si lourd projet.

Les derniers clients avaient quitté la salle du restaurant et les serveurs finissaient de tout ranger avec la plus grande discrétion. Laure le remarqua et aborda le sujet qu'Emmanuel avait pris soin d'éviter jusqu'à maintenant.

— Il est déjà tard ! Si vous le voulez bien, je vous propose que nous nous retrouvions demain matin pour en parler !

— Je doute que ce soit possible. Tanguy doit rentrer tôt et...

— Je peux très bien t'attendre ! coupa son frère, qui ne lâchait pas Victoire des yeux. Nous pourrons partir en début d'après-midi !

— C'est entendu ! s'exclama Emmanuel qui se retenait de ne pas sourire, car la mine déconfite de Laure ne lui avait pas échappé. Retrouvons-nous ici à onze heures !

Une fois installés dans le taxi, ils discutèrent encore de leur rencontre avec le restaurateur.

— Il est plutôt sympathique ! commença Tanguy.

— Il est parfait, tu veux dire ! continua Isabelle en riant. Si je n'étais pas amoureuse d'Olivier, je lui ferais la cour comme une folle.

— Qu'est-ce qu'il a de si particulier ? s'exclama Laure, agacée.

— Tu me le demandes ? Mais il cuisine à merveille, il est curieux, il a de l'humour et du charme à revendre !

— Je n'ai pas remarqué ! En tous les cas, je tiens à te remercier pour ton soutien, Tanguy ! Je n'ai aucune envie de le revoir !

— Tu dois pourtant lui remettre son projet !

— Isabelle, tu viendras avec moi ?

— Désolée, demain je serai chez mon agent. De quoi as-tu peur ? Il ne va pas te manger !

— Qu'est-ce que je vais bien pouvoir lui dire ? Il me rend nerveuse !

— Tu lui donnes simplement une réponse ! déclara Tanguy. S'il t'a proposé cette association, c'est qu'il te croit apte à le suivre.

— Mais c'est totalement faux ! Je n'ai jamais rien fait de passionnant et à part élever mes enfants, je ne suis pas capable de grand-chose…

— Pitié, Laure ! Arrête de penser à toi de cette manière ! rugit Isabelle en levant les yeux au ciel.

— Je ne peux pas prendre une telle décision sans votre accord ! Quel est votre avis ?

— Il a une excellente réputation. Tu ne devrais pas refuser sans y réfléchir un peu.

— Je doute que Pierre-Alain soit favorable à…

— Écoute-moi bien, Laure ! s'emporta son frère. C'est ton avenir et celui de tes enfants dont tu dois te préoccuper ! Tu es la seule à pouvoir le changer ! Si tu souhaites te lancer dans ce nouveau projet, fais-le ! Si tu penses que c'est une folie, restons-en là ! Mais arrête de réfléchir en fonction des désirs de ton mari !

Laure passa une très mauvaise nuit. Pierre-Alain n'avait pas donné de nouvelles et elle se doutait qu'il n'allait pas venir frapper chez Isabelle. Leur antipathie réciproque enflait à chacune de leurs rencontres. Laure craignait qu'il ne lui pardonne pas facilement l'issue de cette soirée. Pierre-Alain détestait être tenu à l'écart et il n'avait pas pu attirer l'attention sur lui, une seule fois. D'une façon ou d'une autre, il saurait lui rappeler qu'elle a tout intérêt à ne pas le contrarier. Depuis le retour de Tanguy, elle ignorait ce qui s'était dit entre les deux hommes, et Pierre-Alain semblait faire profil bas en sa présence. Mais son frère n'était pas toujours là. Elle restait pieds et poings liés, et personne dans son entourage ne pouvait deviner dans quel cauchemar elle sombrait.

L'autre sujet qui l'empêchait de trouver le sommeil était bien évidemment le projet d'Emmanuel Duvernoy. Accepter la proposition du restaurateur était une pure folie. Si l'ouverture d'un tel complexe en pleine campagne pouvait attirer des gens fortunés, ce projet aurait été développé depuis bien longtemps. La Nièvre était à deux heures de Paris, pourtant le département était loin d'avoir une image de villégiature à la mode. Pour un week-end, les foules allaient plus facilement en Normandie, en Bretagne, éventuellement en région bordelaise ! Non, elle devait être réaliste, demain elle déclinerait la proposition du restaurateur et elle rentrerait à « Maison Haute » pour s'occuper de ses chambres d'hôtes.

14

Laure se présenta au « Gargantua » à onze heures précises. Le projet calé dans son sac, elle s'annonça à un des serveurs. Celui-ci lui demanda de patienter quelques instants. Emmanuel était occupé avec un fournisseur, mais il n'en avait plus pour très longtemps. Il lui proposa un café qu'elle refusa avec un faible sourire. Elle était suffisamment nerveuse pour ne pas avoir besoin d'un excitant supplémentaire. Autour d'elle, le personnel dressait les tables, passait l'aspirateur sur les épais tapis. Une femme recomposait les bouquets avec des fleurs fraîches et Laure attendit en la regardant travailler.

Emmanuel apparut enfin suivi d'un autre homme. Ils se dirigèrent vers la sortie en discutant et restèrent encore quelques secondes près de la porte. Laure fut surprise de le voir simplement vêtu d'un jeans, d'un gros pull irlandais et de confortables chaussures de marche. Elle se demanda s'il allait faire une promenade dans les bois au lieu d'arpenter les trottoirs parisiens ! Il la rejoignit enfin, et la salua d'un sourire.

— Je vous prie de m'excuser, mais je devais absolument régler un souci avec ce fournisseur.

— Je ne vais pas vous déranger plus longtemps ! Tenez, je

vous rapporte votre projet.

— Puisque vous êtes là, accepteriez-vous de visiter les lieux ?

— Vous savez que je ne peux pas valider votre offre !

— Je vous promets que cette visite ne vous engage en rien ! s'exclama-t-il, amusé en levant les mains en l'air.

Cet homme semblait si fier de son restaurant que Laure n'osa pas refuser. Elle le suivit en silence tandis qu'il lui montrait la cuisine minuscule, mais parfaitement organisée. Il lui raconta les débuts de sa carrière. Comment, peu à peu, il avait réinvesti ses gains pour stabiliser son affaire. Laure se surprit à lui poser quelques questions et sourire à la dérobée de ses réflexions pleines d'humour et de bon sens. Être un grand chef était un métier prenant. Outre le fait qu'il devait posséder un réel talent devant les fourneaux, il devait également être un excellent gestionnaire et un vrai dirigeant pour porter une telle entreprise. Ils venaient de revenir dans la salle quand le téléphone d'Emmanuel sonna. Il décrocha et grommela une réponse avant de glisser l'appareil dans sa poche.

— Je vais vous laisser à vos affaires…

— J'ai un petit problème à régler à la « Grignote ». Je vous emmène et vous pourrez visiter mon autre établissement !

— Vous n'avez pas l'intention de renoncer avant de tout me montrer ?

— Vous avez deviné ! avoua-t-il d'un sourire irrésistible.

— Je ne changerai pas d'avis !

— Je n'ai pas encore essayé de vous convaincre !

— Vous êtes impossible !

— C'est aussi l'avis de mon assistante ! Allez ! Venez !

Quand Laure monta dans la voiture d'Emmanuel, elle s'écria interdite :

— J'ai pourtant trois enfants, mais la mienne est loin d'être si désordonnée ! Vous vivez dedans ?

— C'est un peu le cas ! Je voyage beaucoup et j'aime récupérer quelques bricoles sur la route !

Ils traversèrent Paris jusqu'au neuvième arrondissement en discutant de tout et de rien. Laure se détendit légèrement et répondit naturellement à ses questions. Ce qui l'étonna. Elle aussi. Ce n'était pas pour déplaire à Emmanuel. Il se rangea devant une entrée de garage et dirigea Laure le long du trottoir. Ils passèrent au pied de la salle de l'Olympia et arrivèrent à la « Grignote ». Ce restaurant-là n'avait rien de commun avec le « Gargantua ». La décoration était très moderne et les murs étaient couverts de photographies d'artistes qu'ils avaient dédicacées. Les clients accédaient par des escaliers en métal à trois salles sur différents niveaux. Dans chacune d'elles, un long comptoir était agencé avec plusieurs grills et plaques chauffantes.

— Salut Pablo ! s'exclama Emmanuel. Je te présente Laure. Je te la confie pendant que je vais voir ce qui se passe !

— OK, patron !

— Prépare-lui quelque chose à grignoter et évite de lui sortir ton baratin !

L'homme ressemblait à un mannequin exotique et devait remporter un franc succès derrière son bar. Amusé, il lança un clin d'œil à l'invitée du chef.

— Alors, qu'est-ce que je vous sers ?

— Je veux bien un thé, si cela ne vous dérange pas.

Emmanuel ne s'absenta pas très longtemps et quand il revint, l'Argentin avait déjà raconté toutes les anecdotes du restaurant.

— Nous allons prendre une table pour discuter ! Tu peux nous apporter de quoi déjeuner ? demanda Emmanuel.

— Ce n'est pas nécessaire…

— Vous n'avez peut-être pas faim, mais moi si ! coupa-t-il gentiment. Et Pablo réalise les meilleures tartines de Paris ! Je veux bien me damner si l'eau ne vous vient pas à la bouche !

Ils s'installèrent dans un coin tranquille au fond de la salle. Il était à peine midi et les habitués n'avaient pas encore envahi les lieux. Laure savait, grâce à Pablo, que les artistes se restauraient à la « Grignote » après les répétitions ou les séances du soir. L'établissement était ouvert jusque tard dans la nuit et la clientèle disparate aimait se retrouver dans cet endroit branché. Laure reconnut le présentateur d'une émission culinaire qui venait d'entrer et qui discutait avec Pablo pendant qu'il lui préparait à manger.

— Bien ! commença Emmanuel une fois qu'ils s'installèrent. Je suppose que vous avez étudié mon projet avec la plus grande attention. Alors, dites-moi ce qui vous inquiète dans l'idée de transformer « Maison Haute » en complexe hôtelier ? Vous avez déjà entrepris cette démarche en réalisant des chambres d'hôtes.

— Mais enfin, cela n'a absolument rien à voir !

— Pourquoi ?

— Je sais que de belles propriétés sont à vendre dans le département ! Pourquoi avez-vous jeté votre dévolu sur la mienne ? Vous pourriez très bien acquérir un château et être le seul dirigeant !

— Je n'ai ni le temps ni les moyens de le faire ! Imaginons que vous acceptiez ma proposition. Je dis bien, imaginons ! reprit-il, en la voyant prête à l'interrompre. L'économie que je réaliserai, en évitant d'acheter les murs, je pourrais la réinvestir dans d'autres domaines.

— Très bien ! Continuons de rêver ! Si je m'associe à votre projet et que je vous laisse vous installer chez moi. Quels bénéfices en retirerai-je ? Si c'est un échec, vous garderez toujours vos deux restaurants, moi je perdrai tout ! Je ne peux pas mettre en jeu la maison de ma famille sans attendre des garanties !

— Je n'ai pas de don de voyance pour vous certifier que tout se passera sans le moindre souci ! déclara-t-il avec un sourire désarmant. Je travaille sur ce projet depuis des années. J'ai réalisé toutes les études possibles sur le sujet et je continue de croire que mon idée est viable.

Pablo les interrompit quelques instants pour déposer sur la table différentes planchettes en bois recouvertes de tartines de pain de toutes sortes. Certaines composées de fines lamelles de jambon cru, d'autres de tomates fraîches parfumées à l'huile d'olive et d'ail, des tranches de magret de canard fumées, du fromage. Le tout était saupoudré d'épices ou d'herbes aromatiques et portait la signature du chef : aussi bon que beau !

De nouveau seul avec Laure, Emmanuel continua de défendre son projet tout en piochant avec appétit dans les assiettes. Il avait découpé les tartines en morceaux et les approchait devant sa future associée tout en discutant. Celle-ci l'écouta cette fois avec attention et lui posa de nombreuses questions tout en grignotant sans même s'en rendre compte. Le restaurateur ne lui cacha pas les difficultés de son métier, les emprunts monstrueux à négocier. Il était lié avec sa banque pour encore deux ans et il aurait terminé de rembourser les dernières traites du « Gargantua ». Durant les deux heures suivantes, il essaya de la persuader et lui montra les tableaux des dépenses qu'il devait engager pour transformer « Maison Haute » et des recettes attendues. Il finit par expliquer ce qu'il se proposait d'apporter dans leur association et ce qu'il lui demandait d'ajouter de son côté. Laure se passa la main sur le front. Les chiffres se mélangeaient devant ses yeux. Elle était perdue.

— Vous savez vous montrer convaincant, Emmanuel, mais je n'ai pas encore fait mon choix ! se reprit-elle.

— Qu'en pensent votre frère et votre sœur ? Vous avez dû en discuter ?

— Ils me laissent adopter la décision finale.

— Si vous acceptez, Laure, je veux pouvoir compter entièrement sur vous ! C'est vous qui habiterez sur place et vous vivrez en première ligne pour mener à bien notre affaire.

— Mais ce n'est pas mon métier ! s'affola-t-elle.

— Rassurez-vous, je suis conscient de vos capacités ! Ce que je vous explique, c'est mon besoin d'avoir une partenaire qui gère la maison en mon absence. Caroline, mon assistante, prendra la direction du « Gargantua » et Pablo, celle de la « Grignote ». Je partagerai mon temps entre Paris et la Nièvre, mais à certains moments, je ne pourrai pas courir partout à la fois !

— Je n'ai jamais occupé ce genre d'emploi ! Je ne comprends pas pourquoi vous tenez absolument à vous associer avec moi ! Je serai une charge pour vous et je pourrais faire échouer cette affaire !

— Je suis sûre du contraire ! répondit-il avec sérieux. Vous pensez que j'aurais pu réussir en travaillant avec n'importe qui ? Je ne prête pas d'importance au diplôme, mais uniquement à la volonté. J'estime pouvoir vous faire confiance et ce que j'ai vu à

« Maison Haute » me rassure tout à fait. Vous êtes une femme responsable et vous ne déciderez rien qui puisse nuire à votre famille et à vos enfants.

— Vous voulez aller trop vite, monsieur Duvernoy ! Votre projet est passionnant, j'en conviens. Mais comme vous venez de le souligner, je dois penser à l'avenir des miens et je ne peux pas me permettre de faire le mauvais choix ! J'ai encore besoin de temps pour y réfléchir.

— Je comprends tout à fait ! Je vous laisse le dossier et notre contrat d'association. Je vous invite à demander des conseils à un avocat si vous le souhaitez. Et je vous donne rendez-vous le 30 décembre pour me donner votre réponse définitive.

— Le 30 décembre ? s'écria Laure. Mais c'est beaucoup trop tôt !

— Plus je vous laisserai du temps pour y penser, moins vous arriverez à arrêter votre choix ! déclara Emmanuel. Vous avez très exactement neuf jours pour peser le pour et le contre, pas un de plus !

15

Laure reprit ses activités habituelles, l'esprit torturé par le projet du chef parisien et par le comportement de son mari. Emmanuel Duvernoy avait su se montrer convaincant. Elle avait apprécié qu'il lui explique les tenants et les aboutissants d'une telle entreprise avec une infinie patience et qu'il s'adresse à elle comme à une adulte sensée. Jusqu'à son retour dans sa maison natale, plus personne ne le faisait. Pierre-Alain était toujours énervé, ses amis étaient devenus inexistants et ses enfants n'en demandaient pas tant.

Laure lui avait posé bon nombre de questions, car la gastronomie l'intéressait véritablement. Elle n'avait plus d'appétit, mais Stéfanette l'avait élevée et lui avait transmis très tôt ses talents de cuisinière. Ces derniers mois, elle avait passé des nuits d'insomnie à s'informer sur l'accueil des clients et la gestion des chambres d'hôtes, ce qui lui donnait une idée précise des attentes d'Emmanuel. Mais la grandeur de ce projet et les sommes d'argent à négocier l'affolaient. Elle ne se sentait pas prête à faire un si grand saut.

Certains matins, elle se réveillait en se disant qu'elle avait rêvé de toute cette affaire, mais le rappel sur son téléphone de la date du 30 décembre la narguait. Elle était tiraillée depuis des jours entre l'espoir que lui insufflait Emmanuel, qui la jugeait capable de réaliser un tel challenge, et les paroles blessantes de son mari qui la rabaissait constamment. Emmanuel Duvernoy lui offrait la possibilité d'ouvrir une fenêtre sur un futur exaltant que Pierre-Alain refermait systématiquement d'une formule cinglante.

Il n'avait pas supporté que Tanguy prenne sa défense au « Gargantua » et il cherchait par tous les moyens à la faire sortir de ses gonds. Mais Laure résistait. Elle se doutait que la sentence serait alors à la hauteur de l'affront.

— Regardez votre mère, les enfants ! déclara-t-il, un sourire ironique sur les lèvres. Elle se croit déjà être une chef d'entreprise et va transformer cette vieille demeure en palace ! Je me demande si tu auras encore un lit pour toi, Augustin ! Peut-être qu'elle te fera dormir dans le garage, avec les chauves-souris !

— Pierre-Alain ! soupira Laure, agacée en voyant les yeux terrorisés de son petit garçon.

— Quoi ? jura son mari. C'est une blague ! C'est de l'humour ! J'avais oublié que ton fils n'en avait pas beaucoup plus que toi !

— Pourquoi tu ne veux pas que Maman travaille ? interrogea Albertine avec un aplomb incroyable.

Laure grimaça. L'avenir allait être tendu entre ces deux-là, elle en était convaincue. Sa petite fille ne montrait rien, mais elle avait très vite compris que l'attention paternelle était uniquement tournée vers sa sœur aînée. Pierre-Alain n'avait que faire de sa passion pour la campagne. Ses questions incessantes l'ennuyaient et la plupart du temps, il l'ignorait. Laure aurait aimé qu'il en fasse de même avec Augustin. Mais au contraire, il se moquait de ses peurs d'enfant et passait le peu de temps en sa compagnie à le rabaisser ou à le pousser jusqu'à le mettre en difficulté. Augustin fondait systématiquement en larmes et Pierre-Alain jetait à Laure : « Ton fils n'est qu'une mauviette ! » avant de les abandonner, irrité.

— C'est vrai, maman, que je n'aurai plus de lit ? demanda Augustin. Il avait le front plissé et ses yeux inquiets levés jusqu'à elle.

— Bien sûr que tu auras toujours ta chambre dans cette maison, mon chéri !

Laure le rassura d'un baiser tendre et passa son bras autour de ses épaules pour le réconforter.

— Pierre-Alain ? Tu refuses que j'aille faire des ménages parce que ce n'est pas digne de notre rang. Tu ne veux pas non plus que je m'associe avec Monsieur Duvernoy. Alors peux-tu me dire comment je vais payer la réparation de la chaudière avant la fin de l'année ?

Pierre-Alain se leva de table, le regard mauvais et un sourire ironique aux lèvres. Il se baissa jusqu'à l'oreille de sa femme et lui murmura :

— Je sais que ce type cherche uniquement à te sauter et crois-moi, je ne vous laisserai pas faire !

Après cet épisode désagréable, Pierre-Alain déclara qu'il avait suffisamment perdu de temps avec eux. Il partait pour un rendez-vous professionnel. Laure souffla de soulagement.

La dernière semaine avant les vacances de Noël arriva très vite. Le vent aussi. Laure avait refusé l'aide financière de Tanguy pour relancer la chaudière. Le froid humide s'engouffrait par tous les pores de la maison et ses enfants ne s'éloignaient de la chaleur de la cuisine que pour aller se coucher sous une montagne de duvets. Tanguy râla en la surprenant, un matin, à faire des allées et venues jusqu'au bûcher pour charger ses brouettes de bois. Il souligna qu'elle était bien assez fragile pour ne pas devoir s'épuiser à faire cette tâche. Il avait aussitôt passé une commande de fuel. Si elle ne remettait pas rapidement le chauffage, elle ne pourrait pas louer ses chambres. Tanguy lui avait garanti que c'était un prêt et elle avait promis fièrement de le rembourser dès qu'elle le pourrait.

Les enfants étaient partis à l'école avec Cécile depuis peu et elle profita d'être seule dans la maison pour imaginer les transformations qu'Emmanuel réaliserait si elle acceptait. Elle était rassurée que la cuisine reste dans son jus. Cette pièce avait une telle âme qu'elle se serait opposée à toute modification. Une cuisine professionnelle beaucoup plus moderne serait aménagée à la place de la salle à manger attenante. Les deux salons, avec les portes-fenêtres qui donnaient sur le grand perron et le parc, seraient convertis en salle de réception. Dans la vaste bibliothèque située à l'ouest, il pensait créer un endroit cossu avec un billard et un piano. Les travaux de rafraîchissement seraient à programmer. Elle avait noté qu'Emmanuel voulait conserver le charme de sa maison, il s'y était engagé par écrit.

Laure récupéra ses enfants à l'école. Ils étaient enfin en vacances et un vent d'excitation les entourait quand ils montèrent dans la voiture. Céleste était murée dans son habituel silence et sa mère ne chercha pas à la contrarier. Elle sourit en entendant les petits discuter des fêtes de Noël et prit la route pour ramener Antoine chez ses parents comme convenu.

Chaque fois que Laure pénétrait dans la propriété des Bonvoisin, elle éprouvait une réelle admiration. La grande bâtisse ancienne, l'allée de tilleuls et les jardins parfaitement entretenus que se partageaient les deux frères étaient un plaisir à chacune des saisons. Laure allait se garer devant chez Rémi lorsque Catherine sortit de l'autre côté de la maison en lui faisant signe d'approcher.

— Bonjour Laure ! s'écria-t-elle. Cécile est partie pour sa garde à l'hôpital et je surveille ses enfants en attendant le retour de Rémy. Avez-vous le temps de boire une tasse de chocolat ?

— Pourquoi pas !

— Les jumeaux viennent d'arriver et si nous ne nous pressons pas, il ne restera plus une miette de brioche !

— Maman ! grommela Céleste qui n'avait aucune envie de s'arrêter.

— Nous ne resterons pas plus d'une demi-heure, promis ! lui assura Laure discrètement.

Catherine les fit entrer au chaud et les dirigea jusqu'à sa cuisine où ses deux adolescents riaient aux éclats. Antoine courait déjà pour sauter dans les bras de son cousin qu'il n'avait pas vu depuis plusieurs semaines.

— Je vous présente Marion et Baptiste ! dit-elle, les yeux brillants de fierté.

Elle demanda à ses enfants de s'occuper de leurs invités pendant qu'elle bavardait avec Laure.

— OK, M'man ! répondit le jeune garçon à la carrure impressionnante pour son âge.

Catherine prit deux tasses de thé et pria Laure de la suivre dans le salon. Elles s'installèrent devant le feu de cheminée et Catherine engagea la discussion pour mettre Laure à l'aise. Finalement, à la chaleur du foyer et devant l'écoute attentive de sa voisine, elle lui raconta la proposition du restaurateur dans ses moindres détails. Elle souhaitait que l'avocate vérifie le contrat même si elle pensait refuser l'association.

— Et que je me renseigne discrètement quant à la bonne foi de ce monsieur, conclut Catherine, amusée, mais les antennes déjà en action.

— Tout à fait ! avoua Laure en reprenant son souffle. Je voudrais m'assurer qu'il ne cherche pas à m'escroquer !

Le travail de sape de son mari avait plus de poids dans l'esprit de Laure que les encouragements récents de Tanguy et Isabelle.

— J'ai eu l'occasion de dîner au « Gargantua » et j'en garde un excellent souvenir ! Laisse-moi quelques jours pour te donner mes conclusions.

— Merci Catherine ! Je sais que je m'y prends un peu tard !

— Ne t'inquiète pas ! Jean-Baptiste est très occupé par les vêlages et j'aurai tout mon temps pour mener mon enquête !

Les deux mères retrouvèrent leurs progénitures installées autour de la table. Il régnait une joyeuse ambiance. Laure fut ébahie de découvrir Céleste rieuse et lancée dans une grande discussion avec Marion.

Elle trouvait sa fille si jolie quand elle se décidait à retirer son éternel masque de frustration de son visage.

— Nous allons rentrer, les enfants !

— J'ai proposé à Céleste de nous accompagner au cinéma demain ! s'exclama Marion. Est-ce que vous seriez d'accord ?

— Bien sûr ! répondit-elle en souriant.

Stéfanette vint aider Laure à décorer la maison et préparer les menus pour les fêtes. Pendant qu'elle composait des bouquets de houx et de sapin dans le grand salon et la salle à manger, la vieille dame réalisait des gâteaux sablés avec Albertine et Augustin selon la recette familiale. Un air de musique classique et des odeurs de cannelle, d'orange et de caramel rendaient l'atmosphère festive et agréable. Laure se sentait détendue pour la première fois depuis des mois. Elle était si contente de passer les fêtes dans cette maison, entourée de son frère et de sa sœur, ce qui n'était pas arrivé depuis plus de dix longues années. Elle voulait espérer que le vent avait tourné et que la paix descendrait sur sa famille durant ces prochains jours pour laisser de formidables souvenirs à ses enfants. Ce premier Noël tous ensemble la comblait et elle s'employait à tout organiser pour leur faire plaisir. C'était sa manière de leur montrer combien elle tenait à eux.

Céleste apparut en coup de vent et déclara :

— Papa a téléphoné ! Il vient avec Papi et Mamie et il demande qu'on leur prépare la suite bleue !

— Pardon ?

— On a le droit de passer Noël avec eux, non ? jeta sa fille aussitôt sur la défensive.

— Je suis un peu surprise, c'est tout ! Pourquoi ont-ils attendu aujourd'hui pour me prévenir ?

— Sans doute parce qu'ils savaient à quel point cela te ferait plaisir ! Bon, j'y vais ! Marion et Baptiste ne vont pas tarder !

S'il y avait deux personnes que Laure ne voulait pas voir pendant les fêtes, c'étaient bien ses beaux-parents ! Elle les avait soigneusement évités depuis ces derniers mois et elle avait secrètement espéré qu'ils l'épargnent cette année. Pourquoi se décidaient-ils à voyager dans la Nièvre maintenant ? Jacques détestait la campagne. Il l'avait assez répété lors de sa dernière venue. Laure avait imaginé qu'ils partiraient en excursion dans un pays ensoleillé à cette époque.

— Il ne manquait plus qu'eux ! jura-t-elle entre ses dents.

Elle ramassa le feuillage qui traînait à ses pieds. Toute envie de décorer la maison l'avait quittée. Elle rangea son matériel et se lava les mains avant de monter préparer la chambre. Elle vérifia que tout était en ordre dans la salle de bains, s'assura que pas le moindre grain de poussière n'était tombé, car sa belle-mère ne raterait pas une occasion de lui faire remarquer. Elle ouvrit la fenêtre en grand pour aérer la pièce et allait commencer de déplier les draps quand Isabelle passa la tête dans l'embrasure de la porte.

— Tu es là ?

Laure lui sourit, soulagée d'avoir sa sœur à ses côtés pour supporter les prochains jours.

— Olivier est parti retrouver sa famille à Courchevel et je n'avais pas envie de rester seule ! confia-t-elle en dissimulant sa déception. Tu attends des clients ?

— J'aurai préféré, mais ce sont mes beaux-parents qui nous font l'honneur de leur présence pour les fêtes !

— Quelle charmante idée ! grimaça-t-elle en l'aidant à préparer le lit. Mais je suis là, moi ! Tu ne vas pas les laisser t'importuner ! Dépêchons-nous, j'ai hâte d'aller goûter les biscuits que tes enfants ont confectionnés ! Je n'aurai pas la patience d'attendre jusqu'à demain !

L'arrivée d'Isabelle apporta un souffle joyeux à la maisonnée. Laure et Stéfanette ne quittaient plus la cuisine et les rires fusaient. Le cuissot de sanglier, que Tanguy avait fourni, baignait dans sa marinade. Le champagne était tenu au frais, tout comme le foie gras de canard. Stéfanette préparait sa célèbre purée de céleri. Laure était occupée à préparer un gâteau au chocolat et aux noix tandis que Céleste aidait sa tante à mettre le couvert dans la salle à manger. Elles discutaient à bâtons rompus des cours de l'adolescente, des leçons de piano et de danse qu'elle avait reprises depuis la rentrée et, enfin, de ses deux nouveaux amis.

Le téléphone sonna et Laure s'essuya les mains avant d'aller répondre. Elle fronça les sourcils en entendant son correspondant se présenter. Elle avait redoublé de vigilance ces trois derniers mois pour que son compte bancaire ne soit jamais à découvert. Elle ne comprenait pas pourquoi son conseiller lui téléphonait maintenant.

— Votre compte présente un découvert de plus de deux mille euros, madame. Nous avions convenu tacitement que ça ne se produirait plus !

— Je vous demande pardon ? demanda-t-elle dans un souffle. Ce n'est pas possible ! En attendant, pouvez-vous effectuer un versement depuis mon compte d'épargne et je ferai le nécessaire pour…

— Madame, vous avez fermé votre compte épargne, depuis quinze jours, je vous le rappelle !

— Quoi ? hurla Laure. Mais non ! Enfin, je n'ai jamais… Je ne comprends pas !

— J'ai également du mal à comprendre votre surprise, madame ! Je lis, devant moi, les documents signés de votre main pour le transfert de la totalité de votre épargne sur un compte extérieur à notre banque.

— J'arrive tout de suite ! coupa-t-elle en raccrochant furieusement.

Les mains tremblantes, elle défit les liens de son tablier qu'elle jeta sur la table de la cuisine. Voyant son regard brûlant de fièvre, Stéfanette s'inquiéta.

— Je vais à Nevers pour régler un problème ! Peux-tu terminer le gâteau ?

— Bien sûr ! Que se passe-t-il, Laure ?

— Je n'en sais rien encore ! Je reviens le plus vite possible ! dit-elle en quittant la maison précipitamment.

Le temps de se rendre en ville et de trouver une place dans le parking, elle se présenta à la banque et attaqua d'emblée en pénétrant dans le bureau de son conseiller :

— Écoutez, c'est une erreur ! Depuis trois mois, je réalise des rentrées d'argent et j'économise jusqu'aux derniers centimes ! Il est impossible que mon compte soit vide !

— C'est pourtant le cas ! répondit-il en lui montrant l'écran de son ordinateur.

L'homme lui adressa un regard sévère qui lui déplut fortement. Il glissa sous ses yeux les documents officiels qui portaient en effet sa signature. Le compte bancaire que son père avait ouvert pour elle et qui contenait le reste de son héritage était bel et bien clôturé. Le conseiller la regardait se décomposer et sa pâleur extrême l'inquiéta.

— Voulez-vous un verre d'eau ?

— Ce n'est pas possible…

Laure tremblait violemment, sous le choc. L'homme finit par s'alarmer. Il n'avait aucune envie qu'elle devienne hystérique, à une heure de la fermeture de l'agence. Il se leva et sortit chercher du renfort. Quand il revint avec la directrice, Laure n'avait pas bougé. Cette dernière s'installa derrière le bureau et reprit l'échange d'une voix posée.

— Vous avez effectué des paiements réguliers par chèques qui…

— Non ! jura Laure. Non ! Je n'utilise jamais mon chéquier !

— Voyez vous-même !

Laure ne saisissait pas. Elle se frotta le front d'une main tremblante et gémit de désespoir. Son carnet de chèques restait enfermé dans le secrétaire de sa chambre. Qui avait pu s'en servir sans qu'elle ne remarque rien ? Elle pensa à Céleste et son cœur se serra. L'avait-elle volé afin de faire les achats qu'elle lui refusait ? Elle ne voulait pas le croire ! Pas sa fille !

— Pouvez-vous me dire où ont été réalisés ces paiements ? questionna-t-elle d'une voix blanche.

— Ces chèques portent votre signature.

— Je me moque qu'ils montrent ma signature ! s'emporta-t-elle à bout de nerf. Où ont-ils été encaissés ?

— Il y en a deux à Nevers, un à Lyon, un à Nice et un dernier à Cannes !

Une seule personne pouvait lui voler son argent pour aller le dépenser dans le Midi.

— Vous réalisez, madame, que votre situation est particulièrement alarmante et que…

— Je n'ai jamais signé ces chèques ! murmura Laure d'une voix d'outre-tombe. Je n'ai jamais signé le moindre document pour clôturer mon compte, non plus ! C'est une erreur !

La directrice de l'agence soupira d'impatience. Elle se tourna vers le conseiller et lui demanda des explications. Ce dernier lui répondit, sur la défensive, que la résiliation avait été effectuée dans les règles.

— Comment se fait-il alors que madame, ici présente, ne se souvient pas de ces documents ? C'est bien vous qui l'avez reçue en rendez-vous ?

L'homme se mit à transpirer.

— J'étais en visite à l'extérieur et c'est le jeune stagiaire qui a accepté les fichiers, déjà signés, à ma place… avoua-t-il, consterné par le blâme qui lui pendait au nez. La réputation de la famille de madame a toujours été sans tache et le client s'était montré tout à fait convaincant. Enzo ne s'est pas méfié.

— Le client ? répéta la directrice, furieuse.

Mais quel client ?

— Le mari de madame… confessa le banquier aussi pâle que Laure.

— Mon mari ?

— Il possède la procuration sur tous vos comptes, justifia la responsable, qui, elle, était rouge de colère. Il peut donc accomplir ce qu'il veut de vos biens !

— Monsieur est venu me voir il y a un mois pour reprendre l'argent que vous aviez en épargne. Il m'a expliqué que vous prépariez un projet commun et que cette somme était nécessaire à sa réalisation. Je lui ai dit que je n'agirais pas sans votre accord. Nous devions nous rencontrer tous les trois pour en discuter, mais ce jour-là, je suis arrivé en retard. Votre mari ne m'a pas attendu. Il s'est emporté sur le pauvre Enzo, qui s'est laissé convaincre. Il a fait le virement puisque votre signature apparaissait sur le document.

Laure respirait à peine. Elle était ravagée par le chagrin, la colère et la honte de découvrir les actions de son misérable époux. Elle avait l'impression d'avoir pris un coup sur la tête. Elle se racla la gorge, encore sonnée par le choc, et murmura, lointaine :

— Que me reste-t-il en tout, exactement ?

— Une dette de trois mille euros environ.

Laure suffoqua.

— Pouvez-vous lui retirer la procuration sur mon compte, s'il vous plaît ?

Elle luttait pour ne pas s'évanouir.

— Bien sûr, madame, dit la directrice d'agence, atterrée.

Elle rapprocha son fauteuil de la table et prit la souris en main pour cliquer sur quelques onglets précis sur l'écran.

— Si vous rencontrez des problèmes avec votre mari, vous devez le signaler, et l'assurance…

— Non, je vous remercie. Je vais rentrer.

— Je suis navré, ajouta le conseiller.

— Je vais… je vais rembourser ma dette, je vous le promets.

Elle tremblait tellement qu'ils prirent peur qu'elle s'écroule. Mais, digne, elle les tranquillisa et sortit d'un pas lourd.

Laure fut la dernière à quitter la banque ce soir du 24 décembre. Sur la place Saint-Sébastien, les passants finissaient leurs ultimes achats. Une odeur de marrons grillés et de vin chaud flottait dans l'air. Les guirlandes s'illuminaient et se reflétaient dans les vitrines. Un haut-parleur diffusait des chants de Noël et les commerçants faisaient tinter les tiroirs-caisses. Laure tremblait de la tête aux pieds et avait envie de hurler. Tous ses efforts des derniers mois s'étaient envolés dans la poche de son mari. Elle s'était employée à chercher les boutiques les moins chères pour trouver des cadeaux à sa famille et, pendant ce temps-là, Pierre-Alain lui dérobait tout ! Son air glacial, sa démarche chancelante et son regard proche de la folie firent s'écarter les riverains sur son passage. Elle récupéra sa voiture dans le parking et se dépêcha de quitter la ville.

16

Avant d'arriver à la maison, Laure se gara sur le bas-côté de la route, au milieu des bois. Elle aperçut son apparence hystérique dans le rétroviseur, et de rage, elle hurla à pleins poumons. Elle pleura, frappa son volant, jura, implora le ciel. Puis elle prit le temps de retrouver un semblant de calme. Quand elle fut en mesure de leur présenter un visage serein, elle se décida à rejoindre sa famille. Elle remarqua la voiture de Pierre-Alain et ses mains se mirent à trembler. Elle était bien déterminée à lui réclamer des explications. Il n'allait pas s'en tirer cette fois-ci ! Elle voulait préserver ses enfants et n'allait pas saboter leur joie ce soir, mais elle allait se défendre contre lui. Elle supportait ses mensonges, ses critiques, ses menaces et son inertie depuis un an, mais elle n'en pouvait plus. Avant d'aller saluer ses invités dans le salon, elle passa par la cuisine pour s'assurer que tout était prêt. Stéfanette avait tout rangé et les plats de service attendaient sur la table.

— Tu as réglé ton problème ? demanda sa nourrice, inquiète de la voir si tendue.

— Pour le moment…

— Tu ne souhaites pas m'en parler ? ajouta-t-elle, en la regardant avec insistance.

— Tu ne pourrais rien faire, ma Fanette.

— Je t'ai préparé une tasse de thé. Je me doutais que tu passerais par ici avant de te jeter dans l'arène !

— Merci ! murmura Laure en glissant un bras autour de ses épaules. Rentre donc chez toi pour te reposer un moment.

— À ce propos ! Ton mari et ses parents préféreront certainement que vous dîniez en famille. Nous ne serions pas vexés si nous restions chez nous ce soir.

— Tu ne vas pas m'abandonner ! s'écria Laure, les larmes aux yeux. Tu sais bien que nous avons besoin de vous. Vous êtes notre famille ! Les enfants ne comprendraient pas, si vous ne veniez pas ! Par contre, j'entendrai si vous n'avez pas envie de les supporter !

— Ces snobs ne me font pas peur ! coupa la vieille nourrice, ce qui la fit sourire tristement. Courage, ma fille, tu dois aller les saluer !

— Ils n'ont pas annoncé une date de départ ?

— Madame ! s'écria-t-elle en levant les yeux au ciel. Depuis quand le petit personnel quitte-t-il la cuisine pour aller écouter aux portes ?

— Et c'est toi qui me dis ça ?

— J'ai entendu parler d'un voyage organisé à Marrakech pour la Saint-Sylvestre ! Allez, je rentre chez moi pour me faire belle ! Nous viendrons à l'heure, et je suis très heureuse de passer ce moment avec vous tous, sois-en certaine !

Laure termina son thé. Elle se sentait impuissante et épuisée. Son corps lui semblait lourd et elle tenait ses mains autour de sa tasse pour essayer de les réchauffer. Elle compta jusqu'à dix et se rendit au salon.

— Laure ! Te voilà enfin !

— Bonsoir Bernadette ! Jacques ! ajouta-t-elle en se tournant vers lui sans faire le geste de s'approcher pour les embrasser. Avez-vous fait bon voyage ?

— C'était terriblement long ! se plaignit sa belle-mère en levant les yeux au ciel. La Nièvre se cache au bout du monde ! Quelle idée avez-vous eu de vous retirer ici ?

— Vous a-t-on montré votre chambre ?

— La suite est parfaite ! commença Jacques.

— Je me suis permis de monter le chauffage ! Tu sais que ton beau-père ne supporte pas une température inférieure à vingt degrés sinon il souffre atrocement de ses rhumatismes !

Laure était déjà excédée.

La porte s'ouvrit avec fracas et Albertine effectua une entrée spectaculaire avec ses bottes sales et ses cheveux en bataille. Les joues rosies par le froid, elle avança jusqu'à ses grands-parents et laissa des tâches de boue sur le parquet.

— Albertine ! s'écria Bernadette d'une voix toujours aussi aiguë. Tu ressembles de plus en plus à ta mère ! Il va falloir apprendre à te civiliser, petite sauvageonne !

Isabelle qui suivait sa nièce se retint de pouffer de rire. Avant que sa sœur explose, elle implora une vague excuse pour l'entraîner en dehors du salon. Elle attrapa Albertine au vol et l'emmena pour qu'elle se change.

Jusqu'au moment du dîner, Laure essaya de les éviter et y arriva sans mal. Elle savait que sa belle-mère ne prendrait jamais le risque de s'aventurer vers la cuisine et y resta cachée le plus longtemps possible.

Elle avait oublié de sortir les bougies et les cherchait dans l'armoire de la salle à manger quand Bernadette vint la trouver. Les années semblaient glisser sur elle et son visage paraissait aussi lumineux qu'à ses vingt ans. Laure se douta que le chirurgien esthétique, qui faisait partie de leurs relations, était brillant. Ses cheveux, d'une blondeur de nouveau-né, et son tailleur Chanel soulignaient le fossé entre les deux femmes.

— Je voudrais te parler ! s'écria-t-elle en faisant claquer ses hauts talons sur le carrelage.

— Vous avez besoin de quelque chose, Bernadette ?

— Ce que j'ai à dire est un peu délicat ! Je ne voudrais pas que tu le prennes mal ! minauda-t-elle comme elle en avait l'habitude.

— Je vous écoute ! soupira Laure, impatiente.

— Penses-tu que l'apparition des gardiens à notre table soit vraiment nécessaire ? Noël reste une fête de famille. C'est tout à votre honneur, d'être en bons termes avec le personnel, mais…

— Bernadette ! coupa Laure d'une voix glaciale. Je vous rappelle avoir perdu mes parents depuis peu et Martin et Stéfanette sont maintenant mes seuls proches. Tanguy, Isabelle et moi tenons particulièrement à leur présence ! Je vous demanderai à mon tour de faire preuve d'amabilité envers eux ! Que cela vous plaise ou non !

Laure ne s'était jamais permis de répondre à sa belle-mère, mais ce soir, sa patience avait définitivement disparu. La rage la consumait. Elle se garda d'exprimer ce qui l'empoisonnait depuis tant d'années, uniquement pour ne pas gâcher les fêtes de Noël de ses enfants.

— Je savais que tu serais fâchée ! Tu es trop susceptible, ma chérie ! Tu m'as l'air fatiguée ! Tu devrais penser à calmer tes activités et te reposer.

— Bien sûr ! Je vais y songer, Bernadette ! Tanguy vient d'arriver et nous allons pouvoir commencer. Les petits trépignent d'impatience d'ouvrir leurs paquets.

Son frère remplissait les flûtes de champagne et Isabelle faisait passer un plateau garni de petits fours. Martin et Stéfanette s'étaient habillés avec soin et Laure les complimenta en les embrassant tous les deux avec tendresse. Elle vit sa fille et Pierre-Alain échanger un regard de connivence avec quelques chuchotements complices et un frisson la traversa. Céleste s'immobilisa au centre de la famille et leva son verre en direction de son père, les yeux brillants de joie.

— Je vous annonce une grande nouvelle ! Papa a trouvé un nouveau job et nous allons bientôt déménager à Bordeaux !

— Quelle excellente nouvelle, mes chéris ! s'écria Bernadette qui frappait des mains de joie. Je suis tellement contente pour vous !

Isabelle se tourna vers Laure qui ne réagissait pas. Un voile glacé s'abattit sur ses épaules et sa mâchoire resta désespérément bloquée. Jamais son mari n'avait fait la moindre allusion à un éventuel déménagement. S'ils devaient aller à Bordeaux, comment allaient-ils se loger dans une ville où les loyers étaient inabordables ? Elle ne voulait pas partir d'ici ! Tout le programme qu'elle avait imaginé pour sauver « Maison Haute » allait tomber à l'eau ! Pierre-Alain venait de lui arracher ses dernières chances de voler de ses propres ailes. Elle sentait son avenir s'assombrir alors que les siens rayonnaient de joie autour d'elle. Seuls Tanguy et Isabelle l'observèrent, pensifs.

Céleste souriait et concevait de nombreux projets avec sa grand-mère. Pierre-Alain et son père discutaient de ce nouveau poste. Tanguy resta silencieux et grimaça devant le regard inquiet de Fanette et Martin. Voyant qu'Albertine et

Augustin tournaient autour du sapin, Isabelle s'exclama avec un semblant de joie :

— Laure ! Quand vas-tu nous donner l'autorisation d'ouvrir nos paquets ? Je n'ai plus la patience d'attendre, moi !

Ils se mirent tous à rire quand Albertine rampa sous les branches pour atteindre un cadeau qui lui était destiné. Pour un court instant, une trêve semblait s'installer dans le salon. Les parents de Pierre-Alain n'étaient pas venus les mains vides. Les enfants, les yeux brillants d'excitation, découvraient leurs largesses, avant de courir les montrer à leur mère, qui se tenait en retrait à côté de Stéfanette. Isabelle offrit à sa sœur un pull en cachemire, car elle avait toujours froid, une bouteille de son parfum préféré et un coffret de maquillage. Ces choses superflues qu'elle ne pouvait plus se permettre d'acheter avec si peu de moyens. Tanguy lui donna un livre sur les fleurs et une magnifique écharpe du même bleu que ses iris. Elle déballa ensuite une veste de tailleur très élégante, mais impossible à porter, et elle sut de qui l'attention venait. Albertine grimaça en découvrant une robe de petite fille modèle, en velours parme, relevée d'un col en dentelle. Laure lui fit un signe discret avant qu'elle ne révèle le fond de sa pensée. Elle lui tendit un autre paquet. Chacun avait offert des présents selon ses propres moyens et les enfants étaient ravis des pulls chauds tricotés par Stéfanette, en grosses mailles irlandaises. La salopette en jeans que Laure avait cousue pour Albertine remporta un franc succès. Céleste portait à son poignet la montre, cadeau de ses grands-parents, et décollait le papier avec plus de patience que son frère et sa sœur. Elle resta sans voix devant le carton de l'ordinateur portable.

— Tu es contente ? demanda son père.

— Il est super ! Merci Papa !

Laure grimaça de plus belle. Albertine trouva un VTT flambant neuf caché derrière la porte-fenêtre et Augustin, une console de jeux. Elle se tendit définitivement quand Pierre-Alain lui prit des mains le collier en or qu'elle venait de recevoir pour le lui glisser autour du cou.

— Ma chère ! s'écria sa belle-mère, émue. Ce bijou est de toute beauté ! Laure, vous avez une chance inouïe !

La jeune femme avait l'impression que les mailles dorées se resserraient peu à peu autour de sa gorge sèche et elle lutta pour ne pas l'arracher. Tous les regards étaient tournés vers elle, attendant qu'elle dise un mot. Mais rien ne pouvait sortir de sa bouche. Elle frissonna.

— Si nous passions à table ! s'écria Isabelle pour combler le silence.

— Céleste, tu veux bien m'aider à ranger tous ces papiers ! continua Tanguy devant le malaise de sa sœur.

Laure se précipita dans la cuisine et personne ne comprit cette soudaine réaction. Le dîner se déroula dans une relative bonne humeur. Tanguy menait la conversation et Pierre-Alain se montra étonnamment charmant. Les plats étaient excellents. Laure grignota du bout des lèvres, tout ce qu'elle mit dans sa bouche avait un goût de cendre.

La première chose qu'elle fit dans sa chambre fut d'arracher le collier de son cou. Elle avait serré les dents si fort toute la soirée que ses mâchoires étaient douloureuses. Toute sa famille était heureuse alors qu'elle se sentait suffisamment révoltée pour tout casser. Elle ne pourrait pas supporter Pierre-Alain plus longtemps. Après ce dernier vol, sa décision était prise. Elle chercha fiévreusement son carnet de chèques dans le tiroir de son secrétaire. Elle vérifia le talon et eut la confirmation qu'il en manquait cinq. Pierre-Alain avait pris soin de ne pas les retirer à la suite. Il savait qu'elle s'en rendrait compte très vite et elle était persuadée que c'était un jeu pour lui.

Pierre-Alain arriva au moment où elle le remettait à sa place. Elle se tourna, le regard brillant de colère, prête à lui demander des explications, mais il la devança :

— Peux-tu me dire ce qui t'a pris ? cracha-t-il furieux. J'ai honte de ton attitude envers mes parents ! Ils font des efforts constants pour se montrer agréables avec toi, mais tu fais continuellement la gueule ! Où étais-tu ? Pourquoi ne les as-tu pas accueillis à leur arrivée ?

— J'étais à la banque ! Et tu veux savoir pourquoi ?

— J'en ai assez ! jura son mari. Je te parle de ton comportement détestable et tu ramènes toujours la discussion au fric !

— Pour la bonne raison que tu me le voles, ce fric ! Et tout ça pour éblouir tes parents en couvrant nos enfants de cadeaux inutiles ! Je me doute qu'ils ignorent ta véritable situation ! Leur fils chéri est au chômage depuis plus d'un an et ne cherche pas un vrai travail !

— Tais-toi ! menaça Pierre-Alain, devenu blanc de rage.

— Je sais tout ! continua Laure hors d'elle. Qu'as-tu fait de tout mon argent ?

Elle avait envie de lui hurler toute sa fureur, mais elle se retenait pour ne pas se faire entendre du reste de sa famille à travers la maison. Ses beaux-parents dormaient dans la chambre à côté de la leur.

— Tu vas commencer par te calmer ! jura son mari. Ses yeux avaient viré au noir profond. Nous allons partir à Bordeaux et tu vas arrêter d'écouter les conneries de…

— C'est fini ! Tu comprends ? Je vais demander le divorce et tu vas sortir de ma vie !

Laure ne vit pas la gifle arriver, mais elle gémit de douleur quand l'arrière de sa tête vint heurter le coin de l'armoire. Elle s'écroula au sol sous la violence du coup. Elle n'eut pas le temps de se relever que son mari continua de lui donner de terribles coups de pied dans le dos. Il était transformé en fou furieux et la brutalisait dans un silence complet. Seul son souffle saccadé et alcoolisé emplissait la chambre. Elle le suppliait d'arrêter en geignant, fauchée par la souffrance, mais il se laissa tomber à genoux sur elle et appuya sa paume sur son cou jusqu'à presque lui couper la respiration. Il lui tira les cheveux en arrière et fixa ses yeux noyés de larmes.

— Écoute-moi bien ! déclara-t-il, la voix cassée. Je fais mon maximum pour te faire plaisir, mais tu n'es jamais satisfaite ! N'oublie pas que tu n'es bonne à rien ! Tu n'es même pas une mère convenable ! À cause de toi, notre fils est mort ! Tu n'auras jamais mon pardon. Tu m'entends ? menaça-t-il à son oreille en serrant un peu plus la pression autour de son cou.

— Oui… murmura Laure dans un sanglot, terrifiée.

— Si tu veux divorcer, je n'y vois pas d'inconvénient ! Mais tu n'obtiendras jamais la garde des enfants ! Ils partiront avec moi, c'est bien compris ? J'ai gardé un certificat médical qui prouve que ta santé mentale est déplorable et je peux facilement en récupérer d'autres !

— Tu ne peux pas faire ça, chuchota-t-elle en gémissant misérablement.

— Je vais me gêner ! cracha-t-il, soudain plus calme. Tiens-toi tranquille, Laure ! Cela vaudra mieux pour tout le monde.

Et ne va pas encore pleurnicher dans les bras de cette vieille bique de Stéfanette ni dans ceux de ton frère ou de ta salope de sœur parce que je le saurais !

— Oui ! murmura Laure en sanglotant.

— Tout ce que j'entreprends, c'est pour votre bien à tous, ne l'oublie pas ! Mais si tu m'emmerdes, Laure, je te promets que tu n'auras plus les mômes !

Pierre-Alain se releva et jeta sur elle un regard indigné, avant de quitter leur chambre. Laure attendit quelques secondes, immobile sur le tapis. La peur qu'il revienne lui vrillait le ventre. Elle n'osait plus bouger. Chaque mouvement lui arrachait des gémissements de douleur. Elle n'avait plus vu son mari dans un tel état de rage depuis la mort de leur fils. Le harcèlement moral était devenu sa spécialité depuis. Elle avait bien reçu quelques gifles dans un de ses accès de fureur, mais il ne l'avait jamais battue aussi violemment depuis ces dix dernières années. Elle devait se lever. Il fallait qu'elle se redresse. Mais elle ne trouvait pas la force de bouger. Chaque respiration lui brûlait les côtes. La sueur perla à son front. Elle se traîna jusqu'à la salle de bain et grimaça de plus belle en essayant de se déshabiller. Les hématomes marquaient déjà tout son corps. Elle tremblait violemment, sous le choc, et réussit à mettre sa chemise de nuit. Elle s'allongea enfin dans son lit et étouffa ses sanglots dans l'oreiller. Elle prenait véritablement conscience qu'elle ne pouvait pas lutter contre Pierre-Alain. Il lui avait vidé son compte bancaire sans la moindre gêne. Il la tenait. Elle ne pouvait rien faire pour se défendre de lui. Leur fils était mort par sa faute et elle avait passé plusieurs mois en milieu hospitalier à la suite de ce drame. Il saurait s'en servir. Il le lui avait promis. Il était suffisamment manipulateur pour lui retirer ses enfants. Laure essaya de trouver une position plus confortable et ses larmes redoublèrent de plus belle. Chaque sanglot lui arracha les côtes. Son souffle était court et sifflant. Sans ses petits, elle n'avait plus de raison de vivre. Elle avait imaginé pouvoir reprendre le dessus. Elle se croyait redevenue plus forte avec la présence de sa famille. Mais elle s'était trompée, Pierre-Alain resterait toujours le plus puissant. À bout de force, elle se tourna sur le côté en gémissant et attendit, la peur au ventre, le retour de son mari jusqu'au matin.

17

Laure s'éveilla en début de matinée, la place à ses côtés était vide. Pierre-Alain n'avait pas dormi là. Son corps meurtri protesta douloureusement quand elle voulut se redresser, et elle tomba sur ses oreillers au bord de l'évanouissement. Comment allait-elle réussir à tromper sa famille sur son état ? Elle se leva en réunissant ses dernières forces et serra les dents pour aller dans la salle de bain. Sa vue se brouilla en découvrant les hématomes qui avaient progressé sur son ventre et dans son dos. Ses côtes la faisaient souffrir le martyre à chaque inspiration et elle ravala ses sanglots en laissant couler l'eau chaude sur ses épaules. Une fois habillée, elle enfila l'épaisse veste en laine que lui avait tricotée Stéfanette et chercha dans le maquillage donné par sa sœur de quoi atténuer sa pâleur extrême. Elle entoura son cou de la belle écharpe offerte par Tanguy et respira pour repousser les larmes qui menaçaient de s'échapper à nouveau. Sur une dernière inspiration, elle ouvrit la porte de sa chambre et pas à pas, descendit jusqu'à la cuisine.

— Bonjour Maman ! dit Albertine qui prenait son petit déjeuner avec sa tante.

— Bonjour mon poussin ! Tu as bien dormi ?

— Est-ce que tu te sens bien ? s'inquiéta Isabelle en remarquant sa mine fatiguée.

— Je dois couver la grippe. J'ai mal partout…

— Reste tranquille, je t'apporte ton thé ! s'écria sa fille qui vola jusqu'à la bouilloire.

— Merci ma chérie !

Albertine se serra spontanément contre sa mère pour lui faire un câlin et Laure sursauta de douleur. Elle se reprit vite sous le regard curieux d'Isabelle et glissa ses mains autour du visage de sa fille pour l'embrasser sur le front tout en la repoussant délicatement.

— Tu devrais aller te reposer pendant que nous allons tous à la messe de Noël, proposa Isabelle.

— Je me sens déjà mieux !

Les parents de Pierre-Alain arrivèrent sur ces entrefaites. Jacques était perdu dans ses rêveries comme à son habitude et l'odeur du parfum capiteux de Bernadette envahit la cuisine. Ils prirent place autour de la table, attendant certainement qu'on les serve.

— Vous avez mauvaise mine, Laure ! s'écria sa belle-mère. Avez-vous mal dormi ? Remarquez, moi aussi, j'ai eu un sommeil perturbé ! Probablement quelque chose qui n'est pas passé !

— Probablement ! répéta Laure, affaiblie.

Pierre-Alain était de retour et salua ses parents. Il se montra d'excellente humeur et tourna autour d'eux en riant. Il portait un énorme bouquet de roses rouges qu'il tendit à sa femme, le regard désespéré.

— Je ne sais pas comment me faire pardonner ! Mes paroles ont largement dépassé mes pensées et je le regrette !

Je t'en supplie Laure, pardonne-moi !

— Pierre-Alain, soupira-t-elle, affreusement gênée de se donner en spectacle. Elle évita de lever les yeux pour croiser son regard.

— C'est à cause de toi si je m'emporte ! continua-t-il, la gorge serrée. Tu me pousses à bout ! Si seulement tu me faisais confiance au lieu de me dévaloriser sans arrêt !

Laure se leva de table. Il la bloqua contre lui et entoura ses joues pour qu'elle le regarde.

— Je te promets que tout va s'arranger ! Essayons d'oublier ce malentendu, tu veux bien ? Chérie, je t'aime et je ne suis rien sans toi !

Il la couvrait de baisers et Laure respirait à peine.

— Nous allons traverser cette épreuve tous les deux ! Nous devons faire des efforts pour le bien de notre famille.

— Une querelle d'amoureux ! dit Bernadette en souriant béatement. Comme ils sont mignons ! Réagissez Laure, vous n'allez pas laisser mon fils se morfondre plus longtemps !

Laure prit les fleurs des mains de Pierre-Alain sans un mot et alla chercher un vase. Il avait l'air sincèrement désolé. Elle voulait tant le croire. Elle évita le regard curieux de sa sœur et apporta les roses dans le salon, la seule pièce de la maison où elle n'avait guère le temps d'aller.

Après le service religieux qui avait paru à Laure sans fin, toute la famille se dépêcha de rentrer à « Maison Haute » pour se mettre au chaud. Pierre-Alain portait son fils sur ses épaules et plaisantait avec son père. Céleste tenait le bras de sa grand-mère et son visage rayonnait. Elle les laissa partir de leur côté et resta seule pour se recueillir sur la tombe de ses parents.

Le petit cimetière était si triste en ce 25 décembre. Laure s'approcha du caveau familial et se pencha lentement pour s'asseoir sur la marche. Elle grimaça de douleur et resserra son manteau sur elle. Elle arracha une mauvaise herbe récalcitrante par ce froid et enleva une fleur fanée de l'ellébore qu'elle avait déposé quelques jours plus tôt. Elle ignorait pourquoi elle venait sur la tombe de ses parents. Par devoir, sans doute. Elle leur avoua ce qu'elle traversait et les larmes coulèrent doucement sur ses joues. Elle leur confia son désespoir de ne pas être capable de prendre une décision. Elle ne pardonnait pas à son mari le trafic sur son compte bancaire, encore moins la raclée qu'il lui avait assénée. Mais Pierre-Alain avait tant de mal à trouver sa place depuis qu'ils étaient revenus à « Maison Haute ». Il enchaînait les échecs et se mettait une telle pression pour réussir devant ses parents. Il était son époux depuis tant d'années, elle n'avait pas d'autre choix que de lui donner une dernière chance. Elle le devait à ses enfants.

— Vous ne faisiez rien pour nous soutenir de votre vivant ! Mais je vous en supplie ! Aidez-moi ! Aidez-moi ! s'écria-t-elle dans un sanglot.

Laure essaya de faire bonne figure toute la journée. Elle ne savait pas si les attentions constantes de Pierre-Alain n'allaient pas la rendre plus folle que les coups qu'il lui avait sauvagement portés la veille. Et la fierté sans bornes que lui vouaient ses parents lui donnait envie d'exploser. Elle fut à deux doigts de craquer quand sa belle-mère décida d'emmener Céleste en vacances.

— Ma pauvre chérie ! Ce n'est pas à la campagne que tu peux faire des connaissances intéressantes ! Tous ces paysans qui ne parlent que de la pluie et du beau temps ! Tu ne dois pas avoir beaucoup d'occasions de t'amuser ! Viens donc avec nous !

— Merci Mamie !

— Je t'ai déjà dit cent fois de m'appeler Berny ! répéta-t-elle en grimaçant. Alors, c'est décidé, nous t'emmenons !

— Pas cette fois-ci ! répondit Céleste, ce qui étonna sa mère tout autant que sa grand-mère. Cela m'aurait fait plaisir, mais je dois réviser mes examens.

— Tu es bien la digne héritière de ton père ! La réussite avant tout !

Laure les laissa discuter entre elles et partit à la recherche de sa sœur. Elle croisa Albertine et lui demanda si elle ne l'avait pas vue.

— Elle est sur le perron, je crois !

— Par ce froid ? Mais qu'est-ce qu'elle fait ?

— Elle fume en cachette, m'man ! répondit sa fille en haussant les épaules avec désinvolture.

Laure sourit et lui passa la main dans les cheveux avec tendresse. Elle alla chercher une veste dans le vestibule et sortit. Sa sœur était assise sur le banc de pierre et regardait le ciel en tirant sur sa cigarette.

— Te voilà prise sur le fait ! dit Laure en prenant place à ses côtés.

— Comment as-tu su que j'étais là ?

— Albertine !

— Ta fille ne devrait pas s'orienter vers un lycée agricole, mais plutôt vers une école de police ! s'exclama-t-elle en souriant. Elle est toujours au courant de tout !

— Je croyais que tu avais arrêté de fumer !

— Parfois je replonge.

— Tu as le cafard ? s'inquiéta Laure.

Isabelle n'en parlait pas, mais penser à Olivier avec son ex-femme pour les fêtes lui faisait de la peine. Laure prit le paquet de sa sœur, alluma une cigarette et souffla la fumée d'un air lointain.

— Toi aussi tu as le cafard à ce que je vois !

Elles restèrent un long moment côte à côte à contempler le ciel en silence. Elles avaient toutes les deux besoin de se confier, mais se retenaient d'ouvrir les vannes.

— Isabelle ?

— Hum ?

— J'ai un service à te demander.

— Je t'écoute !

— Peux-tu me garantir que s'il devait m'arriver quelque chose, tu ferais tout pour garder mes enfants ?

— Pardon ? s'écria-t-elle en se redressant. Mais qu'est-ce que tu as ?

— Promets-le-moi !

— Tu es malade ?

— Non ! dit Laure en grimaçant un sourire. Mais j'ai besoin d'être rassurée. Si je devais être dans l'incapacité de le faire, je ne veux pas qu'ils soient élevés par leurs grands-parents ! Promets-moi que tu feras tout ton possible pour les garder avec toi ! Même si tu dois te battre pour les avoir !

— Évidemment, Laure ! Tu n'as pas à me le demander ! Je serai toujours là pour eux, tu le sais ! ajouta-t-elle, inquiète. Dis-moi ce que tu as, je peux certainement t'aider !

— Je suis juste un peu fatiguée en ce moment.

— Et avec ton mari ? Tout va bien ?

— Oui, bien sûr ! s'écria Laure tendue. L'année a été

pénible pour nous tous, mais nous allons nous retrouver !

— Si tu le penses… murmura Isabelle, en croisant son regard fiévreux.

Laure, qui n'avait jamais été aussi pâle, n'ajouta pas un mot et resta auprès de sa sœur qui termina de fumer sa cigarette dans un profond silence.

Catherine contacta Laure le 29 décembre au matin. Elles se donnèrent rendez-vous chez l'avocate en début d'après-midi.

— Les fêtes se sont bien passées ? demanda-t-elle en lui servant une tasse de thé.

— Elles sont passées, dirons-nous ! Les enfants ont été terriblement gâtés et depuis, je ne les entends plus !

— J'ai étudié le contrat avec attention et j'ai mené ma petite enquête comme tu l'avais souhaité.

— Alors ? dit Laure avec fièvre.

— Je n'ai absolument rien découvert de suspect sur Emmanuel et ses affaires me semblent saines. Ses collaborateurs n'ont rien à lui reprocher. Il rembourse ses emprunts à la banque dans les délais. Ses employés disent l'apprécier. En conclusion, tu ne pourras pas trouver un associé plus stable.

— Et à propos du contrat ?

— C'est un engagement très clair qui vous protège équitablement tous les deux. J'ai noté un passage que je ne suis pas certaine que tu aies bien vu. Il souligne le fait qu'il aura des échanges professionnels uniquement avec toi…

— Il doit parler de Tanguy et Isabelle qui possèdent les deux tiers de la maison, mais ce sera bientôt réglé avec la création d'une société.

— Non ! Il s'agit de ton mari ! corrigea Catherine. Il est écrit noir sur blanc que Pierre-Alain ne devra jamais s'immiscer dans cette affaire, de manière directe ou indirecte.

— Après son comportement quand nous avons dîné au « Gargantua », je comprends ses réserves ! déclara Laure, les yeux sombres. Ce qui n'échappa nullement à l'avocate.

Elles avaient passé du temps ensemble ces derniers temps et Catherine avait suffisamment d'expérience pour voir que Laure lui cachait des éléments. Son regard triste, sa situation financière déplorable qu'elle essayait de masquer, sa solitude l'avaient bouleversée. Elle lui avait tendu la main et, depuis, elles apprenaient à se connaître et à s'apprécier mutuellement. Laure ne s'était pas vantée de cette nouvelle amitié auprès de Pierre-Alain. Ce dernier ne se privait pas de lancer des critiques acerbes à son encontre. La famille Bonvoisin possédait tout ce que son mari n'aurait jamais : la réussite sociale, l'instruction, la filiation, l'affection et le respect de tous. Il les détestait d'autant plus qu'il avait compris dès leur rencontre qu'il ne pourrait rien tirer d'eux. Jean-Baptiste et Catherine l'ignoraient superbement.

— Tu sais que tu peux compter sur moi en tant qu'amie et avocate, si tu souhaites me parler d'autre chose.

— Je te remercie pour ce que tu as fait ! dit Laure en se levant aussitôt. J'attends que tu me dises combien je te dois !

— Tu plaisantes ? Mes enfants sont invités à un réveillon et ils aimeraient emmener ta fille. Cela me fait plaisir qu'ils s'entendent bien ! déclara Catherine en raccompagnant Laure jusqu'à sa voiture.

— Pas autant que moi ! Céleste est moins grincheuse ces temps-ci et je suis ravie qu'elle se fasse enfin des amis !

De retour à la maison, Laure trouva sa sœur dans la chambre de Céleste et elles travaillaient sur le nouvel ordinateur.

— Seras-tu encore là demain ? questionna-t-elle de but en blanc.

— Oui ! Pourquoi ?

— J'ai besoin que tu gardes les enfants ! Je vais être absente toute la journée !

— Très bien ! Mais où vas-tu ?

— J'ai un rendez-vous important à Paris.

Isabelle fronça les sourcils. Elle échangea un regard étonné avec sa nièce pendant que la porte se refermait sur Laure. L'adolescente haussa les épaules.

— J'allais oublier ! ajouta Laure en apparaissant de nouveau. Tu devras accompagner Céleste à Nevers pour faire les magasins. Elle a besoin d'une robe pour aller à un réveillon avec Marion et Baptiste !

— C'est vrai ? s'écria la jeune fille tout excitée. Mais ils ne m'ont rien proposé !

— Ça ne devrait plus tarder ! répondit sa mère amusée.

La date fixée par Emmanuel Duvernoy était affichée en bas de l'écran de l'ordinateur. Le chef n'avait pas eu de nouvelles de Laure et se doutait que leur association était mal engagée. Il échangeait avec son collaborateur sur l'éventuel rachat d'un établissement à Londres. Celui-ci priait Emmanuel de ne plus perdre de temps. Il l'invitait à venir visiter le local très vite avant que cette offre ne leur passe sous le nez. Il comprenait qu'Emmanuel ait tenté cette expérience peu ordinaire avec cette propriétaire dans la Nièvre, mais ça n'avait pas marché. C'était un signe du destin. Ils allaient pouvoir se consacrer au plan B et étendre leurs affaires de l'autre côté de la Manche.

À dix heures et demi précise, Laure poussa la porte du « Gargantua » et demanda à être reçue par le chef. Quand Emmanuel la vit entrer dans son bureau, le visage fermé, il sut qu'elle allait refuser sa proposition.

— Bonjour Laure ! s'écria-t-il en se levant pour venir la saluer. Vous êtes ponctuelle !

— Nous sommes bien le 30 décembre ? Nous avions rendez-vous, il me semble !

— En effet ! répondit-il, légèrement perturbé par sa sécheresse. Asseyez-vous, je vous en prie !

— Je suis très pressée, monsieur Duvernoy ! Je n'irai donc pas par quatre chemins ! Vous désirez toujours vous associer avec moi ?

— Vous acceptez mon offre ?

— Je ne connais absolument rien dans le domaine de la restauration, ni dans l'hôtellerie, ni même dans le luxe. Mais j'apprendrai ! Je ferai tout ce qui est possible pour que notre affaire réussisse, je vous le garantis ! Je vais signer ce contrat si vous voulez bien me donner un stylo !

— Qu'est-ce qui vous a décidé à accepter ? s'exclama Emmanuel qui la regardait parapher chaque page, debout contre son bureau.

— Voilà, c'est fait ! dit-elle sans répondre à sa question. Vous ferez votre travail, moi le mien et tout se passera très bien !

— Nous allons fêter notre association !

— Je suis désolée, mais je n'ai pas le temps. Je ne peux pas me permettre de rater le prochain train pour Nevers. Pour la suite de notre projet, soyez gentil de venir dans la Nièvre parce que je pourrai difficilement m'absenter une nouvelle fois !

— Très bien ! Je vous téléphone pour fixer une date, répondit-il totalement abasourdi.

— Je vous souhaite une bonne journée ! conclut-elle en partant aussi vite qu'elle était arrivée.

Emmanuel se laissa tomber dans son fauteuil et se demanda un court instant s'il n'avait pas eu une vision. Mais la signature de Laure en bas du contrat lui confirma qu'elle était bien venue.

— Eh bien ! Elle n'est pas commode, ta nouvelle associée ! déclara son ami, en sifflant. Il était toujours en liaison sur l'écran de l'ordinateur.

— Je te rappelle !

Et il coupa la communication.

Incroyable ! pensa Emmanuel en souriant. *Cette femme est incroyable !* Il l'avait vue sur la réserve, à la limite du mutisme, timide et peu sûre d'elle. Mais là, elle venait de se montrer telle qu'elle était réellement : une battante. Et cela n'avait rien pour lui déplaire. Laure était étonnante et il se doutait qu'il n'était pas au bout de ses surprises. Il tourna son fauteuil vers la fenêtre et un sourire flotta sur ses lèvres. Cette collaboration allait être passionnante, il le sentait ! Il attrapa son téléphone et rappela son associé.

— J'ai réfléchi ! Continue de prospecter pour ce local à Londres. Si c'est une bonne affaire, nous ne devrions pas la négliger non plus.

— Tu es dingue ! s'écria-t-il en riant. Tu vas mener les deux projets en parallèle ?

— Pourquoi pas ? Je ne suis pas tout seul dans cette affaire, non ?

Dans le train qui la ramenait à Nevers, Laure était à cent lieues des pensées de son nouvel associé. Elle avait passé les cinq dernières nuits à retourner la question dans tous les sens et elle n'avait trouvé que cette solution à tous ses problèmes. Elle savait que Pierre-Alain avait annoncé leur départ à Bordeaux uniquement pour parader devant sa famille. Depuis, il n'en parlait plus et Céleste allait être déçue. Encore une fois.

Elle avait tellement peur de prendre la mauvaise décision qu'elle s'était montrée glaciale envers Emmanuel lors de la signature du contrat. Elle était terrorisée par l'ampleur du projet. Elle se pensait incapable de le mener même s'il lui promettait de lui laisser le temps d'apprendre. Elle se sentait acculée.

Elle n'avait plus aucune confiance en son mari après les derniers coups et les dernières menaces. Mais elle ne pouvait pas divorcer. Elle ne lui abandonnerait jamais les enfants. Son seul objectif maintenant était de gagner suffisamment d'argent pour le tenir à distance. Et s'il recommençait encore une fois à lever la main sur elle, comme il l'avait fait à Noël, elle se savait capable de le tuer.

18

Printemps

Si Emmanuel avait l'intention de mener leur entreprise à sa guise, il réalisa très vite que ce ne serait pas le cas. Dès leurs premières semaines de collaboration, il apprit à reconnaître les doutes de Laure à travers son comportement car elle s'exprimait peu. Si elle cherchait ses mots au milieu d'une phrase, il comprenait son désaccord même si elle ne savait pas l'exprimer. Elle fronçait les sourcils et elle se mordait l'intérieur de la joue : elle était inquiète et n'osait pas lui dire. Et quand son regard devenait vague, il se doutait qu'elle n'avait pas compris les subtilités de la question et il reprenait ses explications. Emmanuel avait l'intelligence de lui demander systématiquement son avis et la poussait à participer à la planification du projet. Il aurait certainement gagné du temps à se passer de son opinion. Mais il avait réussi à lui arracher quelques réflexions tout à fait pertinentes qui l'avaient conforté dans la vision qu'il avait d'elle. Elle était secrète, mais loin d'être idiote. Elle était sensible, observatrice, et efficace. Et leur collaboration l'avait déjà amené à modifier quelques décisions. Laure devait prendre plus de confiance et il veillait à ce qu'elle s'investisse tout à fait dans ce projet.

De son côté, elle n'envisageait pas de se tenir en retrait et notait toutes les questions qu'elle se posait avant leurs échanges téléphoniques. Elle avait le souhait d'apprendre les ficelles de ce nouveau métier et de gérer au mieux sa part du contrat. Même si elle paniquait, elle n'avait pas d'autre choix que de se lancer si elle voulait s'échapper de son cauchemar matrimonial et sauvegarder « Maison Haute ».

Emmanuel arriva de Paris accompagné d'un architecte dont la réputation n'était plus à faire. Ils devaient finaliser les plans des travaux pour remanier la maison. Laure les attendait avec un architecte de Nevers, comme elle l'avait prévenu. Il sourit en les présentant, car la discussion promettait d'être intéressante entre les deux parties. Elle les accueillit avec sa réserve coutumière et ils commencèrent à visiter le rez-de-chaussée en écoutant les suggestions de l'expert parisien. Ce dernier avait collaboré avec les groupes les plus célèbres et glissait dans la conversation les noms des designers les plus en vue de la capitale. Il était très sûr de son goût. Laure eut un mal fou à rester calme quand il proposa d'abattre le mur entre les deux salons pour en faire une salle unique. Il voulait moderniser l'ensemble avec des colonnes en métal d'un artiste à la mode, ce qui lui semblait une idée de génie. Il leur montra des nuanciers de couleur pour rajeunir toutes les peintures.

— Vous plaisantez ! s'écria-t-elle.

L'architecte ignora sa réplique et continua d'exposer ses vues en ne s'adressant qu'à Emmanuel, ce qui agaça Laure un peu plus encore. Ce dernier menait l'échange avec le décorateur et observait les signes d'exaspération sur le visage de son associée. Elle fulminait. En silence. Mais elle fulminait.

L'architecte nivernais suivait le groupe sans intervenir et prenait quelques notes. Quand ils arrivèrent dans la grande bibliothèque, les propositions semblèrent à Laure tout à fait ahurissantes et elle finit par les abandonner. Emmanuel la regarda filer, étonné qu'elle soit restée patiente aussi longtemps. Il dirigea les deux hommes jusqu'à la salle à manger qu'il souhaitait convertir en cuisine moderne et professionnelle.

Laure trouva Isabelle qui fumait sur la terrasse comme elle en avait l'habitude. Elle était venue chercher du soutien auprès de sa sœur. Après des mois à espérer que sa situation avec Olivier change, sans succès, ils s'étaient séparés. Si elle reconnaissait le bien-fondé de ce choix, son chagrin n'en demeurait pas moins profond. Laure, pendant qu'elle la réconfortait, repoussait ses propres problèmes. Pierre-Alain devait penser qu'il avait été beaucoup trop loin. Depuis ses coups d'une rare violence, il se montrait étonnamment discret. Il n'avait rien exprimé quand elle avait signé le contrat qui la liait avec Emmanuel. Laure se doutait qu'il était dans une phase de dépression. Il donnait l'impression de se moquer de tout et il refusait de lui parler. Elle ignorait à quoi avait servi son argent, où en étaient ses projets à Bordeaux ou ailleurs. Pour le moment, l'inaction totale de son mari lui permettait de reprendre son souffle.

Emmanuel vint la chercher pour monter au premier étage et visiter les chambres. L'architecte consultait ses notes et demanda quelle décision ils avaient prise pour la transformation de la partie Est. Laure n'avait pas donné son aval, pour la simple et bonne raison, qu'elle et ses enfants occupaient les trois pièces restantes. Ils n'avaient pas encore touché aux appartements de leur mère, non plus. Emmanuel lui présenta l'aile déjà aménagée par Laure pour ses hôtes. Le parisien n'ajouta aucun commentaire, mais sa moue hautaine voulait tout dire. Il ouvrit ensuite la chambre d'Augustin et Albertine et y pénétra sans attendre. Il jeta quelques idées et continua jusqu'à celle de Céleste. L'adolescente était à son bureau et faisait ses devoirs. Leur intrusion la mit aussitôt en colère.

— Excuse-nous ! commença Emmanuel, embarrassé. J'ignorai que tu étais là !

— Nous allons tout casser pour créer une salle de bain avec la baignoire juste ici !

— Maman ! s'écria Céleste, ahurie. Qu'est-ce que c'est que cette histoire ? Tu ne vas pas louer ma chambre ?

— Chérie ! Rien n'est encore décidé…

— Vous poserez un lit à baldaquin devant la fenêtre pour profiter du panorama sur le parc ! continua l'architecte qui bouscula la jeune fille pour vérifier les boiseries.

— C'est super ! maugréa Céleste en fermant brusquement ses classeurs qu'elle empila sur ses livres. Puisque vous me mettez à la porte, je ne vois qu'une solution !

— Céleste, je t'en prie, soupira Laure.

— Cela ne dérangera personne si je vais travailler dans le grenier ? Vous n'avez pas l'intention d'y installer une salle de sport, un cinéma ou même une piscine ? J'en ai marre de cette maison ! jura-t-elle en les bousculant pour sortir de sa chambre.

Laure la vit s'élancer vers l'escalier qui menait au second étage et quand la porte claqua violemment, elle sursauta et partit à sa suite. Elle traversa le couloir sombre qui desservait les anciens dortoirs des bonnes et trouva Céleste, assise sur une malle, les yeux noyés de larmes.

— Chérie ! commença Laure. Je n'ai pas dit que j'étais d'accord.

— Mais tu le feras ! dit-elle en colère. Tu as déjà installé Augustin avec Albertine ! Je ne peux pas travailler avec eux ! Puisque nous n'avons pas un seul endroit pour nous dans cette immense baraque, je vais rester là ! Personne ne me dérangera au moins ! Je serai tranquille !

Laure soupira. Elle ne supportait pas de voir sa grande fille malheureuse. Isabelle arriva à son tour.

— Sympa ta nouvelle chambre !

Céleste jura, les yeux levés au ciel. Laure grimaça de cette mauvaise blague. Isabelle commença de fureter autour d'elle.

— Tu sais que tu viens de me donner une idée ! dit-elle, les sourcils froncés.

— Maman ! s'inquiéta l'adolescente. Si tu les laisses faire, je partirai en pension !

— Isabelle, ce n'est pas le moment !

— Mais tu pourrais transformer ce grenier en appartement pour vous ! Vous n'allez pas vivre coincés entre les chambres des clients !

— Maman ! reprit Céleste, épouvantée. Nous n'allons pas nous installer là ?

— Ce serait une idée à creuser ! soupira Laure, qui voyait à son tour le potentiel de cette partie de la maison. Mais tu sais que je n'ai pas les moyens de faire ces travaux !

— Moi je les ai !

— Ah non ! Il en est hors de question ! Tu en as déjà fait tant pour nous ! Non, je ne peux pas accepter !

— Messieurs ? appela Isabelle en haut des marches. Pourriez-vous monter au grenier un instant ?

Elle attendit qu'ils la rejoignent. Le parisien grimaça en constatant ses chaussures italiennes couvertes de poussière et une toile d'araignée accrochée à sa manche de veste. Il vérifia l'heure sur sa montre et soupira. Emmanuel lança un regard interrogatif à Laure. Isabelle déclara d'une voix décidée :

— Céleste a raison ! Ma sœur ne peut pas continuer de recevoir des clients sans avoir un endroit privé où se tenir. Nous allons créer un appartement dans ce grenier pour sa famille ! Le chantier de l'ensemble de « Maison Haute » sera confié à celui de vous deux qui nous proposera un devis rapide et financièrement acceptable.

— Ce sera tout ? demanda Emmanuel.

— Je vous laisse aussi prévoir un studio pour m'accueillir quand je serai de passage ! ajouta-t-elle avec le même sourire lumineux qu'elle utilisait sur les plateaux. Vous pouvez prendre les mesures et poursuivre la visite avec Laure. Moi, je vais redescendre avec Céleste !

En fin de journée, Laure raccompagna elle-même l'architecte de Nevers jusqu'à sa voiture.

— Je compte sur vous ! commença-t-elle. Je sais parfaitement que c'est un gros chantier et que nous n'avons pas beaucoup de temps devant nous. Mais je tiens absolument à travailler avec des artisans de la région. Faites-nous une proposition qui en vaille la peine et je convaincrai mon associé !

— Je vous remercie de votre confiance ! Vous n'aurez pas à le regretter !

De son côté, Emmanuel salua l'architecte parisien et le laissa partir avant de rejoindre Laure sur le perron.

— Vous êtes dure en affaire ! s'écria-t-il en riant.

— Il s'agit de ma maison ! répondit-elle les bras croisés.

— J'ai admiré votre patience durant toute la visite ! Vous aviez pourtant de la fumée qui vous sortait par les oreilles !

— Je sais que vous avez plus d'expérience que moi pour mener un tel projet, mais êtes-vous vraiment certain que cet architecte est celui qu'il nous faut ?

— Le vôtre n'aura pas la carrure pour ce chantier.

— C'est ce que nous verrons !

— C'est tout vu !

— Je ne laisserai pas votre spécialiste massacrer ma maison !

— Je n'entends pas souvent le son de votre voix, Laure, mais quand vous êtes décidée, vous ne mâchez pas vos mots !

Ils échangèrent un regard entendu comme deux entraîneurs. Emmanuel sourit enfin et lui tendit la main qu'elle serra fermement en soufflant.

Le mois de mars semblait interminable et la nature prenait son temps pour s'éveiller. Il pleuvait jour après jour et l'humidité s'immisçait dans les moindres recoins de la maison. Comme Laure l'avait prévu, le devis de l'architecte de Nevers se montra plus avantageux et Emmanuel donna son accord. Elle eut une discussion ferme avec Isabelle qui ne revint pas sur sa décision de l'aider financièrement. Elle avait touché un cachet faramineux pour son dernier tournage et elle souhaitait l'aider à construire sa nouvelle vie. Elle tenait aussi à se garder un espace pour elle dans la maison de son enfance, pour ne pas les déranger à chacune de ses visites dans la Nièvre. Les deux sœurs tombèrent d'accord. Après une longue soirée d'échange, Laure finit par lui confier le détournement de ses ultimes ressources. Avant, elle n'avait pas grand-chose, aujourd'hui, elle n'avait absolument plus rien. Isabelle rentra dans une rage folle. Laure lui arracha la promesse de ne pas intervenir. Elle préférait encore passer pour une pauvre épouse soumise auprès de sa famille plutôt que d'avouer la vérité et mettre ses enfants en danger. Elle devait les protéger à tout prix.

Ce soir-là, dans la cuisine, Laure se tenait devant la cheminée qu'elle avait dû rallumer. Elle attendait la visite du chauffagiste débordé qui repoussait sans cesse sa venue. Elle posa une bûche dans l'âtre et reprit sa place à table où étaient étalés tous ses papiers. Elle fronça les sourcils et se promit d'aller le chercher elle-même à la première heure le lendemain, s'il ne se décidait pas à intervenir plus vite. Elle ne supportait plus d'avoir si froid et les enfants râlaient d'aller se coucher tous les soirs avec des pulls et des chaussettes. À cause de ce contretemps, elle avait dû refuser des réservations et cela n'arrangeait pas ses affaires.

Céleste apparut avec une longue écharpe autour du cou et ses livres contre elle.

— Je peux m'installer avec toi ? Il gèle dans ma chambre et je n'arrive pas à travailler.

— Bien sûr ! dit Laure en lui libérant de la place sur la table.

La mère et la fille reprirent leur devoir dans un profond mutisme. Seul le crépitement du bois qui brûlait dans la cheminée et les pages qu'elles feuilletaient dans un geste régulier troublait le silence. Dehors, la pluie tombait inlassablement et ruisselait contre les carreaux des fenêtres.

Au bout d'un long moment, Laure s'étira et bâilla. Elle leva les yeux vers Céleste et croisa son regard.

— Il est si tard, chérie ! Tu devrais aller te coucher.

— Maman ? dit-elle, indécise.

— Oui ?

— Papa et toi, vous allez divorcer ? demanda-t-elle dans un souffle, ce qui laissa Laure sans voix.

Elle ne savait que lui répondre.

— Qu'est-ce qui te fait penser cela ?

— Ce n'est pas un mystère ! Depuis que nous habitons dans cette maison, Papa est constamment en déplacement !

Laure ne pouvait pas lui avouer combien ses absences lui convenaient. Elle supportait difficilement ses rares apparitions, uniquement dans le but de prendre les quelques billets qu'elle gardait à sa disposition.

— Ton père s'éloigne pour chercher du travail, mentit-elle.

— Tu l'aimes encore, Maman ? Parce que Papa t'aime toujours ! s'écria-t-elle, le regard brûlant.

Laure croisa les bras sur la table et fixa Céleste.

— Il me l'a dit ! Il est malheureux depuis que tu t'es lancée dans ce projet débile ! Il estime que tu fais une folie, mais tu refuses de l'écouter ! Il a dû annuler son essai à Bordeaux à cause de toi !

Laure soupira en courbant les épaules. Elle ne voulait pas croire les révélations de sa fille : Pierre-Alain se servait des enfants contre elle ! Elle repoussa l'envie de dire à Céleste tout le mal qu'elle pensait de son père et s'exhorta au calme.

— Je sais que tu es fâchée contre moi ! Je n'ai pas été une mère très attentive à la mort de Charles. Je n'ai pas pris suffisamment soin de vous à l'époque et je le regrette chaque jour !

— Maman ! coupa-t-elle gênée.

Cette période était encore un sujet brûlant dans la famille et personne ne souhaitait s'en souvenir.

— Laisse-moi terminer ! Je n'ai pas été à la hauteur et je te promets que cela ne se reproduira pas. Sois certaine que vous êtes tous les trois ma priorité dans tous mes choix de vie.

— Et tu penses que c'est en transformant notre maison en hôtel de luxe que tu y parviendras ?

— Je l'espère sincèrement ! Je ne connais pas notre avenir, mais je t'assure que je ferai tout pour que notre affaire réussisse !

— Et Papa ? Qu'est-ce qu'il va devenir dans toute cette histoire ?

— Je me suis appuyée sur ton père durant toutes ces années. C'est à mon tour de subvenir aux besoins de notre famille jusqu'à ce qu'il retrouve du travail.

— Et quand il en trouvera ? Qu'est-ce que vous déciderez ? Nous serons encore obligés de déménager ?

— Je ne sais pas, Céleste ! Pour le moment, la question ne se pose pas ! Mais c'est bien toi, il me semble, qui refusais de rester dans ce trou perdu ?

Voyant sa fille se murer dans le silence, Laure continua :

— Ne t'inquiète pas de tout ça, ma chérie ! Tu es encore au lycée, mais tu partiras bientôt poursuivre tes études. Je te demande seulement de me faire un tout petit peu confiance !

— J'ai une dernière question ! Quelles sont tes véritables relations avec Monsieur Duvernoy ?

— Céleste ! s'écria Laure, surprise. Tu sais très bien qu'Emmanuel est mon associé, c'est tout ! Je n'ai rien à cacher, voyons ! Qu'est-ce que tu vas imaginer ?

— Rien, Maman ! répondit sa fille qui lui sourit sans dissimuler son soulagement. Je vais me coucher, il est tard !

Céleste récupéra ses cahiers et se pencha vers elle pour

l'embrasser. Avant qu'elle ne quitte la pièce, Laure ajouta :

— Je regrette que ton père soit venu te parler de nos difficultés. Mais rassure-toi, je ferai tout mon possible pour que notre situation s'arrange.

Restée seule, Laure fixa les flammes, le regard noir. Elle allait veiller à ne pas laisser son mari se servir des enfants contre elle. Son ultime espoir était qu'ils grandissent et se fassent leur propre jugement, mais combien de temps allait-elle encore devoir subir cette situation ?

19

Laure tournait dans son lit et le sommeil la fuyait ce soir. Encore. Elle voyait danser devant ses yeux les tableaux Excel qui récapitulaient les sommes déboursées pour les travaux et elle en avait la chair de poule. Dans quel engrenage avait-elle mis le doigt ? N'avait-elle pas été un peu trop présomptueuse en s'estimant capable de mener à bien un tel projet ? Laure avait l'impression d'avancer sur un fil tendu au-dessus d'un gouffre. Fanette l'encourageait, Tanguy et Isabelle la soutenaient, Emmanuel la formait. Pourtant, elle doutait à chaque pas. Elle avait si peur de décevoir tous ceux qui croyaient en elle, qu'elle redoublait d'efforts pour se montrer à la hauteur. Elle travaillait du matin au soir sans relâche et, le soir venu, elle avait le plus grand mal à s'endormir alors qu'elle était épuisée.

Elle finit par écarter le drap en soupirant et se leva sans réveiller son mari qui ronflait paisiblement. Sans un regard pour lui, elle quitta la chambre pour aller chercher un verre d'eau fraîche en bas. Elle connaissait les moindres recoins de la maison de son enfance et se dirigea grâce au clair de lune. Elle poussa la lourde porte de la cuisine, perdue dans ses pensées et sursauta violemment en découvrant un homme qui dévalisait son frigo. Surpris à son tour, il releva d'un coup la tête et se cogna. Il se détourna en jurant, se gratta la bosse d'une main et Laure reconnut son frère.

— Tanguy ? Tu m'as fait peur !

— J'ai fini de faucher. Il est tard et je venais voir si vous n'aviez pas un petit reste à manger. Je n'ai rien chez moi et je meurs de faim !

Laure lui sortit un plat de viande froide et une part de tarte à la tomate pendant qu'il disposait une assiette et deux verres à table. Elle lui apporta du pain et du beurre, quelques radis et un fromage de chèvre. La vision de ces mêmes gestes réalisés pour son père des années plus tôt, lui revint en mémoire et sa gorge se serra.

Tanguy se servit un verre de rosé qu'il noya dans une collection de glaçons. Laure accepta un verre d'eau fraîche. Son frère avait le visage couvert de poussière qui faisait ressortir ses yeux fatigués. Il ressemblait de plus en plus à leur père. Il engouffra une bouchée de viande inondée de mayonnaise et ronronna de plaisir. Tout en répondant à la curiosité de sa sœur sur l'avancée de son travail dans les champs, il termina tous les plats devant lui. Quand il se cala sur sa chaise, repu, un sourire satisfait apparut sur ses lèvres. Laure se leva pour ranger la table, mais Tanguy l'arrêta aussitôt.

— Reste assise ! Je vais même te prendre un café avant de partir ! Tu veux quelque chose ?

Laure continua de discuter avec lui tandis qu'il desservait son couvert et remplissait le lave-vaisselle. Depuis qu'elle avait signé le contrat d'association avec Emmanuel, Tanguy et Isabelle avaient pris soin de s'intéresser à son projet avec la plus grande attention. La fratrie s'était accordée pour créer une société et mettre leur part de la maison à la disposition de Laure. Elle tenait particulièrement à ce que la loi encadre leur situation et éviter qu'un revirement vienne ternir leur entente. Elle voulait également préserver sa famille des ruses de Pierre-Alain. Elle savait maintenant de quoi il était capable.

Tanguy reprit sa place en face d'elle et croqua dans un chocolat. Son regard se posa sur un plan et il le tira jusqu'à lui pour l'observer de plus près.

— C'est votre dernier choix pour les appartements de notre chère mère ?

— J'ai proposé à Emmanuel de revoir la disposition de la salle de bain et il a accepté.

— Tu as l'air surprise ? L'idée est bonne !

Laure haussa les épaules et baissa les yeux. Elle n'avait pas l'habitude qu'on lui présente des compliments. Son frère regarda attentivement les plans suivants.

— Tu ne voulais pas faire des études d'architecture quand tu étais jeune ? se rappela-t-il soudain.

— Je n'avais pas assez d'ambition. Et papa pensait que c'était un métier d'homme.

— Foutaise !

— Emmanuel m'a confié toute la partie décoration de la maison…

— Il a raison. Tu en es tout à fait capable !

— Je ne sais pas.

— Ne commence pas, Laure ! coupa son frère, en le scrutant avec attention. Tu es vraiment douée ! Je suis sûr que tu prends même du plaisir à réaliser ce projet !

— C'est vrai, avoua-t-elle en rougissant légèrement. Mais j'ai encore tellement à apprendre ! Regarde les esquisses pour le grand salon. J'ai proposé les deux couleurs sombres et le papier peint plus expressif. Emmanuel a approuvé.

— Tu as réellement un goût inné pour les couleurs ! Tu es la seule de nous trois à avoir reçu ce don maternel ! Pourquoi as-tu arrêté de peindre du jour au lendemain ? Je n'ai jamais compris !

Laure se rembrunit. Elle ramassa ses documents en évitant le regard de son frère. Les joues rouges, elle soupira. Tanguy se douta qu'il avait mis le doigt sur un sujet brûlant et il insista.

— Laure ?

— Tu te rappelles quand son agent était venu la voir quelques jours pendant l'été…

— C'était l'année de tes dix-huit ans, non ? Je me souviens que la reine mère était en pleine préparation de son exposition à Londres. Elle était épouvantable à l'époque.

— Il avait trouvé mes tableaux intéressants et il m'avait encouragée à m'orienter vers une école d'art à Paris.

— Je m'en souviens ! Alors pourquoi n'as-tu pas continué dans cette voie ?

— Maman est venue un soir pour me parler de cette école. Je savais que Papa ne le verrait pas d'un très bon œil, mais je ne m'attendais pas à ce qu'elle s'y oppose. Elle a pris des pincettes pour m'avouer que son agent avait seulement voulu être aimable avec moi, mais que je n'avais aucun talent.

— Quelle taupe ! rugit Tanguy.

— Je ressemblais trop à notre père pour avoir une quelconque fibre artistique ! J'étais trop terre à terre à m'occuper de vous sans arrêt. Je pouvais aspirer à devenir une bonne mère de famille, mais certainement pas une véritable artiste !

— Elle avait sûrement peur de se retrouver en concurrence directe avec toi ! Elle était bien trop jalouse ! s'énerva Tanguy de plus belle.

Des trois, il était celui qui n'avait jamais caché son désamour pour leur mère. En vieillissant, Laure était encore blessée du manque d'intérêt et de la dureté de ses parents, mais elle en avait fait le deuil. Tanguy, lui, était toujours aussi révolté même s'il tentait de le dissimuler. Laure se demandait s'il n'avait pas d'autre raison inavouée pour éprouver un tel ressentiment.

— Pourquoi en veux-tu autant à maman ?

— Parce qu'elle n'était qu'une égoïste ! Papa nous faisait vivre un enfer pour que nous bossions comme des fous alors qu'elle n'a jamais rien foutu de son existence !

— Tanguy ! murmura Laure en voyant son frère s'emporter. Elle était une artiste.

— Ce n'est pas qu'elle soit une artiste qui me dérange, c'est qu'elle avait un cœur de pierre ! Nous aurions pu crever sous ses yeux qu'elle n'aurait pas posé son pinceau !

— Qu'a-t-elle dit comme vacherie pour te mettre dans cet état après tant d'années ? comprit Laure.

— L'été où je suis revenu avec mon diplôme, Papa était tendu comme jamais. Il s'emportait pour un rien et refusait toutes mes propositions. La vie à la ferme devenait un enfer. Si Martin n'avait pas passé son temps à modérer nos échanges, jusqu'à notre ultime dispute, nous en serions venus aux mains. J'étais atterré par son comportement alors je suis allé la voir pour lui demander son soutien. Je ne sais pas pourquoi je l'ai fait ! J'étais vraiment à bout. J'espérais qu'elle pourrait intervenir auprès de papa pour une fois.

— Elle a refusé ?

Tanguy soupira. Ses yeux brillèrent et il se racla la gorge pour se reprendre. Des années après, l'émotion était encore vive. Il changea de position sur sa chaise et raconta :

— Elle n'a même pas daigné arrêter de peindre pour

m'écouter ! J'étais en colère et triste en même temps. J'étais vraiment naïf de croire qu'elle me soutiendrait ! Quel con !

— Qu'est-ce qu'elle t'a dit, Tanguy ? reprit Laure, désolée de le voir blessé à ce point.

— Elle m'a lancé : « Que tu décides de rester ou de partir, tu ne seras jamais qu'une pâle copie de ton père ! »

Laure, choquée, recouvrit sa bouche de sa main. Elle n'en croyait pas ses oreilles. À l'époque, elle était déjà mariée et vivait loin de « Maison Haute ». Elle ignorait dans quelles conditions son frère avait quitté la maison. Elle était désolée pour lui.

— J'ai eu envie de massacrer sa toile ! J'ai senti la rage monter en moi et j'ai eu peur de devenir violent avec elle. Je l'ai tellement détestée à ce moment-là ! J'ai enfin compris que mon avenir ne serait jamais à « Maison Haute » et je me suis sauvé !

— C'est pour cette raison que tu ne voulais pas reprendre la grande maison pour toi ? Après tout, elle te revenait de droit. C'est toi le fils de la famille !

— Ma maison ? dit-il avec ironie. Je m'en fous de cette baraque ! Je n'ai de bons souvenirs que dans la cuisine avec Fanette. Notre père était intransigeant, notre mère n'avait pas de cœur. Pourquoi devrais-je vivre dans un lieu qui me rappelle leur présence ?

— Je ne sais pas quoi dire.

— Nous en avons déjà discuté, coupa Tanguy en lui serrant le bras avec affection. Nous avons fait le meilleur choix. Tu sais très bien que nous aurions dû la vendre si tu n'avais pas décidé de la sauver. Je t'admire !

Laure rougit sous le compliment de son frère. Elle avait soif d'encouragement.

— Grâce à toi, notre famille est de nouveau réunie à « Maison Haute ».

— Je suis soulagée d'être revenue ici, avoua-t-elle dans un murmure.

Tanguy s'attendait à quelques confidences, mais sa sœur se reprit très vite.

— Isabelle et moi sommes là pour t'aider si tu en as besoin. Tu n'es plus seule maintenant !

— Je te remercie, dit-elle, gênée. Mais je vais m'en sortir.

— Et Pierre-Alain ?

Laure soupira, mal à l'aise. Personne n'ignorait l'agacement de Tanguy à son encontre.

— Ça va mieux, mentit-elle. Dès qu'il aura trouvé du travail, il arrêtera de ruminer et tout rentrera dans l'ordre.

— Si tu le dis !

Tanguy n'en croyait pas un mot. Il était excédé de voir que Laure prenait à chaque fois sa défense. Isabelle lui avait révélé le détournement de ses comptes bancaires. Elle lui avait fait promettre de ne pas intervenir pour ne pas gâcher la relation de confiance qu'elle restaurait peu à peu avec leur aînée. Il était rentré dans une rage folle, mais il lui avait assuré de ne pas s'en mêler tant que Pierre-Alain ferait profil bas.

— Je vais aller me coucher, annonça Tanguy en repoussant sa chaise. Il est tard et nous sommes tous les deux fatigués.

— Je suis contente que nous ayons pu discuter.

— Moi aussi. Continue de te projeter dans ce projet. L'activité et les responsabilités te vont bien !

— Merci.

— Et n'oublie pas que nous sommes là pour te soutenir, quoi qu'il arrive.

20

Été

Il régnait un désordre indescriptible dans toute la maison, en ce début du mois d'août. Les travaux de leur appartement avaient pris fin la veille. Et depuis la première heure ce matin, toute la famille était occupée à transférer les cartons au second étage. Laure avait profité de cette occasion pour demander à Tanguy et Isabelle de venir pour partager les meubles de leurs parents. Pierre-Alain scrutait tous ces changements d'un mauvais œil et maintenait une ambiance tendue tout autour de lui. En voyant les pièces du mobilier partir une à une, il intercepta sa femme et s'emporta :

— Pourquoi les laisses-tu tout prendre ? Cette commode Louis XVI vaut une fortune !

— Cela ne te regarde pas ! répondit-elle en serrant les dents quand les doigts de Pierre-Alain se refermèrent méchamment sur son bras. Sans leur accord, je n'aurais pas pu réaliser ces travaux !

— Ils ont bien fait leur compte ! Crois-moi ! Ta sœur n'aurait pas agi avec tant de légèreté !

— Lâche-moi, Pierre-Alain ! Laisse-moi gérer mon héritage comme je le souhaite !

— Je m'en vais puisque de toute évidence, tu t'écrases encore devant eux ! cracha-t-il en la repoussant violemment. Tu le regretteras bien assez tôt, et ce ne sera pas la peine de venir pleurnicher !

Laure se massa le bras quelques instants, tremblante de peur et de colère. Pierre-Alain interprétait de plus en plus souvent ce même jeu et la rendait responsable de leur situation déplorable. Si ses frère et sœur ne la soutenaient pas, elle aurait à peine de quoi les nourrir. Pierre-Alain, dans un de ces moments de délire, lui avait finalement avoué qu'il avait placé tout son argent sur des actions qui avaient la cote. Il allait multiplier ses gains par trois, c'était un jeu d'enfant. Il tenait le filon par une de ses relations de golfe qui menait grand train. Elle pouvait lui faire confiance pour une fois, au lieu de le regarder avec ce dédain qu'il ne supportait plus. Laure n'avait pas insisté. Elle conservait dans tous ses muscles le souvenir des coups administrés à Noël et se gardait de le pousser à bout. Elle luttait pour ne pas perdre de vue son but ultime : préserver ses enfants et gagner son autonomie financière.

Des éclats de rire fusèrent des chambres et lui ramenèrent un maigre sourire aux lèvres. Marion et Baptiste avaient proposé leur aide et chahutaient avec Céleste, tout en transportant les jouets des petits. Laure trouva Isabelle qui vidait un carton dans le nouveau salon. Pierre-Alain lui avait rapporté quelques babioles du garde-meuble à Lyon. Elle savait pertinemment qu'il avait dû vendre leur mobilier et les bibelots de valeurs et elle n'avait pas insisté plus longtemps. Elle se moquait de tout ce qui lui rappelait sa vie passée. Elle avait récupéré les albums photos et les souvenirs de ses enfants, petits, c'était le plus important. Elle découvrait son nouveau cocon et elle n'eut plus aucun doute : plus jamais elle ne quitterait « Maison Haute » pour suivre son mari.

— C'est agréable de les entendre s'amuser, n'est-ce pas ?

Laure sourit tristement. Elle avait tant de mal à repousser ses idées sombres.

— Tu as bien fait de revenir ici ! Mais jusqu'à maintenant, les enfants ne se sentaient pas chez eux. Maintenant, ils prennent vraiment possession des lieux et tu verras qu'ils iront beaucoup mieux.

— Je l'espère tellement…

Tanguy et Baptiste arrivèrent avec le canapé qu'ils posèrent sur le sol avant de s'affaler dessus en soufflant. La pièce était à présent meublée et il ne restait que les cadres et les rideaux à fixer. Laure était satisfaite et les remercia encore une fois de leur aide.

Pour les réconforter après tant d'efforts, elle les invita à descendre dans la cuisine pour déguster une tarte Tatin préparée par Stéfanette. Sa proposition remporta un vif succès et tout le monde quitta l'appartement en chahutant. Augustin, juché sur les épaules de Baptiste, riait aux éclats et Albertine se jeta contre son oncle pour qu'il la porte sur son dos.

Après ce goûter improvisé, les enfants remontèrent aussitôt dans leurs chambres et Tanguy se leva pour regarder par la fenêtre.

— Voilà ton associé qui arrive ! Et il n'est pas seul, annonça-t-il en reconnaissant la jolie blonde qui l'accompagnait.

— J'ai complètement oublié notre rendez-vous ! s'écria Laure.

Elle sortit de la cuisine à la hâte pour accueillir Emmanuel et Victoire.

Elle leur proposa d'entrer, mais la paysagiste préférait visiter le parc sans attendre. Elle changea ses chaussures de ville contre une paire de bottes et attrapa le cahier de dessins qui ne la quittait jamais pour faire ses premiers croquis et prendre des notes. Laure l'entraîna vers la grande terrasse qui bordait les portes-fenêtres des salons et d'où la vue sur la campagne était la plus spectaculaire. Ils descendirent le perron de pierre recouvert de mousse et longèrent le parc jusqu'à l'étang. Laure abandonna très vite sa réserve en écoutant la jeune femme qui lui proposait divers aménagements pour le domaine. Ils revinrent à la maison seulement quand la nuit tomba. Cette fois-ci, ils acceptèrent l'invitation de Laure et la suivirent dans la cuisine.

— Vos enfants ne sont pas là ? demanda Emmanuel, étonné par le silence.

— Ils prennent possession de leurs nouvelles chambres ! Nous avons emménagé ce matin !

— Pourquoi ne me l'avez-vous pas dit ! Nous aurions déplacé notre rendez-vous !

— Il n'en était pas question ! Je peux très bien gérer…

— Laure ! coupa-t-il, impatient. Je suis persuadé que vous pouvez tout mener de front ! Mais ce n'est pas en repoussant notre venue de deux jours que cela aurait perturbé la date d'ouverture du restaurant !

— Ne soyez pas si paternaliste, Emmanuel ! Vous êtes ici, Victoire aussi, alors terminons notre travail si vous le voulez bien !

Victoire les observa s'affronter et se retint de ne pas éclater de rire. Une fois devant les divers croquis, elle leur exposa ses idées. Elle leur donna de nombreux conseils, leur montra des photographies de ses précédentes réalisations, leur expliqua où il serait bon d'implanter la future piscine, quels arbres ils devraient élaguer et les bosquets à replanter. Elle écouta les requêtes de Laure avec attention et nota toutes ses propositions.

— Qu'en pensez-vous ? questionna-t-elle, enfin.

— Demandez à Emmanuel.

— J'ai entendu dire que vous aviez toujours le dernier mot ! confia-t-elle, amusée.

— C'est faux !

— Si vous n'aviez pas oublié notre venue, je suis certain que vous auriez convoqué un jardinier du cru ! intervint son associé pince-sans-rire.

— Absolument pas ! Vous m'aviez dit votre souhait de travailler en exclusivité avec Victoire et je vous ai écouté !

— Est-ce que vous aimez mes idées ? Nous sommes chez vous et je ne voudrais pas imposer mes choix. Vous avez peut-être une demande particulière ?

— Vos propositions me plaisent beaucoup ! Le parc va être transformé !

Laure nota son sourire en coin quand son regard croisa furtivement celui de son frère. Tanguy avait l'air satisfait lui aussi.

— Je vous promets de réaliser un magnifique jardin à « Maison Haute » !

Laure porta une grande attention au projet de Victoire et Emmanuel la découvrit sous un autre jour. À cet instant, elle se montrait charmante et presque sereine, alors qu'elle avait été si butée avec les architectes. Emmanuel savait rester en retrait pour lui permettre de trouver sa place. Il travaillait depuis tant d'années avec des collaborateurs qu'il avait compris la nécessité de s'effacer parfois pour les laisser s'exprimer. Il était convaincu qu'une fois rassérénée, elle pourrait donner le meilleur d'elle-même. Ils échangeaient au téléphone très régulièrement, et pourtant, elle s'ouvrait si difficilement.

Laure le raccompagna à sa voiture en début de soirée et Emmanuel lui annonça la prochaine fermeture du « Gargantua » pour les congés. Il passerait alors quelque temps à « Maison Haute » pour démarcher les fournisseurs potentiels, réfléchir à la future carte, suivre les travaux de près et s'imprégner de l'ambiance de la maison. Laure lui sourit, le cœur battant. Comment son mari allait-il se comporter durant cette période-là ?

21

Depuis qu'elle était liée professionnellement à Emmanuel, Laure se sentait embarquée dans une aventure qu'elle ne maîtrisait pas du tout, ce qui la mettait dans un état de stress permanent. Mais elle se gardait de l'avouer à quiconque puisque c'était elle qui avait entraîné sa famille dans cette aventure. Si Tanguy lui avait renouvelé sa confiance, elle n'était pas rassurée pour autant. Son sentiment d'insécurité n'était pas uniquement dû à ce projet fou. Elle se tenait sans arrêt sur ses gardes avec Pierre-Alain. Il était étrangement calme depuis qu'ils avaient emménagé dans l'appartement neuf. Il avait tout à fait occulté le fait qu'il profitait de son récent confort grâce aux largesses d'Isabelle. Il écoulait son temps à lire, à se reposer et à discuter avec Céleste. Laure était vigilante à toujours conserver de l'argent à sa disposition pour qu'il la laisse en paix et ce nouvel arrangement semblait lui convenir. Elle gardait toujours le fol espoir de conserver sa famille. Il lui avait assuré qu'il maîtrisait la situation, que son plan pour l'achat des actions était assuré. Il l'avait prise dans ses bras et elle avait accepté de lui donner une dernière chance. Pour leurs enfants.

Laure avait un peu tremblé à l'idée qu'Emmanuel s'installe plusieurs jours à « Maison Haute ». S'ils avaient beaucoup échangé dans le cadre de leur activité, elle n'était pas prête à partager le même toit. Elle était sur le qui-vive à chaque instant. Elle sermonnait Albertine et Augustin pour qu'ils ne le dérangent pas, redoublait d'efforts pour se montrer digne de sa confiance et sursautait à chaque bruit de voiture en redoutant l'arrivée de son mari.

Emmanuel avait pris possession de l'unique chambre de l'aile Est qui n'avait pas encore été touchée par les travaux. Tôt le matin, les sons de marteau, de ponceuse, de visseuse, de musique, de va-et-vient des ouvriers traversaient les étages, jusque tard le soir. L'équipe avait été renforcée pour tenir les délais et respecter la date d'ouverture. C'était un véritable chantier dans et autour de la maison. Seule l'ancienne cuisine était épargnée selon les souhaits de la famille et de Laure en particulier. Il avait respecté cette volonté car cette pièce avait une atmosphère unique, une âme qu'ils devaient tous conserver et où ils aimaient se réfugier.

Depuis la fin de la journée, Emmanuel s'était retiré pour répondre à ses mails, vérifier les comptes de la « Grignote », consulter les CV reçus pour la rentrée au « Gargantua », échanger avec son associé sur l'avancée des démarches à Londres. Quand il ferma son ordinateur, la nuit était tombée depuis longtemps et le silence environnant le surprit. Il quitta sa chambre et suivit le couloir en marchant sur les bâches qui protégeaient le parquet ancien. Son estomac se contracta et il prit le chemin de la cuisine. Il poussa la porte en bois qui grinça doucement sur ses gonds. Il allait allumer le plafonnier lorsqu'il découvrit Laure attablée, qui dormait profondément, le visage posé sur ses bras. Autour d'elle s'étalaient des documents de gestion, son carnet de chèques et l'imprimé de son relevé bancaire. Sans le vouloir, il aperçut les feuilles annotées de sa main et les chiffres en négatifs.

Emmanuel comprit que son associée avait passé la soirée à faire sa comptabilité et que le résultat n'était pas brillant. Il grimaça de ne pas y avoir pensé plus tôt. Il lui avait imposé les travaux dans toute la maison pour terminer juste à temps pour l'ouverture et il lui avait ôté la possibilité de continuer d'accueillir des hôtes. Et elle ne lui avait rien dit. Parfois, elle était pointilleuse pour un détail, mais dès qu'il s'agissait de sa situation personnelle, elle se refermait complètement.

Il prit place en face d'elle à table et se racla la gorge pour la réveiller. Mais elle ne bougea pas. Il posa alors ses doigts doucement sur son poignet et elle sursauta violemment, le regard effrayé. Emmanuel, surpris, la libéra aussitôt.

— Je ne voulais pas vous faire peur !

— Je ne vous ai pas entendu arriver !

— Vous dormiez à poings fermés, Laure. Vous seriez mieux installée dans votre lit !

— J'avais quelques papiers à trier, murmura-t-elle, gênée.

Son cœur avait du mal à retrouver un rythme normal tandis qu'elle réunissait, d'une main tremblante, les documents éparpillés autour d'elle. Elle avait senti des doigts se poser sur son poignet et elle avait toujours du mal à supporter le moindre contact. Elle était encore désorientée par le sommeil et n'osait pas regarder son associé. Emmanuel reprit :

— Laure, je m'en veux terriblement ! Je n'ai pas pensé à votre manque à gagner avec la maison en travaux. Je suis stupide !

— Vous avez vu mes comptes ? s'écria-t-elle, furieuse, en se levant d'un bond.

— Je n'ai pas fouillé. Ils étaient là sous mes yeux ! se défendit-il. Asseyez-vous !

— Je n'ai pas besoin de…

— Asseyez-vous, Laure. Nous devons parler !

Emmanuel attendit qu'elle reprenne sa place, raide de honte. Elle le fixait, le regard noir, ce qui ne le perturba pas une seconde. Il appréciait cette femme. Il la voyait se débattre sans jamais se plaindre. Elle voulait toujours se montrer la plus forte alors qu'il la découvrait à bout, isolée dans sa cuisine, au milieu de la nuit.

— Je vais vous faire un virement pour…

— Je n'ai pas besoin de votre charité !

— Ce que vous pouvez être entêtée parfois ! soupira-t-il. Pouvez-vous m'écouter ?

— Emmanuel, je…

Il leva la main en l'air pour lui intimer le silence. Elle laissa tomber ses épaules et glissa contre le dossier de sa chaise, la bouche pincée.

— Qu'est-ce qui vous a poussée à accepter ma proposition d'association ? demanda-t-il doucement.

Elle refusa de croiser son regard.

— Vous êtes la seule à entretenir votre famille, c'est bien ça ?

Laure rougit de plus belle. Elle posa ses coudes sur la table et se frotta le front, gênée.

— Mon mari est au chômage depuis longtemps et il se trouve en fin de droit, murmura-t-elle, la voix cassée. Nous vivons avec peu de moyens en effet.

— Je vais vous aider. Vous ne pouvez pas continuer ainsi.

— Il en est hors de question !

— Vous ne pouvez pas être à cent pour cent sur notre projet si des soucis financiers vous préoccupent ! Je vais vous faire une avance pour que vous teniez jusqu'à l'ouverture.

— Emmanuel…

— Je ne vous demande pas votre avis, Laure ! C'est un prêt ! Vous pourrez commencer de me rembourser dès que vous toucherez votre premier salaire.

Il lui sourit gentiment, mais Laure restait de marbre. Il voyait dans ses yeux que son cerveau s'emballait et qu'elle devait peser le pour et le contre. Il se pencha à travers la table et posa sa main sur son bras fin. Elle tressaillit, mais n'osa pas bouger.

— Laure ? Nous travaillons sur notre projet depuis plus de six mois et je vous promets que je n'ai jamais mangé mes associés ! J'aimerais que vous ayez confiance en moi pour me parler quand un sujet vous contrarie !

— Tout va bien…

— Si vous le dites ! murmura-t-il, persuadé du contraire.

Laure se montra soudain très nerveuse. Il savait que son mariage battait de l'aile, ce n'était un secret pour personne, même si elle ne montrait rien. Son mari passait son temps à flemmarder pendant qu'elle courait partout. Il se demandait pourquoi elle supportait cette situation. Pierre-Alain avait tenté d'intervenir dans leurs affaires une seule fois. Emmanuel l'avait remis à sa place d'une façon très claire. Ils ne s'étaient croisés que très rarement depuis cette mise au point et cela lui convenait parfaitement.

— Je monte me coucher, demain nous aurons une grosse journée !

— Alors, bonne nuit, Laure.

Elle quitta la cuisine aussitôt, et prit soin de ne pas laisser traîner ses documents derrière elle. Elle ne reprit son souffle qu'une fois confinée dans ses quartiers. Elle vérifia que ses enfants dormaient profondément et s'enferma dans la salle de bain, toujours aussi tendue. Pierre-Alain ne prévenait jamais de son retour, ce qui la mettait sans arrêt sur le qui-vive. Jusqu'à maintenant, elle veillait à ne jamais rester seule en compagnie d'Emmanuel pour ne pas se faire surprendre et risquer une nouvelle dispute. Ce soir, elle avait manqué de vigilance en tombant de fatigue dans la cuisine et elle avait particulièrement honte que son associé ait compris dans quel marasme financier elle se débattait.

22

La météo était épouvantable depuis la veille et les orages rendaient l'atmosphère lourde et humide. Le ciel était sombre et les artisans s'affairaient dans les étages à la lumière des spots. Il pleuvait sans arrêt et l'ambiance générale était électrique. Pierre-Alain traînait partout et jouait les inspecteurs de travaux alors que personne n'attendait rien de lui. Ce qui l'agaçait d'autant plus. Il envoyait des pics à longueur de temps et Laure était tendue comme une corde de violon. Emmanuel se gardait d'intervenir, et observait en silence tout ce qui se passait dans la maison. Laure évitait son mari ou arrondissait les angles avec tout le monde. Albertine ignorait son père et prenait la fuite chaque fois qu'elle le pouvait. Le petit Augustin se tenait sur ses gardes, partagé entre la crainte et l'espoir qu'il le remarque enfin. Céleste était la seule à se montrer joyeuse et sortait de sa réserve habituelle pour se pendre à son cou. Pierre-Alain ne cachait pas sa fierté et exhibait leur complicité. Emmanuel avait noté le chagrin dans les yeux de son associée, qui serrait les dents et souriait mécaniquement.

Laure l'avait invité à dîner avec sa famille et Tanguy. Ils étaient installés dans la cuisine, car le reste de la maison était dans les plâtres. Il faisait lourd malgré la pluie et la porte-fenêtre restait ouverte sur le parc. Au loin, les grenouilles leur donnaient un concert tout à fait charmant. Emmanuel avait vite cerné la perte de panache du mari quand son beau-frère se montrait. Un conflit existait-il entre eux ?

À la fin de la soirée, Tanguy disparut pour répondre au téléphone et Laure accompagna ses enfants pour les coucher. Emmanuel resta seul avec Pierre-Alain qui lui proposa un digestif. Il n'y tenait pas particulièrement. Emmanuel se gardait de fréquenter ce genre de personnage qui se montrait déplaisant avec les ouvriers et surtout avec son épouse. Pierre-Alain commença par user de son charme avec de belles paroles comme s'ils étaient amis de longue date. Emmanuel ne fit pas l'effort d'entrer dans son jeu. Il changea alors de discours et, l'alcool aidant, il lui avoua son étonnement. Pourquoi un homme d'affaires de son niveau, qui possédait plusieurs établissements et qui avait des obligations à mener, avait-il choisi de se lier avec sa petite femme ?

— Parce qu'entre nous, Laure n'y connaît absolument rien ! Elle est gentille, c'est vrai, mais elle panique pour un rien ! annonça-t-il, la voix pâteuse.

Le trop-plein d'alcool se faisait sentir.

— Je pense qu'elle est plus combative que tout le monde l'imagine.

— Mouais… c'est une emmerdeuse, mais elle agit de son mieux, j'en conviens !

Emmanuel avala une gorgée de cognac et se garda de relever ces quelques mots. Il était gêné pour Laure. Pierre-Alain se versa une nouvelle rasade et l'engloutit d'un trait. Ses yeux virèrent au rouge et la sueur perla à son front. Emmanuel se demanda s'il n'allait pas s'écrouler de sa chaise.

— Vous la baisez ?

Nous y voilà ! pensa le chef parisien, exaspéré cette fois-ci. Il se frotta les paupières et gonfla ses poumons pour rester calme. Il éloigna son verre au milieu de la table pour ne pas le faire tomber et posa ses coudes sur ses genoux pour se rapprocher de Pierre-Alain. Ce qu'il voulait lui dire n'avait pas à être entendu par quiconque.

— Je vais vous confier le fond de ma pensée, commença-t-il doucement. Je reste ici pour mener à bien mon projet, pas pour semer le trouble dans une famille ! Je ne viendrai que pour gérer l'équipe et m'assurer que mon affaire fonctionne. J'ai choisi de m'associer avec Laure, car elle est la propriétaire de « Maison Haute » et j'ai besoin d'elle pour la bonne marche de mon entreprise.

— Elle en est incapable ! ricana-t-il.

— Elle est intelligente ! Elle est attachée à sa maison. Elle a des enfants à nourrir. Elle a toutes les chances de réussir !

— Et voilà ! Elle est encore venue pleurnicher parce que j'ai un petit problème d'emploi en ce moment !

— Vous la connaissez mieux que moi. Vous devriez savoir que Laure n'est pas le genre de femme à se confier.

Emmanuel se redressa pour étirer ses épaules. Bon sang, il n'avait qu'une envie : s'éloigner rapidement de ce type avant de lui taper dessus. Il soupira. Même s'il avait une carrure de rugbyman, il ne perdait jamais le contrôle. Les poings ne résolvaient rien, il l'avait appris depuis bien longtemps. Il accrocha le regard vitreux de Pierre-Alain et jura entre ses lèvres :

— Je vous le rappelle une dernière fois. Je respecte votre femme et votre famille. Je viens pour travailler ! Je vous encourage à garder en tête que si vous me cassez les pieds, que vous inventez des histoires ou que vous malmenez mon affaire, je ne vous laisserai pas faire !

Il se leva et l'abandonna devant sa bouteille.

La pluie avait enfin cédé. Le ciel était gorgé et sombre, mais les rayons de soleil perçaient la voûte pour embraser la campagne. La lumière était magnifique et la nature étincelait. Armé de bottes et de paniers, Tanguy invita ses neveux à le rejoindre pour aller ramasser des escargots dans les jardins. Victoire et Emmanuel les suivirent de bon cœur. Laure refusa sous la menace silencieuse et le regard sombre de son mari. Albertine chantonnait et furetait dans tous les coins, entre les pierres, derrière les murets, sous les feuilles des bosquets. Augustin marchait plus lentement près de son oncle. Alerté par les cris de la fillette, Tanguy allongea le pas et Emmanuel récupéra l'enfant. Il observait Albertine sauter de joie et expliquer quelque chose à Victoire, tandis qu'à ses côtés, Augustin ne bronchait pas et traînait les pieds.

— Est-ce que tu voudrais venir dans mes bras pour que nous rejoignions plus vite les autres ?

Augustin resta silencieux sans lever la tête. Emmanuel sentit son cœur se serrer. Il se pencha vers lui et lui répéta la question en croisant son regard. Emmanuel lui sourit gentiment. Il l'attrapa et le fit voler sur ses épaules sans effort.

— Tout va bien là-haut ? demanda-t-il en tournant les yeux jusqu'à lui.

Augustin lui adressa un hochement de tête timide et fixa ses deux petites mains sous le menton de l'adulte pour garder son équilibre.

— Allons dénicher quelques gastéropodes avant que ta sœur ne les ramasse tous !

— Non, c'est des escargots qu'on doit trouver ! corrigea Augustin.

Emmanuel se rendit compte que c'était la première fois qu'il entendait le son de la voix de cet enfant depuis son arrivée. Son cœur se gonfla de tendresse. Il posa une main sur sa botte pour le tenir, et s'empressa d'aller rejoindre les autres.

Pierre-Alain avait déserté « Maison Haute ». Enfin. Il avait cherché quelques sujets pour semer le trouble, mais ne trouvant rien ni personne pour alimenter son mauvais esprit, il avait fini par repartir. Aussitôt, un souffle de paix descendit comme un voile sur toute la maison et ceux qui y vivaient se ranimèrent, tout comme la nature après ces dernières pluies. Le soleil était de retour avec la quiétude, même si l'ombre de la rentrée se rapprochait sur le calendrier.

Alors que l'après-midi se terminait, ils étaient tous réunis dans la cuisine pour le goûter. Stéfanette et Emmanuel se partageaient leur recette d'œuf meurette d'un chuchotement complice. Augustin, assis sur le plan de travail, les écoutait religieusement en grignotant une tartine de miel. À la grande table en chêne, Martin et Tanguy apprenaient à Céleste à jouer aux cartes. L'ambiance était paisible et tout le monde racontait des histoires amusantes. À l'écart, Laure dessinait avec Albertine. Elle la tenait sur ses genoux et lui montrait comment mélanger les couleurs sur son croquis. Elle attrapa un morceau de papier et le frotta pour aérer ses pastels. Albertine était émerveillée et l'encourageait à continuer en lui tendant un autre crayon. Laure n'avait pas dessiné depuis si longtemps et ses enfants ignoraient qu'elle avait ce don. Elle regrettait de ne pas avoir poursuivi dans cette voie, simplement par crainte de la comparaison critique avec l'unique artiste de la famille. La mine filait sur le papier et Laure sentit une paix profonde la gagner. À cet instant précis, elle se rendit compte qu'elle vivait un rare moment de sérénité et son cœur s'apaisa. Autour d'elle, Céleste discutait avec Tanguy sans faire la tête, Augustin riait, car Stéfanette lui chatouillait le cou, et Albertine, étonnement tranquille, se blottissait contre sa poitrine et l'encourageait à prolonger leur activité. Elle lui donna son crayon et l'incita à poursuivre selon ses conseils. Elle l'embrassa sur l'épaule et sourit quand Albertine lui déposa un baiser léger sur la joue. Laure abandonna sa réserve et son regard vola alors jusqu'à Emmanuel qui plaisantait avec Fanette, une main plantée sur le genou d'Augustin pour s'assurer qu'il ne chute pas du plan de travail.

Quand elle avait pris le train pour aller signer le contrat sous le coup de la colère, huit mois plus tôt, elle n'avait pas pensé un instant à ce qui l'attendait. Elle voulait juste sauver sa peau et trouver une activité. Elle se rendait compte aujourd'hui de la chance inespérée d'être tombée sur Emmanuel. Elle avait été paniquée par sa décision aventureuse et depuis il la rassurait à tout instant. Il aimait son métier, il connaissait parfaitement son projet et il était entouré par une équipe soudée. Cet homme représentait un roc. Il ne l'écrasait jamais par son expérience, il avait la patience d'écouter toutes ses questions et lui apprenait petit à petit les ficelles du métier. Laure montra à sa fille où donner un nouveau coup de crayon et continua discrètement son observation. Emmanuel était grand. Solide, fut l'adjectif qui lui vint à l'esprit. Il leur avait confié qu'il jouait au rugby des années plus tôt, mais qu'il avait arrêté après une mauvaise blessure au genou. Tanguy lui avait promis de l'emmener assister à un match de l'Usson à Nevers, dès qu'ils en auraient l'occasion. Emmanuel était sportif et partait souvent de bon matin courir dans les chemins. Il disait en avoir besoin pour se relaxer et éliminer les calories qu'il avalait dans le cadre de son métier. Il contrôlait tout, sans jamais s'emporter. Son comportement stable reposait Laure qui vivait sous une pression constante.

Elle fixa son regard sur le dessin de sa fille et écouta la réponse de son associé. Emmanuel racontait un exploit de sa brigade pendant un service et les rires fusèrent. Laure se fit alors la remarque que sa voix de baryton était particulièrement agréable. C'est en lui parlant qu'il arrivait toujours à la tranquilliser. Si Laure n'avait pas perçu les menaces de son mari, elle n'aurait eu aucun mal à se faire d'Emmanuel un ami.

Laure était assise dans l'herbe et surveillait les enfants qui se baignaient dans l'étang. Les voir jouer dans l'eau trouble, plonger du ponton et sauter sur la grosse chambre à air la terrifiait. Elle tentait malgré tout de repousser son angoisse pour ne pas leur ôter ce plaisir. Pourtant, chaque muscle de son corps était tendu à l'extrême et ses yeux ne les quittaient pas une seule seconde. Elle s'exhortait à respirer calmement, à profiter du soleil, du ciel sans nuages, du parfum de l'herbe sèche et se retenait de ne pas hurler de frayeur dès qu'ils disparaissaient sous la surface. Quand elle vit arriver Tanguy et Victoire, elle souffla de soulagement. Son frère nota son regard tourmenté et lui serra l'épaule pour la réconforter.

— Quelle chaleur ! Fanette m'a dit que je vous trouverais là ! Je viens faire un petit plongeon avec mes neveux !

— Ils vont être ravis ! chuchota Laure, les mâchoires bloquées.

Victoire eut à peine le temps d'enlever son short que Tanguy l'entraînait dans l'eau. Sachant qu'elle n'était plus seule, Laure se détendit et s'allongea dans l'herbe en soupirant. Les rayons du soleil étaient une caresse sur son visage et les battements de son cœur retrouvèrent un rythme normal tandis qu'elle écoutait au loin les rires de ses enfants.

Céleste pénétra dans la cuisine. Derrière elle, ses pas trempés marquèrent le carrelage. Emmanuel leva les yeux de ses casseroles et lui sourit.

— Vous en avez pour longtemps ?

— Je viens de terminer ! dit-il en coupant le gaz.

— Je peux goûter ?

— Hors de question ! gronda-t-il en la repoussant des fourneaux. Tu attendras ce soir, comme tout le monde !

— Vous êtes dur ! s'écria Céleste, amusée.

Emmanuel masqua sa surprise. La fille aînée de son associée ne lui avait encore jamais adressé la parole. Elle l'observait toujours avec plus ou moins de discrétion et ne dissimulait pas sa méfiance.

— Vous ne voulez pas vous baigner avec nous ? Tanguy et Victoire viennent d'arriver. Et il fait tellement chaud !

Pendant qu'Emmanuel allait se changer, Céleste prit une bouteille de limonade fraîche et quelques sablés réalisés par Fanette, qu'elle rangea dans un panier. Ils repartirent jusqu'à l'étang en bavardant et furent accueillis par les exclamations de joie d'Albertine. Ils plongèrent du ponton et nagèrent côte à côte pour rejoindre les baigneurs.

Les deux hommes firent grimper les enfants sur leurs épaules d'où ils sautèrent en riant aux éclats. Laure s'était redressée et les regardait avec un sourire crispé aux lèvres. Elle remarqua alors Emmanuel qui discutait avec son fils d'un air conspirateur. Ils sortirent de l'eau pour venir jusqu'à elle et le petit garçon ruisselant se jeta dans ses bras. Laure poussa des cris, le gronda pour la forme et lui caressa doucement les cheveux.

— Vous ne vous baignez pas ? demanda Emmanuel.

— Non !

— Maman ne veut jamais se mettre en maillot de bain ! expliqua Augustin en sautant sur ses pieds.

— Vraiment ? Quel dommage, il fait si chaud ! dit-il, une étincelle au fond des yeux, ce qui effraya aussitôt Laure.

— Oh, non ! Non ! Non ! jeta-t-elle, affolée, quand son associé l'empoigna fermement. Augustin l'encouragea en applaudissant.

— Lâchez-moi immédiatement ! ordonna Laure alors qu'ils se trouvaient déjà sur le ponton. Je ne plaisante pas !

Tanguy et Céleste les regardaient, inquiets de sa réaction. Ils allaient intervenir quand Emmanuel sauta dans l'eau, Laure cramponnée à lui. Ils remontèrent aussitôt à la surface et elle reprit son souffle du plus profond de son ventre. Ils entendirent tous l'air remplir à nouveau ses poumons. Elle explosa de rage, les bras fermement accrochés à lui.

— Espèce de…, espèce de… jura-t-elle en claquant violemment des dents. Ses gestes étaient saccadés, elle remuait les jambes comme si elle allait se noyer et ses mains étaient crispées autour de son cou. Il pensa qu'elle allait l'étrangler. Tanguy lui lança la grosse bouée, mais resta à distance et détourna l'attention des enfants pour ne pas amplifier son malaise. Emmanuel la gardait contre lui et sentait leurs membres s'emmêler pour se maintenir à la surface. Laure était si menue dans ses bras et ses cheveux lui cachaient la moitié du visage. Mais elle avait bien trop peur de le lâcher pour libérer ses yeux. Il lui écarta doucement une mèche et leurs regards se croisèrent.

— Je ne voulais pas me baigner ! sanglota, Laure, tremblante.

— Tout va bien ! Je vous tiens ! la rassure-t-il de sa voix posée pour essayer de la calmer.

— Je vous ai dit que je ne voulais pas ! répéta-t-elle en larmes, cramponnée à son cou.

— Pardonnez-moi, Laure, j'ignorais que vous aviez peur de l'eau !

Il l'avait repoussée doucement vers la rive, mais elle était toujours fermement accrochée à lui et claquait des dents.

— Calmez-vous, Laure, tout va bien. Vous avez pied. Je vous tiens. Vous ne risquez rien, je vous le promets.

— Bravo, Maman ! s'écria Albertine en s'approchant d'eux. Tu viens te baigner avec nous ?

— Pas cette fois-ci ! confia Emmanuel en lui souriant. Mais nous allons rester dans l'eau pour te regarder nager !

Emmanuel avait l'air de gérer le stress de sa sœur et Tanguy ne chercha pas à intervenir.

— Admirez Augustin ! Il est tellement heureux de vous montrer ses mouvements de brasse ! Tout va bien, Laure. Nous sommes là avec vous, continua-t-il à l'encourager avec le plus grand calme.

Laure ne s'était pas noyée dans l'étang, mais c'est dans les yeux clairs de son associé qu'elle le fit. Son cœur manqua un battement et ses claquements de dents de terreur s'arrêtèrent aussitôt. Elle le repoussa doucement et sortit de l'eau, les jambes tremblantes.

Tanguy avait craint qu'elle ne prenne la fuite, mais elle resta enroulée dans sa serviette un long moment, les bras entourant fermement ses genoux relevés jusqu'à son menton. Emmanuel continua à jouer avec les enfants.

— Tout va bien ? s'inquiéta son frère en se plantant devant elle.

— Oui…

— Ils nagent avec Emmanuel, ils ne risquent rien.

— Je sais ! avoua-t-elle, les larmes aux yeux.

Une heure plus tard, ils regagnèrent la maison en chahutant. Tanguy et Victoire allèrent vérifier une idée subite de la paysagiste au détour du parc. Les jardiniers devaient commencer les repiquages fin septembre jusqu'à la Sainte-Catherine. Ils devraient alors patienter pour laisser la nature faire son travail et les massifs deviendraient magnifiques pour l'inauguration. Les rhododendrons et les azalées illumineraient la pelouse au printemps prochain. L'été suivant, à la même époque, les clients profiteraient des divers points du parc pour apprécier le panorama. Victoire voulait planter des rosiers lianes, pour recouvrir la tonnelle de boutons blancs. Et près de la terrasse, de nombreux lauriers à fleurs pousseraient au soleil en attendant de les installer dans des pots autour de la future piscine.

Laure se tenait à l'écart et Emmanuel retourna sur ses pas pour s'excuser une nouvelle fois.

— J'ai horreur de l'eau ! commença-t-elle, la voix rauque.

— J'ai compris, Laure ! Je suis vraiment désolé. Que s'est-il passé pour que vous soyez terrorisée à ce point ?

Elle se tut, de nouveau fermée.

— Je ne veux pas en parler… murmura-t-elle, en se détournant !

— Laure ! s'exclama Emmanuel en haussant les épaules. Est-ce que je peux vous aider ? J'ai l'impression que des secrets vous empoisonnent !

— Qu'est-ce qui vous le fait penser ? jeta-t-elle, sur la défensive.

— Vous vous dénigrez sans arrêt. Vous avez besoin de tout maîtriser, de vous sentir responsable de tout. Vous avez un souci constant pour vos enfants ! Vous êtes souvent triste et préoccupée.

Laure blêmit. Est-ce ainsi que son entourage la voyait ? La description de son associé la blessa particulièrement. Elle essaya de dissimuler sa déception.

— Vous avez une vision de moi bien négative ! répliqua-t-elle sèchement. Dans ce cas, pourquoi persistez-vous dans cette entreprise ?

— J'ai confiance en vous ! Je sais que vous avez besoin de ce projet pour vous réapproprier votre existence ! Vous êtes capable de tout, même si vous n'en avez pas encore conscience. Mais vous n'êtes pas obligée d'aller au bout de vos limites, Laure. Je serai là pour y veiller !

Il voulait ajouter qu'il l'admirait, mais il se retint. Elle le surprenait chaque jour par la quantité de tâches qu'elle effectuait sans broncher. Elle réussirait à prendre confiance en elle. Il devait seulement lui en laisser le temps et la rassurer constamment !

Laure le dévisageait, le visage fermé.

— Détendez-vous ! s'exclama Emmanuel en souriant. Vous êtes mon associée et je m'inquiète seulement de votre bien-être. C'est indispensable si je veux que vous gériez convenablement cinquante pour cent de mon affaire !

Laure, confuse, garda le silence.

Tanguy et Victoire les appelèrent et Emmanuel l'entraîna jusqu'à eux. Ils regagnèrent la maison et eurent la surprise de trouver la voiture du vétérinaire. Il se tenait devant la portière et discutait avec son passager. Laure se tendit aussitôt, consciente de son pantalon trempé et taché de vase. Une béquille tomba au sol que Max ramassa. Un pied plâtré apparut sous la portière et il s'écarta pour laisser sortir Isabelle. Albertine se faufila jusqu'à eux et s'écria :

— Tante Isa ? Qu'est-ce qui t'est arrivé ?

— J'ai eu un accident !

— Et tu n'as pas appelé les pompiers ?

— Si, ma chérie ! Ils m'ont emmenée aux urgences et j'ai gagné ce satané plâtre !

— Alors pourquoi rentres-tu à la maison dans la voiture du vétérinaire ?

Tanguy nota discrètement la coloration des joues de sa sœur. Il décida d'intervenir avant que sa nièce ne creuse plus profondément sa question. Il salua son ami d'une tape dans le dos et embrassa Isabelle en la maintenant debout sur une jambe.

— Mes enfants, vous êtes tous là ! déclara Stéfanette qui venait d'arriver sur le pas de la porte.

Elle encouragea le vétérinaire à aider Isabelle à rentrer dans la maison. Puis elle invita les baigneurs à tous aller se changer, car ils sentaient la vase à plein nez !

— J'ai mis le couvert sur la terrasse et l'apéritif sera prêt quand vous descendrez !

Laure la gronda, car elle avait tout préparé pendant son absence. Fanette lui caressa la joue tendrement.

— Tu as le droit de te reposer toi aussi, ma chérie !

Et elle était tellement heureuse de les avoir tous réunis autour d'elle.

— Max ? Vous restez dîner ? Nous allons goûter les

escargots ! Si vous n'appréciez pas cette spécialité française, les amateurs ici présents se feront un plaisir de manger votre part !

23

Le mois de septembre avait filé. Emmanuel avait repris son poste aux fourneaux du « Gargantua » et s'était assuré que toute la brigade s'accordait entre les nouveaux arrivés et les anciens salariés. Il n'avait pas à se plaindre du turn-over, mais il restait très attentif à ce que tous ses employés trouvent rapidement leur place pour ne pas perturber la cohésion de l'équipe et leur travail.

Laure reposa la bouilloire électrique et, pendant que son thé infusait, elle ouvrit la porte de la cuisine. Les oiseaux chantaient dans les arbres et le ciel était lumineux. Ils allaient bénéficier d'une belle journée d'arrière-saison. Elle eut alors la surprise de voir la voiture d'Emmanuel garée devant la maison. Elle s'approcha en se demandant ce qu'il attendait là, si tôt le matin, et le trouva endormi à poings fermés. Elle profita de son sommeil pour l'observer avec attention. Une barbe naissante couvrait ses joues, il gardait ses bras croisés sur le torse et ronflait discrètement. Laure se reprit et ouvrit doucement la portière. Elle murmura son prénom. Comme il ne bougeait pas, elle frôla son épaule, ce qui le fit sursauter. Laure recula et rougit lorsqu'il rencontra son regard.

— Vous attendez depuis longtemps ? demanda-t-elle en retrouvant son air distant.

— Je suis arrivé au milieu de la nuit et je n'ai pas voulu vous déranger ! répondit-il en se passant la main devant les yeux pour se réveiller tout à fait. Il lui adressa un charmant sourire qu'elle lui rendit finalement.

— Je vous donnerai le double des clefs ! Vous n'allez pas dormir dans votre voiture chaque fois que vous ferez la route de nuit ! Venez ! Je vais vous préparer un café !

Le lendemain, Emmanuel se leva dès l'aube et traversa la maison silencieuse. Il devait rencontrer un jeune boulanger qui réalisait son pain à partir de ses propres céréales à quelques kilomètres de « Maison Haute ». Ensuite, il devait se rendre au marché Carnot pour échanger avec ses futurs fournisseurs de fruits et légumes. Et pour finir, il était attendu à Pouilly-sur-Loire par un vigneron qui produisait un délicieux vin blanc en culture biologique.

Il était à peine six heures quand il quitta la maison et, un kilomètre plus loin, il croisa Céleste à vélo. Il se douta que cette rencontre fortuite n'allait pas plaire à l'adolescente. Il arrêta sa voiture à côté d'elle et baissa sa vitre.

— Bonjour Céleste ! s'écria-t-il, amusé. Tu es bien matinale !

— Vous allez le dire à Maman ? jeta-t-elle, le regard sombre.

— Je ne vais pas te dénoncer ! Laure découvrira ta promenade elle-même, sois-en sûre !

— La barbe !

— Je t'emmène ?

Comme elle ne se décidait pas, Emmanuel lança :

— Comme tu veux, Céleste ! Bonne chance avec ta mère !

— Non, attendez ! Je préfère venir avec vous !

Elle dissimula son vélo derrière la haie et contourna la voiture avant de s'installer à ses côtés. Il démarra aussitôt et garda le silence.

— Allez-y ! Je suis certaine que vous mourrez d'envie de me faire la morale ! s'écria-t-elle, le regard fermé.

— Ce n'est absolument pas mon intention !

— Ah oui ? dit-elle avec un sourire chargé d'ironie.

— Si tu étais ma fille, tu aurais droit à un avertissement, c'est vrai ! Je serais furieux d'apprendre que tu te promènes seule au petit matin pour aller ou revenir de je ne sais où, sans me prévenir. Je laisse ce soin à tes parents !

Le silence s'instaura de nouveau. Céleste refusait de le regarder et tournait délibérément la tête vers la vitre. Emmanuel demanda :

— Tu es amoureuse ?

— Qu'est-ce qui vous fait dire ça ? jeta-t-elle sur la défensive.

— Quand une demoiselle de dix-sept ans se promène dans la campagne à six heures du matin, j'imagine que ce n'est pas pour aller ramasser des champignons.

— Vous ne pouvez pas comprendre !

— Je te l'accorde ! Baptiste est un beau garçon, mais il n'est absolument pas mon genre !

Céleste vira au rouge cramoisi et se détourna pour cacher son malaise. Elle finit par revenir vers Emmanuel et demanda sèchement :

— Vous allez le répéter à Maman ?

— Écoute, Céleste ! s'exclama-t-il en croisant son regard un court instant. J'aurais très bien pu te ramener par la peau du dos et je ne l'ai pas fait ! Tu ne voudrais pas essayer de me faire confiance ? Si tu es contrariée à mon sujet, parlons-en une bonne fois pour toutes, comme des adultes !

— Pourquoi avez-vous choisi de travailler avec Maman ?

— J'ai été charmé par ta propriété dès ma première visite ! Elle était exactement comme je l'avais rêvé pour réaliser mon projet. Et par chance, Laure a accepté de m'aider ! Elle est incroyable, tu sais ?

— Vous êtes tombé amoureux de ma maison ou de ma mère ?

Emmanuel éclata de rire et comprit enfin pourquoi la jeune fille se méfiait de lui depuis le début.

— Ce n'est pas parce que je la trouve formidable que je suis épris d'elle ! Nous travaillons ensemble, c'est tout ! Je ne tiens pas à semer la discorde dans ta famille, Céleste ! Et ta maman est une femme respectable ! Elle travaille comme une folle toute la journée et le reste du temps, elle prend soin de vous. Tu as d'autres questions ?

— Non !

— Alors, prends mon téléphone et envoie-lui un message pour qu'elle ne s'inquiète pas de ta disparition !

Céleste dégusta tous les pains que le boulanger leur présenta, sa promenade matinale lui avait ouvert l'appétit. Plus tard, elle suivit pas à pas Emmanuel à travers le marché. Le restaurateur était déjà venu plusieurs fois et les commerçants commençaient à le reconnaître. L'adolescente écoutait d'une oreille attentive ses explications ludiques et accepta de goûter une herbe sauvage qu'il utilisait dans une de ses sauces. La saveur très amère la fit grimacer et elle recracha.

Le voyant rire du tour qu'il lui avait joué, elle gronda de plus belle et ils retournèrent à la voiture en se querellant gentiment. Il lui proposa alors de la ramener à la maison, mais elle préféra poursuivre l'excursion chez les vignerons.

Emmanuel et Céleste visitèrent plusieurs caves puis rentrèrent à « Maison Haute » juste à temps pour le déjeuner. La jeune fille l'aida à décharger le coffre et ils firent de nombreuses allées et venues avant d'avoir rangé tous leurs achats.

— Merci de m'avoir accompagné ! déclara Emmanuel quand ils eurent terminé.

— C'était cool !

— Si tu souhaites recommencer, tu sais où me trouver ! Mais entre nous, tu devrais éviter de te sauver en douce si tu ne veux pas avoir d'ennui !

— C'était la première fois ! avoua-t-elle en rougissant.

— La première fois ?

— Que je sortais la nuit ! corrigea-t-elle de plus en plus gênée. Ce n'est pas ce que vous imaginez !

— Tu es une sacrée fille, Céleste ! déclara Emmanuel en lui souriant.

— Vous n'êtes pas mal non plus pour un vieux !

— Non, mais quelle peste ! s'écria-t-il en faisant semblant de lui serrer le cou. Allons déjeuner, je suis affamé.

24

Automne

Emmanuel était de retour en France après un mois de voyage prévu de longue date, à travers l'Amérique du Sud. Il avait accepté l'invitation de plusieurs confrères qui organisaient, depuis des années, des expéditions dans tous les pays du monde, à la recherche de nouvelles saveurs et des produits exotiques qui faisaient évoluer la Grande Cuisine. Emmanuel avait déjà participé à ce genre de périple avant l'ouverture du « Gargantua » et n'avait plus jamais eu le temps de réitérer cette formidable expérience. Cette fois-ci, il était parti pour un périple qui traversait le Brésil, le Chili et pour finir l'Argentine. Il faisait confiance à ses plus proches collaborateurs pour le remplacer. Il savait que Caroline et Pablo pouvaient diriger ses restaurants à Paris avec la plus grande efficacité. Et Laure surveillait la suite des travaux à « Maison Haute ». Comme il s'en doutait, jamais durant son expédition, elle n'avait cherché à l'appeler.

Pour fêter son retour, il leur avait proposé de dîner au « Gargantua » puisque Laure se trouvait chez Isabelle. À l'heure convenue, une nouvelle serveuse les accueillit et les conduisit jusqu'au bureau d'Emmanuel. Il venait à peine de déposer ses bagages et classait déjà ses notes pour ses prochaines recettes.

— Salut le grand explorateur des cuisines ! s'exclama Isabelle en riant. J'espère que tu nous ramènes quelques découvertes passionnantes et que tu vas nous surprendre !

— Absolument ! Je vais vous faire déguster un tubercule au nom imprononçable, mais avec un goût incroyable !

— Tu es sûre que ton tubercule est tout à fait comestible ?

— Tu me supplieras à genoux de t'en resservir une seule bouchée !

— Bonsoir Emmanuel ! dit Laure, sur la réserve même si elle était sincèrement contente de le revoir.

— Bonsoir Laure ! répondit-il avec son sourire unique.

Durant le dîner, il leur raconta tous les détails de son voyage, ce qu'il avait découvert, ce qu'il avait savouré. Il débordait d'idées et ne cachait pas son impatience pour se lancer dans des recettes inédites. Il les interrogea pour prendre des nouvelles des uns et des autres et s'amusa avec Isabelle qui discutait sans interruption, tandis que Laure était silencieuse comme à l'accoutumée. Emmanuel l'observait discrètement et remarqua son épuisement. Il se demanda si elle n'avait pas encore maigri. Elle avait à peine touché à son assiette, et pourtant le sous-chef du Gargantua s'était surpassé ce soir. Emmanuel se rendit compte qu'il était trop tôt pour la laisser gérer seule leur affaire. Il la connaissait suffisamment pour se douter qu'elle avait dû se tuer à la tâche pour ne pas le décevoir. Il regretta de lui avoir mis tant de responsabilités sur les épaules, pendant qu'il prenait du bon temps loin d'elle.

Il était tard lorsqu'Isabelle reçut un appel de son agent qui lui indiquait l'adresse d'une soirée où elle devait absolument se montrer pour sa carrière. Emmanuel vit le regard de Laure chavirer et il lui assura qu'il la raccompagnerait. Il avait un détail urgent à vérifier, mais il n'allait pas s'éterniser, il était fatigué lui aussi.

Isabelle les abandonna, avant que Laure ne puisse ajouter un mot. Emmanuel salua les derniers serveurs qui rentraient chez eux et le silence s'instaura entre eux, ce qui le désola.

— Ne vous inquiétez pas, Laure ! Vous avez l'air d'une petite fille qui se retrouve coincée avec le méchant loup ! Je ne vais pas vous manger !

— Ne soyez pas ridicule ! La journée a été longue et je suis épuisée !

— Vous avez très mauvaise mine, en effet ! dit Emmanuel en le contemplant. Vous pouvez me parler si vous avez un problème.

— Ne vous inquiétez pas ! Tout va bien, je vous assure ! répondit-elle un peu trop sèchement.

Emmanuel n'arrivait pas à la quitter du regard et notait chaque détail de son visage. Il soupira. Il était parti un mois et ils se comportaient de nouveau comme des étrangers. Laure se montrait froide et lointaine. Elle était d'une pâleur excessive et ses yeux étaient bordés de noir. Elle se tenait droite sur l'extrémité de sa chaise et avait du mal à cacher son épuisement.

Emmanuel se ressaisit.

— Voulez-vous un café ou autre chose ?

— Rien, merci.

— Je vais en boire un rapidement, si cela ne vous ennuie pas, et je vais récupérer mes bagages dans mon bureau pour vous raccompagner ! dit-il en se levant pour aller jusqu'au bar et mettre une distance entre eux.

Laure soupira et un frisson glacé la traversa. Elle entendit Emmanuel revenir et se reprit aussitôt.

— Vous ne m'avez pas téléphoné une seule fois ! Je me doute que vous avez pu faire face à tous les soucis qui se présentaient, comme vous en avez l'habitude.

— Vous étiez en vacances et je n'allais pas vous embarrasser avec des détails !

— Vous ne l'auriez pas fait, Laure ! Je savais que je pouvais compter sur vous. Le programme des travaux est-il respecté ?

Laure lui énuméra les parties de la maison achevées, les autres qui avaient pris un peu de retard. La piscine était creusée et les jardins terminés. Ils allaient pouvoir mettre les réservations en ligne comme convenu.

— Parfait ! J'ai l'intention de rester quelques jours à Paris. Puis je viendrai à « Maison Haute » pour étudier la nouvelle carte dès la semaine prochaine avec notre futur chef.

— C'est vous le grand directeur !

— Baliverne ! s'écria Emmanuel, amusé. Vous savez pertinemment que c'est vous le patron à « Maison Haute » ! À ce propos, j'ai un article à vous montrer… Tout va bien, Laure ? s'inquiéta-t-il de nouveau en la voyant grimacer.

— Vous n'êtes pas rentré depuis quelques heures et vous commencez déjà à me surprotéger ! Je vous assure que je me porte très bien ! répondit-elle agacée.

Emmanuel n'insista pas. Pourtant, il restait persuadé du contraire. Il la laissa un instant pour aller chercher l'article dans son bureau. Il avait à peine quitté la pièce que Laure se mit à gémir en se retenant pour ne pas pleurer. Elle attrapa son verre d'eau et le but en une gorgée, puis elle ferma les yeux. Chaque parcelle de son dos la brûlait et elle n'osait plus bouger de peur de crier de douleur. Quand il revint, elle serra un peu plus les mâchoires et se concentra pour ne rien montrer de la torture qu'elle vivait. Elle attrapa le journal qu'il lui tendait et demanda de quoi il s'agissait.

— Lisez !

Laure s'exécuta et au fur et à mesure de sa lecture, son cœur se gonfla d'une douce fierté. L'auteur de l'article ne tarissait pas d'éloges sur la prochaine ouverture de « Maison Haute ». Emmanuel avait accepté de rencontrer le journaliste sans avoir vérifié les dates de son voyage. Il avait refusé d'annuler ce rendez-vous dans la Nièvre, et avait poussé Laure à s'en charger. Elle avait dit non, mais il n'avait pas cédé. Elle n'avait pas dormi la veille de sa venue, mais elle s'en était manifestement très bien sortie. L'article s'étalait sur la beauté du site, l'accueil chaleureux et discret de l'hôtesse, la carte du chef inspirée de la Bourgogne, la vue magnifique sur les jardins fleuris, les chambres confortables décorées avec goût. Tout n'était que louange pour leur projet.

— Combien avez-vous payé pour avoir cet article ?

— Je n'y suis pour rien ! Je vous félicite encore une fois, Laure ! Vous faites un travail remarquable et, sans vous, je n'arriverais pas à viser un tel niveau pour notre futur établissement ! Je suis admiratif !

— Vos compliments me touchent beaucoup.

— Vous les méritez, croyez-moi ! dit-il en lui souriant. Mais ne parlons plus de notre travail ! Vous ne m'avez pas encore dit comment vont vos enfants !

Laure s'exécuta même si elle savait qu'elle atteignait ses dernières limites. Mais leurs discussions lui avaient manqué et elle lui raconta d'une voix sourde, les excellents résultats scolaires de Céleste. Elle ne cachait pas sa fierté pour sa fille qui allait entreprendre des études et qui serait toujours libre de son avenir et de ses choix, avoua-t-elle. Quant à Albertine, elle devait pratiquement l'attacher pour la faire travailler durant cette fin de trimestre. Elle passait tout son temps dehors à poursuivre son oncle.

Laure oublia quelques secondes son état et se laissa aller contre le dossier de son fauteuil. La douleur se réveilla avec une violence extrême et lui donna presque la nausée.

— Pouvez-vous me raccompagner maintenant ? réclama-t-elle, les dents serrées. Je ne tiens plus…

— Bien sûr ! Je vous demande seulement deux minutes et nous partons ! dit-il sans se rendre compte de l'intensité de son malaise.

Elle avait appris depuis des années à devenir une parfaite dissimulatrice. Elle se leva péniblement lorsqu'il s'éloigna vers la cuisine, et mit un pied devant l'autre, en faisant son possible pour que le tissu de son chemisier ne frotte pas sa peau à vif. Elle n'avait plus la force de se vêtir et garda sa veste sur son bras. Elle savait qu'elle ne pouvait plus tenir encore très longtemps et attendit son retour en implorant qu'il se dépêche. Les frissons de fièvre la parcouraient et elle passa sa main sur le front pour enlever les perles de sueurs froides. Emmanuel arriva vers le bar et se glissa derrière elle pour atteindre le panneau électrique. Mais en découvrant son regard vitreux, il arrêta son geste, vraiment inquiet cette fois-ci.

— Laure ? Allez-vous me dire de quoi vous souffrez ?

— Je vous ai déjà répondu que tout allait bien ! s'emporta-t-elle, mais sa voix sonnait faux. Si vous ne voulez pas me ramener chez Isabelle, je peux très bien prendre un taxi !

— Ne soyez pas ridicule ! Je pense que vous devriez voir un médecin !

— Je n'ai pas besoin de vos conseils !

— Très bien ! Inutile de nous disputer maintenant ! Je vous accompagne ! conclut-il en lui passant la main dans le dos pour la diriger devant lui.

Ce simple geste lui arracha un cri de douleur et Laure se retint au bar pour ne pas tomber dans les pommes. Elle jeta ses épaules en arrière dans l'espoir que le tissu ne colle pas sur sa peau. Elle voyait des étoiles danser devant ses yeux. Les larmes glissèrent sur ses joues sans qu'elle ne puisse les contenir. Elle était d'une pâleur à faire peur et Emmanuel s'affola.

Il se mit en colère.

— Je veux savoir la vérité, maintenant ! s'écria-t-il, en l'attrapant par le bras.

— Lâchez-moi ! gémit-elle.

Mais il resserra son emprise et se tourna vers son dos pour comprendre ce qui la tenait si raide. Une tache de sang s'écartait peu à peu sur le tissu.

Il releva sèchement son chemisier avant qu'elle ne s'échappe et ce qu'il vit le fit frémir d'horreur.

— Mon Dieu ! Laure ! Ce n'est pas vrai ? murmura-t-il, en découvrant les marques entre ses omoplates, jusqu'à ses reins. C'est donc ça le secret que vous me cachez depuis toujours ?

— Cela ne vous regarde pas !

— Bien sûr que si ! Vous ne devez pas rester dans cet état ! Vous devez vous soigner et porter plainte contre celui qui vous tyrannise de la sorte !

— Non ! Je vous en prie, Emmanuel ! déclara Laure d'une voix devenue plus sèche. Oubliez ce que vous venez de voir et ramenez-moi ! Je refuse d'en parler ! S'il vous plaît !

Emmanuel ne savait comment réagir. Il finit par desserrer son emprise, mais ne la lâcha pas pour autant. Il désirait lui montrer son soutien, mais Laure restait de marbre. Impuissant, il plongea son regard dans le sien.

— Je ne veux pas de votre pitié !

— Je ressens une multitude de sentiments en ce moment, mais croyez-moi, la pitié n'en fait pas partie ! Je suis en colère, je souffre pour vous ! Et je suis triste que vous n'ayez pas suffisamment confiance en moi pour me parler de votre calvaire !

— Vous ne pouvez pas comprendre, Emmanuel ! soupira-t-elle. Je regrette que vous le sachiez.

— Bon sang, Laure ! insista-t-il. Vous avez oublié ce qui nous lie ? Je ne suis pas un étranger !

— Vous ne pouvez rien faire…

— Je vais déjà commencer par vous soigner !

— Je ne veux pas aller à l'hôpital ! s'affola-t-elle.

— Je l'ai bien entendu même si je ne partage pas votre avis !

Laure n'avait plus la force de discuter et le suivit en silence. Il garda sa main serrée dans la sienne jusqu'à sa voiture et soupira en la voyant grimacer de douleur pour s'asseoir. Il croisa son regard vitreux sitôt installé derrière le volant et démarra en vitesse. Elle vivait une véritable torture et ne parlait plus, les yeux clos. Emmanuel était particulièrement inquiet et faillit la conduire directement aux urgences, contre son grès. Mais il se doutait qu'elle ne lui pardonnerait jamais. Il voulait avant tout qu'elle lui fasse confiance. Elle ne fit pas le moindre commentaire quand il l'entraîna chez lui, ce qui lui confirma la gravité de son état. Elle avait le regard perdu dans le vague et tenait à peine sur ses jambes pendant qu'ils entraient dans l'ascenseur.

Après avoir déverrouillé la porte de son appartement, il jeta son sac dans l'entrée et soutint Laure jusqu'à la salle de bains où elle glissa sur le tabouret qu'il lui avançait. Il chercha dans l'armoire à pharmacie des compresses et du désinfectant et vint s'appuyer sur le rebord de la baignoire, juste derrière son dos.

— Emmanuel…

— Enlevez votre chemisier que je vous soigne ! coupa-t-il, d'une voix sourde.

— Je vous assure que je peux…

— Ma patience a des limites, Laure ! Pour une fois, j'aimerais que vous arrêtiez de discuter ! reprit-il tendu. Si vous ne retirez pas cette chemise, je m'en chargerai moi-même !

Elle finit par s'exécuter en silence et retint ses larmes en détachant un à un les boutons. Elle la laissa glisser sur ses épaules et la garda devant sa poitrine. Elle était affreusement gênée de la situation. Emmanuel ferma les yeux une seconde. Le dos efflanqué de Laure était zébré de coups, son épiderme en lambeaux était à vif, et quelques plaies plus profondes suintaient. Son ventre se tordit. Il était bouleversé de découvrir un tel acharnement sur une femme.

— Avec quoi vous a-t-il battu ? demanda-t-il, en repoussant délicatement ses cheveux sur sa clavicule, pour libérer ses blessures.

— Avec la boucle de sa ceinture ! murmura-t-elle, en croisant son regard effaré dans le miroir.

— Quand ?

— Hier soir…

Il ne savait par où commencer. Elle avait reçu plusieurs coups, mais au moins trois d'une violence insoutenable et la plaie la plus profonde saignait encore.

— Vous allez devoir serrer les dents, Laure. J'ai peur de

vous faire mal !

— J'ai l'habitude ! chuchota-t-elle.

Elle sursauta et se mit à geindre malgré elle quand il entreprit de désinfecter les lésions. Il essayait d'avoir des gestes les plus légers possibles, et son estomac se pinçait chaque fois qu'elle ne pouvait retenir un sanglot. Il posa plusieurs sutures adhésives pour rapprocher les plaies les plus étendues et étala sur son dos un baume cicatrisant qui la soulagerait rapidement. Son dos était en feu.

— Depuis quand votre mari s'en prend-il à vous de cette façon ? demanda-t-il doucement.

— Je ne veux pas en parler…

— Laure ?

Comme elle restait obstinément silencieuse, il se leva pour la contourner et se baissa à sa hauteur.

— Dans l'histoire des hommes, c'était les esclaves qui étaient fouettés. Est-ce que vous réalisez qu'il vous considère comme son jouet, Laure ?

— Je suis fatiguée…

— Écoutez-moi ! murmura-t-il en appuyant délicatement ses mains à la base de son cou pour relever son visage jusqu'à lui et fixer ses yeux. Tant que je n'aurai pas réussi à vous faire entendre raison, je ne vous abandonnerai pas. Mais pour le moment, vous devez vous reposer.

Il l'aida à se relever et l'accompagna dans sa chambre qu'il laissa dans la pénombre.

— Je ne peux pas prendre votre lit…

— J'ai encore du travail ! Et je peux très bien m'installer dans le salon. Vous devez dormir.

— Emmanuel ! appela-t-elle avant qu'il ne parte. Je ne sais pas quoi dire…

— Alors, ne dites rien ! soupira-t-il, consterné.

Il quitta la pièce, mais garda la porte entrouverte. Une fois seul, il laissa retomber ses épaules et souffla. Il cherchait à comprendre depuis presque un an pourquoi Laure semblait tourmentée même si elle luttait pour ne jamais rien montrer. Maintenant qu'il avait découvert son secret, comment pouvait-il l'aider ? Qui partageait l'origine de son tourment ? Ni Tanguy ni Isabelle, encore moins Fanette, sinon ils auraient fait le nécessaire pour la protéger. Il ignorait comment aborder avec elle le sujet d'un tel enfer conjugal. Comment allait-il réussir à la convaincre de se défendre et l'encourager à le quitter ? Il pensa à Pierre-Alain et admit qu'il brûlait de lui rendre la même torture. Il était écœuré. Sa folie l'avait poussé trop loin cette fois-ci et il devait arrêter son délire avant qu'une catastrophe n'arrive.

Pour la première fois depuis son divorce, il reprit la bouteille de whisky qui lui avait tenu compagnie quelques soirées et se versa une rasade. Il fit tourner le liquide brun contre les parois du verre et finit par en boire une gorgée. Puisqu'il sentait que le sommeil le fuyait, il alluma son ordinateur et s'installa pour classer les notes qu'il avait rapportées de voyage. Il travailla une bonne partie de la nuit et regarda l'heure quand il éprouva une douleur dans ses épaules. Il sauvegarda son dossier et se leva pour aller récupérer son sac dans l'entrée.

Emmanuel prit une douche et déambula dans le salon pour se préparer un lit de fortune. Avant de se coucher, il retourna discrètement vers sa chambre pour s'assurer que Laure dormait. Il resta immobile pour écouter et seul le silence se fit entendre. Il allait tourner les talons quand un sanglot furtif l'arrêta. Il poussa la porte et s'avança vers le lit sans bruit.

Laure était allongée sur le ventre et avait pris soin de rejeter le drap en bas de ses reins. Elle gardait son visage enfoui dans l'oreiller pour étouffer ses pleurs, mais Emmanuel vit ses épaules se soulever de chagrin. Il se pencha vers elle et appuya doucement sa main sur sa nuque. Elle était brûlante.

— Laure ? Je peux faire quelque chose pour toi ? s'inquiéta Emmanuel, si choqué qu'il la tutoya.

Elle sursauta et tourna vers lui ses yeux brillants de larmes. Il alla chercher un sédatif et revint vers elle avec de l'eau fraîche. Il attendit qu'elle se soit relevée pour lui donner le comprimé et reprit le verre vide qu'il posa sur la table de nuit.

— Merci… murmura-t-elle sans cesser de pleurer silencieusement.

Elle se recoucha et lui tourna le dos. Il était très inquiet et demeura un long moment à lui caresser les cheveux pour la réconforter. Et quand son souffle devint plus régulier, les sanglots l'agitaient encore alors il continua de la veiller.

25

La circulation qui montait de la rue jusqu'à ses fenêtres réveilla Emmanuel. Il se redressa en grimaçant, la nuque raide après une nuit inconfortable passée sur son canapé. Il regarda machinalement sa montre et s'étonna de l'heure tardive. Il avait surveillé Laure, qui avait eu un accès de fièvre, et il l'avait laissée dormir au petit matin. Il inspira. Comment allait-il pouvoir l'accompagner si elle se tenait toujours sur ses gardes et qu'elle refusait de se confier à lui ? Il se réveilla tout à fait et se leva. Il s'approcha de sa chambre et ses yeux se posèrent sur le lit vide. Il fronça les sourcils, étonné, et comprit. Elle n'avait pas disparu, mais elle avait glissé tout au bout du matelas pendant la nuit. Elle était recroquevillée sur elle-même comme si elle avait l'intention de s'effacer. Il se doutait qu'elle avait pris cette habitude, après des années de relation avec un mari toxique.

Emmanuel la laissa somnoler et alla dans la cuisine se préparer un café. Il rangea sa couchette de fortune et s'habilla sans que Laure se manifeste. En milieu de matinée, il retourna auprès d'elle. Elle dormait encore. Il se glissa au bord du lit et leva sa main jusqu'à la sienne pour la poser dans sa paume ouverte, dans une douce caresse. La jeune femme se réveilla en sursaut et frémit en croisant ses yeux clairs.

— Bonjour ! murmura-t-il en souriant.

Laure resta immobile. Emmanuel attendit en silence puis comme elle ne réagissait pas, il demanda :

— Comment te sens-tu ce matin ?

Il jeta un regard furtif sur son dos rougi, les plaies ne saignaient plus, mais certaines étaient vraiment vilaines. Elle aurait probablement besoin d'une prescription d'antibiotiques et garderait des cicatrices.

— Emmanuel ! Je ne souhaite pas en parler ! murmura-t-elle, la voix rauque.

— Pourtant tu dois le faire ! coupa-t-il en lui relevant légèrement le visage pour accrocher son regard. Que s'est-il passé pour qu'il te fouette à ce point ?

— C'est de ma faute, je n'ai pas…

— Je ne veux plus jamais entendre cette phrase dans ta bouche ! Non, ce n'est pas de ta faute ! Pour quelle raison a-t-il essayé de te tuer ? continua-t-il avec le plus grand calme.

— Il ne le voulait pas, c'est…

— Laure ? coupa-t-il, irrité de l'entendre minimiser les actes de son mari.

— J'ai… je… il m'a emprunté de l'argent depuis Noël pour acheter des actions. Il m'avait promis que c'était un placement sûr et que nos revenus allaient s'améliorer. Je n'avais pas osé lui en parler depuis notre dernière dispute.

— Et cette fois-ci, tu l'as fait ? comprit-il.

— J'avais trouvé le courage ! Mais ce n'était pas le bon moment ! Il avait beaucoup bu comme d'habitude, avoua-t-elle dans un murmure. Je n'aurais pas dû.

— Depuis combien de temps est-il violent avec toi ?

— En ce moment, il est un peu difficile, avoua-t-elle. Il n'a aucune piste pour un travail malgré ses nombreuses recherches et il pense que je suis infidèle dès que je croise un homme. Avec le chantier en cours, beaucoup d'ouvriers se promènent à la maison.

— Depuis combien de temps ?

— Depuis… Laure se reprit et baissa les yeux. Il a recommencé à Noël…

— C'est pour cette raison que tu as accepté de signer le contrat entre nous ?

Laure lui confirma d'un hochement de tête.

— Ce n'est pas vrai ! Il a dû t'en faire voir de toutes les couleurs quand je suis venu à « Maison Haute » ?

— Oui ! Mais je fais attention à ne jamais me trouver seule avec toi pour ne pas l'irriter.

— Tu ne dois plus avoir peur ! Nous allons te protéger, tu comprends ?

— Je refuse que tu interviennes ! Il est capable de tout !

— Laure ! rappela Emmanuel doucement. Tu n'es plus isolée ! Avec le soutien de ta famille, tu pourras…

— Je ne veux pas que les enfants l'apprennent ! s'écria-t-elle, paniquée. Pas plus qu'Isabelle ou Tanguy ! Promets-le-moi, Emmanuel ! Promets-moi que tu ne diras rien !

Ils se faisaient face, chacun campé sur ses positions et traversé par la divergence de leurs émotions. Elle sentit son cœur s'emballer. Elle avait peur de ce qu'il allait lui demander. Laure avait confiance en lui, mais il ne connaissait pas toute la vérité.

Emmanuel pouvait lire sur son visage toutes les pensées qui se bousculaient dans son esprit. La sonnerie du téléphone brisa ses réflexions et Emmanuel posa une main ferme sur son épaule pour la garder allongée avant de décrocher l'appareil. Elle n'entendait pas la voix de sa sœur, mais elle cessa pratiquement de respirer, comme si Isabelle pouvait se douter de la posture où elle se trouvait. Emmanuel continua de discuter avec le plus grand naturel.

— Laure est venue chez moi afin de régler un problème pour le restaurant. Elle était épuisée et elle a fini par s'assoupir sur mon canapé. Je n'ai pas osé la réveiller pour la raccompagner. (…) Elle doit encore dormir, c'est pour cette raison qu'elle ne répond pas à ses textos, mais je peux aller la chercher si tu as besoin de lui parler (…) Très bien, je lui transmettrai ton message ! À plus tard !

Laure s'agita subitement et se leva d'un bond pour aller s'enfermer dans la salle de bains. Elle n'aurait jamais dû baisser sa garde. Elle ne voulait pas que sa présence chez Emmanuel se sache. Si Pierre-Alain finissait par le découvrir, elle serait fichue. Elle devait se reprendre très vite avant qu'une catastrophe arrive. Elle n'aurait jamais dû lui confier sa situation. Qu'allait-elle dire à sa sœur maintenant ? Et si Tanguy l'apprenait ? Elle était persuadée qu'un drame finirait par se produire. Toute cette histoire se retournerait alors contre elle. Elle en était convaincue.

Emmanuel observait Laure depuis le début de leur petit déjeuner. Après l'appel d'Isabelle, elle s'était murée dans le silence et ne lui répondait que par monosyllabe.

— À quoi penses-tu ? lui demanda-t-il, en posant sa main sur la sienne à travers la table.

— Je songe à « Maison Haute », à mes enfants…

— Tu vas exiger le divorce ? s'inquiéta-t-il, car il n'était pas certain de son choix.

— Ce n'est pas si simple ! chuchota-t-elle en retirant sa main des siennes pour la glisser sur ses genoux.

— Ne me dis pas que tu l'aimes toujours après ce qu'il te fait subir ?

— Je le hais à un point que tu ne peux pas imaginer ! jura-t-elle entre ses lèvres pincées. Mais je ne peux pas divorcer !

— Pourquoi ? s'écria Emmanuel en levant les bras au ciel.

— Tu ne peux pas comprendre !

— Alors, explique-moi !

— Il va m'enlever mes enfants ! Il me l'a promis ! Et s'il les emmène avec lui, je ne pourrai pas le supporter !

Elle tremblait.

— C'est donc ça ? dit-il en se reprenant très vite. Il a réussi à te faire croire qu'il pouvait te les arracher ? Mais aucun juge ne confiera leur garde à un mari menteur, violent et voleur alors qu'ils ont une mère qui fait tout pour bien les élever !

Laure semblait totalement terrorisée, et il voyait bien qu'elle n'écoutait pas vraiment ce qu'il lui disait. Il se demanda ce qu'elle lui cachait encore pour être dans cet état-là.

— Parle-moi, Laure ! continua-t-il doucement. Qu'est-ce qu'il fait pour te menacer ? De quoi as-tu peur pour le laisser te battre à ce point ?

— Il n'était pas comme ça, avant…

— Avant quoi ?

Emmanuel se leva et contourna la table pour s'asseoir à ses côtés. Il se pencha vers elle et glissa une mèche de ses cheveux derrière son oreille avec un geste très tendre. Elle avait les épaules courbées et jouait avec ses mains sans cacher sa nervosité. Il les prit dans les siennes et s'inclina un peu plus près.

— Écoute-moi, Laure ! Tu es une femme forte et intelligente ! Tu es capable de te battre contre lui !

— Je ne suis pas celle que tu crois…

— Je sais que tu es extrêmement courageuse ! Tu n'as pas hésité à te lancer avec un inconnu, dans un projet dont tu ignorais toutes les ficelles, pour subvenir aux besoins de ta famille ! Tu prends soin d'elle et tu es une très bonne maman…

— Ne dis pas ça ! murmura-t-elle en se mettant à pleurer doucement. Ce n'est pas la vérité…

— Bien sûr que si ! continua-t-il. Tu les aimes. Tu les élèves très bien ! Tu es tendre et protectrice avec eux ! Si j'avais eu des enfants, j'aurais voulu qu'ils aient une maman telle que toi !

— Une bonne mère ne tue pas son fils de trois ans ! cria-t-elle, en tremblant violemment.

Emmanuel eut un geste de recul en entendant ses aveux. Il avait tout imaginé, mais cette révélation dépassait de loin ses scénarios les plus fous. Laure ne supporta pas de voir l'horreur dans ses yeux et le repoussa sèchement pour se lever. Emmanuel se passa la main sur le visage et soupira. Il se reprit aussitôt. Et lui demanda de s'expliquer. Mais elle restait muette. Debout devant la fenêtre, elle laissait son regard se perdre dans le ciel et elle attendait qu'Emmanuel quitte la pièce. Mais il ne le fit pas.

— Laure ! Je ne suis pas là pour te juger, mais raconte-moi ce qui s'est réellement déroulé ! Parle-moi ! Tu ne peux plus te taire maintenant ! Fais-le pour Céleste, Albertine et Augustin qui ne peuvent pas continuer de grandir avec un tel poids sur votre famille !

Emmanuel fit preuve de patience et de persuasion, mais Laure restait de marbre. Il se demanda même si elle l'entendait. Il finissait par se décourager lorsqu'elle commença à raconter si doucement qu'il dût tendre l'oreille pour l'écouter. Elle lui avoua laborieusement quel drame les avait fait sombrer.

À l'époque, ils habitaient à Paris avec leurs petits. Pierre-Alain travaillait dans la publicité.

— Au début de notre mariage, il était gentil et prévenant. Nous étions très unis. Il m'aimait et il me couvrait de cadeaux. Il était fier de l'image que nous donnions : un couple passionné et deux enfants adorables. Quand j'attendais Albertine, j'étais fatiguée et nous avons eu des hauts et des bas, comme dans la plupart des ménages…

Laure continua à lui raconter d'une voix monocorde. Elle était enceinte et ne supportait pas la chaleur de l'été. Pierre-Alain les avait conduits pour les vacances de juillet chez ses parents. L'ambiance était tendue, car Bernadette ne cessait de lui faire des réflexions sur sa façon de s'habiller, d'élever ses enfants, du peu d'efforts qu'elle faisait pour soutenir la carrière de son mari. Elle avait toujours quelque chose à redire. Pour se libérer de la tutelle de sa belle-mère, Laure passait ses après-midi à la plage où elle retrouvait d'autres familles. Tout en papotant, elle surveillait ses petits qui jouaient dans le sable. Souvent, Laure empruntait le canoé de son beau-père et les emmenait sur l'eau.

— Ce jour-là ! continua-t-elle d'une voix sourde. Je suis sortie seule avec mon fils. La chaleur était insoutenable et je m'étais encore disputée avec Bernadette qui me tenait responsable de l'insolation de Céleste. J'étais folle de rage et j'ai téléphoné au bureau de Pierre-Alain pour le prévenir que s'il ne venait pas nous chercher très vite, un drame arriverait ! Je suis restée avec Charles un long moment sur la plage et puis je lui ai proposé d'aller faire un petit tour en mer, avant de rentrer. J'aimais tant voir son visage s'illuminer de joie quand nous partions tous les deux ! C'était un enfant gai et curieux et je ne me lassais jamais de répondre à ses questions. Tout était nouveau pour lui et il s'amusait de tout ce qu'il découvrait. Il était devant moi, sur le canoé, avec ses cheveux blonds qui dansaient dans le vent et ses yeux rieurs. Il portait toujours ses brassards et je pensais que rien ne pouvait lui arriver tant qu'il était près de moi… Je ne sais pas ce qui s'est passé ensuite !

Laure serra les lèvres et tenta de retenir un sanglot. Mais les larmes se déversèrent sur ses joues. Son souffle était saccadé et elle essuya ses yeux, le visage ravagé. Emmanuel était parfaitement immobile. Il voulait lui laisser tout loisir de s'épancher vraiment. Il se doutait que Laure prendrait la fuite s'il intervenait.

— J'étais si fatiguée que j'ai eu un stupide malaise ! Je suis tombée dans l'eau et j'ai fait chavirer le canoé qui s'est retourné sur Charles. Il est resté coincé dessous à peine quelques secondes ! Il s'est noyé ! Le temps que je réagisse, mon petit garçon était mort !

Emmanuel ressentait dans son propre cœur le chagrin qui la broyait. Il s'approcha d'elle et tenta de lui prendre la main pour la réconforter, mais elle le repoussa. Les souvenirs qu'elle refoulait constamment la hantaient, et les avouer réveillait sa souffrance. Emmanuel était bouleversé d'entendre dans sa bouche toute la douleur encore si présente.

— J'étais horrifiée de ce que j'avais fait…

— C'était un accident ! s'écria-t-il. Cela n'enlève rien à ta peine, mais c'était un accident ! Tu ne pouvais pas le prévoir ! Ce n'était pas de ta faute !

— Pierre-Alain est arrivé le soir même, continua-t-elle à raconter d'une voix blanche en haussant les épaules. Il était fou de douleur et je l'ai vu pleurer pour la première fois. C'est aussi la première fois qu'il m'a fouettée avec sa ceinture ! ajouta-t-elle avec ironie. Après ce que j'avais hurlé dans le téléphone, il me tenait responsable du drame. Mais je n'aurais jamais pu faire ça à mon propre bébé ! s'écria-t-elle en relevant des yeux suppliants vers Emmanuel.

Elle était si accablée qu'il sentit son cœur se serrer pour elle.

— J'en suis persuadé ! dit-il en lui caressant la joue avec légèreté. Et après ?

— Après ? répéta-t-elle en grimaçant. Eh bien, mes beaux-parents ont organisé des funérailles dignes d'un représentant de l'État ! Ils ont pris soin de garder Céleste loin de moi, soi-disant pour que je me repose. Mais c'était uniquement pour ne pas la laisser sous la garde d'une mère criminelle ! Ils me tenaient tous responsable ! Et je n'ai pas pu me relever !

— Et ta famille ?

— Tanguy était déjà parti aux Québec et nous avions peu de contacts. Isa était jeune et à l'étranger aussi, pour apprendre l'anglais. Quant à mes parents, ils n'ont pas été d'un très grand soutien. Ma mère n'a rien dit. Mon père m'a scruté avec un regard si noir le jour de l'enterrement. Je n'oublierai jamais ses yeux brillants de larmes et ses lèvres pincées. Ils étaient venus avec Fanette et Martin et ils sont repartis le soir même. J'étais si seule et, peu à peu, j'ai perdu pied avec la réalité. Je refusais d'accepter ce bébé qui grandissait dans mon ventre alors que c'était Charles que je voulais ! Je suis devenue complètement folle !

Laure soupira. Elle essuya ses larmes et tenta de retrouver son calme. Elle respira profondément et reprit :

— Je souhaitais que tout s'arrête. Pierre-Alain a donc

décidé de me faire interner et j'ai accouché d'Albertine dans un hôpital psychiatrique ! J'étais abrutie par les médicaments et je repoussais tout contact avec mon nouveau-né. J'y suis restée presque dix mois. J'ai fini par réagir quand Papa est venu me prévenir que Pierre-Alain allait me l'enlever pour la confier à ses parents. Je me suis battue pour éviter cela ! Ils avaient déjà Céleste depuis trop longtemps. Mon retour à la maison a été un autre enfer. Albertine pleurait sans arrêt et Céleste me fuyait. J'ai mis des mois pour apprivoiser mes deux filles… Voilà, Emmanuel ! Tu sais maintenant à quel point je suis une mère admirable !

— Tu n'es pas responsable de la mort de ton fils.

— Mais tu ne veux rien comprendre ? s'emporta-t-elle, en s'écartant de lui.

Elle continua, en colère à présent.

— Pierre-Alain possède des certificats médicaux qui prouvent que je suis une malade mentale ! Il s'en servira si je demande le divorce et il me retirera mes enfants !

— C'est ce qu'il te fait croire pour te tenir à sa merci, mais c'est du vent ! Tu vas rencontrer un avocat spécialiste de ce genre d'affaires, et tu vas tout lui raconter. Tu auras besoin d'aide pour te défendre. Tu dois porter plainte contre lui, tu m'entends ? ajouta-t-il en la secouant doucement par les épaules.

Voyant que Laure était indécise, il insista de plus belle.

— Ce cauchemar doit s'arrêter une bonne fois pour toutes ! Je ne laisserai pas ce salaud te massacrer plus longtemps ! Que crois-tu qu'il fera si tu continues dans cette voie ? Il te prendra de plus en plus d'argent jusqu'à ce que tu ne puisses plus rien lui donner ? Alors il te violentera encore un peu plus jusqu'au jour où tu ne pourras plus te relever ? C'est ça que tu veux, Laure ?

Tu n'as pas quarante ans, tu ne réalises pas qu'il est temps pour toi de refaire ta vie, loin de ce malade ? Montre-lui que tu es une femme forte. Bats-toi !

— Il est leur père ! Comment les enfants vont-ils réagir en apprenant son véritable comportement ? Nous avons déjà vécu tant de tragédies qu'ils seront cette fois-ci tous les trois ravagés ! Ils ne vont pas comprendre la situation et leur père va en profiter pour les retourner contre moi !

— Demande-toi plutôt ce que tes enfants penseront le jour où il te frappera trop fort ! Que deviendront-ils ? Je ne parle pas de Céleste qui est bientôt majeure, mais d'Albertine et Augustin ! Arrête de le protéger, il n'en vaut pas la peine !

Laure restait devant lui, les épaules tombantes. Elle paraissait si fragile, perdue dans le grand t-shirt blanc qu'il lui avait prêté pour qu'elle s'habille. Elle était anéantie. Il soupira et tendit son bras pour la ramener contre lui. Elle tenta de résister, mais il ne céda pas et l'embrassa délicatement sur le haut du front. Il allait veiller sur elle, si personne d'autre ne pouvait le faire. Il la maintenait en lui entourant les épaules et en se gardant de la toucher plus bas que les omoplates, là où sa peau était à vif.

— Tout à l'air si facile avec toi ! soupira-t-elle. Mais je t'assure que si c'était possible, je l'aurais quitté depuis longtemps.

— Je le sais ! Mais je ne te laisserai pas baisser les bras ! Je ferai tout pour te protéger de lui, sois-en certaine.

Elle résistait encore, mais il continua à la garder contre lui. Il sentit alors son souffle se précipiter. Elle luttait contre son chagrin, ses craintes et son désespoir. Elle gémit malgré elle et bientôt un torrent de larmes la terrassa. Elle finit par poser ses doigts crispés de chaque côté de la taille d'Emmanuel et s'accrocha pour ne pas s'effondrer. Il ne bougea pas. Quand elle glissa son visage ruisselant au creux de son épaule, les sanglots la secouèrent à nouveau. Il soupira profondément et lui serra la nuque d'une main ferme et le bas des reins de l'autre pour la maintenir tout contre lui. Elle pleura tout son saoul sans que jamais il ne la lâche.

26

Hiver

Emmanuel avait laissé partir Laure avec sa sœur, sans avoir réussi à lui faire entendre raison. Elle avait écouté ses conseils d'une oreille fermée et il doutait qu'elle prenne contact avec un avocat à son retour dans la Nièvre. Elle lui avait redit la difficulté de sa situation, même s'il ne voulait pas l'entendre, et elle lui avait arraché la promesse de ne pas intervenir dans ses affaires. Il avait capitulé en repérant la méfiance qui s'était furtivement glissée dans son regard. Pourtant la colère contre son persécuteur de mari, le submergeait. Pierre-Alain était un malade sournois qui la maintenait sous sa coupe et qui la terrifiait. Il était sombre et manipulateur. Il virait autour des siens et il allait réussir à tous les rendre fous.

Emmanuel avait bien saisi qu'il faudrait user de patience pour l'aider. Il était inquiet. Il l'avait prévenu qu'il viendrait à « Maison Haute » dès qu'il le pourrait et lui avait renouvelé son soutien.

Laure était humiliée que son associé sache maintenant la vérité sur sa vie matrimoniale alors qu'elle le dissimulait avec tant d'ardeur. Depuis ses révélations, elle restait distante à chacun de ses appels et minimisait les sévices de son mari. Elle répondait volontiers à ses interrogations d'ordre professionnel, mais coupait court chaque fois qu'il amorçait une question d'ordre plus privé. Elle regrettait de lui avoir révélé l'ampleur de son calvaire dans un moment de faiblesse et se tendait dès qu'il voulait aborder le sujet.

Emmanuel prétexta une visite de chantier pour revenir très vite à « Maison Haute ». Durant tout le trajet, il se demanda quelle réaction il aurait s'il croisait le tortionnaire de son associée. Sa colère n'était pas retombée et plus les kilomètres le rapprochaient de Nevers, plus ses mains serraient fort le volant de sa voiture.

Arrivé devant la maison, il souffla en notant l'absence de Pierre-Alain. Tant mieux. Il traversa le chantier au pas de course et trouva Laure en présence du maître d'œuvre et des responsables des différents corps de métier. Il les salua. Laure était gênée et évita de croiser son regard. Il en était désolé. Ils échangèrent sur l'évolution des travaux et continuèrent la visite jusqu'à la dernière suite.

Laure raccompagna le plombier et Emmanuel l'attendit dans le bureau en téléphonant à son père. Les réservations au « Gargantua » étaient clôturées pendant toutes les fêtes de fin d'année. Il resterait derrière ses fourneaux à cette période et n'aurait pas l'occasion d'aller voir sa famille avant la mi-janvier.

Laure l'évita soigneusement pendant tout l'après-midi et Emmanuel finit par l'aborder juste avant qu'il ne reparte à Paris.

— Je n'ai pas beaucoup de temps, je dois aller chercher les enfants…

— Laure, je ne suis pas ton ennemi. Pourquoi refuses-tu de m'écouter ?

— Je t'écoute ! répondit-elle agacée.

— As-tu pris contact avec l'avocat que je t'ai conseillé ?

Elle soupira et leva les yeux au ciel. Elle releva le col de son pull autour de son cou et ouvrit la bouche, puis la ferma.

— Je n'ai pas eu le temps.

— Laure ! s'exclama Emmanuel, dérouté. Tu ne vas pas attendre qu'il recommence à te brutaliser ?

— Il ne recommencera pas ! Si je ne l'avais pas poussé à bout, il ne…

— Laure ! coupa-t-il à nouveau. Il ne comprenait pas son besoin de minimiser sa situation. Tu dois…

— Arrête ! s'emporta-t-elle. Tu penses que c'est facile pour moi ?

— Je ne sais pas quoi te dire pour te faire entendre raison !

— Je dois avant tout préserver mes enfants.

— Je m'inquiète pour toi.

Ils avaient un dialogue de sourds et chacun campait sur ses positions. Quand elle lui annonça qu'elle suivait Pierre-Alain pour aller fêter Noël chez ses beaux-parents, Emmanuel sortit de ses gonds.

— Il ne me touchera pas, assura-t-elle. Il s'adoucit quand il vit chez eux. Tout se passera bien. Je le fais pour les enfants. Augustin a besoin de moi, je ne peux pas l'abandonner avec son père !

Elle minimisait le comportement abusif de Pierre-Alain, parlait de sa situation comme si elle appartenait à une autre et repoussait toutes ses propositions. Elle était tendue, gardait ses bras croisés, et son visage était impénétrable.

Emmanuel enchaîna sur l'association d'aide aux femmes battues qu'il avait trouvé pour elle. Laure soupira et lui interdit de revenir sur le sujet. Il essaya une autre tactique, mais elle ne se laissa pas plus convaincre.

— Demande au moins à ton frère de t'accompagner si tu ne veux pas de mon aide !

— Il en est hors de question, tu m'entends ? s'emporta-t-elle. Je refuse que Tanguy se retrouve impliqué dans mes histoires. Il serait capable du pire pour me protéger ! Je ne détruirai pas ma famille maintenant que nous sommes de nouveau réunis à « Maison Haute ». Je t'en supplie, Emmanuel, laisse-moi le temps de me retourner et arrête de me harceler !

Le silence entre eux s'éternisa. Laure tremblait. Il réalisa qu'il ne s'y prenait pas de la bonne manière et que ce n'était pas en la poussant ainsi qu'il lui ferait entendre raison. Il ne devait pas oublier qu'elle était soumise depuis tant d'années qu'elle n'allait pas reprendre sa liberté en un instant.

Emmanuel s'excusa. Laure haussa les épaules. Quand il fit un geste pour l'approcher, elle recula, tendue. Il était complètement démuni.

— Je n'insiste plus, Laure. Je réalise à quel point ta situation est embrouillée ! Je veux seulement te rappeler mon soutien. Je reste à ta disposition ces prochaines semaines, si tu as besoin d'aide, de conseils ou simplement d'une oreille attentive.

— Merci.

— Si tu as une question sur la comptabilité, les tableaux Excel, la décoration, la gestion du personnel, une recette de cuisine aussi, je te renseignerai nuit et jour !

Laure releva les yeux et lui répondit d'un faible sourire. Elle ne l'avouait pas, mais elle se raccrochait à leur association pour tenir debout.

— Je t'assure que mes soucis n'interviendront pas dans mon travail, avoua-t-elle d'une voix sourde. Je suis moins fragile que tu l'imagines et je continuerai d'assumer ma part de travail.

— J'en suis convaincu ! Mais je veux que tu prennes soin de

toi, Laure. Promets-moi de réfléchir à ma proposition. Tu n'es plus seule pour te défendre, ne l'oublies pas.

Elle raccompagnait Emmanuel jusqu'à sa voiture quand Pierre-Alain se gara à leurs côtés. Ils se crispèrent aussitôt.

— Salut l'associé ! s'exclama-t-il, tout sourire, en venant le saluer. Vous passiez par ici pour une petite inspection ?

— En effet.

— Tu ne vas pas chercher les enfants ? questionna-t-il en sortant ses clubs de golf de son coffre.

— Si, bien sûr que si ! répondit Laure tendue sous le regard des deux hommes.

Pierre-Alain était reposé et donnait une image de jeune cadre dynamique tout à fait charmant. Emmanuel avait une grande envie de lui casser les dents. Il se reprit avant de se tourner vers lui.

— Je vous souhaite de bonnes fêtes de fin d'année ! Prenez soin de Laure ! articula-t-il péniblement en lui écrasant la main dans une poigne de fer. Son visage resta de marbre et Pierre-Alain grimaça de douleur. Il libéra ses doigts meurtris et entoura les épaules de Laure dans un geste de possession.

— Vous pouvez me faire confiance ! Je sais m'occuper de ma petite femme

27

Emmanuel arriva pendant une nuit de pleine lune, après un rendez-vous tardif. Le froid lui piquait les joues, mais il resta dehors un moment pour découvrir les aménagements du parc. Le talent de Victoire le conforta une fois encore dans son choix. Le résultat était sensationnel. Des lampes discrètes venaient d'être installées autour de l'espace de stationnement, dans les parterres de fleurs et à la base des troncs des arbres. L'éclairage illuminera les longues soirées d'été. Des tonnes de gravillons clairs rafraîchissaient la cour, et soulignaient l'élégance de la façade ancienne de la maison. De chaque côté de la porte d'entrée, deux grosses potiches contenaient des buis ronds qui contrasteraient, aux beaux jours, avec les boules blanches d'Hydrangea.

Emmanuel continua son observation vers la terrasse. Les palmiers en pot donnaient une surprenante note exotique, puis son regard s'étendit au-delà des grandes pelouses jusqu'à l'étang, sombre et mystérieux. Les massifs étaient chargés de bulbes qui s'épanouiraient juste à temps pour l'ouverture du restaurant. L'eau se déversait maintenant dans le bassin remis à neuf, entre les iris et les nénuphars.

Une fois encore, il se félicita du résultat et retourna à sa voiture pour prendre ses bagages. Il leur restait un peu plus d'un mois avant le grand soir, et il allait passer plus de temps à « Maison Haute » pour affiner les derniers détails. Il avait l'intention de se consacrer à son affaire, mais il voulait aussi soutenir son associée. Il n'avait aucune foi en son mari. Et si elle minimisait ses attaques permanentes, il n'était pas dupe.

Il était près de minuit quand il pénétra dans la cuisine et ne fut pas vraiment surpris d'y trouver une fois encore Laure endormie, le visage appuyé sur ses bras croisés sur la table. Il s'approcha d'elle en silence et découvrit une quantité d'ouvrages traitant du management du personnel, de la haute gastronomie, de la gestion d'une entreprise, du droit des salariés…

— Si tu n'existais pas, Laure, il faudrait t'inventer ! murmura-t-il en refermant tous les livres.

Elle se réveilla et posa sur lui un regard voilé.

— Tu es déjà là ? Mais quelle heure est-il ?

— Laure, tu devrais être couchée à cette heure-ci !

— J'avais encore deux ou trois choses à revoir, avoua-t-elle, embarrassée, en réunissant ses documents.

— Tu sembles l'oublier, mais je suis ton associé ! Je ne te demande pas de tout maîtriser en si peu de temps !

— Je ne veux pas être un poids pour toi ! commença-t-elle sur la défensive. De quoi aurai-je l'air devant les clients ou le personnel si je ne connais pas toutes les réponses à leurs questions ?

— Tu feras comme moi, tu apprendras en gagnant de l'expérience ! Et je t'aiderai ! Ton mari n'est pas là ?

Aussitôt, elle se tendit et évita son regard.

— Il est parti depuis deux heures. Il était en costume cravate et j'ignore où il est allé.

— Bien ! soupira Emmanuel. As-tu dîné ?

— Je n'avais pas faim…

— Laure ! Je vais devoir te surveiller comme un enfant pour te rappeler que tu dois manger et dormir. Je ne te laisserai pas t'épuiser avant l'ouverture du restaurant ! Je vais te préparer une assiette…

— C'est inutile, j'ai l'estomac noué !

— Tu dois te forcer un peu ! Que vont penser nos clients de ma cuisine, si mon associée est trop maigre ? ajouta-t-il en souriant.

— Tu plaisantes ? J'ai déjà pris cinq kilos depuis l'été dernier !

— C'est insuffisant !

Laure soupira en le voyant sortir un morceau de comté du garde-manger. Il le frotta contre la râpe et les copeaux tombèrent dans une assiette creuse. Il les lia avec un soupçon de lait et étala la préparation sur deux tranches de pain de campagne. Il montra à Laure une jolie truffe qu'il avait ramenée de son restaurant parisien et lui fit sentir le parfum subtil. Il en découpa quelques lamelles et les dispersa sur le fromage. Il alluma le feu sur la cuisinière et laissa fondre une belle noix de beurre dans une poêle. Aux premiers grésillements, il y déposa les deux croque-monsieur. Il coupa deux endives dans un saladier et prépara en quelques secondes une vinaigrette à l'huile de moutarde, produite par un agriculteur voisin. Laure se leva pour aller chercher des assiettes et l'odeur du pain grillé lui mit finalement l'eau à la bouche.

Emmanuel lui tendit un verre de vin et l'invita à se mettre à table avant d'apporter le plat. La jeune femme mangea lentement et apprécia le goût du champignon noir qui lui rappelait les parfums d'automne et de sous-bois. Emmanuel lui faisait fréquemment découvrir de nouvelles saveurs et elle s'intéressait à la création de ses recettes. Elle refusa le plateau de fromages, mais ne résista pas au reste de tarte aux pommes.

— Tu as encore faim ? demanda-t-il en la regardant finir son repas.

— Je ne peux plus rien avaler ! Merci, c'était parfait !

— Tu veux un thé ?

Laure accepta. Elle l'aida à ranger pendant qu'il préparait leur boisson. Emmanuel lui donna sa tasse et posa sur la table une tablette de chocolat. Il reprit sa place en face d'elle et l'observa un moment. Il l'appelait pratiquement chaque jour depuis son séjour chez ses beaux-parents. Il n'essayait plus de la convaincre de porter plainte contre Pierre-Alain, mais il lui montrait son soutien. Son mari faisait un travail de sape depuis tant d'années qu'Emmanuel s'armait de patience pour qu'elle voie sa situation sous un autre angle.

— Comment vas-tu ? s'inquiéta-t-il, malgré tout.

— Je vais bien !

— Ton dos ?

— Bien…

Emmanuel soupira. Elle n'était pas décidée à s'épancher ce soir encore. Il savait, d'après ses confessions arrachées au téléphone, que Pierre-Alain avait été irréprochable chez ses parents. Il suivait toujours le même scénario quand il agressait sa femme : il courait se réfugier dans le giron maternel et se montrait le plus gentil des époux. Emmanuel espérait qu'il reste là-bas de façon définitive et qu'elle soit libérée. Mais il craignait que ce ne soit qu'une illusion.

Laure, troublée par son regard, reposa sa tasse et murmura :

— Quand je t'observe si serein, je me demande si je dois t'admirer ou te détester ! Comment fais-tu pour ne pas être plus angoissé ? Notre affaire sera peut-être un véritable fiasco !

Emmanuel croqua dans un morceau de chocolat et croisa ses bras sur la table. Il se redressa et lui avoua :

— Quand je m'engage dans un nouveau projet, quel qu'il soit, je fixe l'objectif que je dois atteindre. Je n'imagine jamais la possibilité d'un échec. Et je ne lâche rien tant que je n'y suis pas arrivé ! Jamais. Mais pour revenir à « Maison Haute », nous avons fait une étude sérieuse, nous avons travaillé comme des fous ! Je ne vois pas pourquoi les clients bouderaient un tel endroit !

— Je suis terrifiée ! confia-t-elle. Et nous avons mis tant d'argent en jeu !

— Et tu ne peux pas tout maîtriser ! ajouta Emmanuel. C'est ça qui t'angoisse !

— Tu as raison ! Que ferais-je si tu décides de briser notre accord ?

— Ma position serait beaucoup plus préoccupante si c'est toi qui le rompais ! Tu auras plus de facilité pour engager un autre chef plutôt que moi, de trouver un lieu aussi beau qu'ici ! J'ai investi beaucoup de temps, d'énergie et de fonds dans ce projet. Je n'ai pas l'intention de tout arrêter maintenant ! Et toi, Laure ?

— Tu connais parfaitement ma situation ! J'ai besoin de cette affaire pour survivre !

— Alors nous réussirons ! Bien sûr, nous aurons une quantité de problèmes à régler, mais en nous soutenant, nous y arriverons !

— Pourquoi ai-je confiance en toi, Emmanuel ? demanda-t-elle subitement. Je ne sais pratiquement rien de toi !

— Je promets de répondre à toutes tes questions, même les plus indiscrètes ! dit-il, en lui souriant, le regard pétillant.

Il se dressa sur sa chaise et lança son bras à travers la table pour recouvrir de sa main celle de Laure. Elle rougit jusqu'à la racine des cheveux. La chaleur de sa paume la traversa et elle ne quittait pas des yeux ses longs doigts qui jouaient maintenant avec son poignet. Sa prise était légère et son pouce caressait doucement sa peau.

Emmanuel était ainsi. Il montrait son attention aux autres par des gestes de tendresse. Il était affectueux et protecteur avec ceux qui l'entouraient. Laure qui avait repoussé tout contact depuis tant d'années avait eu du mal à s'y habituer. Mais aujourd'hui, elle avait besoin de soutien, elle avait besoin d'un ami, elle avait besoin de lui. Il garda sa main dans la sienne et la fixa d'un sourire attendri.

— Que veux-tu savoir ?

Laure haussa les épaules en remarquant son rictus amusé et tenta de se libérer, mais Emmanuel la maintint prisonnière.

— Tu connais toute ma famille et j'ignore tout de la tienne !

Emmanuel lui confia son histoire, son enfance à La Rochelle. Son père et sa belle-mère vivaient maintenant à l'île de Ré et ils se voyaient très peu à cause de son travail, mais ils restaient très unis. Il lui avoua avoir divorcé quelques années plus tôt. Laure ne cacha pas sa surprise, il ne l'avait jamais mentionné.

Ils étaient seuls à discuter au beau milieu de la nuit, et le silence qui les entourait était propice aux révélations. Laure préféra continuer sur une voie moins personnelle et lui demanda si les Duvernoy étaient cuisiniers de père en fils. Son associé se mit à rire et lui expliqua son choix dans cette voie uniquement pour faire enrager son père.

— Je ne te crois pas !

— C'est pourtant la vérité ! J'ai été un adolescent difficile !

Il confia à Laure tous les événements qui l'avaient amené à devenir chef. Il n'avait que six ans quand il avait perdu sa mère. Il avait vécu seul avec son père, qui lui avait passé tous ses caprices pour essayer de combler l'absence maternelle jusqu'à son remariage. Emmanuel avait alors quinze ans.

— Je l'ai détesté au premier regard et j'ai tout fait pour leur rendre l'existence infernale ! continua-t-il.

Il lui dévoila la chute de ses résultats scolaires, ses mauvaises fréquentations, sa tenue négligée, son comportement exécrable. Laure, qui se plaignait parfois du caractère de sa fille aînée, se rendit compte de sa chance en écoutant les confidences d'Emmanuel. Il lui raconta sans filtre sa colère le jour où il avait appris la grossesse de sa belle-mère. À la même époque, le lycée l'avait renvoyé après une ultime bagarre. Quand Éliane avait menacé de le quitter, son père avait enfin réagi. Il lui avait trouvé un travail de plongeur dans un bistrot perdu dans la campagne, afin de l'éloigner de ses mauvaises fréquentations et lui laisser le temps de réfléchir à son avenir.

Laure l'écoutait en silence, amusée des souvenirs qu'il lui racontait. Elle n'imaginait pas Emmanuel, si posé aujourd'hui, en adolescent mal dans sa peau.

— Deux événements sont arrivés et ni papa ni moi ne l'avions prévu. Le premier : le milieu de la restauration a été une révélation pour moi.

— Et le second ?

— Je suis littéralement tombé sous le charme de ma petite sœur !

Sa belle-mère avait eu l'intelligence de lui pardonner son comportement détestable et leur famille s'était réconciliée peu à peu autour de l'enfant. Emmanuel avait fini par l'accepter et avec le temps, Éliane était devenue une confidente. Elle avait souvent arrondi les angles avec son père, qui voulait le voir entreprendre des études supérieures, et elle l'avait toujours encouragé dans ses choix. Il avait appris son métier dans une école hôtelière puis il était parti à l'étranger pour continuer sa formation. Il avait eu l'occasion de revenir en France pour acheter son premier établissement qu'il avait transformé en « La Grignote ». Deux ans plus tard, il ouvrait « Le Gargantua » ! Les débuts avaient été difficiles et il avait travaillé jour et nuit pour s'en sortir. À l'époque, il n'avait plus de vie privée et ses absences répétées avaient fini par venir à bout de son mariage.

Laure vit son corps se tendre, mais Emmanuel poursuivit d'une voix normale.

— Nous nous sommes séparés le jour où elle m'a avoué être allée se faire avorter sans même m'avoir annoncé qu'elle portait mon bébé !

Laure discerna un voile de tristesse dans les yeux d'Emmanuel.

— Voilà ! Tu sais tout de moi ! s'exclama-t-il en souriant pour balayer ce moment d'abattement. À toi de me raconter !

— Je n'ai plus rien à te cacher…

— Laure ! commença-t-il en se penchant vers elle, par-dessus la table. J'aurais besoin d'une vie entière pour comprendre toute l'énergie que tu emploies à dissimuler tes secrets ! Si tu n'avais pas été à deux doigts de t'évanouir à Paris, jamais tu ne te serais confié à moi !

Laure était de nouveau très nerveuse et n'avait aucune intention de reparler de sa situation. Elle se doutait qu'il ne la lâcherait pas tant qu'elle n'aurait pas pris une décision. Elle y pensait sans cesse, mais le sort de ses enfants la bloquait radicalement. L'avenir serein qu'il lui dessinait la faisait espérer et rester debout. Mais dès que son mari tournait autour d'elle, son esprit se liquéfiait, son corps se mettait en mode survie et elle n'arrivait plus à réfléchir posément. Elle n'essaya pas de lui expliquer ce qu'elle ressentait, car elle était convaincue qu'il ne comprendrait pas. Elle se leva et Emmanuel comprit à son visage fermé que la discussion était close.

— Le salon est terminé !

Emmanuel comprit le message.

— Parfait ! Allons le voir ! Tu as réceptionné les fauteuils aussi ?

Il la suivit à travers la maison. Laure retrouva sa distance coutumière et leur échange reprit une orientation professionnelle. Elle lui montra les installations électriques à la pointe du modernisme, et les papiers peints au toucher de velours qu'elle avait choisis sur un catalogue anglais. Les lampes inondèrent la pièce d'une douce lumière et l'ensemble était une réussite. Emmanuel était satisfait. Il imaginait déjà leurs clients se prélasser dans le confortable canapé Chesterfield en cuir et essaya un fauteuil club posé près de la cheminée. Il admirait le bon goût de son associée. Avec ses idées, elle avait créé l'endroit conforme à ses souhaits.

Laure l'écoutait et fit jouer ses bras en grimaçant. Elle était tellement angoissée par tout ce qui leur restait encore à réaliser que chaque muscle de son corps était contracté. Emmanuel le remarqua. Il posa ses mains sur elle pour la masser. Surprise par ce contact, elle tenta de se libérer.

— Laisse-moi faire ! ordonna-t-il doucement en insistant sur chaque nœud de ses épaules.

— Ça va aller ! Je t'assure que…

— Tu ne veux pas te taire un instant ? coupa-t-il, concentré.

Laure ne savait pas comment l'arrêter sans être désagréable, alors elle resta de marbre. Elle le sentait si solide dans son dos qu'elle aurait pu se reposer contre lui, mais elle s'en garda. La terreur de se faire surprendre par Pierre-Alain était la plus forte et elle resta attentive au moindre bruit qui signalerait son retour. Le va-et-vient de ses mains fut de moins en moins douloureux pour devenir un réel plaisir et Laure ferma les yeux sans même s'en rendre compte. Elle goûta à ce massage improvisé tandis que son associé continuait de lui parler de la liste urgente qu'ils devraient instaurer, pour ne rien oublier les prochains jours. La voix d'Emmanuel la berçait tout autant que ses doigts qui malaxaient ses épaules.

Un profond alanguissement s'empara d'elle puis des frissons la traversèrent tout entière. Cette sensation lui fit aussitôt retrouver ses esprits. Elle se libéra doucement.

— Merci ! dit-elle en rougissant.

— À ton service !

— Je vais me coucher ! murmura-t-elle en prenant la fuite.

— Bonne nuit !

Emmanuel resta seul. Il était troublé.

La personnalité de Laure représentait un mystère : elle était le plus souvent froide et réservée en public. Mais dès qu'un sourire illuminait son visage, quand ses yeux le cherchaient pour se rassurer et que soudain son regard pétillait, le cœur d'Emmanuel se mettait à cogner. Cette sensation était loin d'être désagréable. Voilà des années qu'il n'avait éprouvé d'intérêt pour aucune femme. Et Laure était bien la seule qu'il n'avait pas le droit d'approcher. Il grimaça.

Il éteignit le salon et retourna dans la cuisine pour récupérer son sac de voyage. Il rangea la table et reprit un carré de chocolat qu'il mâchonna, l'air pensif. Leur collaboration avait démarré dans une surprenante entente. Ils avaient confiance l'un en l'autre dans le cadre de leur travail, ils plaisantaient parfois, pourtant, elle n'abandonnait jamais sa réserve et elle replaçait systématiquement une distance entre eux. Même après des mois de complicité, dès l'instant où il devenait trop curieux ou qu'il tentait de l'accompagner à régler sa sombre situation, Laure se fermait.

Il n'arrivait pas toujours à la comprendre et ce n'était pas faute d'essayer.

28

Printemps

Emmanuel prit possession de la cuisine flambant neuve et il ne quittait pratiquement plus les fourneaux qui venaient d'être installés. Après de longues recherches dans toute la région pour trouver un chef capable de le seconder, il avait fini par engager un jeune cuisinier originaire de Decize, qui avait débuté sa carrière dans un restaurant gastronomique à Cannes, pendant deux ans. C'était un pari risqué. Tom avait encore peu d'expérience pour gérer un établissement de ce genre, mais il était désireux de prendre rapidement des responsabilités et surtout il voulait se fixer dans la Nièvre. Son profil convenait aussi à

Laure. Ils s'étaient donc accordés pour lui donner sa chance.

Depuis quatre jours, les deux chefs se retrouvaient devant les fourneaux du matin au soir. Tom suivait les consignes d'Emmanuel afin de s'imprégner de son savoir-faire et il n'hésitait pas à lui exposer son point de vue. Le jeune homme reconnaissait l'opportunité incroyable d'occuper un tel poste à la campagne. Il gardait quelques souvenirs désagréables de ses stages chez certains patrons qui s'époumonaient dans les cuisines pour dispenser les ordres. Emmanuel lui confia son incompréhension. Pourquoi choisir ce métier par passion et hurler à tout bout de champ ? Il attendait de son équipe une grande concentration, car il refusait d'élever la voix pour les diriger.

Laure découvrit son associé en situation réelle. Elle avait toujours vu des chefs porter des toques et des habits blancs. Bien loin de cette image classique, Emmanuel et ses salariés revêtaient tous des tenues noires et dissimulaient leurs cheveux sous un bandana rouge. Ils ressemblaient plus à un équipage de pirates qu'à une brigade. La radio diffusait du reggae en continu et tandis qu'ils étaient tous concentrés sur leur tâche, pas un mot n'était énoncé plus haut que l'autre.

— Comment réagirais-tu si ton équipe n'appréciait pas ta musique ? questionna Laure.

— Mais s'ils n'aiment pas ma musique, ils ne peuvent pas aimer ma cuisine ! s'écria-t-il, les yeux ronds.

— Heureusement que le patron ne monte pas le son plus fort qu'il ne donne ses ordres, avoua le plus discret des marmitons.

Tom lança une boutade sur ses goûts musicaux, et tout le monde pouffa de rire.

Emmanuel et Tom organisaient les différents postes et s'assuraient que la brigade avait bien intégré leurs consignes. Le sommelier, fraîchement engagé, avait aménagé la cave et les meilleures bouteilles reposaient maintenant dans les nouveaux casiers en chêne. Les deux associés avaient passé la semaine précédente à recevoir les candidats pour finaliser les équipes de salles. Le maître d'hôtel du « Gargantua » était venu pour assister Laure dans ses entretiens d'embauches. Si elle suivait les indications de l'employé d'Emmanuel avec attention, elle continuait de donner son avis avec la même obstination. Emmanuel l'observait avec amusement et croisa le regard confiant de son maître d'hôtel.

En plus de la gestion du personnel, Laure termina de sélectionner la vaisselle avec Emmanuel et rencontra le représentant des plus grands fournisseurs de services de table. Devant les tarifs de la verrerie en cristal, de l'argenterie, de la porcelaine de Limoge, ses yeux s'écarquillèrent et son estomac vrilla. Ils ne pouvaient pas se permettre de dépenser une telle somme ! Emmanuel lui assura qu'ils allaient le faire. Les clients voulaient du rêve et ils allaient leur en donner. Laure le convainquit alors d'aller à la rencontre des maîtres faïenciers de Nevers. Ils fixèrent leur choix sur un ensemble d'assiettes décoré de dessins modernes et légers sur le thème de la campagne : un vol d'oiseaux, des arbres dénudés, une clôture. Laure, une fois son sens de l'économie mis de côté, montra à Emmanuel son goût incontestable. Il finit par lui laisser carte blanche pour affiner les ultimes détails tandis qu'il se réservait la tâche ingrate, mais primordiale, de rassurer leurs banquiers.

Les associés étaient débordés et passaient leur journée à régler des problèmes de dernière minute. Pierre-Alain choisit ce même moment pour se réinstaller à « Maison Haute » à temps complet. Il était agité et tentait de mettre son nez partout dans les affaires en court. Emmanuel lui rappela sèchement qu'il ferait bien de rester à sa place. Il avait promis à Laure de ne pas s'en mêler, mais il tenait à ne pas le laisser franchir certaines limites. Pierre-Alain changea de comportement envers sa femme. Il tournait autour d'elle, la surveillait sans cesse et la déstabilisait complètement. Il lui jetait des regards mesquins sitôt qu'elle discutait avec Emmanuel ou un autre homme de l'équipe et elle finissait par ne plus lever les yeux du sol, pour ne pas s'attirer les foudres de son tortionnaire.

Les journées de Laure s'enchaînaient à un rythme soutenu. Elle avait sollicité l'aide de son mari pour faire quelques trajets d'école, mais il disparaissait toujours à l'heure convenue. Elle devait alors tout abandonner pour aller chercher ses enfants en catastrophe.

La soirée était bien avancée. Laure se trouvait avec Tanguy et Isabelle dans le vestibule, au pied de l'immense escalier en pierre de Bourgogne. Les peintures étaient terminées et mettaient en valeur le carrelage ancien et les boiseries des meubles. Au mur, les ouvriers avaient fixé des cimaises pour soutenir les tableaux de leur mère. Pendant le déménagement de l'atelier, Emmanuel avait découvert avec surprise leur lien de parenté avec France d'Anglois. Isabelle avait suggéré d'exposer quelques toiles à la vue des clients. Emmanuel et Laure avaient trouvé l'idée excellente. L'avis de Tanguy était plus réservé.

Ils profitaient d'être tous les trois et discutaient de la prochaine inauguration et de la pression qui pesait sur les épaules de leur sœur. Ils changeaient les tableaux de place pour mieux les mettre en valeur. L'ensemble était parfait. Ils se posèrent enfin au pied de l'escalier, leurs visages tournés vers la montée.

— Quelle magnifique collection ! déclara Isabelle, émue.

— Je suis stupéfaite que notre mère si sombre ait peint des toiles aussi lumineuses !

— Elle était une grande artiste, continua Isabelle, nous ne pouvons pas l'oublier.

— Elle qui détestait la campagne a représenté tout le monde

rural à travers ces tableaux ! Et celles qui illustrent les célèbres vaches charolaises sont remarquables !

— Elle était assez tortueuse pour faire croire à papa qu'elle aimait son milieu alors qu'elle n'avait pas de cœur ! cracha Tanguy.

— Elle en avait un, et il ne battait que pour lui, murmura Laure, aussi désenchantée que son frère.

Laure jeta un dernier regard à leur composition et la pendule du vestibule sonna douze coups. Elle devait monter même si elle redoutait ce moment. Elle était pourtant épuisée. Pierre-Alain l'attendait tous les soirs dans leur chambre, ce qui la rendait de plus en plus nerveuse. Si elle réussissait à l'éviter le jour, elle ne pouvait pas le repousser une fois la nuit tombée.

Elle les laissa continuer leur discussion et entra en coup de vent dans le bureau, pour ajouter un point à vérifier le lendemain sur la liste déjà interminable. Le calendrier, situé devant elle, lui rappelait la date qui approchait à grande vitesse et elle redoutait de ne jamais être prête.

Laure souffla, se passa la main sur le visage et s'arma de courage pour monter à son appartement. La maison était silencieuse, Isabelle et Tanguy avaient disparu, et tout le monde dormait. Elle priait pour que Pierre-Alain en fasse autant.

Mais ses espoirs furent de courte durée. Il la guettait. À ses yeux rougis, elle se douta qu'il avait bu plus que de raison et elle se tint aussitôt sur la défensive.

Il était vautré sur le fauteuil, les chevilles croisées et il parcourait un ensemble de feuillets, le visage narquois. Le verre de whisky qu'il gardait à la main était presque vide.

— La voilà ! s'écria-t-il, un sourire mauvais sur les lèvres. Ma chère épouse daigne se souvenir du chemin jusqu'à notre couche ! As-tu pris du bon temps avec ton associé ? Il t'a enfin lâchée ?

— Ne sois pas ridicule ! marmonna-t-elle en passant devant lui pour aller dans la salle de bains. J'étais avec Tanguy et Isabelle !

— Tu ne me feras pas croire que tu travaillais encore à cette heure-ci ! s'emporta-t-il. J'espère qu'il te baise bien au moins !

— Il est seulement mon associé ! Arrête de parler si fort, tu vas réveiller les enfants !

— Et alors ? Tu ne veux pas qu'ils apprennent que leur mère est une vraie salope ?

— Tu passes tes journées à me surveiller ! Tu sais parfaitement que je n'ai pas d'amant ! Je te répète que j'étais avec mon frère.

— Regardez-la ! ricana-t-il en buvant la dernière gorgée d'alcool du bout des lèvres. Madame se donne de grands airs maintenant !

— Je suis fatiguée, Pierre-Alain ! Cette discussion ne nous mène à rien ! murmura-t-elle en se déshabillant.

— Tu feras moins la maligne quand j'aurai transmis ces documents à qui de droit !

Laure blêmit. Il lui jeta négligemment une feuille qui vola à ses pieds. Elle se baissa pour la ramasser, la main tremblante. Elle avait une idée très précise du contenu de ces courriers.

— Lis-le, ma douce ! susurra-t-il, mauvais. C'est passionnant !

Laure serra les dents et ce qu'elle découvrit lui confirma ses craintes.

« Laure présente à nouveau des troubles mentaux qui nécessitent une

prise en charge en institution. Je vous adresse cette patiente en phase aiguë, traitée par le protocole habituel… »

Un froid glacial descendit sur son corps et elle se mit à trembler de peur. Elle déchira le courrier, ce qui amusa son mari. Il lui en donna un autre, signé par un second médecin.

« Cher confrère, j'ai revu cette patiente la semaine dernière. Elle présente des signes de paranoïa aiguë et je vous demande son internement dans les plus brefs délais. Ses enfants me paraissent en danger. Vous devez savoir qu'elle a perdu un fils, il y a quelques années, dans des circonstances troubles… »

Laure tremblait. L'espoir qu'elle retrouverait un jour son mari disparut à l'instant. Il lui avait promis de ne plus boire depuis qu'il l'avait fouettée. Il lui avait demandé mille fois pardon. Il avait été charmant durant leur séjour chez ses parents. Ils avaient touché du doigt un semblant d'apaisement familial et Laure l'avait cru. Elle avait été patiente, elle avait écouté ses projets délirants, ses idées absurdes. Elle avait espéré que cette fois-ci le cauchemar était derrière eux, que tout redeviendrait presque normal dès l'instant où elle pourrait assurer sa part des finances domestiques. Mais il recommençait. Ces derniers jours, il était infect. Elle n'avait pas voulu admettre à quel point, elle s'était leurrée. Mais ce soir, elle le discernait tel qu'il était vraiment devenu. L'homme qu'elle avait épousé cherchait à la dominer, à la ridiculiser, à la blesser, à la rendre folle. Elle fixait son regard malveillant et le rictus pervers posé sur ses lèvres la fit frémir. Il empestait l'alcool et la transpiration recouvrait chaque parcelle de son corps. Laure sentit le dégoût l'envahir. Elle redoutait ses manigances, elle le savait capable du pire. Pourtant une rage désespérée se lova dans son ventre. Elle n'en pouvait plus ! Elle n'allait pas le laisser la briser sans se défendre. Pierre-

Alain lui avait déjà tout pris, que voulait-il encore ?

— Tu ne me fais plus peur ! J'en ai assez de supporter tes reproches et tes manipulations ! Je possède les photos de tes derniers sévices et je vais te dénoncer.

Son ton posé ne fit que décupler la rage de son mari. Il se leva comme un diable et la gifle partit avec une telle violence que Laure perdit l'équilibre et tomba de tout son long en travers du lit. Elle se tourna, la main sur la joue, et fixa les yeux pervers de Pierre-Alain.

Elle voulut se redresser, mais il se jeta sur elle pour la bloquer de tout son poids.

— Tu es à moi, ne l'oublie jamais ! jura-t-il en lui attrapant les cheveux à pleine main. Et si tu me cherches encore, si tu continues de faire la pute avec tous ces types, je serai obligé de partir avec les gosses ! Ne me pousse pas à prendre une telle décision !

— Tu ne te soucies jamais d'eux ! Tu n'auras jamais la patience de t'en occuper ! Tes parents sont-ils prêts à les avoir tous les trois à demeure ?

— Là où nous irons, plus personne n'aura besoin de les garder, fais-moi confiance, ma douce…

Laure se raidit, épouvantée. Il avait toujours une manche d'avance. Elle ne pouvait pas ignorer ses menaces ni la sécurité de ses enfants. Il la terrifiait. Était-il aussi fou qu'il le montrait ou jouait-il un rôle pour tous les tenir à sa merci ?

Pierre-Alain l'agrippait d'une main vigoureuse tout en tirant sur sa culotte pour finir de la déshabiller.

— Arrête, je t'en supplie ! Je ne veux pas, Pierre-Alain ! Non ! Non !

— Sale garce ! jeta-t-il en lui écartant violemment les jambes.

Je vais te rappeler qui décide dans cette famille ! Tu as tendance à l'oublier ces temps-ci : tu ne pourras jamais me quitter ! Il déboutonna son pantalon d'une main et la bloqua. Je serai toujours ton mari et je vais le clarifier une bonne fois pour toutes !

Laure tenta de se débattre, mais il serra ses doigts autour de la gorge, et lui ôta ses dernières forces. Elle abandonna la lutte dans un sanglot. Elle pria pour que ce cauchemar prenne rapidement fin alors que le souffle rauque de Pierre-Alain sifflait à son oreille. L'odeur de sa transpiration mêlée à son parfum capiteux et ses mains agressives sur ses seins lui donnèrent envie de vomir. La bile lui brûla la gorge et des papillons noirs dansèrent devant ses yeux. Il lui faisait si mal qu'elle sentait ses dents claquer à chacun de ses coups de reins brutaux. Comblé, il tomba enfin à ses côtés, son corps flasque parcouru de spasmes. Laure, anéantie, se libéra de lui et se traîna jusqu'à la salle de bains.

Elle tira le verrou de la porte derrière elle, arracha le reste de ses vêtements de ses mains tremblantes et se rua devant la cuvette des toilettes pour vomir toutes ses tripes. Elle se coula lentement sur le sol et fondit en larmes. Recroquevillée sur elle-même, elle maintenait son bras sur sa bouche pour ne pas faire de bruit tandis que les sanglots de désespoir lui coupaient la respiration.

Elle avait l'impression d'évoluer dans un épais brouillard. Elle tenait à peine debout et se glissa sous le jet brûlant de la douche. Elle voulait se décrasser de l'odeur de ce tyran, des marques qu'il avait laissées sur elle, et se frotta jusqu'au sang. Elle se recroquevilla au fond de la baignoire et fondit à nouveau en larmes. Le visage dissimulé contre ses cuisses serrées, elle garda ses bras crispés autour d'elle jusqu'à la fin de la réserve du ballon d'eau chaude. Brisée, elle releva les yeux et le silence de la maison la fit se sentir encore plus seule. Elle renifla et leva sa main tremblante pour éteindre le flot qui tombait sur son corps meurtri. Elle eut alors la vision très nette qu'elle finirait, un jour ou l'autre, par tuer son mari.

Laure ignorait combien de temps elle était restée enfermée dans la salle de bains, mais quand elle en sortit, Pierre-Alain dormait profondément en travers du lit. Espèce d'ordure ! pensa-t-elle en prenant une couverture. Certaine qu'il n'allait pas se réveiller de sitôt, elle se glissa dans le salon pour s'allonger sur le divan. Très vite, des frissons la parcoururent. La honte d'avoir subi un tel assaut, mêlée à la douleur physique, lui arracha un gémissement. Son mari avait raison, elle ne valait rien. Elle n'était même pas capable de se défendre contre ses agressions de plus en plus violentes.

— Maman ? murmura Albertine qui se tenait devant elle, le regard inquiet.

— Ma puce ? sursauta Laure en essuyant vite ses yeux rougis par les larmes. Pourquoi es-tu debout ?

— J'ai fait un cauchemar ! Je voudrais un câlin.

— Viens ! s'exclama sa mère en levant un pan de la couverture pour la laisser se glisser tout contre elle.

Étroitement blottie contre sa fille, Laure lui caressa doucement les cheveux et se détendit peu à peu au contact de son corps chaud. Une sourde inquiétude lui serra le ventre. Sa fille aurait-elle pu entendre ce qui s'était passé plus tôt dans la chambre parentale ? Plus elle y réfléchissait, plus elle se rendait compte du regard dur qu'Albertine, pourtant si enjouée, posait de plus en plus souvent sur son père. Malgré tous ses efforts pour ne rien laisser transparaître de son cauchemar, Albertine aurait-elle entendu ce qu'elle aurait dû ignorer ?

— Je t'aime très fort, Maman ! murmura-t-elle avant de s'endormir.

— Moi aussi, ma puce ! répondit Laure, les yeux brouillés de larmes et un nœud douloureux dans la gorge.

Quand Laure se réveilla, Céleste était assise derrière le bar et buvait un café en silence. Albertine était déjà levée.

— Bonjour ma chérie ! déclara Laure en se dressant.

Les sévices subis la veille se rappelèrent à travers son corps meurtri et elle grimaça.

— Tu as dormi là ? questionna sa fille en lui tendant une tasse de thé.

— Je suis montée tard et je ne voulais pas déranger ton père.

— Il est parti depuis un moment.

Laure préféra aller s'habiller plutôt que d'affronter le regard inquisiteur de son aînée.

Une demi-heure après, Laure fit un dernier signe à ses enfants qui allaient à l'école avec Tanguy. Elle resserra autour d'elle son châle et grinça des dents. Après chaque scène de violence de son mari, elle avait systématiquement le corps engourdi et les mains froides. Rien ne pouvait la réchauffer.

Elle retourna dans la cuisine et attrapa la bouilloire pleine d'eau chaude pour se servir un deuxième thé. Debout devant la fenêtre, elle laissa la chaleur de sa tasse s'insinuer entre ses doigts gelés.

— Bonjour Laure ! s'exclama Emmanuel, toujours de bonne humeur.

— Bonjour ! répondit-elle doucement.

Il s'installa à table et, tout en se beurrant une tartine, il lui rappela le programme de la journée. Elle l'écoutait en silence et à son manque d'intérêt, Emmanuel se rendit compte que Laure semblait pensive ce matin.

— Que se passe-t-il, Laure ? Tu es malade ?

— Non, tout va bien, le rassura-t-elle en grimaçant un sourire. Elle s'écarta de lui et attrapa la vaisselle laissée sur l'égouttoir pour s'occuper les mains. Emmanuel voyait bien ses yeux sombres malgré le fond de teint sensé lui donner meilleure mine. Ses épaules voûtées et cette habitude qu'elle avait de ranger tout ce qui traînait autour d'elle dès qu'elle était perturbée l'interpella.

— Tu es certaine que tout va bien ? demanda-t-il à nouveau.

— Mais oui !

— Il a recommencé ? s'inquiéta-t-il réellement cette fois.

— Non ! J'ai seulement un peu mal au dos.

— Tu devrais aller consulter un médecin

— Arrête ! jeta-t-elle plus sèchement qu'elle ne le voulait. Pardonne-moi ! Ce matin, je suis de mauvaise humeur. Tu vas finir par regretter notre association !

— Tout de suite les grands mots ! Tu vas me dire ce qui te contrarie à la fin ? C'est ton mari ?

— Non ! éluda-t-elle faussement désinvolte. Je ne suis qu'une imbécile trop angoissée !

— Je ne supporte pas l'autoflagellation !

— C'est pourtant son sport favori ! s'écria Fanette qui pénétra dans la cuisine, un sourire aux lèvres. Mais elle s'inquiéta en découvrant la pâleur de Laure. Elle lança un regard interrogateur vers Emmanuel qui haussa les épaules. Il ignorait la cause de son malaise.

— Je dois aller à Nevers, annonça-t-il en terminant son bol de café. Tu m'accompagnes, Laure, ou préfères-tu rester ici pour te reposer ?

— Je viens avec toi comme prévu ! Laisse-moi le temps d'aller chercher mon sac.

— Tu n'en as pas besoin ! coupa-t-il en lui tendant sa veste. Nous sommes déjà en retard.

Emmanuel ne lui posa pas plus de questions, mais son air absent durant le trajet ne le rassura pas. Laure gardait ses bras serrés contre sa poitrine et essayait de se concentrer sur la voix de son associé. Elle s'y obligeait pour ne plus penser à son agression. Si Pierre-Alain maintenait sa ligne de conduite habituelle, après l'horreur de sa dernière agression, il devrait la laisser quelques jours en paix. Elle pourrait se consacrer à l'inauguration de son établissement, sans devoir supporter sa présence répugnante. Elle était écœurée d'être réduite à avoir de telles pensées. Une nausée la faucha et elle descendit la vitre pour respirer l'air frais et retrouver son souffle. Emmanuel lui proposa d'arrêter la voiture. Il était inquiet et se doutait qu'elle lui cachait la vérité. Laure le rassura d'une voix ferme et l'invita à poursuivre la route. Elle se reprit et dissimula une fois de plus sa douleur derrière un sourire.

Ils commencèrent par aller au marché. Emmanuel devait passer une dernière commande de légumes nécessaire pour un changement de plat décidé la veille. Ils y restèrent un moment et l'ambiance bon enfant aida Laure à oublier sa douleur. Les commerçants qui avaient l'habitude de traiter avec Emmanuel, et qui n'avaient pas encore fait sa connaissance, l'accueillirent chaleureusement. Ils se rendirent ensuite chez le faïencier pour récupérer les quelques assiettes qu'il leur manquait. Cela leur prit plus de temps que prévu et ils se dépêchèrent d'aller dans la boutique du fleuriste, car Laure voulait s'assurer qu'il aurait bien toutes les compositions qu'elle lui avait commandées.

Il était bientôt onze heures et ils retournaient au parking quand Emmanuel dit soudain :

— Je suis sans doute indiscret, mais je me demandais si tu avais choisi une tenue pour samedi.

— Je trouverai bien de quoi m'habiller dans les affaires d'Isabelle.

— Pour une fois, tu vas t'acheter une robe ! C'est notre image qui se joue ! Suis-moi ! s'écria-t-il en l'entraînant dans une des boutiques près de la porte de Paris.

— Que fais-tu, Emmanuel ! Nous n'avons pas le temps !

— Eh bien, nous allons le prendre !

— Mais je ne vais pas faire du shopping avec toi !

— Et pourquoi pas ? Allez, viens ! ordonna-t-il, bien décidé à ne pas lui demander son avis.

À la vendeuse qui s'approcha d'eux, il commanda une tenue élégante et féminine pour une occasion spéciale. Laure le foudroya du regard, mais il lui répondit par un sourire amusé.

— Nous prendrons le temps nécessaire, mais nous ne partirons pas d'ici tant que tu n'auras pas acheté de quoi t'habiller ! murmura-t-il avant de s'installer confortablement dans le fauteuil pour attendre qu'elle termine ses essayages.

Laure s'enferma dans la cabine et ôta son manteau d'un geste rageur. La vendeuse lui donna un premier ensemble en soie et se retira devant ses yeux sévères. La tenue était très élégante, mais le chemisier sans manches ne pouvait dissimuler les hématomes, que Pierre-Alain lui avait faits sur les bras et à la base du cou. Sous les néons crus de la boutique, ils étaient encore plus visibles que ce matin, dans la salle de bains. Elle se déshabilla et réclama un haut moins voyant. S'ensuivit une lutte sans merci entre Laure qui ne trouvait rien à son goût et la jeune femme, bien décidée à obtenir une vente. Emmanuel les écoutait en souriant depuis son fauteuil et se demandait laquelle des deux allait remporter la victoire.

La combinaison soulignait trop sa minceur, le pantalon la faisait ressembler à un serveur, la jupe crayon la vieillissait, la robe courte la ridiculisait. Laure se voulait infernale dans le seul but de leur passer l'envie de poursuivre cette expérience. Elle avait horreur de s'habiller. Elle avait bien trop l'habitude que tous les vêtements accentuent la maigreur de son corps blessé. La commerçante ne perdait toujours pas son sang-froid après plusieurs essais et insista lourdement pour la décider à sortir de la cabine. Laure se posta devant le miroir. Elle avait revêtu une veste en lainage crème avec des poches plates et de gros boutons dorés. Le col officier montait haut dans son cou et s'accordait à merveille avec le pantalon large à pont, qui mettait en valeur sa minceur.

— Vous êtes parfaite ! déclara la vendeuse. Avec quelques bijoux et des chaussures à talons, vous serez très élégante. Voulez-vous que je demande à monsieur son avis ?

— C'est inutile ! trancha-t-elle. Je prends tout !

Laure se rhabilla et retrouva Emmanuel à la caisse. Il avait déjà réglé la facture et l'attendait en portant son paquet. Une fois dehors, elle s'écria :

— Donne-moi cette facture ! Il est hors de question que tu me…

— Ça me fait plaisir ! coupa-t-il.

— Je ne suis absolument pas d'accord !

— Je m'en doute ! Tu aurais pu me montrer tes essayages ! ajouta-t-il en lui souriant avec malice. Nous partageons toutes les décisions concernant le restaurant, je te rappelle !

— Je n'ai qu'une chose à te dire ! J'ai choisi l'ensemble le plus laid pour te faire honte et te passer l'envie de me rejouer le même tour !

— Tu n'as pas besoin de chaussures très vilaines pour aller avec ta tenue très laide, pendant que nous sommes en ville ?

— Tu es bien le premier homme qui invite une femme à dépenser son argent pour des vêtements !

— C'est uniquement parce que tu représentes mon restaurant ! Ne l'oublie pas !

— « Ton » restaurant ? répéta Laure en grimaçant. Pour cette regrettable erreur, tu vas devoir payer la paire d'escarpins la plus chère du magasin !

Emmanuel l'observait en silence depuis le matin. Elle avait enfin retrouvé un semblant de sourire. Il aimait la taquiner dans l'espoir de l'entendre rire. Mais aujourd'hui, ses yeux étaient tristes. Elle posa distraitement ses doigts sur son bras pour attirer son attention et ce geste fugace suffit à le faire frémir.

— Qu'en penses-tu ? demanda-t-elle, ce qui le ramena à la réalité.

— Elles sont parfaites.

— Alors je les prends ! Sors ta carte bleue, cher associé, car elles sont horriblement et honteusement hors de prix ! murmura Laure en remettant ses chaussures.

Ils regagnèrent la voiture d'Emmanuel en silence. Il se retenait de s'emparer de sa main pour lui assurer qu'elle n'était pas seule, mais il ne pouvait pas se permettre une telle familiarité en public. Et il le regrettait. Il voyait que Laure n'allait pas bien même si elle faisait semblant du contraire. Elle n'avait pas voulu lui révéler ses tourments et il rongeait son frein.

29

Laure accompagna ses enfants à l'école. Elle essayait de maîtriser la fièvre qui l'habitait et voulait se montrer calme et tout à fait posée. Pourtant, au plus profond d'elle, ses sentiments étaient à l'opposé. Après des mois de préparatifs, ils étaient arrivés à la première étape de leur ambition : l'inauguration de leur complexe de luxe. Emmanuel avait su la convaincre, la rassurer, l'encourager et lui ouvrir la porte sur un monde qu'elle méconnaissait et qui finalement la passionnait. Elle désirait se prouver qu'elle était capable de le seconder et qu'il ne s'était pas trompé en lui accordant sa confiance. Si elle avait un semblant d'espoir en l'avenir, c'était grâce à lui. Elle vivait un rêve à côté d'Emmanuel le jour, tandis que ses nuits viraient au cauchemar auprès de son mari.

Il avait disparu depuis sa dernière folie en lui dérobant l'argent censé payer le voyage de classe de Céleste. Laure était réduite à se comporter comme un écureuil et gardait plusieurs cachettes pour épargner quelques billets. Après l'avoir volée, l'avoir battue, l'avoir violée, il voulait maintenant s'en prendre à leurs enfants. Elle se tenait constamment sur ses gardes. Elle priait pour qu'il la laisse tranquille les deux prochains jours.

Elle ne pouvait pas gérer toutes ses batailles en même temps.

Elle s'était attendue à ce que la pression atteigne son paroxysme, mais l'excitation était maîtrisée. Ils avaient réuni, non sans mal, une équipe qu'Emmanuel dirigeait avec bonne humeur et sérénité. Isabelle était arrivée tard dans la nuit. Laure était soulagée de la savoir près d'elle pour le lancement de ce projet qui lui tenait tant à cœur, mais qui lui faisait tout aussi peur.

Laure se gara dans la cour. Tout autour d'elle, les fleurs de printemps étaient en pleine éclosion. Sa maison de famille n'avait jamais été aussi élégante. Emmanuel arriva, le téléphone collé à son oreille. Il lui fit signe de le suivre et continua sa discussion avec un fournisseur. Ils entrèrent dans la salle de restaurant et Laure découvrit enfin les tables dressées par les serveuses. L'ensemble était tel qu'elle l'avait imaginé.

— Alors ? Qu'en dis-tu ? Je suis certain que tu auras quelque chose à revoir, non ?

— C'est parfait !

— Pas de critique ? Qu'est-ce que tu as ? demanda-t-il en posant sa main sur son front pour s'assurer qu'elle n'avait pas de fièvre.

— Je suis si pénible sur les détails ?

— Tu sais très bien que je ne le pense pas une seconde ! avoua-t-il en croisant son regard avec intensité.

Le personnel s'était volatilisé comme par enchantement et ni l'un ni l'autre n'osait plus faire le moindre mouvement. S'éloigner subitement aurait souligné leur trouble, se rapprocher les aurait menés sur un terrain bien trop glissant. Emmanuel et Laure ne respiraient plus. Des bruits de pas pressés sur le parquet leur firent reprendre leurs esprits. Laure vit arriver une jolie blonde, qui ne devait pas avoir plus de vingt-cinq ans et qui se jeta littéralement dans les bras d'Emmanuel en riant. Elle s'écarta d'eux et une pointe de jalousie la traversa, confirmant ce qu'elle voulait à tout prix ignorer.

— Tu as pu te trouver un remplaçant ? s'écria Emmanuel, tout sourire. Ses mains restèrent sur la taille de la jeune femme.

— Tu ne pensais pas que j'allais manquer cet événement ? Je me suis arrangée pour me libérer pendant deux jours ! Mais rassure-toi, j'ai laissé des consignes interminables avant de me sauver !

— Je suis ravi que tu sois à mes côtés pour cet événement si important pour moi !

— Tu vas avoir besoin de soutien, je te connais ! Tu ne me présentes pas ? ajouta-t-elle en se tournant vers Laure qui avait retrouvé son masque de fraîcheur.

— Caroline chérie, je te…

— Soyez la bienvenue à « Maison Haute » ! coupa Laure, glaciale.

Elle s'excusa et prit la fuite aussitôt. Caroline releva les sourcils et demanda :

— Ton associée est toujours aussi froide ou j'ai un traitement de faveur ? Tu vas avoir des ennuis, si elle se comporte de cette manière avec vos clients !

— C'est une des facettes de Laure ! dit-il en haussant les épaules. Mais rassure-toi, elle sera parfaite !

— Tu me fais visiter ton nouveau paradis, oui ou non ?

— Avec plaisir ! s'écria Emmanuel en la prenant par la taille pour la conduire à travers la maison.

Durant toute la journée, Laure se tint à l'écart. Elle surveilla les préparatifs dans les chambres et finit par s'enfermer dans le bureau pour organiser les réservations et répondre aux multiples demandes par mail. Son associé avait des relations et une communauté qui suivaient ses activités de près. Une agence indépendante veillait à son image sur les réseaux sociaux et Laure envoyait régulièrement des photos de sa propriété pour animer sa page et informer ses nombreux followers. Emmanuel s'amusait de cette partie de son métier, et reconnaissait son importance. Elle répondit au journaliste qui réaliserait un article le lendemain pour la une, d'une revue professionnelle, et vérifia encore une fois le tableau des réservations. Elle sortit de son antre pour le déjeuner et resta particulièrement silencieuse. Emmanuel tenta de la faire participer à la discussion, mais devant son peu de volonté, il n'insista pas plus longtemps. Caroline semblait très à son aise et avait déjà sympathisé avec Isabelle. Aussitôt après le plat, Laure s'excusa et partit en douce.

Depuis qu'il la connaissait, Emmanuel avait appris que l'appétit de Laure s'envolait à la moindre contrariété. Il se demanda ce qui pouvait la troubler, mais ses nombreuses tâches lui occupèrent l'esprit et il en oublia sa mauvaise humeur. Elle se tint à l'écart le reste de la journée et ne le dérangea pas une seule fois, comme elle en avait pourtant pris l'habitude, ces derniers jours.

En fin de soirée, Emmanuel raccompagna Caroline à Nevers où elle avait réservé une chambre d'hôtel pour profiter de son week-end de repos. Laure s'approcha de la fenêtre et vit les phares de la voiture de son associé s'éloigner. Elle grimaça.

Elle se sentait perdue. Elle était paralysée par la peur de ne pas être à la hauteur. Elle allait devoir assurer son poste sans fléchir et doutait encore de ses capacités. Elle avait l'impression de tout oublier et faisait des listes à n'en plus finir. Emmanuel lui garantissait que tout se passerait bien, mais sa sérénité, pour une fois, ne la tranquillisait pas. Les clients allaient débourser une somme considérable pour profiter de sa maison. Et s'ils n'appréciaient pas le décor, l'ambiance, le service ou l'accueil ? Elle ressassait ses doutes indéfiniment. S'ils découvraient qu'elle n'était qu'une amatrice, si elle faisait une erreur, si elle oubliait un détail important ? Si elle décevait Emmanuel ? Son appréhension du grand soir n'était pas l'unique raison de sa terreur. Les menaces de son mari de s'en prendre à leurs enfants la consumaient peu à peu. Elle était fatiguée de toute cette pression. Pour finir, la jalousie qui lui piquait le ventre ce soir l'embarrassait. Ce sentiment était nouveau et sa colère contre elle redoubla.

Elle avait lutté de toutes ses forces pour ne pas éprouver de telles émotions, et se retrouvait maintenant à bouder comme une adolescente. Depuis quand s'était-elle mise à guetter ses allées et venues dans la Nièvre ? Emmanuel était son associé, au mieux un ami qui connaissait ses faiblesses. Elle était ridicule de s'attacher à un homme qui lui montrait seulement un peu d'attention. Elle devait s'interdire de le voir autrement sinon elle perdrait tout : son travail, sa maison, ses enfants. Lui.

Les mains croisées sur ses genoux et les épaules courbées, Laure s'appuya sur le dossier de la vieille chaise abandonnée et repoussa en bloc ses pensées. Elle devait se recentrer sur l'essentiel. Elle devait se reprendre avant que la situation devienne ingérable. Elle garderait ses distances avec Emmanuel et ses sentiments finiraient par lui sembler si flous qu'elle en sourirait dans quelque temps.

Elle avait pratiquement réussi à s'en convaincre quand Emmanuel pénétra dans la serre en silence. Aussitôt, sa voix rauque lui donna des frissons, ce qui la rendit plus sombre encore.

— Bon sang, Laure, je t'ai cherchée partout ! Pourquoi te caches-tu ici ? Tout va bien ? s'inquiéta-t-il en s'approchant d'elle.

— Oui !

— Tu as travaillé toute la journée sans relâche. Je t'ai à peine vue !

— Tu étais très occupé toi aussi, me semble-t-il ! jeta-t-elle, en déplaçant les dernières toiles de sa mère, qu'ils avaient reléguées dans cet endroit tout récemment, en attendant de prendre une décision avec Tanguy et Isabelle.

— Caroline est charmée par la maison ! Elle est très confiante quant au succès de notre affaire.

— J'en suis ravie ! marmonna-t-elle.

Emmanuel sourit en la regardant bouger le tableau et le remettre exactement au même endroit où il était posé précédemment. Caroline avait vu juste en lui parlant d'elle, durant le trajet jusqu'à son hôtel. Il continua, amusé.

— Elle viendra tôt demain pour t'aider. Je lui fais entièrement confiance et elle pourra te conseiller pour…

— Tu la remercieras pour son offre ! coupa Laure sèchement. Mais j'arriverai à faire face toute seule !

— J'en suis convaincu !

— Peux-tu me laisser terminer ces rangements en paix ? Je dois encore changer…

— Tu as déjà déplacé ce tableau il y a trois minutes ! dit Emmanuel en lui retirant le cadre des mains. Et je sais que tu es cachée ici depuis suffisamment de temps pour avoir tout transporté dix fois !

— Emmanuel ! s'impatienta-t-elle en lui faisant front. J'aimerais que tu me laisses tranquille.

— Pas avant que tu m'expliques pourquoi tu as été si distante toute la journée !

— J'étais occupée…

— À nous éviter, Caroline et moi ! J'avais compris ! coupa-t-il. Elle pense que tu es jalouse, est-ce vrai ?

— Je t'en prie ! s'écria Laure en rougissant malgré elle. Ne sois pas ridicule ! Va donc retrouver ta petite amie et laisse-moi tranquille !

— Tu crois réellement que Caroline est ma petite amie ? demanda-t-il doucement.

Le coin de sa bouche dissimulait mal un début de sourire et ses yeux taquins ne la quittaient pas, ce qui l'exaspéra.

— Si ce n'est pas le cas, pourquoi l'appelles-tu Caroline-Chérie, à longueur de temps ? s'écria-t-elle.

— Pourquoi pas ? Qu'en penserais-tu si je te nommais Laure-chérie ? continua-t-il de plus en plus amusé.

— Je te l'interdis ! s'exclama-t-elle, le regard sombre.

— Alors tu as déjà un point commun avec ma petite sœur ! Elle a horreur de ça, mais je ne peux pas m'empêcher de la faire enrager !

— Ta sœur ? répéta Laure

— Caroline l'est bien. Tu peux me croire ! avoua-t-il, d'un sourire tendre.

— Mais pourquoi…

Laure ne termina pas sa phrase. Elle était rouge de honte. Elle baissa les yeux pour éviter le regard d'Emmanuel et reprit :

— Excuse-moi ! J'ai été… je suis une imbécile. Je

pensais… Je n'ai pas fait le rapprochement. Je ferai mieux de disparaître !

— Non, ne te sauve pas ! coupa-t-il en s'avançant un peu plus près.

Laure voulait reculer, mais elle sentait la pile de tableaux derrière elle. Si elle faisait un pas de plus, elle risquait de s'affaler sur les toiles et se couvrir de honte. Elle serra ses poings. Elle était mortifiée et s'interdit de lever les yeux. Emmanuel s'approcha calmement.

Elle respirait à peine, son cœur battait la chamade, des frissons de crainte et de désir la parcouraient tout entière.

Il vint plus près encore.

L'attention fixée sur ses chaussures, elle refusait de le regarder. Elle luttait pour repousser les sensations douces et fiévreuses qu'elle percevait dans son ventre. Emmanuel se pencha à son oreille en se gardant de la toucher. Pourtant, son corps s'enflamma. Elle était nerveuse, le souffle court et les épaules tendues. Il brûlait de lui montrer ses sentiments, mais il savait à quel point elle était fragile. Laure était un animal effarouché et il apprenait chaque jour à l'apprivoiser. Quand leurs pommettes se frôlèrent doucement, une même décharge électrique les traversa. Leur respiration se fit haletante et Laure ferma les yeux. Son esprit lui intima l'ordre de s'écarter, mais son cœur espérait.

— Ne fais pas ça, je t'en prie ! murmura-t-elle d'une voix tourmentée, les poings serrés.

— C'est plus fort que moi, Laure ! répondit-il lentement.

— Emmanuel ! Je n'ai pas le droit ! protesta-t-elle, alors qu'elle ne pouvait lutter contre le plaisir de sa joue tout contre la sienne.

Elle aimait l'odeur de son cou, le grain de sa peau, le piquant de sa barbe naissante. Ils s'effleuraient, se respiraient, se découvraient sans s'embrasser. Elle frissonna de fièvre.

— Qu'attends-tu de moi ? demanda-t-il en glissant ses lèvres sur sa tempe qui battait furieusement, puis sa mâchoire, avant de descendre jusqu'à sa bouche.

— Je ne peux pas, gémit-elle.

Elle avait le souffle court. Emmanuel la frôlait dangereusement, jouant avec son nez sans pour autant la goûter. Sa respiration devenait chaotique. Ses jambes la portaient à peine. Son cœur allait lâcher.

— Je regrette, dit-elle la voix cassée par l'émotion et le désir.

— Je le sais ! coupa-t-il en revenant sur sa bouche qu'il effleura doucement.

Laure oublia toutes ses résolutions. Elle tremblait quand elle glissa ses mains autour de la taille d'Emmanuel et monta sur la pointe des pieds pour répondre à son baiser tendre et léger. La même chaleur les submergea et les combla. Il entoura délicatement les épaules de Laure et la serra tout contre lui, le cœur empli d'espoir, de doute et de désir.

Ils se gardaient de laisser leur passion commune déborder comme s'ils avaient peur de se blesser, de se brûler à un feu qu'ils ne pouvaient maîtriser. Emmanuel se montrait tendre et ferme à la fois, et à l'abri de ses bras, elle se sentait enfin en sécurité.

Il effleura de ses doigts ses pommettes, puis son front, avant de descendre jusqu'à ses lèvres. Il la contemplait avec insistance et fixa dans son esprit tous les détails de son visage. Elle ne le quittait pas des yeux et son regard brillait de désir contenu et de chagrin.

Laure soupira et se blottit dans le creux de l'épaule

d'Emmanuel. Il resserra son étreinte autour d'elle.

— Je te demande pardon ! Je ne veux pas te donner l'impression que je recherche une aventure.

— Laure ! chuchota-t-il, ému, en la gardant plus étroitement contre lui. Tu sais aussi bien que moi qu'il ne s'agit pas d'une simple aventure !

— Nous n'avons pas le droit ! Emmanuel, je t'en supplie ! Sinon, notre association ne pourra jamais fonctionner.

— Je ne peux pas te faire une promesse que je ne pourrai pas tenir !

— J'en ai besoin ! corrigea-t-elle en levant ses yeux brillants de larmes. Ma vie est déjà si compliquée.

— Je désire prendre soin de toi ! Laure, tu es une femme extraordinaire ! Pourquoi ne veux-tu pas penser à toi pour une fois ?

— Parce que je n'en ai pas le droit ! avoua-t-elle. Oublie ce qui vient de se passer !

— Nous nous sommes embrassés parce que nous en avions envie depuis longtemps ! Tu es dans mes bras, car c'est la place qui te revient !

— Emmanuel…

— Écoute-moi ! Il plongea ses yeux dans les siens et mit tout son cœur pour la convaincre. Je te respecte et je t'admire, Laure. Notre association professionnelle est importante et je ne veux pas tout gâcher. Mais je tiens plus encore à ce lien qui existe entre nous, même si nous refusions de le voir. Je suis là. Pour toi. Est-ce que tu l'entends ?

— Oui… murmura-t-elle en écrasant une larme qui glissait de ses yeux embués.

— M'as-tu bien compris ? répéta-t-il le regard sombre. Je

resterai à tes côtés. Je serai ton associé et ton ami. Tu peux t'appuyer sur moi.

— Ce n'est pas ce que je te demande !

— Mais c'est ce que je t'offre ! Parce que je n'ai pas l'intention de te laisser redevenir la femme solitaire et malheureuse que tu étais, il y a un an ! assura-t-il, en lui caressant les cheveux, puis la joue avec douceur.

Laure releva les mains et entoura sa mâchoire piquante de barbe. Elle goûta une dernière fois la tendresse de ses baisers et la sécurité de ses bras et après un regard triste, elle quitta la serre.

Emmanuel resta un long moment à la même place, abattu. Il ressentait le vide et le froid créés par l'absence de Laure. Elle lui manquait déjà.

— Merde ! gronda-t-il en glissant ses doigts devant ses yeux fatigués. Merde ! Merde et remerde !

Il était sous le charme de son associée depuis des mois. Il avait assisté à sa métamorphose durant toute la progression de leur projet. Il l'avait vue réservée, éteinte, épuisée, angoissée, têtue, curieuse, travailleuse, créative, persévérante, mais aussi sensible, discrète, patiente, tendre, bienveillante. Il pourrait passer des heures à énoncer la liste de toutes ses qualités.

Sa manière de la regarder avait évolué au fil du temps, ses sentiments tout autant.

30

« Maison Haute » brillait de la cave au grenier. Laure, après une nuit agitée par les sentiments qui se bousculaient, autant dans sa tête que dans son cœur, était descendue les rejoindre tôt, dans la cuisine. Emmanuel donnait des ordres à sa brigade et gardait son sang-froid malgré la pression. Laure était tendue par le souvenir de leur étreinte de la veille. Mais son associé tint ses distances comme il le lui avait promis. Il se retira très vite pour vaquer à ses préparations et Laure fit de même. Elle aida les serveuses à modifier quelques couverts et vérifia elle-même une suite réservée par un fidèle client d'Emmanuel, critique gastronomique reconnu sur les réseaux. Elle redisposait un vase dans le salon quand Caroline se montra. Laure lui présenta ses excuses pour son comportement glacial et la jeune femme haussa les épaules en souriant.

— Quand mon frère m'a proposé de travailler avec lui au « Gargantua », j'étais tellement angoissée que je m'emportais pour un rien ! N'y pensez plus, j'ai déjà oublié !

— J'ai dîné deux fois dans votre restaurant, comment se fait-il que nous ne nous soyons pas croisées ?

— Je suis souvent en déplacement ! Je remplaçais sans doute un salarié à la « Grignote ». Puis-je vous aider à faire quelque chose ou préférez-vous rester seule ?

Laure lui avoua qu'elle était nerveuse et accepta ses conseils de bonne grâce. Le téléphone sonna sans interruption les heures suivantes et elle apprécia sincèrement la présence efficace de Caroline pour régler les problèmes de dernières minutes. Emmanuel contacta de toute urgence l'électricien, car le compteur sautait dès que Tom allumait le chauffe-assiettes. Un des cuisiniers se brûla par manque d'attention et Laure chercha Fanette en catastrophe, pour qu'elle le soulage avec ses prières de guérisseuses et ses plantes médicinales.

À dix-sept heures, la pression touchait son comble et ses nerfs menaçaient de craquer à la prochaine contrariété. Isabelle apparut, le regard mystérieux, et l'entraîna de force jusqu'à son appartement.

— Ça ne peut pas attendre, Isa ? Je dois encore régler un millier de détails !

— C'est un ordre de ton associé !

— Mais…

— Caroline te remplace, ne t'inquiète pas ! Tu as deux petites heures pour reprendre des forces avant la grande représentation. Alors, laisse-nous faire !

Laure la suivit jusqu'à son appartement et écarquilla les yeux. Céleste avait rempli la baignoire d'eau chaude et de bain moussant parfumé aux huiles essentielles.

— Bienvenue dans notre centre de remise en forme ! se présenta sa fille, rayonnante. Tante Isa et moi, nous allons prendre soin de toi !

— Vous êtes adorables, mais ce n'est pas le moment de…

— Pour une fois, Maman, ne pense plus à rien !

Laure n'osa rien dire pour ne pas gâcher son plaisir.

Isabelle avait disposé un grand nombre de flacons, tout autour du lavabo, et elle se demanda quel projet elle caressait. Elle lui annonça le temps qu'elle avait pour se délasser dans l'eau, avant qu'elles ne reviennent s'occuper de sa transformation. Laure ferma la porte à clef derrière elle. Elle prenait garde d'éviter le regard clairvoyant de sa sœur qui ne manquerait pas de régler son compte à Pierre-Alain si elle découvrait les traces de ses actes sur son corps. Elle se déshabilla et jeta un œil vers le miroir. Les marques autour de son cou avaient presque disparu. Elle soupira. Elle commençait seulement à se rapprocher de Céleste, qui vouait une telle adoration à son père, qu'elle ne voulait pas rompre ce lien fragile entre elles. Si elle dénonçait les horreurs qu'il lui faisait subir, elle serait traumatisée. Ses enfants retrouvaient peu à peu un nouvel équilibre qu'elle ne pouvait pas gâcher maintenant.

Elle glissa dans la baignoire et soupira. Les yeux fermés, elle laissa ses muscles se détendre. Elle entendait les chuchotements complices de sa fille avec Isabelle et sourit quand la musique s'éleva depuis sa chambre : *Love in the dark* d'Adèle. Elles ont vraiment pensé à tout ! se dit-elle amusée, tout en massant ses chevilles gonflées.

Céleste frappa à la porte un peu plus tard et lui demanda si elles pouvaient continuer leur programme. Vêtue d'un grand peignoir blanc que Laure maintenait fermé sur son cou, elle se trouvait maintenant entre leurs mains. Céleste s'occupait de lui peindre les ongles tandis qu'Isabelle versait une lotion sur sa tête.

— Tu es certaine de ce que tu fais ? s'inquiéta Laure.

— C'est ma copine Betty qui me l'a donnée. Elle m'a coiffé sur mon dernier tournage et je t'assure qu'elle est très douée.

— Mais l'odeur est puissante non ? As-tu déjà utilisé ce produit ?

— Ah non, tu plaisantes ! J'ai besoin de garder tous mes cheveux pour travailler ! avoua-t-elle, amusée. Au pire des cas, tu porteras un foulard de maman pour cacher les dégâts !

Devant le sursaut d'effroi de Laure, les deux complices rirent de bon cœur. Isabelle vérifia l'effet du traitement, lui rinça les cheveux et les sécha pour leur donner du volume. Elle, qui passait des heures à se faire pomponner pour ses tournages, connaissait tous les artifices pour se montrer sous son meilleur jour. Elle termina son intervention en la maquillant subtilement et lui proposa d'aller s'habiller avant de découvrir sa transformation. Laure s'exécuta en silence. Sa sœur l'avait si souvent critiquée quant à son manque d'intérêt pour la mode.

— Il reste un dernier détail ! s'exclama Céleste en lui tendant la bouteille de son parfum préféré.

Isabelle lui apporta le coffre à bijoux de leur mère, qu'elles n'avaient pas partagé et que Laure lui avait confié avant que son cher mari ne les subtilise.

Elle se décida pour la paire de boucles d'oreille en diamants et perles en forme de goutte.

— Maman ! murmura Céleste, émue. Tu es stupéfiante !

— J'ai le droit de voir maintenant ?

— Je me demande si je n'ai pas trop abusé pour la coloration ! avoua Isabelle très sérieuse, la main sur la bouche et les sourcils froncés sur son regard inquiet.

— Ça va s'estomper après quelques shampoings, non ? continua l'adolescente sur le même ton.

— Mais le blond te va plutôt bien aussi !

— Vous êtres très drôles ! répondit Laure, en grimaçant, alors qu'elles riaient de bon cœur.

Elle se rendit dans le salon et se posta devant le grand

miroir qui surplombait la commode. En découvrant son image, sa gorge se serra et ses yeux se chargèrent. Le souffle court, elle s'observa avec attention et nota le travail incroyable de sa sœur. Isabelle avait dissimulé toutes ses mèches blanches et ses cheveux retombaient en souplesse sur ses épaules. Le maquillage était discret et raffiné. Elle avait rajeuni de dix ans. Son ensemble lui allait parfaitement. Il atténuait sa minceur et soulignait son élégance.

— Tu es contente ? s'inquiéta Céleste devant son mutisme.

— Je ne me reconnais pas, murmura-t-elle les yeux brillants. Vous êtes des magiciennes toutes les deux.

— Ne pleure surtout pas sinon je devrais recommencer ! s'écria Isabelle, tout aussi émue. Elle se colla contre son dos et posa son menton sur son épaule. Leurs regards se croisèrent dans le miroir.

— Tu es magnifique et je suis fière de toi !

— Merci d'être là ! Tu sais à quel point j'ai besoin de ton soutien.

Isabelle l'entoura de son bras et attira Céleste entre elles.

— Les femmes de cette famille sont incroyablement brillantes, n'est-ce pas ? déclara-t-elle en riant pour faire retomber l'émotion. À toi de jouer ton grand rôle !

— Oui ! souffla Laure. Je suis convaincue de la réussite de cette soirée !

— Tu vas les bluffer, Maman ! confia Céleste à son tour.

— Merci ma chérie ! J'ai conscience de tous les sacrifices que je te demande et je suis très touchée de ton aide et de ton soutien ce soir.

— Papa va être si fier de toi !

Laure se raidit aussitôt.

Elle les embrassa et descendit se jeter dans l'arène.

Elle essayait de calmer son angoisse en faisant une ultime ronde dans la maison. Dans le grand salon, un feu de cheminée crépitait et les lampes diffusaient une lumière chaleureuse. Le jeune barman se tenait à son poste et lui sourit. Le piano trônait majestueusement à l'autre bout de la pièce et le gracieux bouquet de lys qu'elle avait disposé dessus embaumait. Plus loin, les bougies tout juste allumées sur les tables enflammaient le cristal et l'argenterie. Les compositions floues des fleurs printanières adoucissaient le modernisme des assiettes en faïence. Elle se félicitait encore une fois d'avoir insisté pour engager l'architecte nivernais. Il avait remplacé les miroirs anciens sur les manteaux de cheminées, par des vitres qui permettaient au regard de filer entre les deux salles. Là encore, le feu crépitait dans l'âtre. Laure se posta devant l'une des portes-fenêtres et observa le parc qui était discrètement illuminé. Le travail de Victoire était exceptionnel et elle ne se lassait pas d'observer la nature se réveiller. Tout était parfait.

— Laure ! intervint la plus jeune des femmes de chambre. Emmanuel m'a envoyé vous chercher. Il souhaite nous dire un mot avant de commencer.

Elle la suivit jusqu'à la cuisine où toute la brigade l'attendait. Ils portaient leurs tuniques d'un noir profond et leurs bandanas fixés sur la tête, prêts à se jeter dans la bataille. Les serveuses avaient des tenues simples et élégantes et guettaient le discours d'Emmanuel en s'amusant. Il discutait avec Tom et s'interrompit en découvrant Laure. Son regard se fit plus brillant, mais il se reprit très vite.

— Nous voilà tous réunis pour le lancement de ce projet qui nous habite depuis des mois ! commença-t-il d'une voix ferme. Vous savez que nous jouons ce soir l'avenir de

« Maison Haute ». Pour cette première, nous serons notés et critiqués dans tous les domaines. Je vous rappelle que chacun de nous à sa part de responsabilité dans cette réussite. Je vous renouvelle ma confiance : cet événement doit être un enchantement pour les clients ! Faites votre travail dans la discrétion et la bonne humeur et tout sera parfait ! Si vous rencontrez le moindre problème, n'hésitez pas à nous prévenir dans les plus brefs délais ! Je compte sur vous. Je vous souhaite un excellent service !

Emmanuel les laissa se disperser comme une volée de moineaux pour rejoindre leurs postes. Il retint seulement Laure, sans la quitter des yeux.

— Tu ne m'aides pas à tenir mes engagements, Laure ! murmura-t-il en lui souriant tendrement. Tu es absolument sublime. Tu vas tous les charmer !

— Merci !

— Tu n'es pas trop angoissée ? demanda-t-il en glissant les mains dans ses poches pour se garder de les poser sur sa taille fine.

— Je suis terrifiée ! avoua-t-elle, la voix cassée et les joues rosies par le stress. Mais j'y arriverai, je te le promets !

— Je ne suis pas inquiet, tu as toute ma confiance. Reste toi-même et tout se passera bien. Tu es ensorcelante !

Laure rougit de plus belle. Elle avait tant besoin qu'il la tienne dans ses bras pour l'apaiser et l'encourager. Elle recula d'un pas.

— Tu as tellement travaillé ces derniers mois. Tous tes efforts seront récompensés, j'en suis convaincu. Ne perds pas ton cap, quoi qu'il arrive. Tu le mérites !

Laure souffla et dénoua ses épaules pour se calmer. Elle lui sourit.

— Alors, je n'ai plus qu'à nous souhaiter bonne chance !

Dans le grand vestibule, Laure avait fait apporter une commode liégeoise haute au bois très foncé. Une lampe en étain et un bouquet de renoncules et de freesias se disputaient la place avec le registre des réservations et un écran fin d'ordinateur. Les clients allaient vite tomber sous le charme des vieilles pierres, de l'escalier qui menait jusqu'au premier étage avec sa rampe en fer forgé, et les célèbres tableaux de sa mère qui illustraient des paysages de campagne. Laure eut à peine le temps de respirer que le premier couple se présenta. Elle souffla pour retrouver son sang-froid et les accueillit avec un grand sourire. Après les vérifications d'usage, elle demanda à l'une des serveuses de les accompagner à leur table et fit monter leurs bagages dans la suite retenue. Elle salua Catherine venue avec toute sa famille.

— Nous n'allions pas manquer une telle occasion ! confia l'avocate.

— Je suis ravie de vous recevoir ! Et merci d'avoir proposé à Céleste de se joindre à vous pour dîner.

Derrière sa mère, Baptiste toussa et sa sœur se moqua.

Laure accueillit Max, escorté de quatre collègues de son cabinet vétérinaire, puis Tanguy et son ami d'enfance Jérôme. Elle leur souhaita une agréable soirée. Arrivèrent ensuite le maire de Nevers et quelques conseillers, le Préfet et sa femme, puis le notaire de la famille ainsi que quelques notables. Le va-et-vient des serveurs était discret et rapide. Tout semblait se dérouler comme dans un rêve.

Emmanuel laissa la cuisine quelques minutes pour aller voir comment Laure s'en sortait. Il fut vite rassuré par son aisance étonnante et retourna à ses fourneaux.

Un couple de personnes âgées se présenta.

— Nous n'avons pas réservé, mais nous désirons tant fêter nos soixante ans de mariage, ici ! confia le vieux monsieur. Pourriez-vous avoir la gentillesse de nous recevoir, petite madame ?

— Toutes nos tables sont occupées ce soir, se désola Laure. Devant leur mine défaite, elle leur promit de trouver une solution pour les installer.

Elle alla chercher le maître d'hôtel et lui expliqua rapidement la situation. Devant son refus, elle insista. Laure les invita à la suivre jusqu'au salon. Le barman leur apporta une flûte de champagne et ils prirent place devant la cheminée. De retour dans le vestibule, Laure découvrit les derniers clients. Elle perdit aussitôt son sourire. Pierre-Alain se tenait parmi eux et la salua d'un air narquois. Il s'était fait couper les cheveux, il était rasé de près et son costume parfaitement taillé lui donnait une certaine assurance. Son mari était devenu un véritable caméléon qui changeait d'apparence selon ses humeurs. Elle était consternée et leur souhaita la bienvenue du bout des lèvres. L'invitée de son mari regardait tout autour d'elle sans la moindre discrétion.

— Cet endroit est classe ! commença-t-elle d'une voix atrocement aiguë. Mon cher Pierre-Alain, je comprends maintenant pourquoi tu agissais avec tant de mystère !

— Je suis ravi que la maison soit à ton goût ! Allons à notre table voir ce que vaut notre chef !

Laure se contracta en entendant ces derniers mots. Il n'osait tout de même pas dire à ses relations qu'Emmanuel travaillait pour lui ? Elle le retint par la manche et lui demanda qui l'accompagnait.

— Nous sommes en affaires ! s'impatienta-t-il. Beaucoup de

monde a fait le déplacement pour cette première ! Tu dois être contente pour ton tiroir-caisse !

— Tu sais parfaitement que nous avons énormément d'emprunts à rembourser à la banque !

— Je l'ignore puisque tu me tiens à l'écart de tes petites histoires ! Mais je note que tu t'en sors très bien ! Très joli, cet ensemble ! ajouta-t-il en souriant. Dommage que ce maquillage sur tes yeux soit si vulgaire ! Mais le principal, c'est que tu plaises aux clients, non ?

Laure se détourna pour ne pas lui montrer combien il l'avait blessée. Elle se garda de lui répondre sachant qu'il en profiterait pour la ridiculiser en public et elle le laissa rejoindre ses connaissances en silence. Elle était furieuse de voir avec quelle facilité il pouvait anéantir le peu d'assurance qu'elle avait tant de mal à gagner. Elle vérifia la liste des réservations uniquement pour fixer son regard et luttait pour que les larmes ne ruinent pas son maquillage. Elle respira plusieurs fois pour se reprendre. Elle releva les yeux, sourit pour ne pas montrer son tourment et traversa la salle pour aller s'assurer que le couple était bien installé.

Le dîner se déroula à merveille malgré quelques erreurs que personne ne remarqua. Laure n'arrivait pas à détacher son attention de son mari qui paradait. Elle frémissait d'angoisse. Il était capable de tout pour l'humilier. Une fois les desserts envoyés, Emmanuel se présenta pour saluer ses clients et recueillir les premières impressions. Il était fatigué, mais satisfait. Son expérience lui souffla que la soirée était un succès. Le journaliste du journal du Centre leur demanda quelques secondes pour les prendre tous les deux en photo pour son article du lendemain. Laure, nerveuse, se posta à côté de son associé sans le frôler. Pierre-Alain choisit cet instant pour se glisser entre les deux et les entourer fermement par les épaules. Il montrait un visage éclatant et fixait l'objectif, sous les applaudissements du public conquis. Emmanuel lutta de toutes ses forces pour ne rien montrer. Laure souriait à se faire mal à la mâchoire pour ne pas pleurer. Emmanuel s'écarta très vite, sans montrer son exaspération, pour aller saluer quelques relations. Laure reprit son poste pour encaisser les premiers clients qui partaient. Pierre-Alain continuait d'animer le spectacle en distribuant des ricanements et des poignées de main autour de lui.

Le couple de personnes âgées se dressa devant elle pour la féliciter.

— Nous avons passé une délicieuse soirée ! Votre époux est absolument charmant ! Il nous a tant fait rire ! Vous formez un ménage tout à fait sympathique. Et votre chef est un génie !

Laure se mordait l'intérieur des joues pour ne pas réagir. Pierre-Alain leur avait raconté n'importe quoi. Ils promirent de lui faire de la publicité auprès de leur fils qui était responsable d'un guide touristique, reconnu à l'étranger.

Les clients étaient tous partis et Emmanuel et Laure soufflaient enfin et discutaient avec Catherine et sa famille. Pierre-Alain avait disparu depuis un moment pour raccompagner ses connaissances, quand le maître d'hôtel vint trouver Laure.

— Excusez-moi, mais j'ai besoin de vous parler…

Elle se leva et le suivit.

— Que se passe-t-il ?

— Je suis ennuyé parce que les invités de votre mari n'ont pas réglé leur note. Vous m'avez confié la caisse alors que vous étiez occupée. Les clients ont quitté la maison en disant que le paiement de la facture avait été vu par la direction ! Je voulais m'assurer de votre accord. Ils ont demandé les meilleurs vins toute la soirée et l'addition est importante, annonça-t-il, très gêné.

— Montrez-la-moi !

Laure pâlit.

— Votre mari leur a affirmé qu'ils étaient ses invités !

— Avez-vous un problème ? intervint Emmanuel.

— Non ! s'exclama Laure en souriant au maître d'hôtel. Je m'en occupe, ne vous inquiétez pas ! Merci de m'avoir prévenu.

— De quoi dois-tu te préoccuper ?

— Pierre-Alain n'a pas réglé la note de ses convives ! avoua-t-elle, épuisée. Mais je vais l'attendre pour…

— C'est moi qui le ferai ! Et nous n'en parlerons plus ! coupa Emmanuel, sévère, en lui prenant l'addition des mains.

Pierre-Alain réapparut beaucoup plus tard. Emmanuel avait eu le temps de se changer, de saluer sa brigade et les serveurs. Ils étaient maintenant tous partis. Il avait envoyé Laure se coucher depuis un moment et guettait le retour de son mari dans le vestibule. Toutes les lumières de la maison étaient éteintes, seule la lampe en étain lui permettait de vérifier sur l'ordinateur les recettes du jour dans ses deux autres restaurants. Il était épuisé, mais il n'allait pas laisser passer cet écart. Si Pierre-Alain voulait jouer, il allait trouver un adversaire à sa taille.

— Pas encore couché ?

Il tituba légèrement et se retint sur le bord du meuble. Il grimaça un sourire.

— Belle soirée ! Vous avez réussi votre coup !

— L'avenir nous le dira ! répondit Emmanuel, glacial.

Il posa la facture sur la surface et la glissa d'un doigt vers Pierre-Alain, sans même lui adresser un regard. Ce dernier la chiffonna et annonça qu'il réglerait ce détail avec sa femme.

— Il me semble pourtant avoir été clair avec vous, Pierre-Alain ! Si vous voulez semer la zizanie dans mon entreprise dès le premier soir, je pense que nous allons avoir une discussion pénible. Et tout particulièrement pour vous !

Pierre-Alain grimaça. Malgré l'alcool qui coulait dans ses veines, il saisit qu'Emmanuel n'avait pas l'intention d'abandonner. Il rechercha sa carte bleue dans la poche intérieure de sa veste et la lui jeta négligemment, un sourire dédaigneux sur les lèvres. Son animation dans la salle, comme s'il était le propriétaire des lieux, ne lui avait pas échappé. Emmanuel savait pertinemment qu'il tentait de le pousser à bout. Mais il refusait de se battre, pas ce soir, pas après une telle journée. Il n'allait pas céder et flanquer son poing sur le nez de ce fou, qui n'attendait que ça pour le mettre en défaut vis-à-vis de Laure. Il se promit de se tenir sur ses gardes à l'avenir. Mais il n'allait pas se laisser faire, non plus.

— J'en profite pour vous le rappeler une dernière fois : il est hors de question que vous preniez mon établissement pour votre cantine ! Si vous voulez déguster des vins millésimés avec vos amis, assurez-vous de pouvoir les payer !

— Ce n'est pas…

— Et je vous prie de ne pas confondre la caisse avec un distributeur de billets de banque ! Je suis l'associé de Laure et je veillerai à la bonne marche de notre entreprise. Je serai particulièrement vigilant, vous pouvez me croire !

Il s'était rapproché plus près de Pierre-Alain pour lui confirmer sa position. Avec ses vingt centimètres et ses quinze kilos supplémentaires, Pierre-Alain comprit sans mal qu'il n'avait pas la même forme physique pour se battre. Quoique ? Emmanuel ferma le registre des réservations et éteignit la lampe sous son nez. Il ne voulait pas le laisser réfléchir plus longtemps à ses coups tordus. Il le salua d'un ton sec et monta se coucher avec une indifférence qu'il ne ressentait pourtant pas.

Il s'enferma dans sa chambre et souffla. Il était satisfait de cette première soirée. Tout s'était très bien déroulé : la brigade suivait ses directives, les serveurs étaient efficaces et pour finir, Laure était parfaite. Elle avait savamment dissimulé son stress et n'avait pas perdu son sourire à un seul moment.

Il s'était longuement interrogé à son sujet durant les premiers mois de collaboration. Il avait pris des risques, il en était tout à fait conscient. Mais ce soir, elle l'avait conquis. Il l'avait discrètement observée : Laure était la maîtresse de « Maison Haute ». Elle se sentait à l'abri dans ses murs et puisait le réconfort nécessaire pour se lancer. Elle réservait à chaque client une attention particulière qui le faisait se sentir unique. Cette manière d'agir signerait sans doute leur succès.

Elle avait tant changé depuis leur première rencontre. Le travail et les responsabilités l'aidaient doucement à reprendre vie. Quand elle était apparue dans la cuisine, peu avant le service, sa délicatesse l'avait subjugué et il avait eu du mal à retrouver le fil de son discours. Elle était d'une élégance folle malgré ses yeux fatigués. Il était heureux qu'elle se présente enfin sous son vrai jour : forte et résiliente. Elle avait traversé tant d'épreuves pour devenir la femme qu'elle était aujourd'hui.

Il se retourna dans son lit, agité. Comment allait-il réussir à garder ses distances ? Il voulait la protéger de son mari, lui montrer qu'elle était plus solide qu'elle ne le pensait, la rassurer sur l'avenir, la faire rire pour entendre le son de sa gorge, la séduire pour voir ses joues rougir.

La tenir dans ses bras avait été une révélation, mais il ne pouvait pas la mettre dans une situation plus explosive avec Pierre-Alain : les conséquences seraient tout à fait désastreuses pour tout le monde.

31

Été

Les semaines passaient à une vitesse incroyable et les deux associés travaillaient sans relâche. Laure avait touché ses premiers salaires et avait planifié un versement mensuel avec Emmanuel pour lui rembourser comme convenu son aide financière. Il avait râlé qu'il n'y avait pas d'urgence. Elle n'avait pas abandonné. Il était hors de question de profiter plus longtemps de sa charité. Il lui restait cette seule fierté aujourd'hui.

Le restaurant avait ouvert depuis un trimestre maintenant. Emmanuel ne comptait pas ses heures pour organiser la cuisine et il encourageait Tom à s'approprier ses recettes et prendre la gestion de la brigade en main. Il veillait sur les approvisionnements et vérifiait rigoureusement les livraisons pour s'assurer que les fournisseurs avaient bien cerné ses attentes. Il commandait les meilleurs produits en provenance directe, selon le souhait de Laure, cela va sans dire. Dans un avenir proche, il prévoyait d'embaucher un second pour assister Tom et lui laisser la direction.

Les chambres étaient pratiquement réservées jusqu'à la fin

de l'été. Son équipe de marketing parisienne avait mené une campagne de publicité et les clients se montraient curieux de découvrir cette nouvelle adresse. Laure proposait déjà des dates pour la rentrée. Elle était stupéfaite de ce démarrage intense, mais son associé avait fait le nécessaire bien en amont, pour que le succès soit au rendez-vous. Emmanuel lui avait assuré qu'il ne laissait pas beaucoup de chance au hasard pour réussir dans ses affaires. Il avait ajouté : « Jusqu'à ce que je collabore avec une parfaite inconnue ! Le hasard de la vie était tellement surprenant. » Ils avaient échangé un sourire complice et ils avaient repris sagement leur travail.

Laure se démenait et son sens de l'organisation et de l'observation était une bénédiction. S'il se montrait attentif envers Laure, Emmanuel n'en oubliait pas pour autant ses établissements et ses semaines étaient chargées entre Nevers et Paris.

Pierre-Alain se trouvait dans une phase négative et ne quittait pratiquement plus la maison. Depuis l'inauguration, il ignorait Emmanuel et lui témoignait tout autant de mépris que pour Fanette et Martin. Il traînait sa mauvaise humeur et passait ses journées à boire et à dormir. Seule Céleste arrivait à lui arracher un sourire et à lui faire prendre l'air dans le parc. Laure se doutait qu'il était dans le creux de la vague et qu'il allait répéter un jour ou l'autre ses terribles penchants. En attendant, il ronflait comme une souche quand elle montait se coucher tard le soir, et rien que pour obtenir la paix dans son lit, elle aurait pu lui fournir elle-même ses bouteilles de whisky.

Emmanuel téléphonait à son associé de Londres et entra dans la pièce pour trouver un endroit calme pour discuter. Laure était assise derrière le bureau et travaillait sur son ordinateur. Un vase contenait une rose au parfum suave qu'il avait laissée là, tôt le matin. Ses lunettes de soleil retenaient ses cheveux longs. Elle portait une chemise blanche et le col relevé dans son cou soulignait les perles à ses oreilles. Elle avait pris des couleurs et son léger bronzage lui donnait une mine radieuse. Il eut un coup au cœur et resta à la porte. S'il faisait un pas en avant, il ne pourrait jamais s'empêcher d'aller déposer ses lèvres, juste dans le creux de son épaule. Il était perdu !

— Tout va bien, Emmanuel ? s'inquiéta Laure.

— Oui !

— Alors pourquoi ne réponds-tu pas à Georges ?

Le londonien parlait tout seul, car Emmanuel tenait maintenant son téléphone à bout de bras. Il se reprit et lui dit qu'il le rappellerait très vite, avant de raccrocher.

— Merci pour la rose ! murmura-t-elle sans le quitter des yeux.

— Merci pour le sourire ! répliqua-t-il.

Elle rougit.

— Elle sent divinement bon.

— Elle m'a fait penser à toi !

Emmanuel la contemplait avec tendresse. Il lui adressa un petit signe de la main et repartit aussi précipitamment qu'il était venu pour recontacter son associé.

La date fatidique pour Céleste arriva enfin. Laure se leva tôt, l'estomac plus noué que si elle devait passer elle-même les épreuves de français. Elle s'habilla en vitesse et s'assura que sa fille était bien réveillée avant d'aller préparer les deux plus jeunes. Depuis leur installation dans l'appartement du grenier, ils continuaient de prendre leurs repas dans la grande cuisine. C'était le point d'ancrage, le lieu de ralliement pour toute la famille. Ils savaient y trouver de quoi se restaurer et, la plupart du temps, l'écoute attentive de Fanette.

Céleste descendit, son téléphone portable à la main, sa convocation dans l'autre. Elle attrapa un abricot en surveillant ses tartines qui grillaient.

— Bonjour Céleste ! s'exclama Emmanuel. C'est le grand jour !

Il était réveillé depuis longtemps et avait couru dans les chemins de campagne. Il s'était déjà changé avant de les rejoindre pour le petit déjeuner. Pierre-Alain était rentré totalement saoul la veille et il se doutait qu'il devait cuver, au lieu de se lever pour encourager sa fille. Il tendit un café serré à Céleste et une tasse de thé à sa mère. Puis il sortit le lait du réfrigérateur pour noyer les céréales d'Albertine et Augustin.

— On dirait que c'est Maman qui va passer un examen ! Elle est plus stressée que moi !

— Ça se voit tant que ça ? Je sais que tu vas réussir ma chérie, mais c'est plus fort que moi !

— Je vous plains, Emmanuel ! Votre associée ne sera pas à prendre avec des pincettes aujourd'hui !

— Un homme averti en vaut deux ! s'écria-t-il en lui lançant un regard amusé.

Emmanuel avait terminé de préparer la farce de ses terrines et la confia à Tom pour qu'il les enfourne. Il nettoya son plan de travail et se lava les mains avant d'aller chercher une tasse de café. Il trouva Stéfanette assise devant la table de la cuisine qui surveillait les devoirs d'Augustin. Laure l'avait ramené à la maison en raison de l'absence de sa maîtresse.

— Vous ne deviez pas partir à la gare, Fanette ?

— Laure n'est pas rentrée et je ne peux pas laisser le petit tout seul.

— Je peux le garder. Le train ne va pas vous attendre !

La vieille dame soupira, hésitante. Elle se rendait à Paris pour s'assurer qu'Isabelle se portait bien. Elle posait en couverture des journaux à scandale toutes les semaines. Les paparazzi semaient-ils le trouble comme ils en avaient l'habitude ou Isabelle n'allait-elle réellement pas bien ? Céleste avait entendu des remarques désagréables au lycée et Fanette s'inquiétait. Laure n'arrivait pas à la joindre ces jours-ci et elle ne cachait pas son appréhension, elle aussi. Emmanuel insista pour prendre la relève et la poussa dehors pour qu'elle se dépêche de partir. Martin devait déjà l'attendre.

— Alors, Augustin, quel est ton programme ?

— Ma maîtresse est malade ! répondit l'enfant en haussant les épaules. Elle nous a donné plein de devoirs !

— Tu as besoin d'aide ?

Augustin soupira à nouveau. Il n'avait aucune envie de terminer ses exercices. Emmanuel jeta un œil sur ses cahiers, vit l'air boudeur du petit et déclara :

— Je sais comment nous allons nous occuper ! Ça te dit de préparer un gâteau ?

— Maman veut que je travaille…

— Nous finirons tes devoirs après, promis, juré !

Augustin semblait réfléchir à la possibilité de s'échapper de cette corvée. Il leva le regard vers son sauveur.

— Nous allons réaliser un tiramisu !

— C'est le dessert préféré de maman !

Emmanuel lui sourit et l'invita à le suivre.

— Que doit-on faire avant de cuisiner ?

— Mettre un bandana de pirate !

— Je pensais plutôt à te laver les mains, mon garçon !

Emmanuel lui approcha une chaise devant l'évier, tourna le robinet et, pendant qu'il était occupé, lui attacha son foulard rouge comme le portait toute son équipe. Derrière eux, Tom, amusé, lui cligna de l'œil et alluma la musique réglementaire. Emmanuel repoussa le siège jusqu'au plan de travail et montra à Augustin le livre de recettes.

— Alors je t'écoute ! De quels ingrédients avons-nous besoin pour réaliser ce gâteau ?

Devant l'épaisseur du manuel, Augustin paniqua. Il ne voulait pas lire et baissa le nez. Emmanuel se rapprocha et s'inclina en mettant son doigt sur le premier mot. Il savait par Laure que son fils boudait l'école. La maîtresse se montrait particulièrement stricte et Augustin avait vécu une année de CP compliquée. Emmanuel le bouscula d'un léger coup d'épaule et l'encouragea d'un sourire patient.

Quand l'enfant finit par épeler « café », il l'invita à continuer et se déplaça dans la cuisine pour aller chercher tous les ingrédients annoncés. Le petit garçon lut toute la recette, soutenu par Emmanuel. S'ensuivit le comptage des biscuits, et des additions et soustractions révisées sans en avoir l'air. Le nez fixé sur la balance, il participa au pesage et mélangea la préparation, tout heureux. Emmanuel lui donna la cuillère pour qu'il lèche la crème et alla ranger le plat au frais, jusqu'au moment de la dégustation. Il l'attrapa enfin sous les épaules et le posa sur le plan de travail. Ils continuèrent leur discussion pendant qu'Emmanuel lavait la vaisselle.

— Je suis vraiment désolée ! s'écria Laure en les trouvant tous les deux. Mon rendez-vous a duré plus longtemps que je ne le pensais ! Fanette est partie ? Je ne voulais pas te déranger…

— Tout va bien, Laure ! coupa Emmanuel.

— Tu as fait tes devoirs avec Fanette ?

Emmanuel vit le regard penaud du petit et il prit sa défense.

— Pourrais-tu nous accorder dix minutes supplémentaires pour terminer ?

Elle remarqua enfin la coiffe de son fils et la crème qui débordait sur le coin de ses lèvres. Elle soupira et redemanda à son associé si sa présence ne le dérangeait pas. Il l'informa qu'il avait encore un exercice de mathématique à contrôler, mais qu'il lui laisserait la lecture pour plus tard. Augustin sauta de la chaise et glissa sa main dans la sienne pour le suivre vers ses cahiers. Laure ignorait lequel des deux appréciait le plus ce moment.

Laure venait de régler quelques factures avec la comptable et attendit son départ pour aller à la recherche d'Emmanuel. Elle voulait lui soumettre une demande particulière d'un client, avant d'accepter.

— Tom ? questionna-t-elle en pénétrant dans la cuisine. Savez-vous où je peux trouver Emmanuel ?

— Il vérifie les stocks de bouteilles dans la cave ! répondit-il sans lever le nez de ses casseroles.

Laure posa ses documents sur la table et descendit le vieil escalier de pierre. Elle s'arrêta sur la dernière marche et profita du fait qu'Emmanuel était occupé pour l'observer à loisir. Elle ne pouvait plus ignorer ses sentiments. Il l'attirait. Elle soupira et se reprit. Elle ne le désirait pas seulement, elle tombait amoureuse de lui.

— Quelque chose ne va pas ? s'inquiéta Emmanuel qui l'avait rejointe.

Elle resta muette, mais ses yeux brillèrent et elle rougit sous son regard comme s'il pouvait deviner ses pensées secrètes. Emmanuel fronça les sourcils et demeura immobile. Il maintenait toujours entre eux une distance respectable, et il se tenait continuellement sur ses gardes. Laure le fixait et il sentit son cœur s'emballer. Bon sang, elle allait le tuer à petit feu à le dévisager ainsi. Elle descendit la dernière marche et, à sa hauteur, en profita pour lui voler un baiser léger. Elle s'écarta doucement pour le regarder dans les yeux et renouvela son étreinte en glissant ses bras autour de sa taille. Il ne dissimula pas sa surprise ni son désir et la serra contre lui en soupirant. Il tenta de garder son calme quand elle promena ses mains sous son pull pour caresser sa peau. Mais il ne réussit pas à lui cacher sa passion plus longtemps. Ils se dévoraient littéralement. Il la souleva pour mieux l'embrasser. Leurs cœurs atteignaient la limite de l'explosion et ils gémirent de plaisir. Emmanuel fut le premier à retrouver ses esprits et la reposa au sol.

— Nous devons nous contrôler un peu, jura-t-il, la voix rauque.

— Pardon ! Je n'aurais pas dû ! Je ne comprends pas ce qui m'a pris…

— Moi je le sais très bien !

Emmanuel lui sourit et s'écarta d'elle avant d'oublier ses bonnes résolutions. Laure avait encore des palpitations dans la poitrine et conserva le visage baissé. Il revint vers elle et lui releva doucement le menton. Il murmura dans le creux de son oreille, comme si toute la maison pouvait l'entendre :

— Je rêve toute la journée de pouvoir t'embrasser ! Je n'ai qu'une envie, celle de te tenir dans mes bras ! Mais nous méritons mieux que de nous retrouver en cachette entre deux casiers à bouteilles !

— Je suis désolée.

— Moi je ne le suis pas ! Je ne m'attendais pas à ce baiser, et je suis ravi de cette délicieuse initiative !

Laure rougit de plus belle.

— Comment fais-tu pour résister ? J'ai l'impression que tu restes calme en toutes circonstances !

— Si tu pouvais lire ce qui me traverse l'esprit à cette seconde, tu verrais que je suis très loin de garder le contrôle !

Emmanuel glissa sa main dans le cou de Laure et frôla doucement sa pommette avec son pouce. Il lui vola un dernier baiser et soupira.

— Tu veux m'aider un instant ?

— Bien sûr.

Emmanuel lui tendit son stylo et sa feuille de papier et s'éloigna pour compter les bouteilles. Laure s'installa sur une marche et commença de noter les chiffres qu'il relevait. Elle lui demandait des explications sur un domaine viticole quand la porte s'écrasa sur le mur. Pierre-Alain descendit l'escalier, prêt à en découdre. Emmanuel et Laure s'interrompirent et le scrutèrent, médusés.

— Avez-vous besoin de quelque chose, Pierre-Alain ? questionna Emmanuel, qui se tenait au bout de la ligne des casiers.

Laure n'osait plus bouger. Pierre-Alain les observa l'un après l'autre, le regard perçant. Il grogna méchamment.

— Qu'est-ce que tu fais là ?

— Je travaille !

— Dans la cave ? Avec lui ?

— Où voulez-vous que nous comptions le stock des bouteilles ? s'exclama Emmanuel, agacé. Pouvons-nous terminer avant que Laure ne parte chercher vos enfants à l'école ?

Pierre-Alain serra les dents et remonta. Laure soupira. Elle n'allait pas résister entre la surveillance malsaine de son mari et son attirance croissante pour Emmanuel.

De son côté, son associé vérifiait une nouvelle fois le nombre de cartons ouverts et le doute n'était plus permis. Les bouteilles disparaissaient étrangement et il allait devoir poser un verrou sur la porte de la cave. Soit un salarié peu scrupuleux se servait dans la réserve, soit Pierre-Alain poursuivait ses méfaits. Il se garda d'en parler à Laure, pour ne pas lui causer plus de soucis qu'elle n'en avait déjà. Mais il ne pouvait pas laisser son mari continuer de les voler plus longtemps.

32

Emmanuel et Laure luttaient contre l'attirance qui menaçait leur situation déjà compliquée. Mais c'était aussi difficile que de s'enfermer dans une pâtisserie lorsqu'on suit un régime ! La pression montait entre eux et leur patience était mise à rude épreuve. Il s'était absenté plusieurs jours afin de remplacer en catastrophe le chef du Gargantua. Ce qui ne tranquillisa pas Pierre-Alain pour autant. Il surveillait Laure, ses allées et venues, ses contacts et ses appels téléphoniques. Tout était sujet à des reproches et Laure vivait continuellement sur ses gardes.

Le week-end du 14 juillet, elle eut la surprise de voir ses beaux-parents arriver. Ils restaient dans la Nièvre vingt-quatre heures et Pierre-Alain papillonnait autour d'eux comme un enfant. Il leur montra toutes les nouveautés de « Maison Haute » avec une fierté exagérée et comme s'il en était l'instigateur. Laure était débordée par le va-et-vient des clients et gardait ses distances. Bernadette était conquise par la qualité des prestations offertes, mais elle ne concevait pas un seul instant que son insignifiante belle-fille puisse en être à l'origine.

Sans le vouloir, c'est Jacques qui mit le feu aux poudres. Ils se tenaient tous sur la terrasse et Laure téléphonait à Emmanuel pour l'informer d'une réservation qui lui causait quelques soucis. Son beau-père, toujours distrait, s'excusa de l'avoir dérangée pendant qu'elle discutait avec son associé. Pierre-Alain entra dans une fureur noire, sans que personne ne voie l'orage arriver. Il attaqua Laure, qui se protégea du bras par réflexe. Pierre-Alain lui arracha son mobile des mains et le jeta au sol avant de l'écraser avec son talon. Toute la famille resta interdite devant cet accès de rage soudain. Céleste respirait à peine. Elle n'avait jamais imaginé son père dans un tel état.

— Mais enfin, qu'est-ce qu'il te prend ? s'écria Jacques, abasourdi.

— Ce n'est rien ! Ce n'est rien du tout ! tempera Bernadette. Inutile d'en faire toute une histoire !

Elle se rapprocha de son fils et lui frotta doucement le dos.

— C'est le téléphone professionnel de Maman ! dit Céleste, choquée.

— Nous irons en acheter un autre lundi matin ! continua Bernadette, en le poussant vers un fauteuil. Elle l'invita à s'asseoir et lui caressait la nuque pour le calmer. Laure resta immobile jusqu'à ce que Jacques croise son regard et lève les épaules, comme s'il ne pouvait rien changer à la situation. Laure ravala ses larmes de dépit et remercia Céleste d'avoir ramassé les débris au sol. Elle venait d'avoir l'ultime confirmation que ses beaux-parents trouveraient toujours une excuse à la folie de leur fils. Ils ne lui apporteraient jamais aucun soutien.

Pierre-Alain avait une nouvelle fois dépassé les bornes sans raison valable. Il s'amusait à lui faire peur et à la mettre systématiquement en échec. Elle bouillait de rage autant contre lui que contre sa belle-mère. La colère lui retournait le ventre.

Une envie de hurler la fit frémir, mais elle devait se montrer inatteignable pour ne pas lui laisser le plaisir de jubiler. Elle tourna les talons, la gorge serrée, et partit à la recherche d'un salarié susceptible de la dépanner pendant le week-end.

Bernadette accompagna son fils, deux jours plus tard, pour acheter un nouveau téléphone. Elle se comportait avec lui comme s'il avait cinq ans, rendant leur relation tout à fait pathétique. Quand elle les pria tous les deux de se réconcilier devant témoin pour oublier ce petit incident dû au surmenage, Laure pensa qu'elle avait touché le fond. Pierre-Alain se montrait déconfit face à ses parents, mais elle n'ignora pas le regard ironique qu'il lui adressa en douce. Il entrait dans le jeu de sa mère pour paraître tout à fait innocent. Laure était glacée d'effroi. Elle se demanda jusqu'où il était capable de pousser les limites. Son désarroi augmenta quand Bernadette les invita tous à passer quelques jours dans le Sud. Ils semblaient si tendus. Elle leur répéta les bienfaits de l'air marin sur les humeurs. Laure s'alarma. Elle n'avait pas oublié les menaces proférées par Pierre-Alain et, pourtant, elle ne pouvait absolument pas quitter son poste pour garder un œil sur ses enfants. Céleste sauta de joie. Bernadette commença d'organiser le voyage. Laure n'eut pas son mot à dire.

Le jour du départ, elle les embrassa et les retint contre elle pour se gaver de leur odeur. Elle refusa de croiser le regard tordu de son mari et demanda encore une fois à Jacques de prendre soin de sa tribu. Céleste lui promit de surveiller Albertine et Augustin et de l'appeler régulièrement pour la tranquilliser. Elle leur adressa un dernier signe de la main, la gorge nouée, et quand la voiture disparut au coin du portail, son cœur de mère se brisa.

Laure vérifiait que toutes les portes étaient fermées et éteignit toutes les lumières sur son passage. Le silence pesant l'accompagnait, elle était seule ce soir dans sa maison. Elle monta dans son appartement et lança ses chaussures qui lui faisaient vivre le martyre. Elle avait conscience de se sentir redevenir femme depuis qu'elle faisait plus attention à sa tenue, mais elle regrettait tout de même le temps où elle portait une paire de baskets pour arpenter des kilomètres dans cette grande demeure. Elle se déshabilla en vitesse et se glissa sous le jet de la douche en soupirant de bien-être. Il faisait si lourd ces jours-ci. Une fois rafraîchie, elle mit une chemise de nuit en broderie anglaise à fines bretelles, offerte par Isabelle. Elle n'avait jamais eu l'occasion de la revêtir. Ni même l'envie. Mais ce soir, elle ne supportait que l'épaisseur de ce tissu léger sur sa peau. Laure observa son reflet dans le miroir et remarqua ses bras épargnés par les hématomes. Ce n'était pas arrivé depuis bien longtemps.

Elle soupira et alla se chercher un verre d'eau fraîche dans le coin bar de son salon. Le silence autour d'elle lui pesait et elle fit le tour des chambres de ses enfants. Céleste tenait sa promesse et lui téléphonait chaque soir. Laure se demanda quel cadeau exceptionnel ses grands-parents allaient encore lui offrir. Bernadette la couvrait sans cesse d'attention, alors qu'elle ignorait son frère et sa sœur. Cet écart d'intérêt entre eux l'exaspérait, mais sa belle-mère ne voulait rien entendre.

Laure parcourut le désordre de leurs chambres et leurs lits vides. Son cœur se serra. L'absence de ses trois enfants la bouleversait. Si elle demandait le divorce, comment allait-elle supporter de craindre pour leur sécurité à chaque crise de leur père ? Elle ferma doucement la porte d'Albertine et retourna dans le salon en soupirant. Elle regarda le canapé où elle passait ses nuits maintenant et se douta que le sommeil allait la fuir encore. Elle s'approcha de la fenêtre pour regarder les jardins baignés par les lueurs nocturnes. Le ciel était couvert d'étoiles, mais même cette vision magique ne lui apporta aucun apaisement. Elle restait soucieuse. Pierre-Alain se montrait impassible en ce moment. Elle avait parfois l'impression qu'il reprenait son souffle avant de mieux la torturer. Elle avait peur de lui et de ses réactions. Mais elle craignait d'autant plus ce qu'il pouvait imaginer pour l'atteindre. Plus elle gagnait en indépendance, plus ses attaques étaient perverses. Elle connaissait le mal qui le rongeait. Elle savait que dans ses moments de folie, rien ne l'arrêtait. Elle appréhendait ses crises pour elle, mais bien plus encore pour ses enfants. Il s'amusait sans arrêt à lui rappeler qu'il pourrait les lui enlever d'un claquement de doigts. Elle se gardait de le pousser dans cette voie. Elle se sentait moins vulnérable la journée, quand les clients, les salariés et Emmanuel occupaient la maison. Mais le soir venu, l'étau se resserrait autour d'elle.

Laure ouvrit en grand toutes les fenêtres pour mieux faire circuler le peu de fraîcheur de l'extérieur. Un courant d'air enroula sa chemise de nuit légère sur ses jambes et elle soupira. Elle n'avait pas sommeil. L'idée subite de déguster une glace la traversa. Elle n'avait pas dîné et une sucrerie tardive éloignerait peut-être ses pensées sombres. Elle se faufila dans l'escalier de service. Elle ne risquait pas de rencontrer un salarié puisque, le lundi, le restaurant était fermé. Les cheveux relevés pour libérer sa nuque et les pieds nus, elle se guida à la lumière de la lune et descendit au pas de course pour aller chercher un peu de fraîcheur dans le quartier des cuisiniers.

Emmanuel avait terminé son rendez-vous avec le psychologue à Paris. Il ne voulait pas en parler à Laure, mais il s'efforçait de comprendre le fonctionnement obscur de son mari pour mieux l'aider à sortir de son emprise. Il avait profité de sa présence à la capitale pour inspecter le « Gargantua » et la « Grignote ». Il était sorti secoué par la consultation. Finalement, sur un coup de tête, il avait pris le chemin de retour. Il n'aimait pas s'éloigner de « Maison Haute » et encore moins d'elle. Elle ne lui dissimulait pas son inquiétude de savoir ses enfants avec leur père et elle comptait les jours avant de les retrouver. Il ne voulait pas la laisser seule.

Il arriva tard et se glissa dans la maison par l'entrée de service sans faire de bruit. Il eut alors la surprise d'une très agréable vision de Laure, qui se dirigeait comme une somnambule vers la cuisine. Elle portait une ravissante chemise de nuit qui ne cachait pas beaucoup son anatomie. Emmanuel sentit le désir le traverser en imaginant ses doigts se faufiler sous la bretelle fine sur son épaule. Il s'amusa à la suivre discrètement pour découvrir où elle allait.

Elle parcourut la salle de préparation dans la pénombre et s'arrêta devant les chambres froides. Elle ouvrit la porte d'un geste sûr et soupira de bonheur en laissant la fraîcheur glisser sur sa peau, puis elle continua son chemin jusqu'aux tiroirs des congélateurs. Elle se pencha en avant pour lire les parfums et se décida pour un sorbet citron. Emmanuel n'avait rien perdu du spectacle et s'amusait de voir son associée sans sa réserve habituelle. Elle était tout à fait charmante et attirante.

— Laure ? demanda-t-il doucement.

Elle sursauta violemment et cria de peur.

— Ce n'est que moi ! la rassure-t-il en allumant son poste de travail. Qu'est-ce que tu fais là ? Ne me dis pas que tu as faim ?

— Pardon ! fut le seul mot qui lui vint à l'esprit. Elle gardait la main sur son cœur qui tambourinait violemment.

— Laure, tu es ici chez toi, je te le rappelle !

Il riait en s'approchant plus près d'elle. Elle était tétanisée. Elle était parfaitement consciente de l'épaisseur du tissu qui la recouvrait. Elle n'osait pas croiser ses bras sur sa poitrine pour ne pas se ridiculiser plus encore.

— Tout va bien ?

— Tu ne devais pas rentrer cette nuit ! s'écria-t-elle d'une voix qui montait dans les aigus.

— Et j'aurais manqué ce spectacle ?

Laure gémit en levant les yeux au ciel. Elle aurait pu entrer dans un trou de souris, si elle avait su où le trouver ! Emmanuel avait déjà vu son dos, il l'avait soigné, mais il ne l'avait jamais contemplée de cette façon-là. Elle avait l'impression d'être complètement nue. Elle ne pouvait dissimuler son trouble et ses joues virèrent au rouge cramoisi. Quand Emmanuel descendit son regard sur ses seins qui pointaient sous le tissu, elle gémit de plus belle en se cachant le visage. Il pouffa de rire lorsqu'elle se tourna d'un geste vif pour lui masquer la vision.

— Je préférerais que tu fermes les yeux ! gronda-t-elle, de dos.

Emmanuel sourit vraiment et se rapprocha lentement. Laure se rappela que le coton était aussi fin sur sa poitrine que sur ses fesses et jura.

— Les deux ! Ferme les deux yeux, je t'en supplie ! Je

n'aurais jamais dû écouter ma sœur ! Un bon pyjama et voilà ! Oh, mon dieu, Emmanuel, je suis ridicule !

— Tu es une très jolie femme, Laure, murmura-t-il tout contre son oreille. Et tu ne devrais pas te cacher.

Elle le sentit se tenir tout contre son dos et elle frissonna. Il glissa en douceur la main sous son bras pour la poser délicatement sur son ventre. Le corps de Laure s'enflamma et sa raison chavira. Le souffle court, elle n'osait plus bouger. Les doigts d'Emmanuel jouaient à travers le tissu fin et remontèrent lentement à la base de son sein.

— Est-ce que je te fais peur, Laure ? murmura-t-il à son oreille.

— Non…

— Je sens ton cœur qui bat si vite !

Une pluie de frissons la picota tout entière. Écouter la voix d'Emmanuel avait sur ses terminaisons nerveuses un effet incroyable. Son désir s'emballa et la gorge serrée, elle déglutit péniblement. Emmanuel remonta lentement son autre main sur son bras nu. Il glissa son index sous la fine bretelle, comme il en avait l'intention depuis son arrivée, et caressa l'épaule de Laure qui frémit.

— Emmanuel…

Il en voulait plus : la tenir contre lui, l'enlacer, goûter sa nuque, la toucher, sentir le parfum de sa peau. Mais il se retint pour ne pas la faire fuir. Il posa ses lèvres sur sa clavicule et l'embrassa tendrement jusqu'à la base de son cou avant de continuer vers sa bouche. Laure soupira. Elle se tourna vers lui et se leva sur la pointe des pieds pour répondre à ses baisers. Elle libéra ses bras de son étreinte et les enroula autour de sa nuque. Quand elle se colla à lui, il resserra sa prise et la goûta encore. Sa main descendit lentement le long de sa hanche, il attrapa le tissu du bout des doigts et les glissa sur la peau douce de sa cuisse. Il releva la jambe de Laure et caressa l'intérieur de son genou. Elle se raidit aussitôt, en sentant contre elle le désir d'Emmanuel.

— Je t'ai fait mal ? s'inquiéta-t-il.

— Non ! Mais je…

— Dis-moi !

— Je ne suis pas certaine d'être prête à…

— Chérie, tu ne penses pas que je vais te faire l'amour ici, sur mon plan de travail ?

— Je n'ai pas une expérience très… je n'ai pas l'habitude de… Ce n'est pas vrai ! pesta Laure en cachant son visage dans son cou. Je n'arrête pas de me ridiculiser ce soir devant toi.

— Tu n'es pas ridicule du tout ! Détends-toi, Laure ! Nous sommes tous les deux : toi et moi. Je ne ferai rien pour te mettre mal à l'aise, tu le sais ! la rassura-t-il en lui souriant.

Laure soupira. Elle était troublée. Elle se tint immobile et fixa son regard. Elle ressentit alors chaque muscle de son corps se relâcher. Sa respiration s'allégea, une impression de douceur traversa sa poitrine. Elle se savait en sécurité et cette sensation exceptionnelle l'apaisa.

— Je voudrais rester là pour ne plus penser à rien ! lui avoua-t-elle dans un chuchotement.

— Alors, laisse-moi t'aider à ne penser à rien d'autre que moi ! conclut-il avec tendresse.

Elle se sentait dans la peau d'une adolescente qui découvre pour la première fois les jeux de l'amour. Elle osa le lui confier et ils échangèrent un regard complice. Elle se serra contre lui et pouffa de rire quand il la porta dans ses bras pour quitter la cuisine.

33

Laure terminait de préparer sa valise tout en discutant avec Isabelle au téléphone. Elle partait deux jours en Normandie à un colloque regroupant les chefs d'entreprise dans le milieu de l'hôtellerie et la restauration qui possédaient des établissements dans une gamme identique à celle de « Maison Haute ». Emmanuel avait accepté cette invitation dans un premier temps pour rencontrer quelques confrères et agrandir son réseau. Il lui semblait indispensable de se rapprocher de ses condisciples pour partager les difficultés, les nouveautés, les expériences diverses en vue d'améliorer sans cesse son activité. Il lui paraissait tout aussi invraisemblable de ne pas encourager Laure à l'accompagner. Leur discussion avait été tendue. Laure avait peur de la réaction de son mari et son associé s'était crispé. Ils avaient convenu de ne pas en parler à Pierre-Alain puisqu'il était loin actuellement. Emmanuel avait donc validé leur participation. Mais une urgence sur son projet de Londres l'avait amené à annuler sa présence au dernier moment. Il avait insisté pour qu'elle les représente. Même si elle n'avait aucune envie de se montrer, il n'avait pas cédé. Caroline ne voulait pas laisser passer une telle occasion et elle avait proposé de l'accompagner jusqu'à Honfleur.

— Quelle robe as-tu prise ? demanda sa sœur.

— La noire.

— Mauvaise idée ! Emporte la blanche que je t'ai donnée !

— Elle est beaucoup trop habillée !

— Qu'est-ce que tu crois ? Le gala où tu vas c'est un peu le Festival de Cannes des restaurateurs ! Tu vas les ensorceler !

Elle ronchonna de plus belle. Revenir à la lumière alors qu'elle se cachait depuis dix-huit ans était pour elle une torture. Les deux sœurs raccrochèrent. Laure avait insisté à nouveau pour qu'Isabelle ralentisse ses activités et qu'elle vienne se reposer à « Maison Haute » quelque temps. Fanette l'avait trouvée au plus mal lors de sa virée à Paris. Isabelle était épuisée par la cadence infernale de ses tournages.

Elle boucla sa valise et grimaça quand le numéro de téléphone de Pierre-Alain s'afficha. Son cœur s'emballa.

— Qu'est-ce que c'est que cette histoire de week-end en Normandie ? cracha-t-il, d'entrée de jeu. Tu profites de mon absence pour te tirer avec lui ?

Laure se raidit, le cœur battant.

— Il est à Londres en ce moment pour ses affaires et je pars avec Caroline. Tu peux vérifier si ça t'amuse !

— Je l'ai déjà fait ! ricana-t-il. Il rentre demain soir de Londres et il assurera le service au « Gargantua », car son chef est malade !

Son mari était très bien informé, même en étant loin. Laure sentit un froid glacial la traverser.

— Comment vont les enfants ? demanda-t-elle pour changer de sujet. Céleste est-elle contente de ses cours de plongée ?

— Elle est ravie, ma princesse !

— Quand revenez-vous ?

— Dieu seul le sait, ma douce ! joua Pierre-Alain, de nouveau menaçant.

— L'école va bientôt reprendre ! Peux-tu me passer Bernadette s'il te plaît ?

Pierre-Alain soupira et appela sa mère mollement. Sa voix toujours aussi nasillarde griffa l'oreille de Laure.

— Comment allez-vous, Bernadette ? Les enfants sont-ils sages ? Ils ne vous fatiguent pas trop ?

— C'est du travail, je ne vous le cache pas ! Albertine est intenable ! grinça-t-elle.

— Pourriez-vous expliquer à Pierre-Alain qu'il serait bon qu'il les ramène à « Maison Haute » quelques jours avant la rentrée ?

— Mon fils est assez grand pour prendre une telle décision ! Je vous rappelle que vos enfants sont aussi les siens !

Laure se garda de lui hurler qu'elle avait seulement une demi-semaine de congés et qu'elle aurait bien aimé la passer avec eux ! Mais ni son mari ni sa belle-mère ne s'en préoccupaient. Laure était déjà excédée et raccrocha.

Une voiture entra dans la cour et klaxonna joyeusement. Laure complimenta Caroline, qui lui faisait de grands gestes pour la saluer, depuis une superbe décapotable.

— C'est un ami qui me l'a prêtée ! s'exclama-t-elle en riant. Nous allons faire fureur chez les Normands ! Jette ta valise dans le coffre et en route pour l'aventure !

Voyager avec Caroline était un plaisir. Elle était amusante et sensible en même temps. Elle restait discrète et ne lui posa aucune question, même si Laure garda son air tendu durant les premiers kilomètres. Elle alluma finalement le poste de radio et les musiques des années 80 défilèrent sous les chants joyeux des deux femmes. Laure finit par repousser ses soucis et éclata de rire en écoutant les histoires loufoques de sa conductrice.

Elles arrivèrent en fin de journée dans un complexe, situé en bord de mer. Emmanuel avait choisi cette maison de famille, transformée en hôtel haut de gamme par la propriétaire et ses enfants. Laure suivait Caroline et ne savait plus où regarder : le décor était splendide. Le manoir, les bâtiments à colombage, les toits de chaume, les baies vitrées, la vue imprenable sur la baie de Seine, les jardins, les fleurs, tout était un enchantement. Laure pensa à son associé et regretta son absence. Elle était certaine qu'il aurait apprécié les lieux. La jeune fille qui les accueillit leur montra leurs chambres mitoyennes et leur souhaita un excellent séjour, avant de disparaître. Caroline pouffa de rire et dansa de contentement.

— Mon frère a du goût, je dois le reconnaître ! Nous avons juste une heure avant de partir à la réception alors je vais faire une petite sieste !

Laure prit le temps de tout observer d'un regard connaisseur : le lit gigantesque, les draps doux, le bois clair sur le mur, les tons beiges et les rideaux épais, les fauteuils en cuir. Une bergère en laine était postée face à la fenêtre pour profiter de la vue sur la mer. Dans la salle de bain attenante, une baignoire immense avait les parois tapissées d'une peau de vache. Laure resta sans voix. Elle tourna les robinets et décida de se faire couler un bain. Depuis quand n'avait-elle pas eu un temps pour elle, sans avoir à se préoccuper de rien ? Elle entra dans l'eau parfumée et soupira de contentement. Les yeux fermés, elle se reposa et ses pensées volèrent de l'autre côté de la Manche.

Le cocktail avait été délicieux. Caroline avait retrouvé quelques connaissances de Paris, ce qui leur avait permis de rencontrer des restaurateurs, des investisseurs et d'échanger quelques cartes de visite. Le champagne coulait à flots, les serveurs distribuaient des plateaux de petits fours, les musiciens animaient la soirée et Laure oublia tout.

Une femme élégante s'approcha d'elle et se présenta. Elle venait de racheter un hôtel en Normandie et elle avait suivi avec attention la création de « Maison Haute ».

— Je connais Emmanuel depuis des années et c'est lui qui m'a confirmé votre implication dans la décoration de votre établissement.

— En effet.

— Auriez-vous le temps de réaliser celle de mon hôtel ?

— Je vous demande pardon ? Je ne suis pas la mieux placée pour… Je ne suis pas décoratrice.

— Emmanuel m'avait prévenu de votre réponse négative ! déclara la chef d'entreprise en s'amusant. Mais je tiens absolument à vous convaincre ! Votre maîtrise des couleurs est un atout et ce que vous avez accompli dans votre maison est magnifique. Je vous laisse y réfléchir et je vous contacte très vite !

Les convives étaient maintenant passés à table et suivaient les allocutions des organisateurs qui s'enchaînaient. Les invités avaient dégusté un premier plat excellent, une raviole de foie gras de canard et langoustines. Laure écoutait son voisin et lui sourit avant d'applaudir la fin du discours. Une jeune serveuse demanda à Laure de bien vouloir s'écarter pour ajouter un couvert. Une autre glissa une chaise vide et retourna à son service.

Tout près de la porte d'entrée, Emmanuel serra quelques poignées de mains à de vagues connaissances et fit un signe à un confrère parisien qui l'avait reconnu. Il redressa son nœud de cravate et s'approcha discrètement de la table où se tenait Laure. Son cœur s'emballa. Il nota sa nouvelle coupe de cheveux délicatement féminine. Les mèches brunes frôlaient ses épaules et découvraient ses oreilles où pendaient des boucles en or. Sa robe blanche soulignait son léger bronzage et tombait jusqu'à ses chevilles fines. Il n'y connaissait rien en matière de tissu vaporeux, mais il savait qu'il devrait lutter pour ne pas y glisser ses mains. Laure se tenait droite sur son siège, les jambes croisées, le regard lumineux. Elle était magnifique et ne se rendait pas compte de l'attention discrète des hommes autour d'elle.

Il avait devant les yeux la véritable Laure.

— Bonsoir ! s'écria-t-il en tirant la chaise vide à lui. Je vous prie d'excuser mon retard !

Il salua chacun des invités autour de la table et se tourna vers elle pour lui adresser le plus éblouissant des sourires.

— Je suis ravi d'être enfin arrivé. Je n'aurais voulu rater cet événement pour rien au monde !

En face d'eux, Caroline nota que Laure s'éclairait comme un sapin de Noël à la vue de son frère. Ce qu'elle avait craint depuis le début de leur association n'était plus un secret, même s'ils n'avaient rien montré jusqu'à maintenant. Ils étaient loin de « Maison Haute », ils étaient entourés d'inconnus, le brouhaha était conséquent et pourtant, ils étaient seuls au monde.

— Tu ne m'as pas prévenue !

— Parce que je n'étais pas certain de pouvoir arriver à temps.

— Et qui fait le service au Gargantua ?

— Un ami ! Ne t'inquiète pas, tout est réglé ! lui annonça-t-il, en lui serrant tendrement la main.

Le dîner fut un succès, la soirée aussi. Laure le découvrit sous un autre profil. Il s'intéressait aux gens, il était curieux de tout, il aimait rire, il participait à toutes les conversations et il prenait soin de l'intégrer dans tous ses échanges.

Emmanuel avait beau se rappeler de tenir ses distances, il ne voyait qu'elle. Elle était détendue et s'amusait. Son regard brillait et son sourire soulignait deux délicieuses ridules au coin de sa bouche. Ce soir, elle charmait tout le monde. Et il était heureux d'être son cavalier.

La musique battait son plein et leur voisin de table s'approcha pour inviter Laure à danser. Caroline en profita pour se glisser vers son frère, qui ne quittait pas son associée des yeux.

— Elle n'est pas libre, je te le rappelle ! Tu vas droit dans le mur !

— Pardon ? reprit Emmanuel distrait.

— Tu ressembles à un papillon qui s'accroche à la lumière ! Tu vas te brûler les ailes, Emmanuel ! Vous allez tout foutre en l'air !

Il se pencha vers le buffet et attrapa une coupe de champagne qu'il avala d'un trait. Elle grimaça.

— C'est plus grave que je ne le pensais. Tu es amoureux d'elle !

— Je ne ferai rien pour la mettre en difficulté. Je connais parfaitement sa situation !

— Je vais rejoindre des amis et je ne rentrerai pas. Ma chambre est donc libre si tu décides d'être responsable cette nuit ! On se retrouve demain à Paris ?

Caroline lui tapa sur l'épaule dans un geste de complicité fraternelle, mais son regard était dépité. Elle n'aimait pas les relations compliquées et son frère allait de nouveau être malheureux.

Laure tournait en rond dans sa suite, partagée entre son cœur et sa raison. Emmanuel s'était montré étrangement silencieux après le départ de sa sœur. Elle ne l'avait jamais vu si réservé. Elle s'était inquiétée, mais il l'avait rassuré d'un sourire triste. Emmanuel l'avait raccompagnée jusqu'à sa chambre d'hôtel et ils s'étaient séparés rapidement après qu'il lui avait souhaité une bonne nuit.

Laure commença de se préparer pour se coucher, mais les images de la réception la rendaient fébrile. Elle avait oublié, durant les dernières heures, tous ses soucis. Emmanuel lui avait fait toucher du doigt une existence qu'elle aurait aimé vivre. Elle avait rencontré des confrères passionnants, qui l'avaient interrogée sur des questions d'ordre professionnel, qui l'avaient écoutée avec attention et qui avaient partagé avec elle des pistes de réflexion pour son domaine de prédilection : la décoration. Elle avait trouvé cette position tout à fait agréable et elle le devait à Emmanuel qui la poussait à sortir de l'ombre. Elle émergea de la douche et se sécha vigoureusement. Elle soupira et attrapa un coton qu'elle imbiba de lait démaquillant. Son esprit s'agita de plus belle. Cette nouvelle vie lui plaisait alors qu'elle travaillait trois fois plus qu'avant. Si elle acceptait de réaliser le chantier de l'hôtel, elle gagnerait son indépendance financière. Elle ignorait comment elle réussirait à tout mener de front, mais elle prenait peu à peu conscience de sa valeur. Elle n'était plus uniquement la mère de ses enfants ni cette épouse insignifiante dont Pierre-Alain lui faisait endosser le rôle. Elle jeta le coton dans la poubelle et se brossa les cheveux. Elle n'acceptait plus que son mari la détruise. Mais elle était la seule à vraiment savoir de quoi il était capable. Il ne la laissera jamais partir. Il prenait un tel plaisir à jouer au chat et à la souris avec elle. Elle devait fixer toute son énergie sur la petite lumière qu'elle devinait à l'horizon pour se sortir de cette existence angoissante. Elle pouvait s'appuyer sur Emmanuel. Il la soutiendrait.

En pensant à son associé, ses sourcils se froncèrent. Elle n'avait pas compris sa soudaine distance à leur retour de soirée. Ce silence lui ressemblait si peu. Malgré ses pensées confuses, son désir d'aller le retrouver persistait. Elle déchargea son incertitude sur sa brosse à dents, se rinça la bouche et retourna dans sa chambre pour enfiler sa chemise de nuit. Elle tira le drap et soupira devant son grand lit vide. Le comportement instable de son mari la déstabilisait depuis des années alors que le sang-froid d'Emmanuel la rassurait. Alors pourquoi était-il devenu si taciturne ce soir ? Elle avait besoin de savoir. Elle repoussa le rideau de la porte-fenêtre sur un coup de tête et fila hors de sa suite, avant de changer d'avis. Elle traversa en silence, la terrasse qui longeait le bâtiment, et une légère brise venue de la mer rafraîchissait l'atmosphère. La fenêtre d'Emmanuel était grande ouverte sur la nuit. Elle sentait des palpitations au creux de son estomac et admit que sa décision soudaine était une folie. Un subtil vertige ralentit son pas. Elle pensa qu'on devait l'entendre à des kilomètres à la ronde et respira plus profondément pour se calmer. Elle se glissa furtivement à l'intérieur de la chambre et la traversa sans quitter Emmanuel des yeux. Son cœur tambourinait de plus en plus vite et ses joues s'empourprèrent. Il s'était endormi pendant sa lecture et des papiers étaient éparpillés sur les draps. Il avait sur le nez des petites lunettes qui lui donnaient un air sérieux. Elle s'amusa qu'il lui ait caché en avoir besoin et lui retira sans qu'il ait bougé. Elle déposa les documents à ses pieds sans le quitter du regard. Une barbe naissante voilait ses traits et ses cheveux étaient entremêlés. Il respirait paisiblement, mais son visage n'était pas détendu. Elle se pencha vers lui et frôla timidement ses lèvres, le souffle coupé. Emmanuel sursauta et ses yeux croisèrent les siens. Ils étaient sombres. Il resta parfaitement immobile. Laure recula. Il la fixait, un peu désorienté et fermé. Elle ne s'attendait pas à un tel accueil et ses doutes la rattrapèrent. Elle n'était plus vraiment sûre du bien-fondé de sa venue. Elle soupira, embarrassée, et se détourna de lui. Emmanuel se dressa d'un bond et se rapprocha du bord du lit pour lui saisir le poignet et la retenir.

— Laure ?

— Je ne voulais pas te déranger ! Je pensais… mais non ! Pardon !

— Arrête de t'excuser sans arrêt ! Je ne te comprends pas !

— Moi non plus, je ne te comprends pas ! s'emporta-t-elle tout en essayant de récupérer sa main, mais Emmanuel la tenait fermement.

— Tu es distant depuis la fin de la soirée ! Est-ce parce que j'ai accepté d'approcher ces hommes ? Si tu n'es pas d'accord, je ne le ferai plus ! Je…

— Laure ! coupa-t-il en la ramenant doucement entre ses jambes.

Il glissa son bras autour d'elle et leva le visage pour plonger ses yeux dans les siens.

— Ne laisse plus jamais personne t'interdire de danser ! murmura-t-il, la voix rauque. Tu étais époustouflante ce soir et s'ils désiraient te faire tourner et te faire rire, je les comprends !

— Alors pourquoi ne l'as-tu pas fait, toi ? chuchota-t-elle, déçue.

Emmanuel soupira. Son cœur s'emballa. Il se passa la main sur les paupières et la repoussa légèrement.

— Mais parce que tu me rends fou ! Je n'arriverai jamais à tenir très longtemps mes distances !

Le sourire de Laure se réchauffa. Elle glissa ses doigts dans les mèches blondes d'Emmanuel, lui frôla les joues et releva doucement son visage pour l'embrasser. Ils étaient aussi fébriles l'un que l'autre. Il soupira de plaisir et resserra ses bras autour d'elle en plongeant sa tête entre ses seins.

— J'aimerais rester avec toi cette nuit, dit-elle, fiévreuse.

— Tu es vraiment sûre de ton choix ?

— Si tu me repousses encore une fois, Emmanuel, je t'assure que l'occasion ne se représentera pas de sitôt !

— Laure, c'est nos deux vies qui vont changer. Je n'envisage pas une relation clandestine à long terme, tu m'entends ?

Il la dévisageait sans bouger. Elle se tenait debout devant lui et sentait ses bras autour de sa taille. Elle avait le souffle court. Emmanuel lui demandait de faire un choix. Maintenant.

Laure voulait tant s'accrocher à ce rêve, à sa promesse d'un avenir sain, mêlé de confiance, d'amour et de respect. Elle posa ses lèvres sur sa pommette, là où la peau est si fine, puis elle s'inclina jusqu'à sa bouche. Leurs baisers s'enflammèrent. Emmanuel resserra son étreinte et Laure gémit. Il se dressa et glissa son bras sous ses genoux pour l'allonger à ses côtés. Ses cheveux se dispersèrent autour d'elle, son souffle s'accéléra, son regard était brûlant. Il la fixa, comme s'il voulait graver dans sa mémoire cet instant précieux. Elle était magnifique. Il l'embrassa à nouveau et leurs cœurs explosèrent. Il passa sa chemise de nuit au-dessus de sa tête et la jeta hors du lit. Elle frémit. Emmanuel effleurait sa peau douce et la dévorait des yeux. Ainsi offerte, elle était aussi désirable qu'il l'avait imaginé. Elle s'était plainte quelquefois, des kilos qu'il lui avait fait reprendre, mais ces derniers soulignaient d'autant plus sa féminité. Il était impatient de la goûter. Ses lèvres glissèrent de sa bouche à sa mâchoire, son cou, son épaule, ses seins, son nombril, l'intérieur de sa cuisse. Laure gémissait de plaisir à chacun de ses baisers. Leurs corps brûlaient, leurs cœurs s'emballaient, leurs épidermes crépitaient. D'un geste souple, il la bascula sur le ventre. Laure se raidit aussitôt. Le charme était rompu. Cette posture lui rappelait tant de méchants souvenirs. Elle voulut s'écarter, la gorge serrée, mais Emmanuel se pencha à son oreille et la rassura d'une voix chaleureuse. Il caressa en douceur son bras jusqu'à son poing fermé qu'il ouvrit pour croiser ses doigts avec les siens. Il ramena délicatement ses cheveux sur son épaule et avant qu'elle ne le repousse, il lui embrassa tendrement le cou. Laure se détendit à peine. Il continua sur chacune de ses cicatrices et ses lèvres déposèrent une multitude de baisers puis sa langue prit le relais de ses omoplates à ses reins. Laure ne bougeait plus. Il lui chuchotait des mots sucrés et elle s'accrocha à sa voix rauque qui l'apaisait. Elle ferma les yeux et les battements de son cœur explosèrent quand il aventura sa main vers son intimité. Il prenait son temps pour lui faire redécouvrir son corps et elle trembla de volupté.

— Tu es parfaite, ma jolie Laure, murmura-t-il, ému.

Il lui laissa suffisamment d'espace pour lui permettre de se tourner et elle coula ses bras autour de son cou pour mieux l'embrasser. Il était lourd sur elle, mais son poids la comblait. Elle se sentait à l'abri, écoutée et admirée. Elle glissa ses doigts dans ses cheveux et lui mordit le lobe de l'oreille. Elle avait envie de le dévorer, de le respirer, de le caresser et de s'accrocher à lui. Plus rien ne comptait en dehors de leurs regards liés et de leurs mains qui se découvraient enfin.

— J'ai souvent rêvé de te faire l'amour, avoua-t-il, amusé. Pourtant, je n'avais pas espéré vivre ce moment ici et je n'ai pas de préservatif.

Laure, qui s'était mariée très jeune, n'avait jamais eu à se préoccuper d'un tel détail. Elle grimaça. Emmanuel la recouvrait et lui caressait les cheveux. Elle glissait ses doigts dans son dos dans un lent va-et-vient.

— Mon dernier test était négatif, avoua-t-il en lui souriant tendrement et depuis que j'ai rencontré cette très jolie brune dans la Nièvre, je n'ai plus eu d'intérêt pour aucune autre femme.

— J'ai moi aussi fait une analyse récemment, murmura Laure. Je ne l'ai jamais trompé, mais j'ai pensé qu'il ne s'était probablement pas gêné de son côté. Et je voulais être rassurée avant de…

Elle parlait de plus en plus doucement et Emmanuel se pencha plus près pour mieux l'écouter.

— Avant quoi ?

— Avant d'être dans tes bras ! Avoua-t-elle, le feu aux joues.

Emmanuel lui fit l'amour avec tendresse pour qu'elle réapprivoise ce corps si longtemps brutalisé. Il ne laissa pas une seule parcelle de sa peau sans y avoir posé les lèvres. Il retarda son plaisir pour lui permettre d'atteindre le sien. Chacun de ses gémissements était une caresse sur son épiderme et il ne regretta pas d'avoir attendu qu'elle vienne à lui.

Laure était détendue sur le torse d'Emmanuel et goûtait les frôlements de ses doigts sur ses épaules. Elle se sentait engourdie et merveilleusement sereine. Ils avaient fait l'amour, ils avaient ri, ils avaient discuté. Il l'avait encouragée à réfléchir sérieusement à cette proposition de décoration. Si ce milieu la passionnait, ils trouveraient un moyen de remplacer son poste à « Maison Haute » pour qu'elle se réalise. Elle vivait un rêve. Tout allait si vite. Et pourtant, tout paraissait si simple avec lui. L'aube se levait déjà. Il l'avait embrassée à nouveau, caressée, goûtée, explorée et comblée. Elle bâilla. Elle ne voulait pas dormir pour profiter plus longtemps de cette parenthèse enchantée, mais ses paupières étaient si lourdes. Elle embrassa la joue d'Emmanuel et se tourna sur le côté. Elle sentit ses bras l'entourer et son torse se coller dans son dos. Elle mêla ses jambes aux siennes et sombra dans un sommeil profond. Pour quelques heures encore, elle se tenait à l'abri contre lui.

Laure était heureuse. Elle dégustait un thé et appréciait la vue splendide. Le soleil matinal se reflétait dans la mer et les couleurs étaient sublimes. Si elle avait eu le temps et l'équipement, elle aurait essayé de reproduire sur une toile le magnifique paysage qu'elle observait. Elle envisageait parfois de reprendre le dessin. Isabelle la poussait dans cette voie. Elle s'inscrirait peut-être à un cours à la rentrée.

À ses côtés, Emmanuel téléphonait à son père, buvait une tasse de café serré et lui caressait discrètement l'intérieur de la cuisse. Elle n'avait jamais vécu un tel moment de plénitude et son cœur se gonfla. Elle se tourna et répondit d'un sourire radieux au clin d'œil d'Emmanuel. Son portable vibra et elle décrocha aussitôt.

— Bonjour, Maman, nous sommes sur la route et nous serons bientôt là ! s'écria Albertine, tout excitée.

Laure blêmit et s'écarta instantanément de la main joueuse

d'Emmanuel. Elle entendit ses filles se chamailler puis Céleste reprit la communication.

— Nous sommes à Orange et nous sommes coincés dans les embouteillages !

— Papa n'arrête pas de râler ! Il dit que c'est toi qui voulais que nous arrivions pour le déjeuner, mais ça ne va pas être possible ! continua Albertine derrière sa sœur.

— Je vous souhaite bon courage pour la route ! Soyez sages pour ne pas énerver votre père !

Emmanuel scrutait Laure qui se décomposait sous ses yeux. Elle lui expliqua la situation, le regard brillant de larmes.

— Il l'a fait exprès pour me prendre en traître ! Il se doutait que je ne serais pas rentrée à « Maison haute » !

— Je te raccompagne !

— Mais tu ne vas pas faire le trajet alors que tu as prévu d'aller à l'île de Ré !

— Nous n'avons pas le temps de discuter, Laure ! Je vais récupérer nos bagages pendant que tu vas régler la facture de l'hôtel ! Si on se dépêche, tu seras chez toi à temps pour accueillir tes enfants !

La voiture filait sur l'autoroute. Emmanuel était concentré et Laure se taisait, les doigts serrés sur ses genoux. Elle était abattue. Sa parenthèse enchantée était déjà enterrée.

— Je suis désolée ! murmura-t-elle, les épaules basses.

Emmanuel tendit le bras et recouvrit ses mains de la sienne.

— Ces douze dernières heures étaient merveilleuses ! Accrochons-nous à ces moments doux pour supporter les prochains événements !

— Merci…

Emmanuel quitta la route des yeux quelques secondes pour se tourner vers sa passagère.

— N'oublie pas ma promesse, Laure ! Je suis avec toi maintenant, quoi qu'il arrive ! assura-t-il, la voix rauque.

Emmanuel se gara devant la maison et Laure sauta littéralement de la voiture pour aller ouvrir la porte. Elle courut jusqu'à sa chambre et défit son sac, le souffle court. Les mains tremblantes, elle envoya un message à Emmanuel qui était déjà reparti. Ils avaient convenu pendant le trajet de ne pas donner à Pierre-Alain les moyens de mettre Laure en défaut. « Maison Haute » était fermée pour encore huit jours, tous les salariés étaient en congé, la présence de son associé n'était donc pas indispensable.

Emmanuel ne s'était pas arrêté à la grande maison, mais il fit un détour jusqu'à la ferme de Tanguy avant de reprendre la route. Il n'avait pas l'esprit tranquille de la laisser seule à nouveau, pas après ce qu'ils venaient de partager. Si Laure refusait de révéler la profondeur de ses ennuis à sa famille, il pouvait tout de même demander à son frère de garder un œil vigilant sur les siens.

Il repéra le tracteur au loin et patienta au bord du champ que Tanguy approche. Arrivé à sa hauteur, ce dernier coupa le moteur et descendit le saluer.

— Vous êtes déjà de retour ? Laure m'avait dit qu'elle ne rentrerait pas avant demain.

— Son mari doit lui ramener les enfants d'une minute à l'autre.

— Ben voyons ! Il ne pouvait pas attendre une journée de plus ? Il n'en rate pas une pour l'emmerder ! s'agaça Tanguy.

— Je suis passé pour te demander un service.

— Bien sûr ! Que puis-je faire pour toi ?

Emmanuel se livra à Tanguy sans véritablement entrer dans les détails sordides. Laure ne l'aurait jamais supporté. Il lui révéla la jalousie maladive de Pierre-Alain et ses conséquences sur leur équipe. Il devait s'absenter quelques jours pour voir son père, mais il était inquiet de la laisser seule. Il avait toute confiance en elle pour la gestion de leur entreprise, mais il lui avoua qu'il se méfiait particulièrement de son mari. Tanguy soupira et se passa la main dans les cheveux.

— J'aimerais te dire que tu te trompes, mais je partage ton avis. Il est devenu complètement insensé !

— Je serai absent une semaine, tu pourras veiller sur elle ?

Tanguy promit.

34

Les températures clémentes de septembre maintenaient le taux de réservation à son apogée. Laure n'avait jamais pensé que la gestion d'un tel établissement serait de tout repos. Mais elle n'avait jamais imaginé non plus que ce serait si compliqué. Elle devait être sur tous les fronts en même temps. Elle se partageait entre son emploi et ses enfants, et comme toute mère active, elle avait l'impression de ne jamais être suffisamment disponible des deux côtés. Pourtant, elle ne se posait jamais.

Pierre-Alain était revenu de son séjour dans le Sud dans une forme exceptionnelle et il était redoutable. Il surveillait tous ses faits et gestes et se montrait infect avec les salariés de « Maison Haute ». Laure avait honte. Honte de son comportement odieux. Honte d'être incapable de le stopper. Il était dans une phase d'agitation permanente et annonçait à qui voulait l'entendre qu'il avait de nouveaux projets très excitants. Il disparaissait tous les soirs, après le dîner, et revenait au milieu de la nuit. Laure usait de stratagème pour ne jamais être seule avec lui. Après avoir donné son corps à Emmanuel, elle était bien décidée à ne plus jamais se retrouver entre les mains de Pierre-Alain. Vivre sans cesse sur ses gardes d'un côté, travailler sans relâche de l'autre, et passer le reste de son temps à se consacrer à ses enfants épuisait Laure tant physiquement que nerveusement. Elle se levait le matin, à peine reposée, et se traînait toute la journée. Elle avait promis de s'occuper en priorité de son divorce et pourtant, elle n'avait pas encore contacté un avocat.

Elle avait besoin d'Emmanuel, besoin de ses bras, besoin de sa force, besoin de ses baisers, mais il n'était pas rentré. Après un séjour rapide chez son père, il était parti directement à Londres pour tenter de faire avancer son dossier. Laure lui assurait que tout se passait bien pour ne pas l'inquiéter, mais elle était exténuée et puisait dans ses réserves. Elle était souvent impatiente et râlait contre ses enfants. Fanette l'observait en silence, ce comportement ne lui ressemblait pas. Depuis qu'Emmanuel était absent, l'ambiance dans cette maison était redevenue bien pesante.

Laure se tenait sur la terrasse et s'était enroulée dans un plaid pour supporter la fraîcheur nocturne. Les derniers clients étaient dans leur chambre, l'équipe du soir venait de partir, Céleste et les petits dormaient. Elle était épuisée par cette journée interminable, mais elle repoussait encore le moment de monter se coucher. Le téléphone plaqué sur son épaule, elle écoutait Emmanuel et se réconfortait au son de sa voix.

— Tout va bien, je te le promets !

— Ne me mens pas pour me rassurer, Laure !

— Il me fiche la paix. Il rentre la plupart du temps complètement saoul et je l'évite en dormant dans la chambre d'Albertine ou avec Augustin.

Emmanuel s'agaçait de devoir travailler loin d'elle. Il était certain qu'elle ne lui avouait pas ses tourments pour ne pas l'inquiéter. Il l'entendait dans sa manière de parler et de détourner la conversation vers des sujets plus légers.

— Comment va Georges ?

— Il me dit que mon caractère est épouvantable ! Que je suis trop impatient et que l'administration anglaise n'étudiera pas plus vite notre dossier même si je crie après tout le monde !

— Ce sont les autorisations que tu attendais depuis des semaines ? Que te manque-t-il pour…

— Laure, c'est toi qui me manques ! soupira Emmanuel. Je suis coincé ici depuis plus de dix jours et je souhaiterais être à « Maison Haute » !

— J'aimerais être avec toi aussi, avoua-t-elle en grimaçant, le regard perdu vers le ciel étoilé.

— Je suis furieux de devoir te laisser toute seule…

— Tout va bien ! mentit à nouveau Laure.

— Je pense à toi tout le temps…

Emmanuel lui parlait et Laure se rechargeait comme une batterie au son de sa voix. Elle écouta l'avancée épique de son projet puis les retombées de leur colloque en Normandie. Elle bavardait peu, fermait les yeux et s'imaginait être avec lui.

Le surlendemain matin, Laure descendit préparer le petit déjeuner. Elle avait eu un mal fou à trouver le sommeil et dès les premières lueurs de l'aube, elle avait admis qu'elle ne se rendormirait pas. Elle traîna les pieds jusqu'à la cuisine. Le jour était à peine levé et elle sursauta en découvrant la table dressée pour eux. La théière était prête à servir, à côté des bols des enfants et de leurs céréales. Elle pensa que Fanette était venue bien trop tôt et se promit de lui en parler, mais un vase qui contenait les dernières roses du jardin trônait devant sa tasse et la fit rêver. Elle posa sa main sur son cœur qui s'animait et regarda autour d'elle avec fièvre. Emmanuel arriva de l'extérieur avec son sac de voyage qu'il lâcha en la découvrant. Laure eut un sanglot de joie et se mit à rire en s'élançant dans ses bras. Il la serra contre lui à l'étouffer et la dévora. Elle gémit et l'embrassa furieusement. Il était revenu. Enfin. Ses grandes mains couraient sur son corps et elle se sentait revivre.

— Tu m'as tant manqué ! avoua-t-il en souriant. Son étreinte était solide. Le dossier n'avancera pas avant quelques jours, Georges va s'en occuper. J'avais besoin de te voir.

— Quelle délicieuse surprise !

— Je suis arrivé depuis un moment et je t'ai cueilli quelques fleurs dans le parc avant que tu descendes.

Ils s'embrassèrent encore. Emmanuel tenait Laure contre lui et glissait tendrement ses doigts sur ses joues, dans ses cheveux, autour de sa nuque. Ils se dévisageaient, heureux.

Un regard sur la pendule l'alerta. Le temps filait si vite quand elle était dans ses bras. Les enfants allaient bientôt descendre, le cuisinier et son équipe allaient arriver. Elle s'écarta de lui à regret. Elle devait préparer les petits déjeuners pour les clients les plus matinaux. Une nouvelle et épuisante journée de travail commençait. Mais Emmanuel était là et Laure respira de nouveau.

Emmanuel profita de son séjour à « Maison Haute » pour organiser avec Tom les menus pour le trimestre à venir. Ils allaient mettre à l'honneur les cèpes et puis les truffes, les noisettes et les noix, les poires, le gibier, les premières courges. Les essais de plats se poursuivaient en cuisine et les parfums délicieux stimulaient l'appétit de toute la famille. Fanette avait déniché un vieux cahier de recettes bourguignonnes lors d'une brocante et elle l'étudiait attentivement avec Emmanuel dès qu'ils en avaient l'occasion.

Pierre-Alain n'avait pas vu le retour de « l'associé » d'un très bon œil. Il ne pouvait pas se retenir de dénigrer sa femme devant tout le monde et Emmanuel se mordait la langue pour ne pas le faire taire. Mais Laure le suppliait de rester à sa place et de ne pas intervenir pour ne pas le pousser à bout. Dorénavant, elle se fichait de son jugement. Mais elle refusait de se disputer avec lui pour s'éviter une nouvelle raclée, encore moins attirer son attention sur les petits. Elle essayait tout simplement de se faire oublier comme elle l'avait toujours fait. Emmanuel s'agaçait de devoir subir cette situation et voulait accélérer la rencontre avec un avocat. Il ne supportait plus de voir la femme qu'il aimait se liquéfier dès que son mari lui adressait la parole ou qu'il lui jetait quelques méchancetés. Elle se changeait alors en statue, baissait les yeux et respirait à peine. Elle attendait que l'orage passe, le corps tendu. Il avait beau lui assurer que sa situation pouvait changer, elle était terrifiée et maintenait cette idée fixe qu'il pourrait s'en prendre aux enfants. La patience d'Emmanuel n'avait jamais été mise à si rude épreuve. Il vivait avec une boule à l'estomac et l'envie de démolir Pierre-Alain flambait dès qu'il croisait son regard mauvais. Il n'avait jamais ressenti de telles pensées et ne se reconnaissait plus. Il voyait Laure se décomposer quand il s'agaçait de son manque de réaction et finit par ne plus lui en parler pour ne pas lui infliger plus de pression.

Elle avait obtenu une seconde demande pour la décoration d'un appartement à Dijon. Cette cliente, venue les premiers jours après l'ouverture, avait été charmée par le cachet de « Maison Haute » et souhaitait reproduire la même ambiance chez elle. Elle avait questionné Emmanuel sur l'identité de leur architecte d'intérieur. Il s'était empressé de la renseigner. Laure était abasourdie. Il était très heureux de pouvoir l'aider et lui renouvela ses encouragements. Pendant quelques jours, elle eut bien du mal à cacher un petit sourire de satisfaction. Les enfants la complimentèrent, tout comme Fanette. Ce qui rendit fou son mari. Il prit conscience qu'elle pouvait véritablement lui échapper cette fois-ci et il s'empressa de la ridiculiser. Elle ne releva pas ses critiques, comme d'habitude. Mais cette fois-ci, même si l'appréhension de ne pas être à la hauteur la tenaillait, elle se promit de réfléchir sérieusement à cette opportunité.

Les deux associés organisèrent en amont les fêtes de fin d'année au restaurant et les offres de Noël. Ils devaient également rechercher de nouveaux salariés pour consolider les équipes pour les vacances et la Saint-Sylvestre. Ils passaient du temps ensemble pour tout programmer, mais le couple redoublait de vigilance. Personne ne se doutait de leur relation véritable. Pierre-Alain les surveillait sans cesse. Emmanuel se gardait de jouer avec le feu et se tenait à distance de Laure pour éviter que la jalousie maladive de son mari flambe. Mais il supportait difficilement cette situation malsaine. Il était excédé. Comment un être si détestable et manipulateur arrivait-il à faire sortir de ses gonds le plus pondéré des adversaires ? Emmanuel comprenait pourquoi Laure ne voulait pas avouer à Tanguy son supplice. Lui-même avait fréquemment envie d'écraser de ses propres poings le sourire narquois et le regard mesquin de Pierre-Alain. Ce cauchemar ne pouvait plus durer. Il craignait qu'un drame finisse par arriver. Il s'accrocha aux conseils de son ami psychologue et se reprit avant que la situation ne lui échappe. Emmanuel évitait donc tout contact et l'ignorait le plus souvent possible. Pierre-Alain, lui, ne dissimulait pas la satisfaction de voir son entourage soumis à son bon vouloir.

Depuis la rentrée, les enfants avaient renoué avec leurs activités sportives. Tous les samedis matin, Augustin allait à la piscine avec son copain Antoine, jusqu'à onze heures. Laure en profitait pour aller faire quelques courses urgentes avant de le récupérer et aller chercher Albertine à son entraînement de rugby. Ce sport de garçons n'était pas au goût de son père ni de sa grand-mère, mais la petite fille y excellait. Elle faisait l'animation de son équipe et l'instructeur la chouchoutait. Laure était très fière et lui promettait de ne jamais la stopper dans ses choix même s'ils sortaient des sentiers battus.

Elle gara sa voiture sur le parking de la piscine et fut surprise de voir Cécile arriver avec son fils. Sans le sien.

— Bonjour Laure ! dit-elle, tout aussi étonnée. Que fais-tu là ?

— Je cherche Augustin… articula-t-elle difficilement. Elle était soudain anxieuse. Il n'est pas avec toi ?

— Ton mari m'a prévenu ce matin qu'il était malade et qu'il ne viendrait pas. Tout va bien, Laure ?

Elle ne respirait plus. Elle eut la sensation que le sang quittait son corps et un froid intense la faucha. Où était son bébé ? Où était son père ? Que se passait-il ?

— Laure, tu ne te sens pas bien ? Veux-tu t'asseoir ? s'inquiéta sa voisine. Appelle-le, il a sans doute une explication.

Laure sortit son téléphone de son sac, mais ses doigts tremblaient tellement qu'elle recommença deux fois le numéro. Une larme d'appréhension glissa sur sa joue. Elle savait que Pierre-Alain avait enlevé son fils. Elle le sentait. Il s'intéressait à lui uniquement pour le ridiculiser. Pourquoi ne lui avait-il rien dit de ses projets ce matin ?

« Bonjour, vous êtes bien sur la messagerie de Pierre-Alain. Laissez-moi votre message ».

Laure cria et Cécile sursauta. Elle ne l'avait jamais vue si mal.

— Je vais te ramener chez toi, tu ne peux pas conduire dans cet état !

— Je dois aller chercher Albertine !

— Je m'occupe de ta fille et je la garde à la maison, le temps que tu règles ce problème avec ton mari.

— Je n'ai aucune idée d'où il a pu l'emmener… gémit-elle misérablement.

— Tu t'inquiètes probablement, pour rien. Ils sont sans doute chez toi à l'heure qu'il est. Appelle à « Maison Haute ».

Laure téléphona à Fanette sans résultat. Elle composa le numéro d'Emmanuel qui répondit aussitôt. Elle voulut parler, mais les sanglots nouèrent sa gorge. Cécile prit l'appareil de ses mains et raconta la situation.

— Je viens te chercher, Laure. Tu ne bouges pas ! J'arrive tout de suite !

Tout l'après-midi, ils s'efforcèrent de joindre Pierre-Alain. Sans succès. La messagerie finit par être saturée. Il ne rappela pas. Laure se rongeait les ongles d'inquiétude et s'enferma dans son bureau. Elle avait manqué de vigilance quand il avait proposé d'accompagner Augustin à la piscine. Elle aurait dû se douter qu'il avait une idée derrière la tête. Le temps passait et elle ne supportait plus les regards de Fanette, encore moins ceux d'Emmanuel. Tanguy tourna autour de la maison pour les chercher, mais ne trouva aucune trace de sa voiture. Céleste n'arrivait pas à joindre son père non plus.

En début de soirée, Laure était désespérée. Elle finit par téléphoner à sa belle-mère. Bernadette n'était pas au courant des projets de son fils, mais pourquoi Laure s'inquiétait-elle ?

— Passer du temps entre hommes est une excellente idée. À force de toujours vouloir le garder dans votre giron, vous n'en ferez jamais un adulte solide ! Nous en avons longuement discuté cet été. Nous pensons qu'Augustin gagnerait en maturité si vous l'inscriviez en pension. Il rencontrerait des amis de son milieu et pour son avenir…

Laure explosa de rage avant de s'effondrer.

Fanette la trouva tapie sur la chaise, derrière le vieux bureau de son père. Elle lui conseilla encore une fois de prévenir les gendarmes. Elle ne pouvait plus attendre ainsi sans rien tenter. Elle devait déclarer leur disparition. Laure s'y opposa. Elle se balançait sur ses jambes, les yeux fiévreux, et ne voulait rien entendre. À minuit, Emmanuel entreprit de la faire changer d'avis, sans plus de succès. Laure le regarda à peine et refusa qu'il la prenne dans ses bras. La peur la consumait.

— Tu devrais prévenir la gendarmerie. Où qu'il soit allé avec ton fils, il devrait être rentré à cette heure-ci. Tu ne devrais pas attendre plus longtemps.

— Je ne comprends pas ! Qu'ai-je pu dire ou faire cette fois-ci pour le mettre en colère ! s'écria-t-elle, effondrée.

— Mais tu n'as rien fait ! Il est malade ! Tu dois prendre conscience qu'il est dangereux pour toi et pour tes enfants ! Tu dois l'arrêter !

Ils entendirent sa fille aînée s'approcher d'eux et Emmanuel s'écarta aussitôt.

— Maman ? s'écria-t-elle, le regard sombre. Papa va revenir, j'en suis sûre. Il n'a pas vu l'heure ou il n'a plus de batterie pour son portable. Tu t'inquiètes pour rien !

— Céleste, ton père…

— Non ! coupa Laure violemment.

Emmanuel se tut devant son visage fermé. Elle se mordait la lèvre et ses yeux lançaient des éclairs. Céleste sortit du bureau sans demander d'explications.

— Je n'aurais jamais dû t'écouter !

— Laure…

— Je n'aurais jamais dû espérer que ma vie pourrait changer ! Si j'étais restée à ma place au lieu de rêver à une autre existence, Augustin serait avec moi !

— Tu ne vas pas supporter cette terreur continuelle sans rien faire ! s'emporta-t-il à son tour.

— Il a mon fils ! hurla Laure, bouleversée.

— C'est le moment d'aller porter plainte pour qu'ils te protègent, toi et tes enfants ! Bon sang, Laure, écoute-moi pour une fois !

— Je t'ai écouté depuis des mois et regarde où j'en suis ! cria-t-elle hors d'elle.

Ils se faisaient face, tremblants. Un fossé se creusait entre eux. Emmanuel passa une main devant ses yeux et soupira. Il était hors de lui. Il ne pouvait pas laisser ce fou gagner. Tout ce qu'il avait confié à Laure n'avait servi à rien. Elle se rangeait encore une fois sous la coupe de son tortionnaire. Il la tenait comme une marionnette.

Ils entendirent alors le cri d'excitation de Céleste à travers la maison.

Son père était de retour.

Avec Augustin.

Laure gémit de soulagement. Le corps vacillant, elle passa devant Emmanuel sans un regard pour aller retrouver son petit.

Sur la pendulette, l'aiguille se déplaça d'une secousse.

Il était deux heures du matin.

Emmanuel resta là, sans bouger, terrassé. Il n'avait pas réussi à la convaincre et Laure demeurait soumise au bon vouloir de son mari. Son amour pour ses enfants était le plus fort. Elle se sacrifiait pour eux. Il l'entendit traverser le vestibule et passer devant la porte du bureau. Mais elle ne s'arrêta pas. Elle portait Augustin dans sa chambre et le couvrait de baisers sonores. Il l'écouta s'éloigner dans l'escalier et le silence se fit. Il se laissa tomber sur la chaise et fixa ses coudes sur ses genoux. Il était épuisé. Il était rassuré de savoir Augustin en sécurité, mais il était accablé. Pour la première fois, Laure le repoussait.

Il entendit de nouveau des pas. Cette fois-ci, Céleste marchait avec son père. Pierre-Alain s'arrêta, et promit à sa fille de la rejoindre. Son regard se posa sur Emmanuel. Il ne dissimula pas à quel point la situation l'amusait.

— Salut l'associé ! Pas encore couché ?

— Comme vous le voyez !

— Longue journée, n'est-ce pas ?

— En effet !

— J'ai passé un délicieux moment ! Avez-vous eu l'occasion de découvrir le parc de loisirs du Pal à quelques kilomètres d'ici ?

— Non.

— Suis-je bête, vous n'avez pas de gamins, vous ! s'écria-t-il moqueur. Bref, ce parc est merveilleux ! Le temps semble s'arrêter. Nous avons eu le sentiment de disparaître de la surface du monde ! De ne plus exister pour personne ! Quelle sensation étrange et merveilleuse !

— Vraiment ?

— Je vous le confirme. Je vais retrouver ma p'tite femme et mes enfants ! Toutes ces joyeuses émotions m'ont épuisé !

Il lui adressa un clin d'œil, et le planta là sans même dissimuler son amusement.

À bout de nerfs, Emmanuel quitta la pièce à la hâte pour aller marcher dans le parc. Il avait un besoin urgent de prendre l'air.

Fanette étendait du linge dans le jardin potager qui séparait la grande maison de la sienne. Les quelques rayons de soleil et le vent qui soufflait seraient certainement plus efficaces que ces séchoirs bruyants. Elle tirait sur un drap pour enlever les plis et fut surprise de découvrir Emmanuel devant sa panière qui lui tendait un torchon. Elle soupira. Laure était l'ombre d'elle-même depuis que son mari lui avait ramené leur fils. Elle le veillait comme du lait sur le feu et ses yeux avaient perdu tout éclat. Emmanuel ne semblait pas en meilleure forme. Le seul qui se montrait enjoué était cet ahuri de Pierre-Alain. Elle le détestait. Ce n'était pas chrétien d'avoir de telles pensées, mais bon sang, ce type était devenu le diable.

— Si vous venez me voir jusqu'ici, c'est que vous en avez gros sur le cœur !

— Fanette ! soupira Emmanuel en souriant tristement. Je pars ce soir pour Paris et demain je dois filer à Londres.

— Toujours par monts et par vaux ! Vous allez être absent longtemps ?

— Je ne serai pas de retour avant quelques semaines. Tom est capable de me remplacer et Laure peut gérer la maison.

— Si vous le dites…

La vieille dame se pencha et attrapa le drap qu'elle lança sur le fil. Elle attendait qu'Emmanuel se confie.

— Fanette, j'ai besoin de votre aide ! Vous êtes mon dernier recours ! Je ne sais plus quoi faire !

35

Albertine traversa le vestibule en courant, tout en appelant sa mère. Elle pouvait s'accorder ce plaisir, car le dimanche soir, aucun client ne dormait là. Laure lui répondit de son bureau où elle vérifiait le programme de la semaine.

— Fanette nous invite à dîner chez elle et ensuite, Martin va nous emmener écouter le brame en forêt !

— Je doute que ce programme intéresse Céleste.

— Elle est déjà chez eux ! Nous t'attendons !

Laure soupira. La vivacité de sa fille était inversée avec la sienne. Plus elle était fatiguée, plus Albertine s'agitait. Elle sentit l'humeur triste de sa mère et s'approcha pour se coller contre elle et lui faire un câlin. Elle lui annonça le menu concocté pour le dîner pour la convaincre, mais Laure avait plus envie de se terrer dans son lit que de sortir. Pour lui faire plaisir, elle se leva malgré tout et serra sa main dans la sienne.

Les trois enfants animèrent le dîner et discutèrent à bâtons rompus avec Martin. Ils n'avaient jamais eu l'occasion d'écouter le brame et cette première promenade nocturne en forêt les échauffait. Le vieil homme était heureux de leur raconter ses souvenirs et leur narra quelques événements passés avec leur grand-père. Laure resta silencieuse, mais apprécia qu'il prenne le soin de le faire. Elle notait les visages curieux de ses enfants et soupira. Le couple, par sa présence sereine, était un soutien constant et le temps chez eux semblait s'arrêter.

Martin parlait peu, mais observait tout. Il était pudique, mais ses gestes débordaient de tendresse. Il avait été l'ouvrier, le chef de culture, le vacher du père de Laure, mais il avait été, avant tout, son plus fidèle ami. Sa disparition soudaine l'avait secoué, son absence le peinait, les souvenirs de la grande époque à la ferme le rendaient nostalgique. Monsieur Jean lui manquait, leurs discussions lui manquaient, même son fichu caractère lui manquait et, à travers Tanguy, Laure et Isabelle, il retrouvait un peu de lui. Il était très attaché à la famille de « Maison Haute », qu'il considérait comme la sienne. En souvenir de son ami, il devait la préserver et avec sa femme, ils s'y employaient chaque jour.

Laure était étrangement silencieuse et Fanette se désolait de la voir si angoissée. À la nuit tombée, quand Martin donna le signal du départ, Fanette la retint. Elle était si fatiguée qu'elle n'essaya même pas de lutter. Elle se glissa sur le vieux canapé en velours et allongea ses jambes en bâillant.

— Tiens, ma chérie ! dit Fanette en lui tendant une tasse de thé.

Laure la remercia et fit mine de se relever pour l'aider à faire la vaisselle, mais sa nourrice lui ordonna de rester à sa place. Laure s'exécuta, elle savait par expérience que lutter avec elle était inutile. Elle lui adressa un sourire fatigué et porta sa tasse à ses lèvres. Mais même sa boisson habituelle ne lui faisait pas envie. Elle se coula dans les coussins et ferma les yeux. Quelques minutes plus tard, Fanette s'installa à ses côtés et lui prit la main qu'elle garda dans les siennes.

— Tu n'es pas très en forme, ma chérie, en ce moment.

— Je t'assure que je vais bien !

Fanette lui tapota la main et fit la moue, dubitative. Elle la regarda avec attention.

— Je suis un peu fatiguée. La disparition d'Augustin m'a secouée.

Fanette lui caressait tendrement les doigts et patientait. La chaleur de sa paume la réconforta. Le calme de la maison, l'odeur de la cuisine, le tic-tac de l'horloge, la présence bienveillante de Fanette l'enveloppaient de douceur. Mais Laure gardait le silence. Celle qui l'avait élevée lui demanda alors, dans un chuchotement :

— Si Céleste te promettait qu'elle se portait bien alors que ses yeux te criaient tout le contraire, que dirais-tu pour l'aider à se confier à toi ?

Laure avait soudain une boule dans la gorge et rougit sous son regard perçant. Son cœur s'emballa.

— Je l'ignore…

— Tu lui rappellerais que tu peux tout entendre car tu es sa mère, et qu'elle peut se livrer sans crainte. N'est-ce pas ?

— Probablement.

— Tu lui répéterais que de livrer ses doutes et ses angoisses à une personne en qui tu as toute confiance permet le plus souvent de mettre de l'ordre dans ses tourments.

Laure resta silencieuse, mais une larme dégringola sur sa joue.

— Quelle épreuve traverses-tu, ma petite, qui t'empêche de te confier à moi ?

— J'ai peur d'ouvrir la boîte de Pandore si je commence à raconter… murmura-t-elle dans un souffle.

— Est-ce que tu te sens en danger, ma chérie ?

Laure haussa les épaules. Sa gorge se serra, ses mâchoires se crispèrent à lui faire mal et les larmes ruisselèrent. Fanette fronça les sourcils et attendit, immobile et inquiète.

— Si toi, tu avais une fille, Fanette, et qu'elle t'avouait que son mari est violent depuis des années et qu'il l'oblige a… alors qu'elle ne le veut pas, confessa-t-elle, la tête baissée. Que lui dirais-tu ?

— Je lui dirais qu'il s'accroche comme une sangsue, mais qu'elle est suffisamment forte pour ne plus subir ses agressions !

Fanette attrapa la seconde main de Laure qu'elle enferma dans les siennes. Elles étaient collées épaule contre épaule. Laure s'appuyait sur la rondeur de sa nourrice, parfaitement immobile. Fanette sentait sa protégée prête à se livrer et attendit sans bouger. Pourtant, Laure se retenait encore. Elle lui murmura avec tendresse :

— Si j'avais une fille et qu'elle savait, au fond de son cœur, qu'elle est en sécurité pour abandonner son secret, que me dirait-elle, ma chérie ?

— Que son mari est devenu fou, qu'il lui fait vivre un enfer et que ses menaces la terrifient… avoua-t-elle enfin, les yeux brillants de larmes.

Fanette soupira. Elle était parfaitement consciente de la détresse de Laure. Elle la voyait survivre depuis des mois alors qu'elle tentait de leur cacher à tous, les comportements inacceptables du père de ses enfants. Elle lui confia, la bouche pincée de colère :

— Je lui affirmerais qu'elle est bien plus forte qu'elle ne le pense. Qu'elle n'est plus seule et qu'elle va le faire disparaître de son existence !

Elle serrait de plus en plus fort la main de Laure alors que sa rage contre son tortionnaire s'amplifiait.

— Dans un premier temps, tu dois l'assommer pour qu'il te fiche la paix !

— Fanette ! jura Laure, en levant les yeux au ciel.

— Tu dois dormir ! Regarde-toi, tu tiens à peine debout !

— Je sais…

— Est-ce qu'il s'en prend à tes enfants ? s'inquiéta-t-elle encore.

Laure bougea la tête de droite à gauche. Mais elle lui avoua, du bout des lèvres, les sombres menaces qu'il lui infligeait ces derniers temps et elle lui rappela le signal qu'il lui avait donné récemment. Fanette gronda.

— Pourquoi persistes-tu à te croire seule à supporter ce calvaire alors que tu as autour de toi des gens qui t'aiment et qui peuvent te soutenir ?

— J'ai tellement honte, Fanette ! dit-elle dans un sanglot. J'aurais dû partir plus tôt, mais j'ai manqué de courage ! Je l'ai laissé me détruire à petit feu pour protéger mes enfants. Je pensais que tout finirait par rentrer dans l'ordre, mais depuis qu'il a perdu son travail et que j'ai gagné mon indépendance, il est devenu incontrôlable !

— Tu dois aller porter plainte contre lui, s'il t'a brutalisée !

— Je ne peux pas aller au commissariat ! Il va l'apprendre !

— J'ai quelques relations ! Je connais très bien le chef de la brigade, il est gentil et il pourra te recevoir discrètement. Tu dois te protéger, Laure. Tu le sais : la honte doit changer de camps !

Tard dans la nuit, Martin se réveilla et s'inquiéta de ne pas sentir Fanette à ses côtés. Il se redressa au bord du lit, glissa ses pieds dans ses pantoufles et se leva en pestant contre ses rhumatismes. Il trottina jusqu'à la cuisine et découvrit sa femme assise à table, le visage penché sur des photos et son pendule dans la main, qu'elle effleurait en chuchotant des incantations. Martin croisa son regard fiévreux et grimaça.

— Tu ferais mieux de venir dormir au lieu de jouer à la sorcière au milieu de la nuit !

— Je sais que tu n'y crois pas, mais autant mettre toutes les chances de son côté !

— J'ai déjà vu de mes yeux la puissance de tes pouvoirs, ma Fanette ! Ils ne seront pas de trop pour faire décamper ce salopard de « Maison Haute » !

Après les confidences arrachées de Laure, Fanette passa encore plus de temps à la grande maison pour la soutenir. Les enfants étaient ravis d'avoir des biscuits à leur retour de l'école et appréciaient sa patience pour le suivi de leurs devoirs. Pierre-Alain s'énervait d'avoir cette vieille bique dans les jambes, d'autant plus qu'elle arborait depuis peu un rictus méprisant chaque fois qu'il se montrait désagréable. Il était loin d'imaginer que Fanette s'arrangeait pour le droguer en cachette, avec une potion à base de plantes dont elle avait le secret. Il s'endormait comme une souche, parfois même avant de pouvoir monter dans sa chambre. Le matin, il se réveillait sans garder le moindre souvenir de la veille. Seul Martin avait connaissance de ces agissements et il fermait les yeux. Il était tout à fait conscient de l'étendue des dons de sa femme.

Fanette avait organisé elle-même la discrète rencontre chez la mère du commandant, avec qui elle participait aux activités de la maison de retraite toutes les semaines. Elle avait accompagné Laure jusqu'au village, pour s'assurer qu'elle ne reviendrait pas sur sa décision, au tout dernier moment. L'homme avait fait preuve de patience et d'écoute pour la mettre en confiance. Il était parfaitement lucide quant à ses appréhensions. Dans la campagne, les ragots avaient vite fait de circuler et la fille de Jean d'Anglois ne voulait pas attirer l'attention sur sa famille. Il lui expliqua les recours qui s'offraient à elle et enregistra sa plainte, ainsi que les photos de son dos prises par Emmanuel. Il se devait de rester imperturbable, mais il serra les dents en écoutant les sévices subis par cette femme digne, assise devant lui. Elle avait peur. Il continua d'une voix calme :

— Une main courante est une simple déclaration des faits et votre mari n'en sera pas informé. Toutefois, cette déclaration peut aboutir à une enquête judiciaire et dans ce cas-là, il pourra être convoqué à la gendarmerie.

Laure blêmit. Le gendarme se pencha et chercha son regard pour insister :

— Vous avez signalé, madame, qu'en plus de vous brutaliser, il vous a dérobé de grosses sommes d'argent, et qu'il continue, avant de disparaître plusieurs jours. Pensez-vous qu'il joue ? Connaissez-vous ses fréquentations ?

Laure se tenait sur ses gardes depuis son arrivée dans cette maison, mais la bienveillance dans sa voix lui fit monter les larmes aux yeux. Elle se détourna et chassa un sanglot. Dans quel cauchemar était-elle tombée ? Elle ne pouvait plus supporter l'enfer que son mari lui promettait. Elle ne le reconnaissait plus depuis longtemps. Elle craignait l'escalade de ses sombres penchants. Il n'avait pas levé la main sur elle depuis cinq mois, mais ses paroles, ses regards, ses sourires narquois étaient aussi percutants qu'une gifle. Il tissait sa toile autour d'elle et s'amusait à la rendre folle. Elle avait parfois l'impression que ce qu'il lui infligeait était un jeu et qu'il les prenait tous pour des pantins dont il tirait les fils.

Le gendarme la raccompagna auprès de Fanette qui l'attendait patiemment.

Elle se leva aussitôt, les yeux inquiets en notant la pâleur de Laure.

— Vous avez bien fait de venir me parler. Je vais m'occuper personnellement de cette affaire.

— Je suis certaine de votre discrétion et j'ai toute confiance en vous ! s'exclama Fanette. Comment va votre fils ?

— Il se porte très bien ! dit-il en souriant. Et c'est grâce à vous, je ne l'oublie pas ! Vous avez mes coordonnées, n'hésitez pas à me joindre quand vous le souhaitez.

Les deux femmes le remercièrent. Alors qu'elles marchaient jusqu'à la voiture, Laure ne dissimula pas sa curiosité. Mais sa nourrice resta mystérieuse et elle se douta que ses prières et son pendule avaient dû soulager les maux de l'enfant. Elle n'en apprit pas plus.

Une fois sur la route, Fanette lui tapota le genou et lui avoua que ce premier pas était le plus difficile et qu'elle était fière de sa décision. Laure serra la mâchoire et fixa son regard loin sur la campagne.

36

Tanguy s'arrêta à « Maison Haute » comme il en avait pris l'habitude pour saluer sa sœur et s'assurer que tout allait bien. Il en avait fait la promesse à Emmanuel. Il la trouva en grande discussion avec Fanette et accepta de rester dîner. En cette mi-septembre, la météo était encore clémente et les enfants profitaient à leur guise de la piscine. Ils savaient tous nager maintenant et elle respirait mieux en les regardant plonger. À l'heure de passer à table, Fanette vint les retrouver. Tanguy, tout juste séché, glissa son bras autour de la vieille dame et la serra affectueusement contre lui.

— Oh ! Tanguy ! Tu vas me casser !

— Ma chère Fanette, c'est toi la plus solide de nous tous ! corrige-t-il en l'embrassant.

Ils se dirigeaient vers la cuisine quand la voiture de Pierre-Alain apparut dans l'allée. Aussitôt, tout le monde se raidit. Laure courba un peu plus les épaules, Fanette soupira et Tanguy grimaça.

Le dîner commença dans une ambiance tendue, que seuls Pierre-Alain et Céleste brisaient. Albertine faisait la moue, car elle n'aimait pas les courgettes. Augustin levait à peine la tête de son assiette pour ne pas s'attirer les foudres paternelles. Depuis qu'il l'avait enlevé, il ne lui avait pas adressé un mot gentil. Le pauvre garçon ne savait plus sur quel pied danser. Martin et Fanette discutaient avec Tanguy. Laure n'avait pas faim.

Ils n'avaient pas terminé leur dessert que l'apparition soudaine de Tom les surprit. Le jeune chef avait le visage sombre et Laure s'inquiéta.

— Je souhaiterais vous parler ! s'écria-t-il en évitant le regard de son mari.

— Ça va mon vieux ? s'emporta Pierre-Alain en posant brutalement son verre sur la table. Toute la tablée sursauta. Il me semble que c'est un jour de repos ! Pourquoi viens-tu déranger ma femme ? Qu'est-ce que tu lui veux ?

Laure blêmit. Les enfants baissèrent le nez. Leur père avait sifflé plusieurs whiskys depuis son arrivée et ils redoutèrent les conséquences.

— Pierre-Alain ! intervint Tanguy, les lèvres pincées.

— Quoi ? jura-t-il

Laure jeta un regard à son frère et se leva pour rejoindre le cuisinier qui l'attendait à la porte. Tom perdit son calme, devant le sourire narquois de Pierre-Alain.

— Je ne vais pas poursuivre mon contrat ici ! s'emporta-t-il, une fois dehors. J'ai trouvé un autre poste et je viens récupérer mes affaires !

— Vous ne pouvez pas partir maintenant ! Emmanuel compte sur vous !

— Je suis désolé, mais je ne travaillerai pas plus longtemps dans ces conditions !

— Quelles conditions ? demanda Tanguy qui les avait rattrapés.

— Votre mari est un grand malade, madame. Sa

surveillance constante et ses soupçons sont devenus ingérables ! Il est persuadé que j'ai une relation avec vous et il me défie sans arrêt ! Ma copine n'en peut plus de ses histoires et elle m'a quitté ce soir ! Cette fois-ci, je jette l'éponge !

Laure était blanche. Elle ne savait plus quoi dire. De sa place, elle observait Pierre-Alain resté à table, qui s'amusait avec Céleste. Il se moquait éperdument des conséquences de ses actes. Tanguy proposa au cuisinier d'attendre le retour d'Emmanuel, avant de prendre une décision définitive. Il comprenait son exaspération et il allait régler ce problème avec Laure. Pouvait-il tenir son poste les prochains jours afin qu'ils trouvent un arrangement ?

— J'assurerai cette semaine pour ne pas mettre Emmanuel dans l'embarras, uniquement si je suis certain de ne pas le croiser. Ensuite, je mettrai fin à mon contrat ! conclut-il en colère avant de les quitter.

Ils rentrèrent dans la cuisine, tous les deux, stupéfiés. Fanette connaissait Tanguy. Elle voyait ses yeux chavirer et ses lèvres se pincer. Elle notait tous les signes d'une explosion imminente. Elle invita les petits à monter se laver les dents avant qu'ils n'assistent à un cataclysme familial. Laure rencontra son regard soucieux, ses oreilles bourdonnèrent et elle eut froid soudain.

— Apporte-moi un café serré pendant que tu es debout ! jeta Pierre-Alain sans même se tourner vers sa femme.

Ce comportement négligent envers sa sœur fit exploser la colère de Tanguy, contenue depuis trop longtemps. Il traversa la cuisine, bouscula Laure et attrapa violemment son beau-frère par le col de sa chemise.

— Tu ne vas jamais arrêter de nous emmerder ? hurla-t-il, à bout de patience.

— Quoi ? protesta Pierre-Alain, d'un air innocent.

Il se tourna vers sa femme et chercha son soutien.

— Dis-lui de se calmer ! Depuis que sa nana l'a quitté, il est tendu…

Pierre-Alain ne vit pas arriver le poing de Tanguy, mais il le sentit quand il lui fendit la lèvre. Il couina en découvrant le sang sur sa main. Tanguy le tira jusqu'à la porte et le jeta dehors sans ménagement.

Céleste était redescendue pour récupérer son téléphone oublié sur la table, et observa la scène depuis le perron. Elle était outrée. Son père gémissait, le visage tuméfié, et Tanguy jurait, hors de lui. Dans la cuisine, Laure glissa sur une chaise et se cachait dans ses bras. Elle ne se sentait pas bien.

— Ton oncle est fou ! cria Pierre-Alain à sa fille. Il me jette de cette maison comme un chien !

— Retourne chez tes parents, ce sera mieux pour tout le monde ! insista Tanguy, dressé contre lui. Va faire cette formation que tu nous promets depuis des semaines et laisse ma sœur tranquille !

— Je veux qu'elle vienne me le dire en face…

— Tu ne vois pas qu'elle est épuisée de te supporter ! Si tu ne montes pas dans ta voiture maintenant, je vais t'aider à le faire !

— Céleste, mon bébé ! continua Pierre-Alain en démarrant le moteur, la main tremblante. N'oublie pas que ton oncle m'a brutalisé ! Je vais revenir te chercher bientôt ! Je ne vais pas t'abandonner dans cette maison de fous !

Tanguy gonfla ses poumons pour retrouver son calme, les jointures de ses doigts le brûlaient. Il se tourna, découvrit sa nièce derrière son dos et grimaça. Il n'était pas fier qu'elle ait assisté à cette scène et il s'approcha d'elle pour s'excuser de s'être emporté. Il fulminait encore. Céleste pivota et prit la fuite sans dire un mot.

Fanette croisa l'adolescente dans le vestibule et, au vu de ses larmes, eut la confirmation qu'une dispute avait éclaté. Elle rejoignit Laure en même temps que Tanguy. L'un était aussi rouge de colère que l'autre était blanche.

— Laure, tu ne te sens pas bien ?

— J'ai la tête qui tourne ! répondit-elle d'une voix lointaine.

Elle se leva, les mains tremblantes, fit un pas en avant et chancela. Fanette cria et Tanguy eut juste le temps de rattraper sa sœur dans ses bras, avant qu'elle ne se fracasse le crâne sur la pierre.

Tanguy la veillait. Il était tard et il avait renvoyé Fanette chez elle, malgré ses réserves. C'est lui qui était responsable de la situation et il voulait s'assurer que Laure se repose, que ses neveux dorment et que son beau-frère ne cherche pas à revenir.

Elle avait très vite repris connaissance, mais elle se sentait particulièrement exténuée. Elle ruminait. Comment allait-elle trouver un remplaçant pour le poste du cuisinier ? Elle avait tellement honte vis-à-vis des salariés, de Tom et surtout d'Emmanuel ! Tanguy lui affirma qu'elle réglerait tout le lendemain. Elle en avait l'habitude. Elle ferait mieux de se reposer pour le moment.

La maison était silencieuse, tout le monde dormait et Tanguy réfléchissait à l'état de sa sœur. Son téléphone vibra dans sa main et le prénom de l'associé de Laure s'afficha sur l'écran. Il se leva et décrocha vite avant de sortir de la chambre.

— Emmanuel ? Je pense que tu devrais rentrer ! Laure a besoin de toi !

Elle somnolait. Fanette la veillait comme un nouveau-né depuis trois jours et avait sollicité l'avis du médecin à la première heure ce matin. Il venait de partir. Son estomac faisait le yoyo et elle se sentait complètement abattue. Elle serra plus fort les paupières pour ne pas pleurer et la mâchoire pour ne pas vomir. Les enfants s'étaient préparés tout seuls puis Tanguy les avait conduits à l'école. Laure essayait de ne penser à rien et luttait contre une énième nausée. Dès qu'elle ouvrait les yeux, son lit tanguait et son ventre se retournait. La fenêtre de sa chambre était ouverte pour laisser passer l'air frais, la pluie tombait à verse et elle se concentrait sur le bruit des gouttes qui martelaient le chéneau.

Elle avait remercié Tom d'avoir maintenu son poste la semaine. Elle se doutait que les salariés parlaient derrière son dos, et elle avait dû se faire violence pour se montrer digne devant eux, alors que la honte lui faisait perdre son assurance si difficilement acquise.

Elle ne s'était jamais sentie aussi faible. Elle devait pourtant se lever pour aller travailler ce matin. Elle se redressa et les murs de sa chambre tanguèrent. Elle gémit et se dressa en se tenant contre le lit. Pas à pas, elle traversa la pièce. Une sueur froide la glaça et son estomac se retourna une nouvelle fois. Elle eut juste le temps de s'accroupir au-dessus des toilettes pour vomir encore. Les sanglots la fauchèrent et, agrippée à la cuvette, elle fondit en larmes.

Une main fraîche lui releva les cheveux sur la nuque, ce qui la fit sursauter. Elle leva les yeux, livide, et découvrit Emmanuel. Son sourire était tendre, mais son regard était inquiet. Elle gémit et se détourna pour qu'il ne la voie pas dans un tel état.

— Je suis là, je vais m'occuper de toi !

Laure fondit en larmes de plus belle.

Depuis leur dispute et son départ, ils n'avaient eu que des échanges professionnels limités par texto ou mail. Leur éloignement lui avait semblé interminable et elle n'avait plus de force. Emmanuel lui passa un gant pour lui rafraîchir le visage avec de l'eau froide. Puis il se rapprocha d'elle, à même le sol de la salle de bain, pour la tenir dans ses bras. Il lui caressa lentement le dos pour la réconforter. Laure était accrochée à lui, et se calmait en écoutant sa voix et le martèlement de son cœur contre son oreille.

— Je ne voulais pas dire les mots qui t'ont blessé, s'excusa-t-elle très vite, la voix rauque.

— Je sais.

— Je suis allée le dénoncer.

— C'est la seule décision que tu devais prendre !

Dans ses bras, Laure frissonna et quelques sanglots la traversaient encore.

— Laure ! dit Emmanuel, soucieux. Qu'a dit le médecin ? Est-ce que ton état est si grave ?

Elle avait de nouveau maigri. Son regard était cerné, son teint était pâle et elle semblait si frêle qu'il s'angoissa vraiment. Laure ne put retenir de nouveau ses pleurs et se serra plus fort contre lui. Emmanuel s'inquiéta et pensa au pire. Elle se redressa enfin et essuya ses larmes d'une main tremblante. Elle retrouva son souffle et leva ses yeux pour les plonger dans les siens.

— Je suis enceinte !

Emmanuel resta sans voix. Il ne respirait plus. Il avait tout imaginé, mais pas ça. Son absence de réaction affligea Laure qui s'écarta. Elle se glissa contre le mur face à lui et croisa ses bras autour de ses jambes relevées.

— C'est un accident dont je me serais bien passée ! jura-t-elle entre ses dents. Une seule fois, tu m'entends ? J'ai oublié de prendre ce satané cachet une seule fois et j'ai gagné !

Elle essuya ses joues d'un geste rageur tandis que les larmes coulaient toujours.

— Je t'avoue que je ne sais pas quoi dire.

— Je commençais enfin à reprendre espoir ! Je voulais retrouver ma liberté ! Je ne veux pas d'un autre enfant ! Je ne veux pas que tu sois fâché contre moi ! Je ne veux pas être enceinte ! Je ne veux pas être malade comme une bête ! Je ne veux pas perdre mon travail ! Je suis si fatiguée ! se lamenta Laure, très agitée, mais toujours aussi pâle.

Ils se fixaient, assis au sol, à chaque bout de la salle de bains. Emmanuel était bouleversé. Décidément, son association avec elle était loin d'être un long fleuve tranquille.

— De combien de semaines es-tu enceinte ? demanda-t-il, d'une voix dégagée.

Elle le regarda, révoltée.

— Tu n'as rien compris ?

— Tu n'as pas répondu à ma question ? s'énerva-t-il à son tour.

— Je suis enceinte d'un mois ! Tu n'as pas oublié notre nuit en Normandie ? Nous avons agi comme des irresponsables ! J'ai complètement perdu la tête et j'en paye le prix !

— Tu en es absolument certaine ? murmura-t-il, soudain aussi pâle que Laure.

Elle saisit enfin pourquoi Emmanuel restait distant. Son visage était fermé et pourtant, elle n'avait qu'une envie, se glisser tout contre lui.

— Je suis tombée enceinte en Normandie, avoua-t-elle

doucement, le cœur au bord des lèvres. Après notre fuite de l'hôtel, j'ai oublié de prendre ma pilule ! Il ne m'a pas touchée après notre escapade ! Je te le promets. Cette grossesse est le résultat de notre inconscience à tous les deux ! Je te supplie de me croire !

Emmanuel retrouva son souffle. Il bondit auprès de Laure et la prit dans ses bras pour la serrer fort contre lui. Il était ému. Il ferma les yeux et resta silencieux. Laure ne bougeait pas.

— Si notre situation était plus stable, demanda-t-il, d'une voix peu assurée, envisagerais-tu de le garder, ce bébé ?

— Emmanuel…

— Réponds-moi, s'il te plaît !

Laure garda le silence. Le regard de celui qu'elle aimait n'avait jamais été si brûlant.

— Que veux-tu savoir, Emmanuel ? Si je n'étais plus mariée avec lui, aurais-je envie de te donner l'enfant que tu as toujours espéré ?

— C'est un peu ça ! avoua-t-il, tendu. Si mon avis compte dans ta décision, n'oublie pas que je t'aime, Laure, et je serais si heureux de prendre soin de vous deux !

Elle soupira. Dans ses yeux, elle voulait croire au bonheur. Depuis leur rencontre, elle tentait de s'accrocher à lui, à son optimisme, à sa constance et à son assurance. Mais à cet instant, elle se sentait vraiment perdue. Elle avait des responsabilités, de nouveaux projets qui lui tenaient à cœur, cette grossesse allait tout bouleverser. Et même si elle avait amorcé le long chemin vers la liberté, elle était encore mariée avec un tyran. Elle ne trouverait donc jamais la paix !

Mais la main solide d'Emmanuel était posée délicatement sur son ventre et son bras l'entourait. Sa chaleur, sa douceur et sa force lui avaient tellement manqué. Elle se ranimait à ses côtés. Être séparée de lui l'avait autant démolie que les perfidies de son mari. Elle devait mettre un terme à ce cauchemar pour trouver la paix et prendre un nouveau départ. Elle devait le faire pour elle, mais aussi pour le bien-être de ses enfants. Elle n'avait plus le temps d'attendre maintenant qu'un petit d'Emmanuel poussait dans son ventre.

Elle lui sourit et le regard d'Emmanuel s'illumina. Il resserra son étreinte et murmura à son oreille :

— Je n'avais jamais imaginé vivre le plus beau moment de mon existence, assis devant une cuvette de toilette !

Laure pouffa de rire puis grimaça en se tenant l'estomac. Elle passa ses bras autour du cou d'Emmanuel et se blottit tout contre lui. Elle avait pris la meilleure des décisions.

L'aube commençait de poindre et Laure devait regagner son appartement avant que la maisonnée se réveille. Emmanuel l'enlaçait et regrettait tout comme elle de ne pas pouvoir prolonger plus longtemps ce moment. Elle s'habilla sous son regard, se recoiffa avec ses doigts et le contempla, les yeux sombres. « Je t'aime tant ! » lui avoua-t-elle pour la première fois. Emmanuel se leva à son tour et la serra dans ses bras pour l'embrasser encore. Il lui sourit tendrement et vérifia que personne ne marchait dans le couloir pour la laisser filer.

Une fois seul, il se passa la main dans les cheveux et ses épaules tombèrent. Il souffla. Il n'allait pas supporter très longtemps de garder ses distances et dissimuler leur relation. Tanguy était le seul qui l'avait parfaitement compris. Il n'avait rien dit. Une tape dans le dos, un grognement et ils en étaient restés là. Emmanuel espérait que le divorce serait prononcé avant que les signes de sa grossesse pointent sous le ventre de Laure.

Il était amoureux d'elle, il était fier qu'elle porte son enfant et il n'appréciait pas le moins du monde de la laisser filer de son lit comme une voleuse.

Se confier à Emmanuel avait été difficile, mais déballer toute son intimité devant son amie avait été encore plus pénible. Catherine lui avait rappelé avec beaucoup de douceur qu'elle était la victime de Pierre-Alain et qu'elle devait ôter de son esprit ce vif sentiment de honte. L'avocate avait été patiente et l'avait écoutée avec la plus grande attention. Elle l'avait rassurée quant à sa crainte de perdre la garde des enfants et lui avait longuement expliqué les mesures à adopter contre son mari. Il allait devoir lui rendre des comptes pour toutes les violences physiques infligées. Les détournements colossaux d'argent ne resteraient pas impunis non plus. Elle allait s'emparer de son dossier en priorité et l'accompagner pour qu'elle se sorte de ce cauchemar qui la minait depuis tant d'années.

Emmanuel reprit en main la direction de « Maison Haute » pour soulager Laure. Il proposa à Tom de faire un nouvel essai, que ce dernier accepta du bout des lèvres. Mais l'équipe était de nouveau au complet et la clientèle qui profitait de l'arrière-saison les occupait suffisamment pour qu'ils ne perdent pas de temps à colporter les ragots. Pierre-Alain ne donnait plus de nouvelles. Même Céleste n'arrivait pas à le joindre. Sur les conseils de sa mère, elle téléphona à sa grand-mère. Bernadette ne cacha pas son mécontentement et monta dans les aigus au fur et à mesure de l'échange. Elle était hors d'elle et en voulait autant à Tanguy qu'à Laure. Céleste raccrocha, bouleversée. Elle était partagée entre ses parents et ne savait plus quoi penser de leur situation.

Laure avait meilleure mine, mais les nausées lui donnaient peu de répit. Elle n'avait jamais été si malade pour ses autres grossesses. Emmanuel lui interdit de travailler et lui imposa un repos strict dans son appartement.

Céleste rentra plus tard dans la soirée, après un dîner avec les jumeaux Bonvoisin. Laure feuilletait un album de famille rapporté par Fanette. Albertine riait aux éclats en constatant les portraits de Tanguy et Isabelle, petits. Laure racontait les fêtes d'école, les Noëls, les communions, les premiers vélos, les premières dents tombées, les parties de pêche à l'étang, les baignades, les chiens, les chevaux. Albertine s'amusait, Augustin découvrait que sa maman avait été une enfant, elle aussi.

Céleste s'approcha et poussa son frère pour prendre place sur le canapé et regarder les photos à son tour. Laure tournait les pages, émue. Si Fanette n'avait pas rempli le rôle de mère de substitution, ils n'auraient même pas eu un album pour se souvenir de leurs jeunes années. Elle soupira, mélancolique. Albertine, toujours occupée par les portraits, découvrit un joli bébé blond. Céleste, toute nue sur sa table à langer, montrait son unique incisive dans une franche rigolade. Elle répondit aux moqueries des petits et tourna vivement la page. Le cœur de Laure se serra. Sur le cliché, Charles se tenait dans les bras de son père et s'agrippait à lui, avec ses menottes. Ils se souriaient, complices. Pierre-Alain était jeune et rayonnant. Derrière eux, Laure arborait un ventre rond et gardait Céleste par la main. La photo les montrait après une virée en bateau et, à l'époque, ils donnaient l'image d'une famille comblée.

Pourtant, Laure subissait déjà l'instabilité de son mari. Les enfants étaient silencieux et observaient leur mère, ils ne savaient pas quelle réaction elle allait avoir. Personne n'évoquait jamais cet enfant absent. Elle tourna la page. Augustin l'arrêta en lui pointant un cliché.

— C'est lui, mon frère ?

Les yeux de Céleste se remplirent de larmes. Laure lui serra la main avec tendresse. Pour la première fois, elle se sentait suffisamment forte pour leur parler de son petit garçon, tragiquement disparu. Elle leur expliqua les circonstances de la mort de Charles, sa dépression et son internement qui avait suivi. Et elle leur demanda pardon.

— Je n'ai jamais songé que c'était arrivé par ta faute, maman ! s'écria sa fille aînée, brisée. Mais tu as eu tellement de chagrin que j'ai toujours pensé que tu l'aimais plus que moi !

Laure s'en voulait de ne pas avoir compris à quel point Céleste avait souffert. Elle la tenait sous son bras et apprécia qu'elle se laisse faire pour une fois. Albertine resta silencieuse devant la peine de Céleste puis réclama les photographies de ce frère qu'elle n'avait pas connu. Laure lui proposa d'aller chercher l'album qu'elle conservait dans la commode de sa chambre.

— Il était plus courageux que moi ? demanda Augustin qui gardait fermement son doudou contre lui. Le cœur de Laure se pinça. Augustin avait tant besoin d'être rassuré.

— Il te ressemblait beaucoup ! confia-t-elle en lui souriant.

Albertine reprit sa place entre eux et tendit l'album à sa mère. Laure avait la gorge serrée, mais elle était maintenant apaisée pour leur parler de leur frère.

— Charles traînait son ourson partout. Il sentait très mauvais, mais il hurlait dès que je le mettais dans la machine à laver ! Il aimait beaucoup écouter les histoires. Il riait tout le temps, sauf quand il devait manger des légumes !

Les yeux d'Augustin s'illuminèrent.

Laure tournait les pages et ils discutaient paisiblement de leurs souvenirs d'enfance. Ce moment était lourd de sens et ils sentaient au plus profond d'eux que le poids sur leur cœur s'allégeait.

— Papa et toi, vous allez divorcer ? demanda subitement Albertine, qui ne savait pas se retenir de parler quand un sujet la chagrinait.

Céleste se tendit et refusa de lever les yeux vers sa mère. Laure soupira. Elle n'avait pas réfléchi à la manière de leur annoncer.

— Je pense que oui, ma chérie.

— Tu ne l'aimes plus ? continua sa cadette.

— Albertine…

— Vous avez le droit de faire une pause ! Le père de ma copine Sarah, il a fait ça ! Au début, elle avait de la peine, mais elle a fini par s'habituer ! Et ses parents, ils ne se disputent plus jamais ! Et maintenant qu'elle a deux maisons, elle a deux fois plus de cadeaux à Noël !

Laure se retenait de sourire devant les grimaces de sa fille, forte de son expertise soudaine en relation matrimoniale. Céleste intervint, exaspérée. Elle se moqua d'Albertine qui se mit en colère. Laure en profita pour leur signaler qu'il était temps d'aller se coucher.

Emmanuel se glissa dans le salon de Laure, tard dans la nuit pour s'assurer qu'elle allait bien. Elle dormait sur le canapé et son visage était apaisé. Il remonta la couverture sur ses épaules et lui caressa doucement les cheveux. Elle ne bougea pas. Il repartit sur la pointe des pieds.

37

Automne

Laure mangeait une tartine de miel, distraite par la vue du soleil qui se levait au-dessus des bâtiments de la cour intérieure. La luminosité était exceptionnelle à cette heure-ci. Elle n'avait pas faim. Mais elle se forçait à avoir l'estomac plein pour faire passer ses nausées matinales.

Emmanuel entra dans la pièce et s'assura qu'ils étaient seuls pour l'embrasser. Il s'inquiéta de sa santé et Laure le tranquillisa d'un sourire chaleureux. Elle espérait chaque jour que les inconvénients de la grossesse s'estomperaient, maintenant qu'elle atteignait la fin du premier trimestre. Emmanuel glissa ses mains sur son ventre, très légèrement épaissi, et lui murmura des mots doux à l'oreille. Ils pouffèrent de rire et s'embrassèrent amoureusement. Laure avait pris rendez-vous chez son gynécologue et Emmanuel était impatient d'assister à la première échographie.

Ils entendirent des pas dans le couloir et se séparèrent aussitôt. Fanette apparut et attacha son grand tablier dans son dos. Elle apporta les cageots de coings sur la table, et se lança dans la préparation de gelée et de pâte de fruits, le péché mignon de toute la famille. Emmanuel salua les deux femmes et partit travailler.

Fanette attendit d'être seule avec Laure pour lui poser devant sa tasse une petite fiole.

— Qui veux-tu soigner avec ça ?

— C'est pour toi !

— Je n'ai pas de problème pour dormir !

— C'est pour soulager les nausées ! dit-elle, le regard perçant.

— Oh !

Laure rougit. Elle aurait dû se douter que sa nourrice devinerait son secret bien avant tout le monde.

— C'est une bonne nouvelle, ma chérie ! Voilà la raison qui te donnera le courage de mettre fin à ton ancienne vie, confia Fanette en lui serrant la nuque avec affection. Ton Emmanuel est un homme bien et tu mérites d'être heureuse !

Laure profitait du jour de fermeture pour travailler dans le calme et régler les tâches administratives. Elle répondait à ses mails et préparait tous les documents qu'elle allait présenter au comptable. Emmanuel était parti à Paris tôt ce matin et reviendrait avant la nuit. Il limitait ses trajets pour ne jamais la laisser. Un sourire flotta sur ses lèvres et son esprit vagabonda jusqu'à lui.

La potion de Fanette avait un effet magique. Elle était beaucoup moins malade, dormait mieux et avait retrouvé son énergie. Elle se sentait capable de déplacer des montagnes. Ses enfants se portaient bien, son travail lui plaisait, Tom avait repoussé son départ, les clients réservaient déjà pour la fin d'année et Pierre-Alain vivait maintenant dans le Sud.

Laure n'arrivait pas encore à réaliser qu'elle n'aurait bientôt plus à craindre ses réactions et il lui tardait de ne plus être obligée de dissimuler sa relation avec Emmanuel. Catherine lui avait assuré que son cauchemar allait s'arrêter et qu'elle faisait le nécessaire pour que sa famille soit à l'abri de sa folie.

Elle entendit un ronflement de moteur et leva les yeux vers la fenêtre. Deux voitures noires se garèrent dans la cour. Quatre hommes en costumes sombres sortirent d'un même élan. Son sixième sens l'alerta. Elle traversa la maison au pas de course et se posta devant la porte d'entrée. Elle les accueillit sans leur proposer d'aller plus loin. Le plus âgé des quatre s'approcha d'elle pour lui serrer la main, un sourire séduisant sur les lèvres.

— Vous devez être la charmante épouse de notre ami Pierre-Alain ! susurra-t-il.

— Nous sommes en instance de divorce. Il n'habite pas ici !

Il fit un bruit de langue impatient et son regard s'assombrit. Un autre homme la poussa négligemment pour pénétrer dans la maison.

Elle paniqua.

— Rassurez-vous, chère madame, nous sommes entre personnes civilisées. Nous allons discuter seulement un instant. Ne sommes-nous pas tous occupés par nos propres affaires ?

Les individus l'accompagnèrent jusque dans le grand salon comme s'ils connaissaient parfaitement les lieux. Laure ne montra rien, mais elle était effrayée.

— Votre mari a été imprudent, voyez-vous !

— Nous sommes en instance de divorce ! répéta-t-elle. Je ne veux rien savoir de ses agissements !

— Chère petite madame, vous ne pouvez pas ignorer que Pierre-Alain joue beaucoup, beaucoup… beaucoup !

Il continua, un rictus sur les lèvres qui ne s'accordait pas avec son air sombre.

— Et pour jouer, il a emprunté beaucoup, beaucoup… beaucoup d'argent ! Et cet argent, vous allez devoir me le rembourser !

— Il m'a déjà tout pris ! jura Laure, blême. Je n'ai plus rien !

Il regardait partout autour de lui et sembla évaluer le décor. Deux hommes restèrent droits à ses côtés comme s'ils le protégeaient, le troisième furetait derrière le bar. Laure imagina une scène de film. Mais elle n'était pas au cinéma. Elle respirait à peine tellement la peur lui serrait le ventre, et les pulsations de son cœur battaient dans ses oreilles. Le plus sombre fit signe à ses gardes en levant un doigt vers la sortie et annonça le signal de départ. Il s'approcha de Laure qui sursauta d'effroi.

— Je vous donne ma carte pour me joindre. Votre mari me doit cent soixante-quinze mille euros. C'est une somme considérable, j'en conviens ! Vous êtes charmante, je vous laisse donc jusqu'à Noël pour régler ses dettes. Je vous souhaite une agréable journée !

Laure ne bougea pas. Elle tremblait de la tête aux pieds.

— Ah ! J'oubliais de vous féliciter ! Votre fille Céleste est tout à fait adorable ! Pierre-Alain a raison d'être si fier de sa beauté ! ajouta-t-il, l'air inquiétant, en tirant de la poche intérieure de sa veste une photo de l'adolescente prise à la sortie du lycée. Il la déposa sur la table devant Laure et s'éloigna d'un pas tranquille.

Les voitures avaient disparu, mais Laure ne remuait toujours pas. Elle était sous le choc. Les menaces à propos de Céleste étaient bien réelles. Sa rage monta d'un coup comme une explosion. Pierre-Alain avait été assez fou pour emprunter tout cet argent et mettre sa propre fille en danger !

Elle décrocha son téléphone et tenta de le joindre. Elle tomba sur sa messagerie et hurla. Elle essaya de parler à Emmanuel, mais tomba également sur le répondeur. Elle ne laissa pas de message.

À seize heures, elle alla chercher ses enfants à l'école en vérifiant sans arrêt dans son rétroviseur si elle était suivie. Sur le chemin du retour, elle les écouta en gardant un profond silence. Céleste monta s'enfermer dans sa chambre pour réviser ses leçons, Augustin l'accompagna. Albertine sauta sur son vélo, débordante d'énergie après cette journée studieuse.

Les heures passèrent. Laure, fébrile, attendait des nouvelles de Pierre-Alain. Elle tournait en rond. Elle ne savait pas quoi faire. Prévenir les gendarmes, son avocate, son banquier, Emmanuel ? Elle était en plein cauchemar. Elle devait se réveiller ! Fanette avait dû se tromper dans ses potions et elle délirait ! Derrière la fenêtre, Albertine lui adressa un signe de la main. Elle lui répondit par un sourire, pour ne pas l'inquiéter. Sa fille s'éloigna en pédalant de plus belle sur son vélo.

Le jour tombait. L'angoisse de Laure ne faiblissait pas. Elle jeta un œil sur sa montre, Emmanuel ne devrait plus tarder. Il saurait la conseiller. Elle se décida à prévenir Tanguy qui se tenait le plus proche de la maison et attrapa son téléphone. Elle leva les yeux et sursauta violemment. Il venait d'apparaître.

Le rythme cardiaque de Laure s'emballa dangereusement. Des frissons glacés lui coupèrent la respiration et la clouèrent sur sa chaise. Pierre-Alain se tenait dans l'embrasure de la porte, le regard menaçant. Il était méconnaissable. Son costume était défraîchi, son pantalon sale, sa chemise froissée pendait par-dessus sa ceinture. Il avait le teint gris, les yeux vitreux et ses mains tremblaient. Il était particulièrement agité. Laure se demanda s'il était sous l'emprise d'une drogue ou s'il frôlait la folie furieuse. Il pénétra dans le bureau. L'air se chargea d'électricité. Elle avait peur de lui. Mais elle se défendit de lui montrer sa frayeur. Son cœur tambourinait à ses oreilles. Elle inspira profondément et se leva pour ne pas se montrer à son désavantage. Il fronça les sourcils quand elle osa le défier du regard. Elle contourna son bureau et se tint devant lui, les bras croisés et le visage fermé. Il nota à quel point elle avait changé depuis que son frère l'avait fichu dehors. Elle était transformée. Elle était enfin devenue plus féminine, plus gracieuse, plus digne. La garce ! Elle ne baissait pas les yeux. Il réalisa qu'il avait perdu toute autorité sur elle et la rage le submergea. Il la poussa vigoureusement contre le meuble. Laure se redressa aussitôt. Elle semblait maîtresse d'elle-même, les yeux chargés d'une sombre colère.

— À quoi joues-tu, Laure ? jura-t-il, survolté. Tu penses pouvoir me tromper aussi facilement ?

Elle tiqua. Emmanuel redoublait de vigilance et personne, en dehors de Fanette et Tanguy, n'était au courant de leur relation. Il bluffait ! Elle sentait ses doigts l'agripper durement, elle le rejeta de toutes ses forces et se dressa au centre de la pièce. Elle tenait fermement son téléphone dans sa main et espérait l'appel d'Emmanuel. Selon son habitude, dès qu'il prenait la route, il lui téléphonait. Il allait se manifester et elle pourrait lui signaler sa situation périlleuse.

— Et toi ? gronda-t-elle sans baisser les yeux. Peux-tu me dire qui sont ces hommes à qui tu dois de l'argent ? Ils sont venus jusqu'ici pour te chercher !

— Je les ai vus ! Ils ne plaisantent pas ! Tu vas me donner le fric qu'ils…

— Tu m'as déjà tout volé ! explosa-t-elle. Tu as ruiné notre famille ! Tu es un grand malade !

— J'ai besoin de ce pognon ! cracha-t-il.

— Comment as-tu pu mettre notre fille en danger ? Céleste n'y est pour rien, de tes sales affaires !

— Il faut que tu m'aides ! supplia-t-il, geignard.

— Tu t'es fourré dans de sales draps tout seul ! Je ne te donnerai plus rien ! Tu n'as qu'à demander à ta chère mère ! Bernadette réglera tes problèmes comme elle l'a toujours fait ! hurla-t-elle en lui montrant la carte de visite.

Pierre-Alain leva la main et la gifle qu'il lui administra la rendit sourde d'une oreille. Sa joue la brûlait, mais elle ne baissa pas les yeux. Elle se rattrapa sur le manteau de la cheminée et ils se défièrent, prêts à se battre. Il sentit la haine le balayer. Il voulait lui arracher ce regard méprisant du visage. Il voulait voir la peur pénétrer chaque pore de son corps. Il devait lui rappeler qu'il était le plus fort. Il n'allait pas la laisser l'abandonner. Pas maintenant. Elle lui appartenait. Il n'avait plus qu'elle.

— Sors de chez moi ! dit-elle, le souffle court. Cette fois-ci, tu vas bel et bien disparaître de ma vie !

— Si tu espères que je parte, tu vas devoir m'aider !

— Il n'en est pas question !

— Ne me toise pas de cette manière ! cracha-t-il en la giflant à nouveau violemment.

Ses deux joues la brûlaient intensément. Son oreille bourdonnait. Le regard de son mari était exalté, les traits de son visage déformés. Il serrait ses poings. Il tira rageusement sur son col de chemise pour libérer sa respiration rapide et saccadée. Il manquait d'air et soufflait fort. Elle pressentit que la situation lui échappait. Elle était seule. Elle était terrifiée. Elle n'allait pas en réchapper. Son esprit disjoncta. Elle n'allait pas le laisser gagner encore une fois. Elle se jeta sur lui et le frappa de toutes ses forces. Elle le poussait fermement pour le faire décamper de sa maison.

— Je vais raconter à tes parents quel homme admirable tu es devenu ! Je vais leur apprendre que tu dois une fortune à des types qui se prennent pour des mafieux ! Je vais leur dire quel père remarquable tu es en mettant ta propre fille en danger !

— Ferme-la ! rugit-il.

— Tu n'es plus rien ! Sors de chez moi ! Fous le camp !

Pierre-Alain ne voulait pas imaginer que sa femme ait tant changé et que la partie lui échappait. Il était à bout. La terreur lui serrait les entrailles. Il n'avait plus rien ! Si sa femme ne l'aidait pas, il était fini.

Ils se défiaient du regard, le souffle court, immobiles et tendus. Il ne s'attendait pas à la réponse glaciale de Laure.

— Tu ne me fais plus peur ! J'ai porté plainte contre toi pour violence conjugale et détournement d'argent ! mentit-elle, car elle n'avait pas pu s'y résoudre pour ses enfants. Tu vas finir tes jours en tôle !

— Salope !

— C'est terminé, Pierre-Alain ! conclut-elle, de nouveau très calme et la main sur son nombril.

— Tu n'es qu'une sale garce ! cracha son mari en se jetant sur elle, le regard fou.

Il la projeta sur le sol et lui attrapa les cheveux à pleine main pour la cogner plus fort. Laure sentit un craquement dans son crâne et la douleur lui fit monter les larmes aux yeux. Elle lutta contre lui et se mit à genoux, mais un coup à l'estomac lui coupa le souffle. Ni l'un ni l'autre ne vit leur fille arriver sur le pas de la porte.

— Maman ! hurla Albertine, terrorisée par l'horreur de la scène.

— Sauve-toi, chérie ! Va-t'en ! cria sa mère, le visage en sang, les bras serrés autour d'elle pour protéger son ventre.

38

Tanguy attendait depuis trois heures d'avoir des nouvelles de Laure quand Emmanuel et Isabelle arrivèrent à l'hôpital, les visages décomposés par l'angoisse. Ils s'étaient retrouvés à Paris pour faire la route ensemble dès que Fanette les avait prévenus du drame.

— Tu as du nouveau ? s'écria Emmanuel, ravagé de douleur.

— Je n'en sais pas plus ! Elle est toujours au bloc opératoire ! Les infirmières ne peuvent encore rien dire.

— Nous avons eu des nouvelles par Fanette. La pauvre Albertine est traumatisée.

— Si tu savais dans quel état nous l'avons trouvée ! dit Tanguy en s'effondrant.

— Je n'arrive pas à le croire ! s'écria Isabelle, dévastée.

— Je n'aurais jamais dû la laisser seule ! continua Emmanuel, blême. Je me doutais que toute cette histoire allait mal finir !

— Et lui ? Où est-il ?

— Personne n'en sait rien ! répondit Tanguy à sa cadette.

Le silence s'instaura dans la salle d'attente et chacune de leurs pensées vola auprès de Laure qui se battait pour sa survie.

La nuit était devenue noire derrière les grandes baies vitrées sans qu'ils s'en aperçoivent. Le couloir était désert. Il régnait un silence pesant, quelquefois entrecoupé par le crissement des sabots en caoutchouc des infirmières, sur le sol en lino. Le chirurgien sortit enfin du bloc pour venir à leur rencontre. Ses yeux étaient cernés par la fatigue et il avança jusqu'à eux, les épaules courbées. Ils se levèrent dans un même élan sans dissimuler leur inquiétude.

— Je ne vous cache pas que son état est préoccupant !

À ces mots, ils blêmirent un peu plus.

— Nous l'avons installée en service de réanimation. Nous la maintenons dans un coma artificiel. Je réviserai le protocole de soin en fonction de ses réactions. Si ses constantes venaient à se dégrader, je demanderais son transfert en hélicoptère à Dijon.

— Elle va s'en sortir ? questionna Isabelle, les yeux noyés de larmes.

— Je ne peux rien vous promettre pour l'instant. Son traumatisme crânien reste le plus inquiétant. Si aucune complication n'apparaît dans les douze prochaines heures, le pronostic sera plus favorable.

— Oh mon dieu ! souffla Tanguy, les poings serrés.

— Votre sœur a de multiples fractures au niveau du nez et de la pommette. Elle a également trois côtes cassées, ce qui a entraîné la perforation du poumon. Nous avons dû lui ôter la rate.

— Et le bébé ? s'inquiéta Emmanuel.

— Je suis navré de vous l'annoncer, mais nous n'avons rien pu faire.

— Quand pourrais-je la voir ? demanda Emmanuel, brisé.

— Les infirmières finissent de l'installer. Les visites ne sont pas autorisées.

— Je vous en prie !

Le médecin soupira. Ce soir, il était lessivé. Il avait réparé cette femme mise à tabac avec une telle violence qu'il accepta malgré le règlement. Il allait partir lorsqu'il ajouta à l'adresse de Tanguy :

— Elle a eu de la chance que vous arriviez si vite ! Vous l'avez probablement sauvée. La gendarmerie est prévenue de son état actuel et voudra certainement interroger toute la famille sur ce qui s'est passé. Elle aura besoin d'être très entourée pour se relever d'un tel traumatisme.

— Elle le sera ! promit-il, le regard dur.

Le chirurgien épuisé les salua avant de disparaître derrière la porte automatique.

— Le bébé ? demanda Tanguy interdit.

— Quel bébé ? répéta Isabelle, les yeux écarquillés. Laure était enceinte ?

— Je suis navré ! murmura Tanguy en serrant l'épaule d'Emmanuel qui s'était effondré sur sa chaise.

— Vous alliez avoir un bébé ? Pourquoi ne m'avait-elle rien dit ?

— Sans doute parce que tu étais trop occupée à faire n'importe quoi pour alimenter la Une des journaux à scandales, au lieu de te préoccuper de ta famille !

— Tu aurais pu me prévenir que sa situation s'était dégradée ! Qu'est-ce que tu as fait, toi, pour la protéger ?

— Je vous en prie, arrêtez de vous disputer ! Laure refusait de vous en parler pour que vous ne vous vengiez pas de lui.

Elle est celle qui le connaît le mieux. Elle sait de quoi il est capable pour nuire aux autres. Ne vous querellez pas : vous ne feriez que lui donner raison ! Nous devons rester soudés pour soutenir Laure.

Le téléphone portable de Tanguy vibra. Il répondit à Fanette qui gardait les enfants à « Maison Haute » avec Martin. Il l'écouta, les sourcils froncés, et raccrocha très vite.

— Bernadette a contacté Céleste. Elle hurlait et s'inquiétait pour son fils. Il l'aurait appelée. Il avait l'air complètement délirant. Elle ne comprend pas la situation et veut venir les chercher !

— Il en est hors de question ! jura Isabelle en sautant sur ses pieds. Elle regarda son frère. Je n'ai sans doute pas suffisamment protégé Laure ces derniers mois, mais je respecterai la parole que je lui ai donnée ! Tant qu'elle ne sera pas en mesure de le faire, je garde ses enfants. Nous ne devons pas accepter qu'elle les emmène !

— Tu as raison ! Nous devrions rejoindre Fanette et Martin et ne pas les laisser tout seuls si Pierre-Alain revenait à la maison.

— Je vais attendre ici que Laure se réveille, confia Emmanuel.

Tanguy et sa sœur rentrèrent à « Maison Haute » sans échanger un mot. Ils étaient secoués et rongés d'inquiétude pour leur aînée. Ils allaient devoir se charger maintenant d'expliquer la situation à leurs neveux et ils avaient tous les deux une boule au ventre.

Ce fut un moment particulièrement difficile. Albertine, traumatisée par la vision de sa mère, mise à terre sous les poings de son père, persistait à croire qu'elle allait mourir. Céleste était accablée de remords, car elle écoutait de la musique au moment de l'agression et elle n'avait rien entendu du drame qui se jouait deux étages plus bas. Elle pleurait, persuadée qu'elle aurait pu calmer le délire de Pierre-Alain. Augustin ne comprenait pas pourquoi son Papa était devenu fou et réclamait sa mère avant d'aller se coucher. Voyant que Fanette était fatiguée et à bout d'arguments, Isabelle demanda à Céleste de les installer tous les deux dans sa chambre, pour essayer de les endormir.

Tanguy les avait laissés pour faire le pansage. Ses animaux devaient manger malgré son accablement. Il retrouva Martin qui écartait la paille dans les cases, d'un geste mécanique. Le troupeau était placide. Tanguy avait un grand besoin de profiter du silence de ses étables pour se calmer. Le visage fermé, il repoussa la croupe d'une vache et vérifia que son veau tétait bien. Martin s'approcha, souleva sa casquette en velours et se gratta le front. Ses yeux étaient humides.

— Elle est forte, ta sœur !

— Oui ! répondit Tanguy, la gorge serrée.

Il pressa l'épaule du vieil ouvrier et attrapa une fourche pour ramasser la paille et lui cacher ses larmes.

Quand les enfants dormirent enfin, Isabelle redescendit dans la cuisine et trouva Tanguy qui venait à peine de rentrer.

— Tu veux manger quelque chose ? lui proposa-t-il.

— Je ne pourrais rien avaler, dit-elle en s'asseyant devant la table. Tu as des nouvelles ?

— Son état est stationnaire. Emmanuel vient de monter dans sa chambre. Il compte retourner à l'hôpital demain matin à la première heure.

Il leur prépara une tasse de café pour s'occuper les mains

plus que par envie et reprit sa place en face d'Isabelle. Il murmura, le regard fermé :

— Elle est méconnaissable ! Comment a-t-il pu s'acharner sur elle à ce point ? Je suis responsable de tout ça ! Emmanuel m'avait demandé de veiller sur elle et je n'ai rien vu ! Je n'aurais jamais dû la laisser seule, une minute !

— Ne dis pas de bêtises ! s'écria Isabelle.

Tanguy grimaça et se détourna pour lui cacher sa détresse. Mais les larmes finirent par déborder de ses yeux en silence. Isabelle ne savait que faire. Il se reprit et passa ses mains sur ses yeux, gêné de sa faiblesse.

— Excuse-moi !

— Tu n'as pas à avoir honte ! Moi aussi j'aimerais pleurer, mais je suis trop en colère pour le faire !

— J'ai cru qu'elle était morte ! avoua-t-il, les traits déformés par le chagrin. Quand je l'ai ramassée, elle était comme une poupée de chiffon ! Elle était méconnaissable !

Les yeux d'Isabelle brillèrent de plus belle.

— Je suis navré pour la perte de leur bébé.

— Elle va être dévastée ! Ses trois enfants sont terrifiés. Ils vont avoir besoin de nous tous pour traverser une telle épreuve !

— Si je tombe sur ce salaud, je ne sais pas si je serai capable de me retenir !

— La police fera le nécessaire ! coupa Isabelle. Laure portera plainte même si je dois lui tenir le stylo entre les mains !

— Je n'arrive pas à comprendre ! Comment a-t-il pu perdre la tête à ce point ! s'écria-t-il après un court silence.

Tanguy lui resservit une tasse de café. Isabelle plongea dans ses souvenirs.

— Tu te rappelles la première fois qu'il est venu ici ? À

l'époque, Laure avait à peine dix-huit ans. Elle n'avait aucun projet d'avenir, ce qui faisait enrager papa.

— Il la sermonnait sans arrêt pour qu'elle décide de son orientation. L'ambiance à la maison était tendue. C'est à ce moment-là qu'elle l'avait rencontré à une fête.

— Elle le voyait charmant, gai, lumineux. Il s'amusait de tout et ne respectait rien. Elle était jeune et naïve. Après une enfance cloîtrée à « Maison Haute », il l'avait facilement séduite avec ses promesses de voyages, de sorties, d'existence trépidante. Elle était terrifiée d'annoncer à Papa qu'elle était enceinte !

— Je me souviens de Pierre-Alain, quand il est venu lui demander sa main ! se rappela Tanguy. Papa était contre son choix, bien évidemment. Mais comme il était toujours contre tout, Laure ne l'a pas écouté.

Isabelle soupira. Elle regardait son frère aussi soucieux qu'elle. Le sort s'acharnait sur leur aînée. Le retour de Tanguy dans la ferme n'était pas de tout repos non plus et il enchaînait les catastrophes. Il parlait peu, mais l'existence n'était pas facile pour lui non plus.

— Elle te manque ? demanda Isabelle dans un murmure.

Tanguy soupira. Il haussa les épaules et baissa le regard.

— Bien sûr qu'elle me manque ! avoua-t-il tout bas. Elle a disparu du jour au lendemain et je n'ai aucun moyen de la retrouver. Je ne sais même pas pourquoi elle m'a quittée !

— Tu penses que nous sommes voués à foirer toutes nos histoires d'amour ? Le ciel nous fait comprendre que nos parents ont été trop heureux et nous n'avons plus rien à attendre de ce côté-là. Nada ! dit-elle en mimant sa phrase.

— Je ne sais pas, Isa, je ne lis pas dans les étoiles ! Demande à Fanette !

Ils soupirèrent à l'unisson.

Laure resta plongée dans un profond sommeil durant soixante-douze heures. Isabelle et Stéfanette se relayaient auprès des enfants. Emmanuel s'échappait de « Maison Haute » pour aller la veiller et Tanguy harcelait les gendarmes qui n'avaient toujours pas localisé Pierre-Alain.

Le troisième jour, Emmanuel se présenta à l'hôpital après avoir déposé les deux petits à l'école. Il leur avait fait la promesse qu'il viendrait les chercher si leur mère allait mieux pour les décider à retourner en classe.

Il salua une infirmière et continua son chemin jusqu'à la chambre de Laure. Avant d'entrer, le médecin du service l'intercepta.

— Elle s'est réveillée tôt ce matin.

— C'est une bonne nouvelle ! souffla-t-il. Comment se sent-elle ? Elle souffre beaucoup ?

— Je dirais que son état est incroyablement satisfaisant après la violence de son agression. Elle est sous la protection d'une bonne étoile ! L'hématome est stable et ses constantes sont correctes. D'un point de vue purement clinique, le pronostic est encourageant. Mais nous avons dû lui annoncer qu'elle avait fait une fausse couche. Elle a été très secouée.

— Nous nous y attendions.

— Elle va avoir besoin de beaucoup de soutien. Sa convalescence va vous sembler longue.

— Nous ferons face ! Merci docteur.

— Je vous en prie.

Emmanuel passa dans le sas pour revêtir la blouse du service et se lava les mains, selon le protocole. Ce lavage machinal lui permit de se préparer à répondre à la souffrance de Laure. Il prit son souffle et poussa doucement la porte pour entrer dans la chambre immaculée. Un profond silence régnait, seulement entrecoupé par le bruit régulier du moniteur, qui enregistrait ses battements cardiaques. Il s'approcha et l'observa dans son sommeil. Son cœur se serra encore une fois. Il nota que les hématomes qui recouvraient son visage semblaient avoir encore gagné du terrain. Ses cheveux étaient cachés sous un bandage, son nez était coiffé d'une attelle. Son œil gauche était fermé et gonflé, de même que sa lèvre inférieure. Un drain de Redon, relié à ses cicatrices à l'abdomen, était fixé à son lit et aspirait l'hémorragie sous ses plaies.

Emmanuel approcha une chaise et s'y installa, avant de prendre sa main valide dans les siennes.

— Chérie ! murmura-t-il tout près de son oreille. Je viens de voir le médecin. Il m'a assuré que tout irait bien maintenant. Nous allons tous prendre soin de toi.

— Emmanuel ? marmonna-t-elle sans ouvrir les yeux.

— Je suis là !

— Ils t'ont dit ?

— À quel sujet ?

— Le bébé…

— Je sais, Laure.

— Je voulais… chuchota-t-elle le souffle court, ses blessures limitant ses inspirations.

Emmanuel serra les dents pour ne pas s'effondrer. Il devait être solide pour pouvoir la soutenir, même si le chagrin était le même pour tous les deux.

— Pardon ! continua-t-elle d'une voix sifflante.

— Je t'en supplie, chérie ! s'exclama-t-il en enlaçant plus fort ses doigts. Je t'aime tant ! Pour le moment, je veux que tu guérisses ! J'ai besoin de toi, Laure !

— Céleste, murmura-t-elle, soudain agitée.

Emmanuel se leva et posa doucement sa main sur son épaule pour la calmer.

— Ne t'inquiète pas ! Isabelle et Tanguy s'occupent des enfants. Fanette aussi ! Ils comptent sur toi !

— Je… n'ai plus… le courage… de me battre… avoua-t-elle, à bout de souffle.

Une larme glissa le long de sa joue et son œil valide se referma. Emmanuel serra les dents. Une boule se forma dans sa gorge et ses mâchoires se crispèrent à lui faire mal. Il souffrait de voir la femme qu'il aimait dans un tel état.

39

Dès que le corps médical donna son aval, les gendarmes se présentèrent à l'hôpital et Laure porta plainte contre son mari. Pierre-Alain était toujours porté disparu et son signalement courait sur tout le pays. Isabelle tint à être présente pour lui faciliter la démarche, mais Laure raconta son agression d'une voix morne, sans aucun affect. Elle ignorait où il pouvait bien se cacher et ne connaissait rien de ses dernières relations. Laure leur confirma la possibilité qu'il puisse se réfugier chez sa mère, comme il en avait l'habitude après chacun de ses actes de violence. Ses parents furent mis aussitôt sous surveillance.

Emmanuel laissa ses restaurants parisiens sous l'autorité de Caroline pendant que Tom s'occupait de la bonne marche de « Maison Haute ». Il voulait se rendre disponible pour Laure, mais également pour sa famille. Il l'encourageait, lui assurait qu'elle allait s'en sortir, il allait prendre soin d'elle, il était là pour elle. Mais la lumière avait déserté ses yeux. Elle restait prostrée et évitait toute discussion.

Depuis sa sortie de coma, elle rejetait catégoriquement la visite de ses enfants. Elle était défigurée. Elle repoussait le moment où ils la découvriraient avec ses hématomes, ses sutures et ses bandages. Elle refusait qu'ils gardent cette image d'elle. Ni les incitations de sa famille, ni les sermons de Stéfanette, ni les entretiens de la psychologue ne la firent changer d'avis. Elle voulait être seule.

Emmanuel avait eu tellement peur de la perdre qu'il la couvait d'attention, mais Laure était apathique et se réfugiait dans le sommeil la plupart du temps pour éviter de lui parler.

Laure était à l'hôpital depuis pratiquement vingt jours. Elle avait quitté le service de réanimation pour la chirurgie. Sa chambre se situait au bout du couloir avec une vue dégagée sur les champs. L'interne observait le défilé de ses proches, perturbés par son comportement toujours distant. Ses blessures guérissaient doucement, ce qui lui permettait de se lever et de marcher au bras d'une infirmière. Elle ne manifestait aucun sentiment. Son frère ou sa sœur venaient le matin ou le soir et repartaient, la mine déconfite. Ils ne percevaient aucune évolution et ne la reconnaissaient pas.

Emmanuel la stimulait inlassablement, toujours affectueux, parfois autoritaire. Laure se roulait en boule et lui tournait le dos. Il la quittait alors, découragé et les épaules basses. Il s'éloignait de l'hôpital, dépité, et le temps d'arriver à « Maison Haute », il se promettait de recommencer à la motiver le jour d'après. Il ne devait pas la laisser baisser les bras.

Mais Laure ne réagissait pas et l'équipe médicale décida de changer le protocole de soins. Le chef de service qui la suivait demanda à rencontrer Tanguy et Isabelle. Ces derniers imposèrent la présence d'Emmanuel. Ils étaient tous les trois très inquiets.

— L'état de santé de votre sœur est préoccupant, je ne vous le cache pas ! attaqua-t-il d'emblée en regardant Tanguy.

— Êtes-vous certain qu'elle n'a pas de complications

neurologiques ? Elle est totalement inaccessible !

— Nous lui avons refait passer tous les tests et les résultats sont négatifs. Ses troubles physiques vont se résorber avec le temps.

— Pourquoi ne se relève-t-elle pas, dans ce cas ? s'inquiéta Isabelle. Nous ne la reconnaissons pas !

— La violence de son agression et le stress de ces derniers mois ont eu raison de sa santé mentale. Elle ne réagit pas au traitement que nous lui administrons et je pense que nous devons réfléchir ensemble à son avenir.

— Que proposez-vous ? demanda Isabelle, tendue.

— Vu ses antécédents psychologiques, nous envisageons son transfert dans un service plus adapté, commença le médecin en se redressant.

— Ce qui veut dire ?

— Laure ne nécessite plus de prise en charge au sein de notre unité. Les fractures sont en bonne voie de guérison et la douleur est bien supportée grâce au protocole. Le problème n'est pas d'ordre physique.

— Donc ?

— Vous projetez de l'hospitaliser en psychiatrie ! s'exclama Emmanuel en réponse à l'interrogation d'Isabelle.

— Elle y sera mieux, en effet !

— Il en est hors de question ! s'écria-t-il, abasourdi.

Puis, sachant qu'il n'avait aucun droit sur Laure, il se tourna vers son frère et sa sœur pour les supplier.

— Vous n'allez pas accepter ?

— Laure a eu un choc traumatique qui peut la perturber durant des mois, voire des années, reprit le médecin. Vous devez faire face à ses difficultés.

— Ses difficultés ? Mais elle a failli mourir sous les poings de son mari ! s'emporta Emmanuel. Il menaçait de la faire interner pour qu'elle cède à tous ses excès ! Elle ne s'en relèvera jamais si vous l'enfermez maintenant !

Isabelle posa sa main sur son bras pour le convaincre de se calmer. Tanguy parla enfin.

— Ma sœur ne retournera jamais dans un centre ! D'un point de vue strictement physique, est-elle prête à quitter votre service ?

— Elle l'est en effet !

— Ne peut-elle pas suivre son traitement médical en étant chez elle, entourée des siens ?

Le médecin était réservé. Isabelle intervint à son tour.

— Nous nous engageons à lui faire prendre tous les médicaments que vous lui prescrirez. Pouvons-nous essayer de la faire sortir quelques semaines ? Si Laure ne réagit pas, nous nous rangerons à votre avis.

— Nous devons tout tenter, docteur. Elle est notre sœur et nous savons qu'un internement la perdra tout à fait, ajouta Tanguy, le regard triste.

— Très bien, admit le médecin dans un soupir. Je ne suis pas certain du bien-fondé de votre requête, mais je l'accepte. Je vais transmettre son dossier à mon confrère psychiatre, ainsi que vos coordonnées. Il prendra contact avec vous pour organiser sa sortie.

— Nous vous savons gré de l'avoir soignée et de nous avoir écoutés ! déclara, Isabelle en se levant. Pouvez-vous nous laisser quelques jours pour préparer son retour ?

Ils se retrouvèrent tous les trois en dehors de l'hôpital et soufflèrent comme s'ils venaient de passer un examen.

Emmanuel gardait le visage crispé et Tanguy était toujours aussi silencieux.

— Merci de m'avoir soutenu ! avoua Emmanuel. Je n'étais pas certain de pouvoir remporter la bataille pour Laure !

— Je sais qu'elle n'aurait pas fait plus de progrès en étant enfermée à la clinique du Tremblay, mais son état m'inquiète ! Que pouvons-nous faire pour qu'elle réagisse enfin ?

Fanette ne quittait la grande maison que quelques heures pour se reposer. Elle les entourait tous, les consolait, les encourageait et les écoutait. Elle cuisinait sans cesse pour s'occuper les mains et elle ruminait. Elle priait le seigneur, puis fit également un pacte avec le diable ; « sa p'tite » devait retrouver le goût de vivre. Emmanuel était préoccupé et elle n'aimait pas le voir malheureux. S'il craquait, c'est toute la famille qui sombrerait à son tour. Ses pensées ne s'éloignaient pas beaucoup de l'hôpital et elle faisait des invocations à longueur de journée pour soulager tous les maux de Laure.

Tout à ses réflexions, elle fronça les sourcils en entendant un bruit suspect au loin. Elle posa son épluche-légumes et tendit l'oreille. Une sirène grondait et se rapprochait de « Maison Haute ». Elle blêmit et s'essuya vigoureusement les mains dans son tablier tout en jetant un œil par la fenêtre. La voiture de la gendarmerie roulait sur la petite route de campagne. Elle disparut dans le dernier tournant, l'alarme se tut et elle s'engouffra finalement dans l'allée. Elle se gara aux pieds de Fanette et le jeune officier, tout feu follet, sortit de la voiture pour se présenter.

— Bonjour, nous venons pour l'enquête à propos de l'agression qui a eu lieu ici !

— Et vous avez besoin de traverser la campagne toutes sirènes hurlantes pour ça ? gronda la vieille dame en colère.

Vous ne pensez pas que les ragots vont déjà bon train, dans le voisinage ? Vous voulez que les clients prennent la fuite ?

— Nous ne faisons que notre travail, madame, s'excusa le jeune homme qui prenait conscience d'avoir fait preuve d'un peu trop de zèle.

— Et alors, pourquoi tout ce vacarme ? Ai-je besoin de taper dans mes casseroles pour prévenir les autres que je vais préparer des confitures ? Vous allez entendre parler de moi, je vous le garantis !

Vingt minutes plus tard, le commandant arriva à son tour, convoqué manu militari par Fanette. Elle l'attendait, le regard noir, et refusait de laisser les officiers pénétrer dans la maison sans la présence de leur supérieur. Ils n'osèrent pas insister, la réputation du caractère de Fanette n'était plus à faire sur la commune.

— Je suis déçue que vous n'assuriez pas vous-même cette enquête comme vous me l'aviez promis, commandant !

Le ton de sa voix était glacial et son regard sombre.

— Je suis navré que mes gars se soient mal comportés, dit-il, sévère. Je vous prie de m'excuser, Fanette. Pouvons-nous commencer la perquisition maintenant ?

— Dois-je m'inquiéter et prévenir Tanguy ou Emmanuel ?

— Les avertir serait préférable, en effet.

Fanette n'eut pas besoin de leur téléphoner que les deux hommes arrivèrent de l'hôpital au même instant avec Isabelle.

— Avez-vous du nouveau, commandant ? questionna Tanguy.

Les gendarmes avaient ratissé la maison dans les moindres recoins après la déposition de Laure et la disparition de Pierre-Alain. Ils avaient inspecté l'appartement de sa sœur avec minutie, mais n'avaient rien trouvé de notable dans le peu de documents personnels de son mari.

Derrière eux, les salariés les observaient avec curiosité à chaque fenêtre de la demeure. Fanette les renvoya à leur poste d'un ton sans appel alors Emmanuel alla s'assurer que tout le monde reprenait son travail.

— Nous souhaitons contrôler les garages et leurs greniers, confia le gendarme.

— Ils ne servent depuis des années qu'à remiser les vieilles bricoles que plus personne n'utilise ! s'écria Fanette, les sourcils froncés.

— Je vous en prie ! dit Tanguy en lui faisant signe de faire cette nouvelle perquisition à sa guise. Il les laissa avancer et demanda à Isabelle d'aller chercher les enfants à l'école pendant qu'il restait là pour surveiller la visite de leur propriété. Elle sauta dans la voiture et il rattrapa Fanette qui ne lâchait pas le commandant et lui posait moult questions. Ils montèrent l'ancien escalier en bois et débouchèrent dans le grenier inexploité.

Les voix cessèrent d'un coup. La pauvre femme porta la main à son cœur et souffla.

— Mon Dieu !

Devant eux régnait un capharnaüm sans nom, un camp de survie dont les fenêtres à petits carreaux donnaient une vue dégagée sur la cuisine, le point de ralliement de toute la famille. Ils notèrent à même le sol, un matelas taché, un drap et des couvertures en tas, des vêtements sales, des bocaux à peine mangés directement subtilisés dans la réserve de Fanette, des bouteilles de vin de la cave du restaurant et des cadavres de whisky jetés dans les coins. Un des gendarmes bougea une vieille bassine en zinc et une odeur d'urine les prit à la gorge.

— Il était caché là tout ce temps ? dit Tanguy dans un souffle.

— Il semblerait… dit le commandant en continuant de fouiller dans les débris. Il pouvait épier les faits et gestes de sa femme depuis cette fenêtre.

— J'ai trouvé quelque chose ! annonça le jeune brigadier en apportant une pochette à son chef. Il regarda parmi les documents et releva des passeports aux noms des enfants.

— Il va les enlever ? s'écria Fanette, terrifiée. Mais vous devez les protéger !

— Que se passe-t-il ? s'inquiéta Emmanuel qui se tenait sur la dernière marche de l'escalier branlant.

En découvrant le visage défait de Tanguy, il se douta que l'enquête avait pris une nouvelle tournure.

40

Quand Emmanuel vint chercher Laure à l'hôpital, elle répondit à peine aux salutations des infirmières. Elle le suivit sans dire un mot, le regard vague et les épaules tombantes.

Elle resta désespérément muette et somnola durant tout le voyage. Son corps était là, allongé sur le siège passager, douloureux et contracté, mais son esprit était absent. L'attelle fixée sur son nez lui dissimulait la moitié du visage et certaines traces de coups étaient encore visibles. Même si les hématomes s'effaçaient peu à peu autour de ses pommettes, Emmanuel avait le ventre serré chaque fois qu'il posait son regard sur ses blessures.

Il avait pris la décision la veille, avec Tanguy et Isabelle, de l'éloigner de « Maison Haute » quelques jours pour la mettre en sécurité. Le commandant l'avait encouragé à agir dans ce sens. Pierre-Alain était introuvable et aux abois. Il était capable de tout.

Laure ouvrit les yeux et découvrit autour d'elle le paysage comme si elle émergeait d'un épais brouillard. Devant eux, le soleil se couchait et illuminait la plage. Le vent soufflait et quelques promeneurs, habillés chaudement, bravaient le froid pour respirer l'air marin.

— Où sommes-nous ? demanda-t-elle enfin, la voix rauque.

— Nous sommes arrivés sur l'île de Ré. Mes parents nous attendent.

— Pourquoi ? Je ne veux voir personne ! s'écria-t-elle, affolée.

— Laure ? commença-t-il en lui prenant doucement la main dans les siennes. Je dois maintenant te dire pourquoi nous sommes là.

Elle le regarda, les yeux sombres. Elle était épuisée et sa tête la faisait souffrir. Emmanuel lui raconta tout ce qu'il savait de l'enquête en cours, de la disparition de son mari et des dernières découvertes à « Maison Haute ».

— Les enfants vont venir aussi ? dit-elle dans un souffle douloureux.

— Ils sont en route avec Isabelle.

— Emmanuel ! continua-t-elle, tremblante, avec la même angoisse. Que vont-ils penser de moi ? Je suis défigurée !

— Tu es blessée et ils sont capables de le comprendre. Ils ont besoin de toi, Laure. Tout comme toi, tu as besoin d'eux. Il est temps de vous retrouver et nous allons veiller à votre sécurité.

Emmanuel gara sa voiture à l'abri d'un pin et descendit. Il l'aida à sortir doucement et lui prit la main pour la conduire jusqu'à la maison. Laure, fébrile, ignora le décor pittoresque qui s'offrait à eux et se raccrochait à cette poignée, qui lui serrait tendrement les doigts. Il poussa le portail en bois, qui grinça sur ses gonds, et la fit entrer dans un jardinet qui devait être splendide en pleine saison. Malgré l'époque tardive, quelques hortensias étaient encore garnis de fleurs séchées. Derrière la haie, la vue sur la mer était magnifique. Une femme rondelette sortit de la maison et referma son gilet sur sa poitrine. Elle leur sourit et leur souhaita la bienvenue, sans s'attarder sur le visage de son invitée.

— Je suis très contente de faire votre connaissance ! déclara-t-elle. Emmanuel et Caroline m'ont souvent parlé de vous et de votre famille. Mais entrez ! Vous devez être épuisée par ce long voyage !

Laure pénétra doucement dans le salon et rencontra le patriarche qui remettait quelques bûches dans la cheminée. Le lien de parenté avec Emmanuel était difficile à cacher. Ils avaient tous les deux la même taille, la même bienveillance, le même regard chaleureux d'un bleu lumineux.

— Bonsoir mon p'tit ! s'écria-t-il, affectueusement. Je suis heureux que vous ayez accepté de venir chez nous pour votre convalescence.

— Merci monsieur…

— Je vous en prie ! Mes amis m'appellent Antonin !

Elle répondit faiblement à son sourire.

Eliane proposa à Emmanuel de l'accompagner jusqu'à sa chambre. Laure se glissa aussitôt sur le lit et se recroquevilla, le regard fixé vers la fenêtre.

— Repose-toi un moment ! murmura-t-il en lui caressant à peine les cheveux.

Depuis son agression, il ressentait la responsabilité de tout ce qui lui était arrivé et il n'osait plus la toucher de peur de lui faire mal.

Laure somnolait, bercée par le bruit des voix sourdes qui montaient depuis le salon. Elle bougea légèrement la tête et apprécia la douceur de la taie d'oreiller. Le matelas était confortable et elle se blottit sur elle-même dans la couette moelleuse. Elle humait une délicieuse odeur de biscuit, ou de crêpe, qui flottait dans l'air. Elle volait entre deux eaux, mi-assoupie, mi-réveillée. Elle se sentait dans du coton et la douleur de ses côtes cassées était supportable. Si elle restait dans ses rêves, la réalité de sa condition ne reviendrait pas la torturer. Elle entendit alors un bruit léger qui l'interpella. Un clic métallique qui reprenait régulièrement. Elle n'arrivait pas à le situer. Elle était entourée d'un silence feutré et le clic recommençait. Encore et encore. Subtil. Lent. Laure ouvrit discrètement les yeux sans bouger. Elle voulait seulement savoir d'où venait ce faible clic. La chambre était faiblement éclairée d'une petite lampe, posée sur le rebord de la fenêtre. Elle ne vit personne. À nouveau ce clic. Elle referma ses paupières lourdes et percevait toujours des chuchotements très loin. Clic. Elle ne reconnaissait plus l'ambiance habituelle de l'hôpital. Elle se sentait en sécurité. Clic. Curieuse, elle patienta jusqu'au prochain bruit sec et baissa le regard au sol. Elle rencontra alors les yeux bleus de son petit garçon.

Augustin se tenait au pied de son lit. Sans bouger. Les jambes croisées. Le clic qu'elle entendait venait des roues de sa voiture métallique qu'il faisait tourner régulièrement entre ses mains. Il attendait sagement qu'elle se réveille. Il la scrutait, inquiet, les sourcils rapprochés. Et il lui adressa le plus tendre des sourires. Le cœur de Laure se serra.

— J'ai promis à Emmanuel de ne pas te déranger ! chuchota-t-il, sans poser son jouet. Le clic des roues continua. Tu es vraiment toute cassée, maman ?

— Oui, souffla Laure en lui souriant à travers ses larmes.

— Je peux te faire un bisou magique, si tu veux ? murmura-t-il.

Laure eut un sanglot et grimaça de douleur. Elle se reprit en inspirant plus profondément et écarta ses bras pour accueillir son fils tout contre elle. Augustin grimpa sur le lit et n'osait pas bouger. Il toucha du doigt son attelle qui recouvrait son nez et posa ses lèvres tout doucement sur sa joue, la seule partie de son visage qui n'était pas dissimulée sous le plâtre. Laure ferma les yeux et respira son odeur. Elle écouta sa toute petite voix qui chuchotait à son oreille et son cœur trouva un début d'apaisement.

Les retrouvailles avec ses enfants la secouèrent. Céleste resta à distance, troublée par son apparence. Albertine refusa de la quitter. Laure n'avait pas la force de se lever pour dîner. Elle n'avait pas faim. Emmanuel n'insista pas. Albertine proposa alors de lui apporter un bol de soupe. Eliane lui assura que c'était une très bonne idée et l'accompagna pour porter un plateau dans sa chambre. La petite jouait les infirmières, lui parlait sans pouvoir s'arrêter. Elle était enfin tranquillisée de voir sa mère vivante. Personne ne prononçait le nom de Pierre-Alain, et pourtant, sa présence était lourde dans leurs esprits.

Une fois les enfants couchés, Isabelle aida Laure à se lever pour faire un brin de toilette et marcher un peu. Elle respirait doucement et se tenait à son bras pour avancer. Isabelle était heureuse de s'occuper d'elle.

— Bon, c'est bien dommage que tu sois fichue pour m'accompagner fumer une cigarette dehors ! grimaça la cadette en imitant sa démarche.

— Je t'en prie, ne me fais pas rire ! J'ai trop mal !

Isabelle se redressa et aspira sérieusement. Laure pleura de douleur, mais la légèreté de leurs retrouvailles la réconfortait.

— Fanette m'a donné une amulette pour toi, confia-t-elle en lui tendant un petit sachet à garder sur elle. Elle le ramena à ses narines pour le sentir, grimaça et se demanda si ce n'était pas de la marijuana !

— Isa ! jura Laure, en levant les yeux au ciel.

— Elle est impatiente de te retrouver pour prendre soin de toi ! Nous sommes bouleversés de n'avoir pas compris à quel point il te faisait souffrir !

— Je ne voulais pas vous le montrer !

— Nous sommes tellement soulagés de t'avoir de nouveau avec nous !

— J'ai eu si peur… avoua Laure soudain. J'ai vu dans son regard qu'il allait vraiment me tuer cette fois-ci !

— C'est fini ! Il ne s'approchera plus jamais de toi, fais-moi confiance ! Nous allons tous y veiller !

Emmanuel avait laissé les deux sœurs se retrouver pour aller se balader jusqu'à la plage. Le bruit du vent et de la mer lui apporta un peu de réconfort. Mais ses pensées étaient avec Laure. Il retourna à la maison, guidé par le clair de lune, et trouva Isabelle devant la porte. Elle lui assura que tout le monde était couché.

— Tu as eu des nouvelles de « Maison Haute » ? demanda-t-elle en soufflant la fumée de sa cigarette.

— D'après ce que m'a dit Tanguy, les gendarmes poursuivent l'enquête, sous la tutelle de Fanette !

Ils se sourirent.

Quand il se glissa auprès de Laure, elle ne bougea pas. Elle lui tournait le dos. Il coula son bras jusqu'à son épaule et se retint de la toucher finalement. Elle demeurait tout à fait immobile. Il l'embrassa doucement dans les cheveux et ferma les yeux.

Elle refusait de se laisser approcher. Elle ignorait ses efforts et il était chaque jour un peu plus malheureux.

La maison était silencieuse ce matin. Les adultes avaient emmené les enfants jouer sur la plage à marée basse et tenter de ramener quelques coquillages pour le déjeuner. Laure était allongée sur la méridienne et se reposait dans l'observation des flammes dans la cheminée. Eliane lui apporta une tasse de thé et lui sourit.

— Je vous remercie ! Je suis gênée de me faire servir.

— Vous êtes en convalescence. Ce n'est pas rien ce qui vous est arrivé ! Vous allez avoir besoin de temps pour vous remettre.

Eliane eut l'impression que son invitée se tassait plus encore dans son fauteuil. Les yeux de Laure se chargèrent de larmes. Elle ouvrit la bouche pour lui parler, puis la referma aussitôt. Son regard s'envola vers la fenêtre et la vue dégagée sur la mer.

— À quoi pensez-vous ? questionna-t-elle, en l'observant, si confuse.

Laure soupira.

— Les médecins m'ont assuré que je n'avais pas de séquelles. Pourtant, je garde un sentiment étrange… Aurais-je oublié une information capitale ? Ou me cache-t-on un fait particulier ?

— Vous en avez parlé à Emmanuel ?

Laure baissa les yeux. Eliane se douta que leur relation était compliquée depuis l'accident.

— Vous feriez bien de lui demander si cela vous inquiète !

Eliane observait Emmanuel qui était seul dans le jardin. Elle soupira. Depuis leur arrivée, elle voyait que le couple ne parvenait pas à se retrouver. Laure restait des heures sur le canapé du salon, tenait toujours un enfant dans les bras ou discutait avec sa sœur. Dès qu'il tentait de s'approcher, elle trouvait un prétexte pour se réfugier dans sa chambre. Il était complètement démuni. Son père veillait. Il l'encourageait à le suivre à la pêche ou à la terrasse du bistrot pour lui changer les idées et le faire patienter. Emmanuel et Laure semblaient tout aussi malheureux, paralysés par leur chagrin.

Eliane vérifia la cuisson de son gâteau et éteignit le four. Elle remplit deux tasses et attrapa une veste avant d'aller rejoindre Emmanuel dehors.

— Pourquoi ne viens-tu pas me parler, au lieu de rester tout seul comme une âme en peine ? demanda-t-elle en lui offrant un café serré.

— Tu lis dans mes pensées !

— Je vois surtout dans tes yeux que tu es en train de renoncer !

— Je suis las ! répondit-il en jetant un regard triste vers la fenêtre de leur chambre où Laure s'était réfugiée comme d'habitude.

— Laisse-lui encore du temps…

— Mais je n'en ai plus ! s'écria-t-il en levant les mains au ciel, manquant renverser sa boisson. Je dois rentrer à « Maison Haute » pour trouver une remplaçante pour Laure. Je ne peux pas négliger nos affaires plus longuement ! Nous n'avons aucune information concernant son cinglé de mari ! Et je la sens s'éloigner de moi de jour en jour !

— Tu devrais lui dire à elle plutôt qu'à moi !

— Comment ? Tu la regardes tout comme moi ! Elle ne m'entend pas ! Elle ne me voit pas ! J'ai parfois l'impression qu'elle se sert de la présence de ses enfants pour me repousser !

— Ne nous précipitons pas ! coupa sa belle-mère. Va à Paris

et dans la Nièvre pour t'occuper de tes affaires, et donne-lui quelques jours encore. Elle a subi un double choc ! Elle a failli mourir et elle a perdu votre bébé !

— Si tu savais à quel point j'aime cette femme ! soupira-t-il. Je l'ai encouragée à changer de vie et elle se trouve maintenant dans un état pitoyable ! Je m'en veux tellement !

— Tu as raison de penser ainsi ! gronda Eliane, le regard sévère. Je suis sûre que ça va l'aider ! Reprends-toi, mon garçon, je t'ai connu plus combatif que ça ! Allez, va lui parler !

41

Emmanuel appela Tom pour lui annoncer son retour, dès le lendemain. Il ressentait un goût amer et ce sentiment d'échec lui était insupportable. Il ne pouvait laisser plus longtemps ses restaurants sans direction et se sentait écartelé entre Laure et ses responsabilités.

Le regard fermé, il s'étonna de ne pas la trouver devant le feu de cheminée. Les enfants jouaient aux petits chevaux avec Isabelle, Céleste avait le nez collé sur son téléphone portable. Il ignorait si Eliane l'avait convaincue de bouger, mais il repéra Laure dehors, assise sur le muret qui séparait le jardin de la plage. Durant la pleine saison, les touristes circulaient à cet endroit toute la journée, mais à cet instant, seules les mouettes meublaient le silence.

Antonin lui saisit le bras pour l'encourager.

— Va la voir !

— Elle n'a pas besoin de moi.

— Écoute ton père ! insista Éliane. Cessez de vous tourner autour et parlez-vous une bonne fois pour toutes !

Emmanuel soupira. Il devait lui annoncer son retour.

Il s'approcha de Laure et lui déposa un lainage supplémentaire sur les épaules avant de s'installer à ses côtés. Ses hématomes avaient quasiment disparu, ne laissant plus que quelques traces jaunâtres. Les cicatrices avaient désenflé elles aussi et se faisaient beaucoup plus discrètes. Elle avait quand même retrouvé une meilleure mine depuis qu'elle était ici au grand air. Mais son regard restait vide de toute expression et finissait par le rendre fou ! Ses fractures guérissaient et les douleurs s'amenuisaient. Mais dans son esprit, le constat était navrant.

— Je m'en vais, Laure… commença-t-il doucement.

— Où ? murmura-t-elle.

— Je vais rentrer à « Maison Haute ». Tom ne peut pas gérer la maison tout seul plus longtemps et je dois trouver une gouvernante pour te remplacer.

— Ah.

— Ah ? l'imita-t-il. Je ne peux attendre que cette réaction de ta part ?

Laure resta mutique, une fois encore.

— Je t'en supplie ! s'écria-t-il en se levant pour lui faire face. Je peux comprendre que tu sois anéantie par les sévices de ton enfoiré de mari ! Mais je n'en peux plus de te voir si distante avec moi !

— …

— On dirait que tu es la seule à souffrir de la situation ! Tu peux imaginer ma tristesse ? La femme que j'aime a disparu ! Elle ne me regarde plus, elle ne me parle plus, elle m'évite ! Moi aussi, j'ai perdu ce bébé, Laure ! Moi aussi j'ai du chagrin !

— …

— Bon sang ! Dis-moi quelque chose ! éclata Emmanuel, hors de lui.

Ses yeux emplis de terreur, mêlés au sursaut de recul qu'elle eut envers lui, finirent de le rendre fou. Il explosa littéralement contre elle.

— Ne me fais pas ça ! aboya-t-il ! Je ne suis pas ton mari, Laure ! Je peux t'assurer que nous aurons des discussions animées à l'avenir, mais jamais je ne lèverai la main sur toi, tu m'entends ? Jamais ! Alors, épargne-moi ces yeux effrayés !

— Va faire un tour pour te contrôler ! intervint Antonin en lui serrant l'épaule.

Dans son emportement, il n'avait pas senti son père arriver et sursauta.

Il jeta un regard de souffrance vers Laure et s'éloigna d'un pas pressé.

Antonin redressa son invitée et lui sourit.

— C'est bien mon fils ! Il garde son calme trop longtemps et après, il explose ; à croire que la fumée va lui sortir par les oreilles !

Dans le salon, Isabelle vit Emmanuel en colère passer devant eux pour monter dans sa chambre. Elle haussa les épaules en notant l'interrogation muette de Céleste. Elles fixèrent alors Laure qui prenait le même chemin à petits pas, le dos courbé, les mains sur ses côtes et le souffle court. Elle ignora le regard inquisiteur de sa sœur et continua son ascension jusqu'à l'étage. Isabelle se douta que le moment de mise au point était arrivé pour le couple. Elle décida de sortir les enfants pour leur épargner un stress supplémentaire à écouter des adultes se disputer. Ils avaient subi suffisamment d'envolées de leur père, pour ne pas en entendre davantage.

Laure se glissa dans la chambre et se tint à distance d'Emmanuel. Il terminait de charger son sac avec exaspération et elle osa à peine respirer. Son visage accablé la remua enfin. Elle fit un pas en avant, le cœur battant.

Les yeux d'Emmanuel étaient si tristes, pourtant il resta de marbre et l'ignora.

— Je ne voulais pas te faire de la peine ! commença Laure, le regard grave.

— Je m'en doute ! s'exclama-t-il en continuant de préparer sa valise l'air de rien. Je regrette de m'être emporté. J'apprécierais que tu admettes que tous les hommes ne sont pas des brutes en puissance !

— Je n'aime pas te voir en colère, dit-elle en se frottant les mains l'une contre l'autre, les épaules tendues. Je te demande pardon.

— Je ne suis pas en colère, Laure. Je suis triste ! répondit-il en la regardant enfin.

— Je suis perdue ! avoua-t-elle, en retenant ses larmes. Je suis complètement paumée ! Je n'arrive pas à reprendre le fil ! Je me sens responsable de tout ce qui est advenu !

— Laure…

— J'ai eu peur de mourir ! coupa-t-elle bouleversée. Et en même temps, j'estime ne pas avoir fait le nécessaire pour le calmer !

— Tu sais pertinemment qu'il était devenu ingérable !

— Il reste le père de mes enfants ! Emmanuel, comment vais-je faire pour les aider à surmonter cette épreuve ?

— Mais je suis là !

— Je n'arrête pas de réfléchir ces derniers jours ! Pourquoi ai-je l'impression de toucher une vérité du doigt sans comprendre la solution ? Je cherche dans ma mémoire et aucun souvenir ne me met sur la piste ! Je craque complètement !

— Tu as subi une terrible agression ! Ton esprit est encore embrumé, mon amour. Mais tu sais que je ne te mentirais jamais ? dit-il en venant à elle.

— Je n'ai plus la moindre énergie pour avancer…

— Je t'aiderai !

Emmanuel prit délicatement son visage en coupe dans ses mains et la regarda intensément. Il frôla ses lèvres avec légèreté et soupira.

— Je t'aime, Laure. Nous avons vécu le pire et nous vivrons le meilleur, je te le promets ! Tant que tu me fais confiance et que tu t'accroches, nous y arriverons !

— Je te demande pardon d'avoir perdu notre bébé ! continua-t-elle, dans un sanglot. Je m'en veux tellement !

Ils n'avaient pas abordé le sujet depuis l'agression. Il s'écarta d'elle et se gratta la gorge pour lutter contre l'émotion qui l'envahissait.

Finalement, il s'assit sur le lit et l'attira entre ses jambes. Ses yeux brillèrent de larmes et il glissa son visage sur la poitrine de Laure pour dissimuler sa peine.

Elle posa une main fraîche sur son front, l'autre sur sa nuque. Emmanuel se mit à pleurer en silence, tout en la serrant délicatement dans ses bras. Laure lui caressait les épaules et le dos avec toute la tendresse dont elle était capable. Alors qu'elle l'avait repoussé ces dernières semaines, elle acceptait enfin de le retrouver. Il avait besoin d'elle. Elle avait tout autant besoin de lui.

— Pardon, marmonna Emmanuel qui se reprenait.

— Ne te cache pas de moi, je t'en prie, chuchota-t-elle à son oreille.

Emmanuel serra les dents. L'émotion entre eux était palpable. Il l'attira doucement sur ses genoux. Le nez dans son cou, il la respira en fermant les yeux.

— Je suis consciente de ta peine.

— J'aurais été un bon père.

— J'en suis convaincue ! J'ai essayé de le protéger des coups, mais je n'ai pas réussi !

Les larmes s'étaient taries, mais ils restèrent étroitement accrochés.

— J'ai eu si peur de te perdre ! Le plus important pour moi est que tu sois vivante !

— J'étais fière de porter ton enfant ! Ce bébé, je l'aimais déjà…

Tout à leur confidence, ni l'un ni l'autre ne vit Céleste qui se tenait à la porte et qui les découvrait enlacés. Sous le choc, elle trembla violemment. Ses poings se fermèrent et ses yeux brillèrent de colère.

— Tu couchais avec lui ? cracha-t-elle bouleversée en fixant sa mère. Tu allais avoir un bébé ?

— Céleste ! s'écria Laure, affolée.

— Tu nous as tous menti ? Pendant tout ce temps, tu trompais papa ? Il avait donc raison de dire que tu n'étais qu'une tricheuse ! Je te déteste ! Je vous hais tous les deux ! Tout ce qui est arrivé est de ta faute ! hurla-t-elle enfin avant de prendre la fuite.

Elle quitta la pièce et dévala les escaliers en pleurant. Laure se leva pour la suivre, mais les vives douleurs à l'abdomen lui rappelèrent qu'elle n'était pas en forme pour le faire. Emmanuel lui ordonna de rester sage et promit d'aller la chercher. Il déboula dans le jardin et vit le portillon ouvert.

Alerté par ses cris, Antonin sauta dans sa Méhari et proposa son aide pour la ramener.

Céleste marchait sur le bord de la route, les joues noyées de larmes, folle de rage et le pas décidé. Elle les haïssait tous : son père, sa mère, Emmanuel. Ils étaient tous des menteurs ! Ils étaient tous des égoïstes. Elle en avait assez de les supporter ! Elle avait envie de rentrer chez elle ! Elle voulait retourner à « Maison Haute » ! Jean-Baptiste lui manquait ! Ses copines lui manquaient ! Personne ne lui avait demandé son avis pour venir ici !

Céleste allongea le pas et donna un violent coup de pied à un caillou qui vola dans le fossé. Elle ignorait où était son père. Personne ne lui disait la vérité. Elle avait promis à Isabelle de lui dire s'il la contactait. Mais il ne l'avait pas fait. De toute façon, elle ne voulait pas lui parler non plus ! Elle disparaîtrait et elle aurait la paix ! Ses parents n'en avaient rien à faire ! Elle allait…

Une voiture ralentit derrière elle et interrompit ses idées noires. Elle se déporta dans le fossé et s'immobilisa net en reconnaissant Antonin.

— Monte ! dit-il.

— Pas question ! cracha-t-elle en reprenant sa marche.

Antonin roulait à son rythme, ce qui la mit encore plus en rage.

— Vous allez me foutre la paix ! cria-t-elle, hors d'elle.

— Bien sûr que non ! Je ne vais pas te laisser seule alors que tu es prête à faire une connerie !

— Je ne rentrerai pas avec vous !

— Très bien ! Si tu poursuis ta promenade sur cette route, tu auras trois heures de marche pour rejoindre le pont ! La nuit sera tombée bien avant ! Et par là, la zone est infestée de moustiques, même en hiver !

Céleste jura et décida de changer de direction. Antonin continua de lui parler par-dessus le bruit du moteur.

— Tu peux avancer pour te défouler si tu veux. Je sais où mènent tous les chemins de l'île ! Mon fils a fait tellement de fugues à ton âge que je connais tous les coins possibles où te chercher !

Céleste essuya son nez qui coulait avec sa manche et ne releva pas la conversation. Elle avait froid. Le vent qui se levait transperçait son sweat-shirt et elle claquait des dents. Mais elle ne voulait pas capituler.

Antonin finit par garer sa voiture sur le bord de la route et sauta sur la chaussée pour l'attraper. Céleste tenta de lui échapper et se mit à hurler de rage quand Antonin la ramena contre lui. Elle commença par se débattre, puis à bout de résistance, elle fondit en larmes. Il la garda dans ses bras et lui caressa les cheveux, jusqu'à ce qu'elle retrouve ses esprits. Il l'aimait bien, cette petite. Elle lui rappelait Emmanuel au même âge, tous les deux écorchés vifs par la cruauté de la vie. Il attendit qu'elle se calme et il lui proposa de monter dans sa voiture. Il lui tendit un vieux pull marin qui traînait sur le siège et elle ne se fit pas prier pour se couvrir. Avant de repartir, il envoya un message à Eliane pour lui annoncer qu'il l'avait retrouvée.

Aussitôt rassurée, elle souffla de soulagement et adressa un sourire confiant à Laure qui se laissa glisser sur la chaise devant elle. Elle mit de l'eau à chauffer et leur prépara un thé. La journée avait été lourde en émotion et son invitée était terrassée. Elle lui approcha la boîte à biscuits et prit place à table pour remplir leur tasse. Laure avait les épaules basses et le regard perdu. Eliane lui promit que Céleste était en sécurité et lui tapota la main pour la réconforter. Mais Laure se sentait responsable de la colère de sa fille. Elle ne voulait pas cacher à ses enfants qu'Emmanuel était devenu plus que son associé au fil des mois. Mais elle attendait le moment opportun pour le faire. Eliane la tranquillisa et elles discutèrent dans le calme de la cuisine en guettant le retour de toute la famille.

— Eliane ? Il vous a dit que nous allions avoir un bébé ? murmura-t-elle, les yeux brillants.

— Il me l'a confié depuis peu ! répondit-elle en posant sa main tachée par les ans sur la sienne.

— Cette naissance l'aurait rendu tellement heureux !

— Je le pense aussi ! Mais je sais que la seule chose qui pourrait le consoler aujourd'hui, c'est de vous retrouver.

La voix profonde d'Eliane bouleversa Laure qui sentit sa mâchoire se serrer. Les larmes inondèrent ses yeux. Elle réchauffa ses doigts autour de sa tasse et avala une gorgée de thé chaud. Elle finit par lui avouer dans un murmure :

— J'ai perdu un petit garçon qui s'est noyé. Et je n'ai pas pu protéger le bébé d'Emmanuel. Je n'arrive pas à me le pardonner !

— Vous devez le faire, pourtant ! Vous n'êtes pas responsable de ces drames. Laure, vous allez vous relever cette fois encore ! Vous êtes forte ! Emmanuel est amoureux et il compte sur vous, vos enfants aussi ! Eux, ils sont vivants et c'est vers eux que vous allez vous tourner pour guérir !

42

Céleste ne tarda pas à comprendre qu'Antonin n'avait pas de but précis en l'emmenant avec lui, si ce n'est de retarder son retour à la maison pour l'éloigner de sa mère et d'Emmanuel, le temps qu'elle se modère. Ils firent une grande promenade en prenant les chemins qui longeaient la mer. Partout, les pistes cyclables étaient désertes alors que les vacanciers y circulaient en masse durant l'été. Antonin conduisait en gardant le silence, les yeux attentifs au moindre vol d'oiseaux qui étaient sa passion. Ils traversèrent le village d'Ars avec ses nombreuses résidences secondaires fermées pour l'hiver, les rues bordées de roses trémières fanées. Ils poursuivirent leur route et profitèrent des magnifiques lumières distillées par le soleil couchant sur les marais salants. Ils finirent par se garer devant une maison antique, qui s'élevait à la lisière de la plage. Les murs recouverts de chaux et marqués par les embruns, les volets vert Véronèse décolorés, et les embarcations échouées sur le sable ressemblaient à une carte postale vieillie.

Antonin se dirigea vers la bicoque et Céleste n'eut pas d'autre choix que de le suivre. Un ancien loup de mer, à la barbe grisonnante, les accueillit par un discret salut, avant de retourner à sa partie de belote. Une femme rubiconde les invita à s'asseoir près de la fenêtre, et elle disparut dans l'arrière-cuisine. Elle revint avec un plateau chargé d'agapes qu'elle déposa devant eux, tout en répondant aux plaisanteries d'un habitué.

Devant le regard surpris de l'adolescente, Antonin lui expliqua qu'il venait souvent ici. Il n'avait pas besoin de passer la commande puisque le patron n'écoutait pas le choix de ses clients. La coopérative de l'île produisait de petits crus locaux qui se consommaient dans ce genre d'endroit perdu.

— Je prends toujours un vin blanc ! La plupart du temps, il est délicieux. Le rosé n'est pas mauvais non plus, mais il est souvent traître ! Je sais que tu as l'estomac noué, mais goûte quand même ces crevettes sinon le vieux grincheux va se sentir attaqué ! termina Antonin en élevant le ton pour être entendu par les joueurs de cartes.

— Anto ! C'est pas parce que tu accompagnes une jolie sirène qu'y faut faire ton malin ! répondit le pêcheur barbu sans lever le nez de son jeu.

Le père d'Emmanuel lui adressa un clin d'œil et Céleste lui sourit tristement.

— Je suis désolée de vous avoir mal parlé, s'excusa-t-elle d'une voix hachée.

— Tu étais en colère, je ne t'en veux pas ! dit-il en lui donnant une tartine de pain couverte d'une épaisse couche de beurre salé. Vous avez traversé une rude épreuve et vous êtes tous chamboulés !

Céleste se remit à pleurer en silence. Elle essuyait ses larmes au fur et à mesure qu'elles coulaient, sans succès. Antonin lui tendit un mouchoir et attendit que l'orage passe.

— Tu sais, ma p'tite, nous allons rester ici tant que tu n'auras pas craché tout ce qui te serre le cœur !

— Je n'ai rien à dire !

— Je suis sûr du contraire ! Je t'observe depuis ton arrivée et je vois bien que tu ressasses tes idées.

— Non ! coupa-t-elle en tournant la tête vers la porte pour lui montrer qu'elle ne dirait rien.

— Tu es en colère seulement contre ta mère ou aussi contre ton père ?

Céleste haussa les épaules. Elle ne pleurait plus, mais son menton tremblait.

— Le monde des adultes est bien moche parfois ! avoua Antonin.

— Elle nous a tous menti ! jura-t-elle, soudain. Elle n'avait pas le droit !

— Elle n'avait pas le droit de quoi faire ?

— Coucher avec lui !

Antonin hocha de la tête et but une gorgée de vin. Il reposa son verre et souffla. Quels mots choisir pour l'amener à comprendre la situation ? Il se souvenait si bien d'Emmanuel qui refusait de voir Éliane.

— Ma p'tite, je ne connais pas tous les secrets de Laure, mais ce que je sais, c'est qu'elle n'aurait jamais agi à la légère. Si elle s'est rapprochée d'Emmanuel, c'est qu'il était celui qui pouvait l'aider à survivre.

— Vous me dites ça parce que c'est votre fils ?

— Non, je le dis parce que c'est ta mère ! Elle est une femme bien qui a subi les coups répétés de son mari pendant des années pour protéger ses enfants.

— Il était amoureux d'elle !

— Non, Céleste, non ! Il n'avait pas une once d'affection pour elle ! Il la considérait comme un jouet et il la martyrisait.

Tu ne peux pas le nier !

— C'est mon père ! dit-elle en pleurant de plus belle.

— Mais ton père est un malade qui doit se faire soigner ! On ne peut pas le laisser sombrer sans réagir. Il est atteint d'une forme de crabe qui lui ronge le cœur. Il vous a tous empoisonné la vie, ce qui vous rend tous malheureux.

Céleste ne répondit pas, mais ses yeux montraient un immense chagrin. Elle était repliée sur la vieille banquette en cuir synthétique. Antonin insista :

— Tu veux me parler, Céleste ?

— C'est de ma faute si elle a failli mourir ! avoua-t-elle, le corps de nouveau agité par les sanglots.

Il resta parfaitement immobile et attendit.

— Je n'ai pas vu que papa était rentré à la maison ! Je n'ai pas entendu les cris de maman ! J'aurai dû…

— Céleste, ma p'tite, enlève-toi cette idée du crâne !

Antonin leva son verre et Céleste, la bouche sèche d'avoir tant pleuré, avala une gorgée de cidre. Elle grimaça.

— Antonin ?

— Hum ? dit-il, occupé à se décortiquer une crevette avec attention.

— C'est de ma faute s'il s'en est pris à Maman.

— Bien sûr que non, voyons !

— Il me téléphonait sans arrêt pour avoir des nouvelles. À chaque fois, il me demandait de la surveiller !

— Céleste…

— Je lui disais qu'elle et Emmanuel étaient seulement des amis ! Et ça le rendait fou ! Je ne savais plus quoi faire pour le calmer !

Il lui leva le visage pour la regarder dans les yeux.

— Ton papa est malade. Tu n'aurais rien pu faire pour éviter cette catastrophe. Je t'interdis de te sentir responsable de son délire ! Tu n'y es pour rien ! Tu n'allais pas passer le restant de ta vie à essayer de le contrôler ! Le rôle d'un enfant n'est pas de protéger ses parents. Ta mère n'attend pas ça de toi, j'en suis certain !

Céleste termina son verre et grimaça. Elle se racla la gorge et avoua :

— Je ne voulais pas lui faire de la peine ! commença-t-elle, le regard grave.

— Elle s'en doute !

Il continuait de grappiller des crevettes dans le bol, l'air de rien.

— J'aimerais que tout rentre dans l'ordre, mais je sais que plus rien ne sera comme avant.

— Vous traversez tous une grosse tempête et vous devriez vous appuyer les uns sur les autres, au lieu de vous tenir à distance. Ta mère souffre ! Emmanuel s'inquiète ! Et vous êtes tous malheureux.

Céleste glissa son bras sous celui d'Antonin quand ils quittèrent la salle surchauffée pour regagner la voiture. Le père d'Emmanuel observa ses joues rougies par la chaleur et ses yeux brillants, mais secs. Ils se sourirent et avancèrent tranquillement.

— Si tu te retournes, je te parie que ces vieux lascars sont tous à la fenêtre pour nous regarder ! Ils doivent se demander qui est cette jolie fille qui m'accompagne !

— Merci, Antonin, de m'avoir écoutée.

— Tout le plaisir est pour moi !

— Emmanuel vous ressemble ! confia-t-elle, en le dévisageant.

— Merci pour ce compliment ! Tu ne parles pas beaucoup, mais quand tu le fais, c'est loin d'être désagréable !

— Je dois vous avouer une dernière chose !

— Oui ? questionna-t-il en se glissant derrière le volant.

— Le cidre était absolument infect ! Je suis sûre qu'on peut déboucher une tuyauterie avec ça !

— Et en plus, tu as du goût ! s'exclama-t-il en éclatant de rire. Je ne sais pas si c'est efficace pour la plomberie, mais ça éloigne bien la mélancolie !

Laure soupira de soulagement en voyant Céleste sortir de la voiture d'Antonin. La jeune fille présenta ses excuses à sa mère qui la prit dans ses bras pour l'embrasser. Elles avaient besoin de se parler. Emmanuel ne dit rien, mais il lui sourit quand elle leva vers lui ses yeux inquiets.

Les petits arrivèrent un peu plus tard, les chaussures pleines de sable, et l'ambiance s'allégea aussitôt. Isabelle fut surprise de voir Laure assise sur le canapé, tenant Céleste dans ses bras. Elle nota qu'elles avaient pleuré toutes les deux et questionna Emmanuel du regard. Il lui serra l'épaule et quitta la pièce pour répondre au téléphone.

Caroline l'informa qu'elle avait enfin obtenu le rendez-vous qu'il attendait. Elle lui promit que les équipes assuraient à « La Grignote » et au « Gargantua » et qu'il pouvait se consacrer à Laure encore quelques jours. Emmanuel la remercia et retourna prévenir Laure.

— Caroline a fait jouer ses relations. Elle a pu avoir une visite pour toi chez un chirurgien à Paris. Il accepte de te recevoir pour vérifier la bonne consolidation de tes nombreuses fractures.

— Quand ?

— Demain, en début d'après-midi !

— Je ne peux pas laisser les enfants ! rejeta Laure aussitôt.

— Vous devez vous assurer de ne pas avoir de séquelles. Vous ne pouvez pas refuser une telle occasion ! insista Éliane.

— Tu dois enlever ton truc, maman ! ajouta Albertine. Tu imagines si le trou est bouché et que tu ne peux plus jamais te moucher. Ta tête va exploser !

Augustin la regarda, horrifié par cette idée. Céleste leva les yeux au ciel, elle n'en pouvait plus des réflexions de sa sœur.

— Nous allons rentrer pendant que vous allez à Paris ? questionna Augustin. Je voudrais voir Fanette !

— Moi aussi, la maison me manque, confia Céleste.

— Même si nous sommes très bien chez vous ! reprit Albertine, le visage transformé par une de ses grimaces dont elle avait le secret.

Éliane et Antonin sourirent, charmés par cette petite fille qui dissimulait trop souvent ses chagrins sous ses pitreries.

— Qu'en pensez-vous ? demanda Isabelle. Laure, tu peux aller à ta consultation demain avec Emmanuel. Et moi, je ramène les enfants dans la Nièvre. Nous serons avec Tanguy, Martin et Fanette pour vous attendre.

Laure chercha les yeux d'Emmanuel avant de répondre. Céleste surprit son geste. Elle n'avait jamais prêté attention à leur relation, mais maintenant qu'elle le savait, les regards entre eux, même s'ils étaient discrets, étaient évidents. Elle n'avait rien remarqué parce qu'elle ne voulait tout simplement rien voir. Sa mère rougit en comprenant qu'elle avait manqué de retenue.

Emmanuel confirma la possibilité d'un retour dans la Nièvre. La gendarmerie poursuivait son enquête, mais Pierre-

Alain était toujours introuvable. La maison était maintenant sous surveillance et l'agresseur de Laure serait probablement tenté par un repli dans le Sud, plutôt que de prendre le risque de revenir sur les lieux du drame, où toute la famille de sa femme l'attendait de pied ferme. L'officier avait cerné le personnage : ce fils unique, dont les parents avaient constamment passé ses caprices, chercherait par tous les moyens à retourner se terrer chez son père, et se mettre sous la protection de sa mère.

43

Emmanuel ouvrit la porte de son appartement et laissa Laure entrer. Elle était épuisée par cette journée interminable. Les examens et les consultations s'étaient prolongés. Le chirurgien, mis au courant de sa situation par Caroline, avait voulu écarter toute complication et avait rédigé un compte rendu détaillé pour le dossier médical de Laure, qu'elle devrait transmettre aux assurances et à son avocate pour appuyer son divorce. Les charges retenues contre son mari couvriraient ses soins éventuels.

Le médecin s'était montré encourageant. Laure avait eu une chance incroyable de s'en sortir sans séquelles. De nombreuses femmes, dans les mêmes circonstances, finissaient dans les cimetières sans aucune procédure, et laissaient des enfants traumatisés. Elle avait tenté de lui expliquer cette sensation constante d'avoir oublié un événement majeur, mais il l'avait tranquillisée d'un ton expéditif. Elle allait retrouver toute sa tête avec beaucoup de repos. Laure s'était agacée, car il ne l'avait pas vraiment écoutée. Emmanuel lui avait promis de l'aider à comprendre avant qu'elle ne devienne folle !

Laure passa dans la salle de bain et se scruta longuement

dans le miroir. Elle était libérée de son plâtre et se reconnaissait à peine. Emmanuel s'approcha d'elle et la regarda avec émotion.

— Notre histoire a commencé ici. Je suis tombé amoureux de toi en te soignant.

— J'ai l'impression d'avoir eu mille vies…

Il lui embrassa doucement l'épaule et elle baissa sa tête contre la sienne dans un geste tendre.

— Je vais commander quelques plats pour le dîner. Je te laisse t'installer.

— Je crois que j'aimerais prendre un bain !

Il lui ouvrit les robinets et s'éloigna, le téléphone vissé à l'oreille.

Laure était à moitié somnolente dans l'eau et écoutait la musique qu'Emmanuel avait programmée dans le salon. Il continuait de se tenir informé de la gestion de ses établissements et elle entendait le craquement de ses pas sur le parquet. Isabelle avait prévenu Tanguy de son retour avec les enfants. Pour la rassurer, son frère avait prévu de passer la nuit à « Maison Haute ». Fanette avait préparé leurs plats préférés. Ils étaient entre de bonnes mains.

Elle soupira et s'enfonça un peu plus dans l'eau. Emmanuel leur apporta deux verres de vin blanc. Il avait bien l'intention de profiter de cette intimité inespérée pour la retrouver. Il déposa un baiser sur ses lèvres et commença de se déshabiller. Laure sentit les battements de son cœur s'emballer et ses joues s'empourprèrent. Il lui demanda de s'avancer et se glissa derrière son dos. La hauteur de l'eau monta dangereusement. Emmanuel la ramena contre lui et la baignoire déborda. Laure pouffa de rire. Ce son si précieux lui lança une pluie de papillons dans le ventre. Il attrapa les deux verres de vin au vol et lui en tendit un avant de le faire tinter contre le sien. Il s'assura qu'elle était bien installée et tourna le robinet d'eau chaude du bout de son pied pour la remettre à niveau.

Laure reposait sur son torse et Emmanuel lui caressait doucement les cheveux. Il profitait de ce moment tant espéré depuis des semaines : la tenir dans ses bras, sans être dérangé et sans avoir besoin de se cacher. Il refusait de laisser la bataille qu'ils allaient devoir mener contre son mari lui entacher sa soirée. Ils étaient partis pour de longs mois de conflit. Si la justice contraignait Pierre-Alain à rester à distance de sa femme, il allait leur faire vivre un enfer en se servant de ses enfants. Il faisait confiance à Catherine pour assurer leur défense, mais la loi les protégera-t-elle véritablement de ce personnage aussi tordu ?

— À quoi penses-tu ? murmura Laure qui goûtait le va-et-vient léger de ses doigts sur son front.

— Je ne pense à rien, mentit-il, juste au plaisir de t'avoir dans mes bras.

Laure se tourna et l'embrassa dans le cou. Le désir d'Emmanuel flamba. Il reposa son verre vide sur le sol et versa du shampoing dans sa main avant de masser doucement ses cheveux bruns. Elle ferma les yeux et ronronna de bonheur. Il descendit sur sa nuque fine, puis sur ses épaules et dans son dos.

— Athéna, ma guerrière ! murmura-t-il, toujours ému de voir les cicatrices entre ses omoplates. Je ne connais pas de femme plus forte que toi !

Il attrapa le pommeau de la douche et la rinça. Ses mains volaient sur ses bras, sur ses seins, sur son ventre. Le corps de Laure se réveillait sous ses caresses. Emmanuel l'aida à sortir de la baignoire et l'enveloppa dans son peignoir. Il lui tendit une serviette qu'elle enroula sur sa tête pour couvrir ses cheveux. Elle vit dans son regard tant d'amour qu'elle se dressa sur la pointe des pieds pour l'enlacer. Ses bras vigoureux la retinrent contre lui et ils s'embrassèrent en se murmurant des mots doux qui n'appartenaient qu'à eux. Il sursauta quand elle gémit de douleur et recula.

— Je t'ai fait mal ? s'inquiéta-t-il

— Légèrement ! souffla-t-elle en lui adressant le plus exquis des sourires. Je suis un peu cassée !

— Pardon ! dit-il avant de la porter dans ses bras, avec une infinie délicatesse.

Ils dévorèrent les plats réchauffés et discutèrent longuement de leur affaire. Leurs échanges complices leur avaient manqué à tous les deux. Laure était sereine dès qu'Emmanuel se tenait à ses côtés. Elle pouvait respirer, penser, donner son avis sans avoir la moindre crainte de dire une énormité. Quand elle vivait avec son mari, elle était si inquiète de ses réactions que son esprit critique ne fonctionnait plus. Elle se faisait au mieux ridiculiser, au pire corriger. Elle avait fini par ne plus parler.

Elle retint un bâillement et capitula. Elle était épuisée. Elle se glissa dans le lit et soupira. Cet intermède touchait déjà à sa fin et dès le lendemain, elle allait devoir retourner dans sa véritable existence. L'envie de prendre la fuite et tout quitter la traversa une seconde. Mais elle la repoussa. Elle n'avait pas le droit d'abandonner. Elle devait continuer le combat pour ses enfants. Emmanuel se glissa dans son dos. Il mélangea ses jambes aux siennes et la serra contre lui. Elle se chargea de sa chaleur et chacun de ses muscles se relâcha.

— Je te remercie de ne pas me brusquer, murmura-t-elle en embrassant sa main mêlée à la sienne.

— Nous prendrons le temps, mon amour. Rien ne presse. Tu peux dormir en paix.

Son corps se détendit dans ses bras et il la sentit s'assoupir à peine quelques secondes avant qu'il ne s'endorme à son tour.

Emmanuel s'était réveillé plus tard qu'il ne s'y attendait. Lui aussi avait besoin de repos après tant d'inquiétude. Il quitta la chambre sans déranger Laure. Il se prépara un café pour se ranimer tout à fait et regarda le jour se lever sur les toits de Paris. Il alluma son ordinateur et vérifia ses mails. Le dernier message de Georges était encourageant. Il avait validé l'achat du restaurant : enfin une bonne nouvelle. La veille, il avait proposé à Laure de prendre en charge toute la décoration si elle se sentait prête à le faire. Elle n'avait pas dit non, et devant son air rêveur, il s'était douté qu'elle y réfléchissait déjà. Il lui avait alors demandé si elle avait eu l'occasion de voyager auparavant et si l'idée de passer quelque temps à l'étranger lui plairait. Elle lui avait répondu dans un soupir grinçant qu'elle s'était mariée à vingt ans pour se transformer en parfaite ménagère soumise, et que son mari n'avait jamais réalisé ses promesses d'excursion !

— Et tu aimerais voyager ?

— Parfois, j'aimerais tout quitter ! lui avait-elle avoué dans un souffle. Tout quitter et tout oublier !

— Tout quitter pour tout changer ? proposa Emmanuel qui entrait dans son jeu.

— Tout quitter et tout recommencer ?

— Et ne jamais abandonner !

— Et t'aimer… avait-elle chuchoté au creux de son oreille.

Emmanuel repensait à cet aveu de Laure et un sourire se dessina sur ses lèvres. Il était heureux de la voir prendre appui sur lui pour reprendre pied. Il devait partir à Londres pour attaquer la phase finale de son projet et il ne pouvait pas se résoudre à s'éloigner d'elle une nouvelle fois. Il ne savait que décider.

Son téléphone portable vibra sur la table et le nom de Catherine apparut sur l'écran. Emmanuel sentit un frisson glacial le parcourir. Une catastrophe était arrivée si l'avocate le contactait tôt le matin.

Il répondit, le souffle court.

— Bonjour Catherine (…) Oui, elle est avec moi. Nous rentrons dans la Nièvre en fin de journée (…) Oh, mon Dieu ! (…) Bien sûr, je vais lui annoncer. Merci de m'avoir prévenu. Je fais le nécessaire ! Tenez-moi au courant dès que vous avez des nouvelles.

Emmanuel raccrocha et se passa la main sur le front. Il était remué. Il traversa l'appartement pour aller réveiller Laure. Elle était étendue dans le grand lit et dormait paisiblement. Le drap lui recouvrait la poitrine et son bras était relevé au-dessus de sa tête. Elle semblait abandonnée. Elle était magnifique, perdue dans ses rêves. Elle sentit qu'il l'observait, car elle ouvrit un œil et lui sourit. Elle s'étira comme un chat et se glissa sous la couette, qu'elle monta jusque sous son menton. Ses sourcils se froncèrent en remarquant la mine sombre d'Emmanuel. Il restait immobile, ce qui l'inquiéta aussitôt. Elle se redressa tout en maintenant le drap devant sa poitrine. Ses cheveux tombèrent sur ses épaules et Emmanuel prit place à ses côtés sans la quitter des yeux.

— Que se passe-t-il ? s'affola-t-elle. Ce sont les enfants ?

— Catherine vient de me prévenir… Les gendarmes ont retrouvé le corps de ton mari. La mort remonte à plus de vingt-quatre heures. Il s'est suicidé ! révéla-t-il, d'une voix sans timbre.

— Mon Dieu ! murmura-t-elle en portant la main devant sa bouche.

Emmanuel soupira. Il n'avait jamais souhaité la disparition de quiconque, même pas celle de cet immonde personnage. Mais savoir qu'il ne fera plus jamais de mal à sa femme ou à ses gosses le remplit d'un étrange soulagement. Il respirait à nouveau. À ses côtés, Laure était secouée et demeurait parfaitement immobile.

— Il est mort ? Il est mort ! répéta-t-elle.

— Tu n'auras plus peur ni pour toi ni pour tes petits !

Emmanuel l'attira dans ses bras et la serra contre lui. Il n'arrivait pas à réaliser lui non plus.

— Je dois m'habiller ! Emmanuel, nous devons rentrer pour qu'ils ne l'apprennent pas avant mon retour. C'est à moi de leur annoncer !

44

Laure pénétra dans la cuisine, soutenue par Emmanuel. Son cœur se retourna en découvrant ses enfants attablés avec Isabelle et Fanette. Ils terminaient leur déjeuner. Albertine fut la première à se lever.

— Maman ! s'écria-t-elle

— Ma chérie !

Augustin se dressa si vite que sa chaise tomba. Il lança ses mains autour de Laure. Elle les embrassait, les caressait et se moquait de ressentir encore quelques douleurs à chacune de leurs étreintes. Ils étaient séparés depuis vingt-quatre heures et ils l'accueillaient comme si elle était partie des jours.

Isabelle toisa Emmanuel avec émotion. Sous son regard insistant, elle le suivit dans le vestibule. Fanette réussit à s'approcher de Laure à son tour et invita les petits à lui laisser un peu d'air. Elle recouvrit délicatement ses joues de ses doigts fins et fixa longuement ses blessures.

— Il va falloir être forte, ma chérie !

— J'ai l'impression que ça ne finira jamais…

Fanette se détourna des enfants et murmura, le visage tendu par l'inquiétude.

— As-tu des nouvelles de ton frère ?

— Pas encore…

Dans la pièce à côté, Isabelle s'inquiéta de l'apparence tourmentée d'Emmanuel.

— Que se passe-t-il ? Martin nous a prévenus que les gendarmes avaient arrêté Tanguy aux écuries ce matin ! Depuis, nous sommes sans nouvelles !

— Catherine nous a téléphoné pendant notre trajet pour dévoiler que l'arme retrouvée dans la main de Pierre-Alain était la sienne !

— Pardon ?

— Il est placé en garde à vue et Catherine est avec lui !

Laure et Fanette les rejoignirent en prenant soin de fermer la porte derrière elles pour que les enfants n'entendent pas leur conversation.

— Les gendarmes portent leur soupçon sur Tanguy ! confia Isabelle à Fanette.

— Ils pensent qu'il l'a tué avec le fusil hérité de papa ! continua Laure.

— Mais c'est impossible ! Il n'aurait jamais fait ça !

— J'en suis convaincu moi aussi, dit Emmanuel tendu.

— Je vais demander des comptes au commandant ! Qu'est-ce que c'est que cette histoire de fou ! s'énerva la vieille dame.

— Catherine est avec lui pour assurer sa défense, expliqua Laure d'une voix usée. Laisse-la faire son travail et elle nous donnera des nouvelles dès qu'elle le pourra.

Fanette haussa les épaules. Les enfants s'échappèrent de la cuisine et elle en profita pour s'éloigner en marmonnant qu'elle rentrait chez elle pour se reposer. Isabelle, hors d'elle, annonça qu'elle avait besoin de sortir prendre l'air. Laure l'arrêta devant sa voiture, préoccupée par son regard si sombre.

— Ne fais pas de bêtise, je t'en prie ! J'ai confiance en Catherine ! Elle est la mieux placée pour défendre Tanguy !

— Je le sais ! Mais je n'en peux plus de rester là sans rien faire !

— J'ai l'impression que mon pire cauchemar se réalise ! Je savais qu'il pouvait pousser les autres à bout. J'ai moi-même rêvé de le faire disparaître pour qu'il cesse de me torturer.

— Tu penses que notre frère est coupable ?

— J'ai tellement peur ! Si Tanguy avait craqué, je ne me le pardonnerais jamais !

Isabelle frémit. Elle se frotta les yeux en jurant et fixa sa sœur aînée. Laure était secouée. Elle la prit dans ses bras.

— Il ne l'a pas fait ! Nous devons y croire ! Il ne l'a pas fait !

Laure la serra dans ses bras. Elles avaient tant besoin de se réconforter toutes les deux. Elle lui confia dans le creux de l'oreille :

— Je n'arrive toujours pas à réaliser !

— Je ne vais pas te mentir et te dire que j'ai de la peine pour lui ! jura la cadette, en colère.

— Je sais ! Il m'a fait traverser l'enfer pendant seize ans ! Mais nous avons eu quatre enfants…

— Tu préfères que je reste avec toi pour leur annoncer ?

Laure lui assura qu'elle le ferait seule.

— Je vais rejoindre Max. Si tu as besoin de moi, n'hésite pas à m'appeler.

Laure l'observa avec attention. Isabelle était épuisée, elle aussi. Elle lui demanda si leur relation avait de nouveau évolué.

— Nous ne sommes pas ensemble si c'est ta question. J'ai bien compris la leçon, crois-moi. Mais il était là pour me soutenir quand je gardais tes enfants et…

Ses yeux se remplirent de larmes. Elle n'était pas guérie de leur séparation. Elle monta dans sa voiture et lui sourit tristement.

— Je dois me contenter de son amitié !

Laure la regarda partir, immobile sur le perron de la maison. Ses yeux se levèrent sur les fenêtres au-dessus du garage et elle frissonna. Pierre-Alain l'avait surveillée d'ici sans qu'elle ne se rende compte de rien.

Elle pâlit, mal à l'aise, et rentra au chaud.

Emmanuel s'enferma dans son laboratoire. Cuisiner lui permettait de faire le vide dans sa tête et de rester à la disposition de Laure si elle avait besoin de lui. Elle s'arma de courage et alla retrouver ses enfants.

Leur annoncer la mort de leur père fut une épreuve particulièrement douloureuse. Elle était traversée par une multitude d'émotions, ce qui la rendait fébrile. Elle devait leur montrer une image stable et réconfortante pour qu'ils puissent se décharger de leur chagrin. Pourtant, la colère, la rage, la haine, la jubilation et le soulagement se mélangeaient au plus profond d'elle, tel un mauvais cocktail.

En tout début de soirée, Emmanuel sortit de son repaire et s'assura que tout était en ordre dans la gestion des réservations et dans les commandes. Caroline avait fait de nombreux trajets entre Paris et Nevers pour remplacer Laure depuis l'accident. Si elle n'avait pas pu se rendre disponible, Emmanuel aurait dû se résoudre à fermer l'établissement, ce qu'il ne pouvait se permettre en ce moment. Tom venait de lui confirmer qu'il resterait diriger la brigade. Il n'allait pas les abandonner maintenant. Emmanuel était soulagé.

Ce soir, la maison était plongée dans un silence pesant.

Emmanuel continua son tour et alluma le bureau. Il ne put s'enlever de la tête la vision de Laure défigurée par les coups, même si les traces du drame avaient été effacées sur le sol depuis bien longtemps. Il appuya sur l'interrupteur et ferma la porte sans bruit. D'un pas lourd, il traversa les salons, la grande salle de restaurant et resta un moment dans la bibliothèque pour reprendre ses esprits. Revenir ici le perturbait plus qu'il ne s'y attendait.

Ses pensées volèrent jusqu'à Laure qui devait consoler ses enfants et ses épaules se tendirent. Ils les aimaient bien, ces gamins. Il avait eu le temps de les apprivoiser depuis son arrivée dans cette maison, presque deux ans plus tôt. Il les regardait grandir et s'habituer à sa présence. Il s'était rendu compte au fil des mois qu'ils ne le repoussaient plus, même quand Pierre-Alain leur distillait son poison de rancœur et de suspicion.

Il contourna le bar et attrapa une bouteille de whisky. Il se servit une rasade et soupira en faisant tourner l'alcool dans son verre. Pour se tenir compagnie, il gratta une allumette et la glissa dans la cheminée. Les flammes prirent doucement et la chaleur se dispersa quand il rajouta une bûche. Un craquement et quelques étincelles meublèrent le silence pesant. Il poussa le gros fauteuil en cuir devant le foyer et y prit place. La tête posée sur sa paume, il regardait la flambée. Il était vidé de toute énergie et il pensa à Laure.

Emmanuel sentit une présence à ses côtés. Augustin le contemplait, son doudou à la main et le visage rougi par les larmes. Il se douta que ses sœurs ne devaient pas être dans un meilleur état. Il caressa les mèches du petit garçon qui se tenait immobile. Ému, Emmanuel posa son verre sur le guéridon et l'attrapa pour le glisser sur ses genoux. Il le cala sous son bras et l'embrassa sur le haut du crâne. Augustin soupira, le corps traversé par un sanglot. Il reprit son doudou et mit son pouce dans sa bouche. Les jambes repliées contre le fauteuil, il se coula contre lui pour y puiser du réconfort. Emmanuel se promit d'aider ce petit garçon qui ne voulait pas grandir à gagner en confiance et en légèreté. Ils restèrent un long moment, silencieux, leurs regards illuminés par les flammes.

C'est Albertine qui fut la première à les rejoindre, bientôt suivie de Laure et Céleste. Le cœur d'Emmanuel se serra en notant leurs visages ravagés. Il effleura la main de Laure qui lui sourit furtivement.

— J'ai faim ! annonça Albertine, agitée. Son corps était tendu. Le trop-plein d'émotion ressortait par tous ses pores. Elle avait probablement besoin de s'échapper.

— Pas moi ! jura Céleste.

— Moi aussi, j'ai un peu faim quand même ! avoua Augustin en reprenant son pouce, toujours blotti sur les genoux d'Emmanuel.

— Je m'en occupe ! dit-il en repoussant l'enfant sur ses pieds. Céleste, je te laisse remettre du bois dans le feu et nous allons chercher de quoi pique-niquer devant la cheminée, si vous êtes d'accord !

Augustin glissa sa main dans la sienne et Albertine filait devant eux. Emmanuel lui proposa de courir jusque chez Fanette pour lui demander un paquet de chips. La petite fille accepta la mission et ne prit pas la peine de fermer son manteau avant de sauter sur son vélo.

— Pourquoi tu veux qu'elle aille chez Fanette ? Les chips sont en haut du placard.

Emmanuel cligna de l'œil et lui sourit.

— Tu sais comment est ta sœur quand elle ressemble à une Cocotte-Minute ?

— Oui, elle est soûlante ! grimaça Augustin.

Ils étaient installés tous les cinq à même le tapis et picoraient du bout des doigts un reste de pain et de fromages. Emmanuel appuyait son dos contre le fauteuil et terminait son verre en silence. Laure discutait avec Céleste, quand Albertine fondit soudain en larmes. Elle semblait inarrêtable et Laure l'attira contre elle pour la consoler.

— C'est de ma faute s'il est mort ! hoqueta-t-elle de plus belle. Je voulais qu'il parte d'ici ! Il était trop méchant avec toi, Maman ! Je le détestais quand il te faisait du mal ! J'ai même voulu qu'il meurt et c'est arrivé !

Laure la berçait, bouleversée d'entendre le ressentiment de sa petite fille qui s'était toujours montrée si gaie alors qu'elle connaissait la vérité. Emmanuel lui serra l'épaule. Ce geste de soutien n'échappa pas à Céleste. Ses yeux brillèrent en croisant ceux d'Emmanuel et son menton trembla.

Céleste était tout aussi effondrée, car elle n'avait pas voulu écouter les craintes de sa petite sœur. Laure les calmait toutes les deux. Emmanuel les couvait tous d'une discrète attention. Leur père les avait dominés, maltraités, ignorés et les avait considérés comme des objets sans intérêt. Il avait eu une relation d'emprise sur Laure, il avait eu besoin d'elle pour exister, pour se sentir puissant. Elle existait seulement pour accéder à ses désirs. Quand elle l'avait rejeté, il ne l'avait pas toléré et il avait perdu pied avec la réalité.

Emmanuel avait amené Laure à prendre conscience de la pathologie de son mari et de sa tyrannie. Il allait maintenant se consacrer à encourager ses enfants. Ils en avaient discuté longuement. Laure acceptait de se faire aider par un psychologue. Pierre-Alain avait tout fait pour les détruire, mais elle n'allait pas le laisser réussir, sinon l'horreur et la rancune assombriraient toujours leur existence. Laure ne désirait plus jamais vivre cette menace. Elle avait besoin de paix. Elle avait besoin de se reconstruire, et ses enfants tout autant.

Ils étaient tous épuisés. Emmanuel leur rappela l'heure tardive et leur conseilla d'aller se coucher.

— Moi, je veux rester avec maman ! annonça Augustin qui n'avait pas ouvert la bouche depuis un moment.

— Moi aussi ! s'énerva Albertine qui poussa son frère qui prenait trop de place auprès de leur mère.

Emmanuel nota la pâleur de Laure et intervint d'une voix autoritaire. Puisqu'ils désiraient tous dormir avec elle, ils allaient transférer un matelas dans la chambre du bas. C'était sa suite préférée et elle l'avait aménagée avec beaucoup de soin. La pièce était chaleureuse, la moquette incroyablement épaisse, et la vue s'étendait sur le parc. Ils avaient tous besoin de se retrouver en terrain neutre. Emmanuel dirigea les opérations, envoya les enfants se préparer, chargea Céleste d'aller récupérer le sac de sa mère et les invita à se coucher.

Ils étaient allongés côte à côte et leurs paupières papillonnaient déjà. Il déplaça la lampe sous la table de chevet pour rassurer Augustin, qui avait peur du noir, sans déranger le sommeil de ses sœurs et leur souhaita une bonne nuit.

— Tu vas revenir avec nous, après ? demanda Albertine, en se redressant.

Emmanuel sentit son cœur se serrer. Il croisa le regard de Laure, aussi tendue que lui. Ils n'avaient pas encore décidé comment ils allaient annoncer leur relation aux petits. Ils se doutaient que Céleste n'avait rien dit. Et ce n'était pas le moment de les bouleverser.

— Ben oui ! Je lui garde une place à côté de moi ! confia

Augustin en bâillant bruyamment.

— Tu veux que je vienne t'aider à ranger ? proposa Céleste, les yeux voilés.

Sa discussion avec Antonin lui avait fait du bien. Elle avait du mal à accepter leur relation, mais avant de le savoir, elle reconnaissait qu'Emmanuel était sympathique et qu'il avait toujours pris soin d'eux. Elle allait s'habituer avec le temps.

— Non ma jolie ! Reste avec ta maman !

Laure et ses enfants dormaient profondément quand il se glissa plus tard jusqu'à leur couchette de fortune. Rassuré, il regagna sa chambre.

Emmanuel était réveillé depuis un moment. Il avait eu un sommeil agité et, depuis son lit, il regardait par la fenêtre les premières lueurs de l'aube qui pointaient au loin au-dessus du parc. Son cœur se serra. Les prochains jours promettaient d'être difficiles pour tout le monde. Il entendit un léger frottement et la porte s'ouvrit doucement. Laure s'approcha en silence. Il souleva la couette et elle se coula contre lui, gelée. Ils se sourirent. Ses extrémités glacées étaient une torture et il la caressa pour la réchauffer. Sa main glissa sur son ventre vide et un même voile de chagrin les traversa. Emmanuel lui promit dans un murmure que la souffrance disparaîtrait de cette maison, il s'y engageait.

Laure posa ses lèvres sur sa bouche et lui arracha un soupir de désir. Il repoussa ses cheveux dans son cou pour la goûter, puis il faufila ses doigts sous sa chemise de nuit tout en lui chuchotant combien il l'aimait. Emmanuel la dévorait. Son cœur s'emballa et elle frémit. Il sentit alors son corps se tendre et elle se tourna vers lui tandis qu'une ombre passa dans ses yeux.

— Il est encore trop tôt pour avoir des nouvelles de ton frère !

— Je sais, mais cela ne m'empêche pas d'être inquiète !

— Il va rentrer !

Son visage était soudain plus tendu.

— Dis-moi ce qui te trouble ! questionna-t-il, le regard soucieux.

— Je ne sais pas… Cette perception bizarre ne disparaît pas alors que nous sommes rentrés à la maison !

— Je suis désolé de ne pas pouvoir t'aider. Mais je t'assure que personne ne te cache rien !

Laure soupira. Cette idée allait la rendre folle. Elle l'embrassa avant de se glisser hors du lit. Elle avait toujours son air préoccupé.

— Où vas-tu ? Reste encore un peu avec moi.

— Je ne peux pas. Les enfants vont se réveiller !

Il se leva à son tour et l'attira doucement pour l'enlacer. Il frôla légèrement son nez contre le sien et lui murmura quelques mots tendres à l'oreille avant de la libérer. Elle lui adressa un sourire et s'échappa avant l'arrivée des salariés.

45

Max avait accompagné Isabelle pour dîner à « Maison Haute ». Les adultes faisaient corps pour entourer les enfants bouleversés et Laure avait besoin d'avoir sa famille à ses côtés pour surmonter de telles épreuves.

Ils étaient tous autour de la table de la grande cuisine et Martin racontait à Albertine et Augustin ses souvenirs du premier hiver passé avec leur grand-père. Le froid était terrible. Les moteurs des tracteurs gelaient dans les granges et ils devaient casser la glace dans les abreuvoirs des vaches. Personne ne circulait sur les routes et les prés étaient blancs de neige. À l'époque, Martin avait bricolé une luge avec des sacs remplis de paille et Jean tirait ses enfants à l'arrière de sa vieille voiture. Les yeux des petits brillèrent d'envie. Les deux sœurs n'avaient aucun souvenir de cet exploit et se demandèrent si Martin ne brodait pas la réalité pour tenir l'attention de son auditoire.

Fanette les couvait tous du regard. Laure avait traversé une terrible année, mais Tanguy et Isabelle n'avaient pas été épargnés non plus. Ses protégés trouveraient-ils la paix bientôt ? Elle les observait discrètement. Laure était fatiguée, mais surtout préoccupée. Elle gardait à l'esprit qu'un détail lui échappait, mais elle ne retrouvait pas la mémoire, ce qui l'angoissait de plus en plus.

L'arrivée de Tanguy, accompagné de Catherine, interrompit toutes les discussions. Laure s'approcha de son frère, les yeux brillants, et se coula dans ses bras.

— Je suis désolée…

— Ils m'ont relâché avant la fin de la garde à vue ! J'avais un bon alibi… Je te raconterai ! chuchota-t-il à son oreille.

— J'ai eu si peur pour toi !

— Je t'avoue qu'après t'avoir découverte massacrée par ses poings, j'ai rêvé plus d'une fois de lui faire la peau !

— Il ne méritait pas que tu brises ta vie pour la sienne !

— Les enfants tiennent le choc ?

— Oui, je leur ai dit toute la vérité. C'est dur pour eux, mais je ne veux plus rien leur cacher.

Céleste fut la première à venir embrasser son oncle, très vite suivie par Albertine qui eut du mal à retenir ses larmes. Tanguy lui proposa de l'accompagner le lendemain pour faire sa ronde dans l'étable. La petite fille accepta d'un signe de tête et sécha ses yeux quand il la prit dans ses bras. Catherine les salua tous et les laissa en famille pour dîner.

Dès le dessert avalé, Laure demanda à ses enfants d'aller se coucher. Céleste, les épaules basses, embrassa sa mère et conduisit les petits jusqu'à leurs chambres. Fanette et Martin les saluèrent et rentrèrent chez eux. Emmanuel enlaça Laure, qui se blottit contre lui, les yeux cernés de fatigue. Isabelle leur prépara des cafés et mit une tablette de chocolat sur la table. Emmanuel tendit une tasse de thé à Laure qui restait debout près du poêle.

— Tu veux aller te reposer ? s'inquiéta-t-il.

Elle le rassura d'un faible sourire et glissa ses mains autour de son mug pour se réchauffer. Elle était glacée. Elle ne comprenait pas l'origine de ce froid intérieur. Pierre-Alain était mort. Elle ne subirait plus ses attaques et n'appréhenderait plus ses coups tordus. Les gendarmes n'avaient retenu aucune preuve contre Tanguy. Elle était libre. Elle était estropiée, mais libre. Pourtant, au plus profond d'elle, elle ne ressentait aucun soulagement. Elle avait peur et n'en trouvait pas la raison.

Tanguy se redressa sur sa chaise, le regard sombre, et annonça :

— J'ai menti !

— De quoi parles-tu ? s'exclama Emmanuel sur le qui-vive.

— Je n'avais aucun alibi pour la nuit de sa mort. J'étais seul chez moi et je surveillais mes vêlages.

— Tu es malade ! jura Isabelle. Tu te rends compte des risques que tu prends ?

— Avec tous les incidents sur ma ferme ces derniers temps, j'ai les assurances et la gendarmerie sur le dos ! Je ne pouvais pas me permettre de dire la vérité ! s'emporta son frère, excédé.

— Tu es complètement fou ! Et qui est ton fameux alibi ?

— Jérôme ! Nous avions bu chez moi la nuit précédente et je n'avais pas encore rangé les vestiges de notre soirée. C'est lui qui a eu l'idée. C'est quand on a les deux pieds dans la merde qu'on reconnaît ses vrais amis !

Laure écoutait son frère en silence. Elle était catastrophée par cette décision insensée. Jérôme était son copain d'enfance. L'exploitation de son père touchait les terres de « Maison haute », ils avaient grandi ensemble et ne s'étaient séparés qu'au départ de Tanguy pour le Québec. Mais de là à donner un faux alibi ! Ils avaient tous les deux pris des risques inconsidérés avec la justice !

Laure avait maintenant la tête qui bourdonnait et les écoutait à peine. Elle ressassait en boucle dans son esprit : c'est de ma faute ! C'est de ma faute !

Max demanda à Tanguy, où en était l'enquête concernant tous les ennuis qu'il subissait sur son exploitation. Il vivait sur le qui-vive permanent. Les dégâts étaient considérables et il aurait de grandes difficultés à s'en remettre financièrement. Ses relations avec les assurances étaient tendues depuis qu'il avait renvoyé avec perte et fracas, l'expert venu garantir la véracité de ses pertes. Tanguy avait accumulé tellement d'incidents ces derniers mois que le groupe avait gelé ses remboursements en attendant les résultats d'autres évaluations. Isabelle termina le chocolat pour se calmer.

— C'est un jeu qui peut durer longtemps ! grimaça Emmanuel. Comment fais-tu avec ta trésorerie ?

— C'est l'enfer ! soupira-t-il, abattu. Pour récupérer toutes mes pertes, j'aurai besoin de beaucoup, beaucoup… beaucoup d'argent !

Ils ne virent pas Laure se mettre à trembler violemment, les yeux vitreux. Ses doigts se crispèrent et elle laissa échapper sa tasse de thé qui s'écrasa au sol. Ils tressaillirent de surprise et se tournèrent d'un même élan vers elle. Isabelle fut la première à se lever de table pour la soutenir. Laure claquait des dents et marmonnait, le regard effrayé.

— Céleste…

— Chérie, qu'est-ce que tu as ? s'inquiéta Emmanuel qui tentait de la faire asseoir. Mais Laure le repoussa sèchement. Elle était complètement raide et semblait rêver les yeux ouverts.

— Nous sommes avec toi, la rassura Isabelle. Que veux-tu nous dire ?

— Les hommes ! Ils sont venus ici…

— Quels hommes ?

Peu à peu, les souvenirs lui revinrent. Elle se concentrait, le front plissé. Elle était terrifiée.

— Laure ? dit Emmanuel avec calme en redressant son visage, pour fixer son regard. Qui sont ces hommes ?

— Ils sont arrivés le jour de... l'accident ! Ils réclamaient l'argent qu'ils avaient prêté à Pierre-Alain !

— Ce n'est pas vrai ! soupira Tanguy.

Il avait observé les deux voitures sombres s'approcher de « Maison Haute » depuis son tracteur et avait eu un mauvais pressentiment. Mais l'appel du conseiller de la MSA l'avait distrait, et il avait oublié sa sœur jusqu'à ce qu'Albertine vienne le chercher pour la secourir.

— Je dois trouver cette somme avant Noël. Sinon, ils ont menacé de s'en prendre à Céleste !

— Même mort, il nous pourrit encore l'existence ! s'emporta Isabelle. Combien leur devait-il ?

— Beaucoup, beaucoup... beaucoup d'argent ! murmura-t-elle, tremblante, en se remémorant parfaitement les mots.

Emmanuel souffla en l'attirant contre lui. Elle tenait à peine debout. Pourtant, elle s'agita et le repoussa.

— Il m'a donné sa carte pour le joindre et fixer le rendez-vous de l'échange. Je l'avais quand Pierre-Alain est arrivé ! Mais ensuite, je ne me souviens plus de rien !

Elle s'écarta d'eux et s'élança en direction du bureau. Elle avait refusé d'y entrer depuis son retour, mais elle ne pouvait plus y échapper. Isabelle l'accompagna et, ensemble, elles fouillèrent dans les piles de documents, dans les tiroirs. Rien. Emmanuel et Tanguy cherchaient de leur côté. Rien. Elle se posta au centre de la pièce et tourna sur elle-même pour balayer toutes les possibilités. Rien. Elle s'effondra, au bord de la crise de nerfs.

— Nous allons la trouver ! s'écria Isabelle qui n'y croyait pas elle-même.

— Nous devons prévenir les gendarmes ! dit Emmanuel, inquiet de voir Laure s'agiter autant.

— Ils sont déjà sur les dents avec notre famille ! Je ne sais pas si c'est une bonne idée ! lança Tanguy.

— Sa dette est si importante ?

Quand sa sœur leur confia le montant, ils blêmirent.

— Comment allons-nous réunir une telle somme ? Noël est dans dix jours !

Laure ne les écoutait plus. Elle s'approcha de la cheminée et chercha à se remémorer la scène effroyable avec son mari. Elle se tenait exactement là quand il lui avait administré son premier coup. Elle posa sa main sur le manteau en marbre, comme elle l'avait fait pour rester debout face à lui et scruta ses doigts. Elle découvrit un morceau de carton blanc qui avait glissé juste au bord du miroir doré. Elle tira dessus, le souffle court, et délogea la carte du prêteur de Pierre-Alain. Ils se contemplèrent tous, silencieux et inquiets.

Laure quitta la maison aux premières lueurs du jour. Elle avait vérifié le sommeil de ses enfants avant de s'échapper. Elle traversa la cuisine sans s'attarder et glissa seulement un mot pour Emmanuel près de la machine à café, pour lui dire de ne pas s'inquiéter. Elle resserra son écharpe autour de son cou et ferma le dernier bouton de son manteau. Ses pas pressés crissèrent sur le gravier et elle entendit au loin les jappements du chien de Martin. Dans le ciel, la lumière perçait à peine les nuages. Elle sauta dans sa vieille voiture et tourna la clef pour la démarrer. Elle serra les dents quand le moteur ronfla et elle s'empressa de passer la première vitesse pour ne pas réveiller la maisonnée. Elle arriva à la grille quand Fanette apparut sur le bord de la route. Laure pesta, mais ralentit pour se garer à sa hauteur.

— Tu n'es pas raisonnable, Fanette ! Je peux très bien y aller toute seule !

La vieille dame ne releva pas ses mots et monta dans la voiture, le regard sombre. Les sœurs avaient tenté de lui dissimuler les dernières révélations concernant Céleste pour ne pas l'inquiéter et elle ne décolérait pas qu'ils la considèrent trop vieille pour supporter tous ces événements. Elle tira sèchement sur la ceinture de sécurité et ne desserra pas les lèvres.

Les bords de Loire étaient restés assez sauvages et elles accédèrent à la berge par un sentier étroit que personne n'empruntait. Le ciel était bas, le silence les entourait et elles écoutèrent seulement le bruit du courant et quelques canards au loin. La nature se réveillait peu à peu. Les nuages se dispersèrent pour laisser percer quelques fragiles rayons de soleil. L'air était frais, le paysage reposant et pourtant, les deux femmes tremblèrent à l'unisson. Le chemin humide était glissant et Fanette faillit tomber. Laure la rattrapa par le bras et ne la lâcha plus. Elles poursuivirent leur excursion d'un bon pas, partageant uniquement le bruit de leur souffle et du frottement de leurs bottes.

Laure se demandait si elles ne s'étaient pas égarées quand Fanette s'immobilisa. Elle lui fit signe de garder le silence et la mena sur un sentier plus étroit, tout au bord de l'eau. Au loin, l'homme déposa sa canne sur le sol puis prépara son hameçon. Il crocheta quelques vers de terre et relança sa ligne.

Laure avait le cœur battant et tenta de reprendre son souffle. Fanette marcha sur une branche et le bruit sec alerta le pêcheur solitaire. Il se tourna aussitôt dans leur direction, le regard sévère.

— Fanette ? Ça devient du harcèlement ! Comment m'avez-vous trouvé ?

— Tout le monde sait où vous vous cachez pour méditer !

— Laure ? s'exclama le commandant, interloqué de la voir, elle aussi.

Il soupira et relança sa canne. Il aurait voulu les renvoyer toutes les deux et poursuivre sa passion en paix, mais il avait une dette envers Fanette. Elle était la seule à pouvoir soulager le mal de son fils. Il continua malgré tout à les ignorer. La vieille dame ne mit pas longtemps à s'impatienter devant son indifférence.

— Si vous m'avez suivi jusqu'ici, je suppose que vous avez une information de la plus haute importance à me communiquer ?

— Qu'est-ce qui vous a pris d'arrêter mon Tanguy ? Vous avez perdu la tête ?

— Il avait proféré des menaces devant un témoin ! jeta le gendarme agacé. Je devais vérifier cette information.

— Mais tous ceux qui côtoyaient Pierre-Alain ont rêvé de sa mort à un moment ou à un autre ! Vous n'auriez pas dû…

— Fanette, ça suffit ! coupa-t-il en déposant sa canne à ses pieds.

Sa retraite était définitivement gâchée. Il croisa le regard de Laure et remarqua sa pâleur extrême. Elle tremblait de froid.

— Vous ne devriez pas être là ! L'enquête est en cours et je ne peux rien vous dire. Il se tourna vers la vieille dame et reprit plus sèchement : Vous semblez me juger comme un incapable, néanmoins les recherches progressent ! Pour votre gouverne, je n'ai pas cru un seul instant à l'alibi de Tanguy !

Pourtant, j'ai classé son dossier sans suite. Alors, je vous en prie, laissez-moi faire mon travail !

Fanette baissa les yeux, consciente d'avoir été trop loin. Laure le regardait ranger son butin et fermer son sac d'un geste rageur. Elle soupira :

— Je suis navrée de vous solliciter pendant votre repos. C'est moi qui ai demandé à Fanette de me mener jusqu'à vous. Depuis ma convalescence, j'étais tourmentée par un sombre pressentiment, mais je n'en trouvais pas l'origine. Ma mémoire est revenue seulement hier soir.

— Ah oui ?

— J'ai besoin de votre aide ! Je vous en supplie !

Le commandant s'inquiéta devant la détresse de Laure. L'enquête sur cette famille devenait un jeu de poupées russes qui le perturbait. Depuis qu'il avait entendu ses confidences dans le plus grand secret, il surveillait son mari de près. Ses découvertes l'avaient mené bien au-delà d'une sombre histoire de violences conjugales. Le gendre de Jean d'Anglois avait mis le doigt dans un engrenage qui l'avait conduit à sa perte. Le commandant avait tenu l'affaire en toute discrétion pour ne pas lever le scandale sur les propriétaires de « Maison Haute », mais la situation devenait nébuleuse.

— Je voulais profiter de cette matinée à faire le point en toute tranquillité pour décider de la suite de cette enquête !

Il se garda de leur avouer que son rapport mentionnait que le sujet était un pervers narcissique de la plus haute définition, qui avait passé les dernières années à dominer, maltraiter et contrôler sa femme dans un premier temps avant de s'en prendre à ses enfants. Le commandant était persuadé que si Laure ne s'était pas réfugiée dans la maison paternelle, elle ne serait pas vivante aujourd'hui.

Le gendarme resta de marbre. Il réfléchissait. La famille d'Anglois n'avait jamais suscité l'attention. Jean et son épouse étaient distants, mais respectés de tous. Le retour du fils, après leur décès, avait occupé quelques langues de vipère, mais Tanguy était un jeune homme agréable qui attirait la sympathie. Pourtant les actes de vandalisme sur sa ferme s'enchaînaient ces derniers mois, ce qui le rendait agressif. Les investigations n'avaient rien donné jusqu'à maintenant.

— Si on découvre que je vous ai parlé, l'enquête me filera entre les doigts et je ne pourrai plus rien faire pour vous !

— Personne ne le saura ! jeta Fanette.

Le commandant refusa de leur rapporter les faits retenus durant l'interrogatoire concernant le fusil de Tanguy retrouvé sur le corps. La saison de la chasse avait commencé, mais les problèmes de sa famille le préoccupaient suffisamment pour le garder de traquer le gibier dans la campagne. Il avait avoué, lors de son audition, qu'il n'avait même pas remarqué la disparition de son arme.

— Tout porte à croire que Tanguy a tué son beau-frère pour vous venger.

Laure frémit.

— Mais je ne l'envisage pas un instant, reprit-il. L'explication est cousue de fil blanc. J'ai eu l'occasion de l'étudier avec attention. Ce genre de personnage pousse les autres à commettre l'irréparable, mais il passe rarement à l'acte.

— Alors, que lui est-il arrivé ? jura Fanette. Vous n'imaginez pas qu'il aurait pu mettre fin à ses jours ? Avez-vous une piste ? Vous pensez qu'une de ses relations secrètes l'aurait fait disparaître ?

— Pour l'instant, je l'ignore ! A-t-il choisi de se supprimer pour vous punir, Laure, et que vous endossiez cette responsabilité à jamais ? A-t-il décidé de prendre sa revanche sur Tanguy, qui était un des seuls à lui tenir tête d'après ce que vous m'aviez confié ? A-t-il été exécuté à la suite d'un règlement de compte ?

— Je ne sais pas quoi dire…

— J'ai transmis hier le dossier à mes supérieurs et ils se sont accordés à étendre les recherches sur ses activités. Ils ont mis en lumière la question de jeux d'argent et de casino. Il était un consommateur régulier, connu des tables de poker et de roulette, de la Bourgogne jusqu'au Var. Ses fréquentations n'étaient pas des plus recommandables !

— C'est bien pour cette raison que nous sommes venues vous poursuivre jusqu'ici ! s'écria Fanette

— J'ai si peur pour ma fille, commandant ! Je sais qu'elle est en danger !

46

Tanguy s'arrêta quelques minutes pour prendre des nouvelles de sa sœur et de ses neveux. Ils étaient tous dans la cuisine et avaient terminé de dîner. Leur départ était fixé à la première heure le lendemain matin, pour assister aux obsèques de Pierre-Alain qui avaient lieu dans le Midi.

Ses beaux-parents étaient ravagés par le drame. Jacques lui avait annoncé, par message, leur souhait d'inhumer la dépouille, dans le cimetière voisin de leur villa. Laure avait laissé à Bernadette le soin d'orchestrer les funérailles. Elle était bien assez préoccupée de l'état psychique et émotionnel de ses enfants, pour ne pas intervenir dans l'organisation de la cérémonie d'adieu de l'homme qui avait bien failli la tuer. Sa belle-mère avait répondu une seule fois aux nombreux appels de Céleste. Elle lui avait proclamé qu'elle tenait Laure responsable de la mort de son fils unique. Isabelle, qui était à ses côtés, avait entendu la discussion et lui avait arraché le téléphone des mains, pour lui ordonner de se calmer. Bernadette avait raccroché. Céleste s'était effondrée. Elles n'avaient plus eu aucun échange depuis.

— Je ne veux pas y aller ! jeta Albertine, butée.

— Nous en avons déjà parlé, soupira Laure.

— Je le déteste ! hurla-t-elle en larmes. Je veux pas y aller, maman ! Je veux pas…

Emmanuel, qui rangeait la table et observait la scène en silence, glissa sur une chaise et l'installa doucement sur ses genoux pour l'apaiser. La petite sanglotait et inséra son pouce dans sa bouche. Elle avait repris cette habitude, depuis l'hospitalisation de sa mère. Laure sentit une boule se former dans la gorge. Le souffle coupé, elle ne savait comment l'obliger à faire ce qu'elle-même ne souhaitait pas non plus.

— Tu vas venir avec nous ? lui demanda Albertine, la voix cassée.

Laure évita le regard d'Emmanuel et lui avoua que sa présence ne serait pas bien vue chez leurs grands-parents.

— Moi j'aimerais bien que tu viennes… murmura Augustin qui n'avait pas bougé de place, spectateur habituel des emportements de sa sœur.

— Je m'en fiche pas mal de l'avis de Mamie ! s'écria Albertine, toujours blottie contre Emmanuel. Elle n'était pas là, quand il a essayé de tuer maman !

— Albertine ! gronda sa mère.

— Je ne veux pas y aller non plus ! marmonna Céleste.

Le silence les enveloppa. Emmanuel tenait Albertine d'une main tout en caressant les cheveux d'Augustin. Tanguy soupira et passa un bras autour des épaules de sa nièce aînée. Laure grimaça. Céleste serait probablement la plus touchée par la disparition de son père. Il lui avait fait croire qu'elle était la plus importante à ses yeux alors qu'il n'avait pas plus de sentiments pour elle que pour les autres. Laure croisa le regard d'Isabelle. Elle avait peur du scandale. Mais elle avait tout autant besoin du soutien d'Emmanuel.

— Pourrais-tu te libérer pour nous accompagner demain ? demanda-t-elle alors dans un souffle.

— Vous pouvez compter sur moi, vous le savez !

Dans ses bras, Albertine soupira et Augustin lui adressa un sourire triste.

Laure arriva avec Emmanuel, peu avant le début de la cérémonie. Les enfants étaient affreusement tendus. Tanguy et Isabelle se coulèrent à leurs côtés. Laure redressa les épaules.

Les retrouvailles avec ses beaux-parents furent pénibles. Jacques était effondré et avait pris dix ans. Moulée dans son tailleur noir, Bernadette n'avait jamais eu le regard aussi froid et la bouche si pincée. Elle les salua d'un ton sec et se détourna aussitôt. La musique s'éleva dans l'église et la foule entra pour prendre place.

Laure longea dignement l'allée centrale, entourée de ses enfants. Durant la courte cérémonie, ils refusèrent de verser la moindre larme alors que les gémissements de Bernadette étaient incessants.

À la fin de l'office, les amis et relations de sa belle-famille prirent la direction du cimetière. Après une ultime prière, le cercueil fut enseveli. Laure tenait fermement les doigts d'Albertine dans les siens. Isabelle s'était rapprochée de Céleste pour lui entourer les épaules. Augustin, en regardant les pleurs de sa grand-mère, ne put retenir les siennes plus longtemps et se jeta contre Emmanuel. Ce dernier le souleva dans ses bras pour le réconforter. Quand Bernadette le vit glisser ses mains autour du cou de l'associé de sa bru, une colère terrible s'empara d'elle. Elle se rua littéralement sur Laure, folle de rage.

— Comment osez-vous venir ici avec votre amant ? cracha-t-elle. Vous devriez avoir honte !

— Après les tortures qu'il m'a fait subir, je n'ai plus honte de rien, Bernadette ! répondit-elle sans baisser les yeux.

D'un seul regard, Isabelle et Emmanuel s'accordèrent pour éloigner les enfants et leur éviter d'entendre cet échange qui promettait d'être pénible. Tanguy se rapprocha de sa sœur.

— Tout ce que vous avez dit de Pierre-Alain est un tissu de mensonges ! Vous ne devriez pas être là ! cracha-t-elle.

— Je suis venue uniquement pour accompagner Céleste, Albertine et Augustin ! Je ne souhaite pas qu'ils haïssent leur père, comme je peux le faire !

— Vous ne le méritiez pas !

— Aucune femme ne méritait de supporter la tyrannie de votre fils ! Je ne veux plus jamais entendre son nom : ni maintenant ni jamais !

— Je vous interdis de parler de mon Pierre-Alain de cette manière !

— Vous ne m'empêcherez rien du tout, Bernadette ! continua Laure, le regard dur.

Elle se tenait droite devant celle qui ne l'avait jamais appréciée. Jacques s'approcha et prit sa défense.

— Ton comportement est inacceptable ! Venir nous narguer de la sorte devant nos amis est intolérable !

Laure était étrangement calme quand elle lui répondit :

— Je me fiche complètement ce que vous pensez de mon attitude, Jacques ! Je suis ici pour régler nos dettes !

— Quelles dettes ! s'emporta Bernadette.

— Vous avez toujours remédié aux agissements déplorables de votre fils pour ne pas contrarier votre épouse ! Je vous apporte donc sa dernière facture !

— Quelle facture ?

— Il a effectué un contrat avec des prêteurs qui sont venus me menacer jusque dans ma maison.

— Encore un tissu de mensonges ! siffla Bernadette, ironique.

— Vous avez jusqu'à Noël pour faire le nécessaire sinon, ils s'en prendront à Céleste !

— Jacques, tu ne vas pas la croire ! Elle invente n'importe quoi !

— Il m'a déjà tout volé, confia Laure en fixant le regard gêné de celui qui avait été son beau-père. Je n'ai pas les moyens de protéger votre petite fille. Je vous supplie de le faire !

— Il est hors de question de céder à ce chantage !

— Alors j'espère que vous dormirez sur vos deux oreilles quand Céleste finira dans un bordel dans un pays de l'Est ! cracha Laure en lui jetant brutalement une feuille en travers du ventre.

Bernadette suffoqua. Jacques entoura sa femme et prit le papier froissé où était noté le numéro de téléphone du commandant de la gendarmerie.

— Je m'en occuperai !

— Jacques ! coassa Bernadette, rouge de colère.

— Pierre-Alain m'en avait parlé. Il avait peur… continua-t-il, les épaules voûtées. Je ferai le nécessaire pour protéger Céleste !

— Merci Jacques ! Les gendarmes mènent une enquête et vont vous contacter rapidement.

— Je ne veux plus vous voir ici ! cracha Bernadette.

— Soyez tranquille, je n'ai plus de raison de revenir ! J'ai présenté une demande officielle pour transférer le corps de Charles auprès de mes parents. Je n'abandonnerai pas mon fils !

— Nous n'avons donc plus rien à nous dire !

Laure était épuisée. Elle venait d'effectuer une dernière étape avant sa libération. Elle n'aurait plus jamais de contact avec ses beaux-parents, elle ne retournerait plus dans cette région.

Tanguy lui proposa son bras pour la soutenir et sous les regards curieux, il la dirigea vers la grille du cimetière. Emmanuel l'attendait, portant toujours Augustin contre lui. Isabelle entraîna ses nièces vers la sortie. Laure attrapa la main d'Emmanuel et la serra de toutes ses forces.

— Ramène-moi à « Maison Haute » !

47

Laure tremblait de peur. Elle tenait le téléphone dans sa main si fort, que les jointures de ses doigts étaient blanches. Elle ignora le regard des hommes autour d'elle et se racla la gorge.

— J'ai réuni l'argent que vous m'aviez demandé ! annonça-t-elle dans un souffle.

— Bien. Je suppose que vous n'avez pas fait l'erreur de parler de notre accord à qui que ce soit ?

Laure leva les yeux vers la femme qui lui faisait face. Elle bougea la tête de gauche à droite en silence. Laure reprit, le cœur au bord des lèvres.

— Je viens d'enterrer mon mari. Mes enfants sont anéantis. Alors je vous prie de régler cet échange au plus vite ! Je souhaite tourner la page une bonne fois pour toutes et tous vous oublier, lui comme vous !

L'homme éclata de rire. Laure eut un frisson dans le dos.

— Je connais votre maison donc je vous propose…

— Vous ne remettrez jamais les pieds chez moi ! s'emporta Laure, à bout. Je vous l'interdis ! Nous ferons l'échange en dehors de ma propriété à l'endroit que je vous indiquerai !

— Vous prenez de l'assurance, petite madame !

— J'ai traversé l'enfer avec mon mari ! Je suis passée à deux doigts de la mort, alors je vous garantis que ma patience a atteint ses limites ! Vous souhaitez votre fric ? Moi je veux la paix ! Vous récupérez votre bien et vous disparaissez à jamais !

L'homme donna son accord du bout des lèvres et raccrocha. Laure, à bout de nerfs, se glissa sur une chaise et fondit en larmes. La femme, qui l'avait encouragée plus tôt, contourna le bureau et la réconforta.

— Vous avez dit exactement les mots qu'il espérait entendre. C'est très bien, Laure ! Nous sommes presque au bout de cette enquête. Ce n'est pas le moment de flancher !

Laure soupira et attrapa un mouchoir pour s'essuyer les yeux. Elle se demandait jusqu'où la déchéance de son mariage la mènerait. Le commandant avait pris ses révélations très au sérieux et avait sollicité des hommes plus qualifiés pour résoudre cette affaire. Au cas où la maison serait surveillée, tout comme les allées et venues de la famille, les gendarmes se gardèrent de tourner autour de Laure. Depuis deux jours, deux couples occupaient les chambres, se mêlaient aux autres clients, profitaient du parc, dégustaient les plats de Tom et protégeaient Laure et les siens.

Le choix de réaliser l'échange au pied du calvaire, qui signalait le début de la propriété, n'avait pas été fait sans réflexion. La vue était dégagée sur la vallée, l'accès se faisait depuis l'unique route de campagne et le bois tout proche permettait de dissimuler l'équipe de surveillance.

La tension était à son comble. Le couple ne devait rien montrer et conservait les activités courantes de l'établissement. Pourtant, Emmanuel était incroyablement silencieux et inquiet.

Sur la demande de Laure, Isabelle avait embarqué les enfants pour les éloigner de « Maison Haute ». Max avait proposé de les accueillir. Les petits étaient ravis d'aller chez lui pour profiter des deux chiens et des animaux en convalescence. Céleste avait refusé de la quitter, mais Laure ne lui avait pas laissé le choix. Elle avait besoin d'être seule pour mettre un terme à ce cauchemar.

— Mais si ça tourne mal ? avait-elle fondu en larmes.

— Ma chérie, je te promets qu'il ne m'arrivera rien ! Je n'ai pas survécu à ton père pour rien !

— Tu as peur ?

— Bien sûr que j'ai peur ! confia Laure en la gardant contre elle. Mais je vais le faire pour que nous puissions enfin trouver la paix.

Céleste pleura tout le long du trajet, sous le regard curieux d'Albertine et Augustin qui ne comprenaient rien à la situation. Quand ils arrivèrent, Max les attendait avec Jean-Baptiste. L'adolescente ne l'avait pas revu depuis des semaines et elle ne retrouva son souffle que lorsqu'il la serra dans ses bras. Isabelle tenta de faire preuve de son éternel entrain, mais le cœur n'y était pas. Elle était terrorisée pour sa sœur et n'allait pas respirer jusqu'au lendemain. Max lui effleura la main pour lui montrer son soutien et l'invita à rejoindre les enfants qui chahutaient déjà avec les chiens.

Laure tournait en rond. L'attente était interminable jusqu'à l'échange. Fanette ne tenait plus debout. Pour elle aussi, l'angoisse montait. Elle râlait sans desserrer les lèvres et cuisinait pour s'occuper. Ses pensées sombres la rendaient maladroite et elle se brûla deux fois. Laure finit par la renvoyer chez elle. Son anxiété la contaminait.

Le restaurant était complet ce soir. Tom était ravi de collaborer avec son patron après toutes ces semaines d'absence. Laure savait qu'Emmanuel avait besoin de travailler sinon l'attente allait le rendre fou lui aussi. Les serveurs allaient et venaient entre la cuisine et la salle dans un ballet incessant et rythmé. Personne n'avait la moindre idée de l'angoisse qui les torturait. Laure jeta un œil discret dans le grand salon et resta en retrait. Elle n'était pas prête à reprendre son poste. Ne le serait-elle jamais ? Elle ne voulait pas voir dans le regard des clients les questions, les condoléances, la pitié que sa situation finirait par inspirer. Elle continua son chemin.

Pour la première fois, elle se retrouva seule dans l'appartement qui avait été le théâtre de ses cauchemars. Elle n'en avait parlé à personne encore, mais les souvenirs entre ces murs étaient trop lourds à supporter. Elle pénétra dans sa chambre et la vision du lit la fit frémir. Tout comme l'armoire où il l'avait violemment projetée. Laure continua son chemin et aperçut son reflet dans le miroir, au-dessus du lavabo. À sa gauche, la baignoire où elle avait tant pleuré. Le souffle court, elle retourna dans le petit salon et se pencha à la fenêtre. La vue sur le parc éclairé la calma. Elle pensa à ses enfants. Isabelle lui avait envoyé quelques clichés sur son téléphone. Albertine jouait avec les chiens, Augustin s'empiffrait de crêpes au Nutella et Céleste ne quittait pas Jean-Baptiste des yeux. Laure était soulagée de les savoir en sécurité. Elle ne remercierait jamais assez Isabelle d'avoir tant pris soin d'eux.

En attendant la fin du service, Laure s'occupa de trier toutes les affaires de Pierre-Alain. Elle ne voulait plus rien qui lui rappelle sa présence ici. Elle débarrassa la penderie de ses costumes, ses chemises, ses chaussures hors de prix qu'elle jeta pêle-mêle dans des valises pour commencer, puis dans des sacs-poubelle. Elle nettoya ses tiroirs, ramassa ses livres, ses ceintures, les photos de ses parents, les gravures de champs de bataille qu'il avait accrochées au mur pour marquer son territoire, alors qu'elle les trouvait abominables. Elle réalisait son ménage méthodique dans le plus profond silcnce. Elle descendit un à un les sacs par l'escalier de service. Emmanuel était occupé sinon il l'aurait grondée de faire cette tâche dans son état et sans lui demander son aide. Mais elle en avait besoin. Elle avait besoin de le rayer de sa maison, de sa vie pour pouvoir le rayer de son esprit. Elle remonta pour un dernier tour, les jambes lourdes. Elle avait présumé de ses forces. Elle se servit un verre d'eau et se glissa sur un fauteuil. Son regard vola autour d'elle. Si elle ne voulait plus habiter dans cet appartement, qu'allait-elle en faire ? Tout se mélangeait dans sa tête. Elle se demandait chaque minute comment sa famille allait se reconstruire après un tel cataclysme. Laure soupira. Elle ne devait pas rester seule ici, à ruminer ses mauvais souvenirs. Elle posa son verre et claqua la porte.

Tout le monde était parti. Les clients. Les salariés. Le silence était pesant. Laure trouva Emmanuel dans sa cuisine qui terminait de nettoyer son poste de travail. Son regard était tourmenté. Il lui adressa un sourire tendu et continua sa tâche. Elle se glissa contre lui et passa ses bras autour de sa taille. Elle l'embrassa entre les omoplates et Emmanuel soupira. Il se retourna pour la serrer contre lui. Ils s'accrochèrent l'un à l'autre, silencieux et soucieux.

Main dans la main, ils firent le tour des pièces pour éteindre les lumières, fermer les portes, mettre la grille devant la cheminée en attendant que les dernières bûches se consument. Ils traversèrent le vestibule, montèrent l'escalier en pierre et longèrent le grand couloir jusqu'à la chambre d'Emmanuel.

Il se laissa tomber sur une chaise et soupira en se frottant les yeux. Il était à bout. Laure se glissa à cheval sur ses genoux et se colla tout contre lui pour l'enlacer. Les bras autour de ses épaules, le nez dans le creux de son cou, elle retrouvait son souffle.

— Je n'ai pas arrêté d'y penser toute la soirée ! Tu peux encore changer d'avis ! murmura-t-il, sombre, en lui caressant les cheveux.

— Tu sais très bien que je n'abandonnerai pas !

— Ne le fais pas, Laure ! ajouta-t-il, sa voix rauque montant d'un cran. Je t'en supplie !

Elle se redressa à peine et posa ses lèvres sur son oreille.

— Je n'ai plus rien à perdre.

— Je vais y aller à ta place !

— Non ! Non ! C'est à moi de régler cet échange pour protéger ma fille ! Après, je n'en parlerai plus jamais…

— Laure !

Emmanuel soupira et resserra son étreinte, une main sur sa nuque, l'autre sur ses reins. Il la retenait. Elle croisa son regard sombre et posa ses lèvres sur les siennes avec fièvre. La peur, l'attente, le besoin de se sentir vivant augmentèrent leur désir d'un cran. Il lui retira son pull et se troubla en constatant qu'elle ne portait rien dessous. Il embrassa son cou, ses doigts glissèrent lentement le long de son dos, leur peau se couvrit de frissons. Sa bouche descendit jusqu'à ses seins et ils s'enflammèrent. Ils enlevèrent leurs vêtements, les gestes désordonnés par l'urgence de se toucher, et firent l'amour comme si c'était la première et la dernière fois. Le souffle court, les lèvres avides, ils s'aimèrent sans se quitter des yeux un seul instant.

Emmanuel la garda étroitement contre lui, Laure ne le lâchait plus. La crainte du lendemain les tint éveillés jusqu'au petit matin.

La grande maison était particulièrement silencieuse. L'aube dispensait une faible lumière blanchâtre sur le parc et rendait l'atmosphère austère. Ils étaient assis côte à côte dans la cuisine. Laure buvait un thé à petites gorgées, l'estomac noué. Emmanuel terminait sa seconde tasse de café et avait du mal à dissimuler son angoisse. Il voulait l'accompagner, mais à son regard fermé, il se garda d'insister. Le couple de gendarmes les salua, leurs sacs de voyage à la main, et ils quittèrent la maison. Ils prenaient de l'avance pour aller s'installer sur le lieu de l'échange. Le souffle d'Emmanuel fila. Les épaules de Laure se contractèrent un peu plus. Elle se leva et posa sa tasse dans l'évier, elle ne pouvait rien avaler. L'officier qui menait l'opération se présenta, suivi de Jacques. Laure sursauta.

— Jacques ? Mais que faites-vous là ?

— J'ai apporté l'argent pour la transaction.

— Mais ce n'est pas ce qui était convenu ! Le commandant ne m'a pas averti de votre présence !

— Ce n'est pas le moment ! intervint le gendarme

— Vous avez traversé la France avec une valise pleine de billets ? Mais vous êtes devenu fou !

— Nous devons partir, madame.

Laure soupira. Elle serra les lèvres et évita de regarder les deux hommes. Elle se dirigea vers Emmanuel et se glissa dans ses bras.

— Tu es certaine de ton choix ? Tu peux encore…

— Tout ira bien ! coupa-t-elle pour s'en persuader elle-même.

Elle s'écarta de celui qui la portait depuis des mois et

aperçut le visage crispé de son beau-père. Elle se fichait éperdument de ce qu'il pouvait penser. Elle monta dans la voiture de Jacques, encadré par les gendarmes en civil. Son cœur battait à un rythme effréné et elle tendit ses jambes pour arrêter leur tremblement. Elle regardait le paysage défiler derrière la vitre. Le ciel était bas, chargé de nuages, la campagne gelée en ce matin d'hiver était lugubre. La nature montrait le parfait décor pour noircir sa situation. Un poids lui alourdissait l'estomac et elle avait du mal à respirer. Verrait-elle « Maison Haute » se réveiller au printemps ? Prendrait-elle encore ses enfants dans ses bras ? Sentirait-elle à nouveau les mains d'Emmanuel sur son corps ? Son cœur et son esprit trouveraient-ils la paix après ce que son mari lui avait fait endurer ?

Les toits de la ferme de Tanguy se dressèrent non loin de la route. Laure pensa à son frère et s'étonna de son silence depuis la veille. Il devait passer tout son temps à ruminer ses soucis. Si elle s'en sortait après cet échange, elle passerait chez lui pour s'assurer qu'il allait bien.

Jacques se gara sur le bord de la chaussée et libéra les deux gendarmes, qui se cachèrent en lisière de bois pour surveiller le point de rencontre. Il avança de quelques mètres et coupa le moteur. Laure, gênée de se trouver avec lui, sortit aussitôt prendre l'air. Elle se posta au pied de la grande croix du calvaire et attendit. Elle était parfaitement immobile, un creux dans l'estomac. Jacques finit par la rejoindre et abandonna entre eux le sac de voyage rempli de billets de banque.

— Je sais que tu n'es pas ravie de me voir, mais je n'allais pas te laisser seule.

Laure garda le silence, les yeux braqués sur la route. Elle resserra son manteau et évita la conversation.

— Laure, je voulais te dire que je regrette que votre mariage se soit terminé ainsi. Si mon fils avait été plus présent avec toi, comme je l'avais encouragé, tu n'aurais pas cédé aux avances de ton associé…

— Pardon ? s'écria-t-elle, interloquée.

— Bernadette et moi, nous étions certains qu'à partir du moment où tu travaillerais, ta famille en souffrirait. Une femme ne peut pas se consacrer à son couple si elle…

— Ne me dites pas, Jacques, que vous me tenez pour responsable de la déchéance de votre fils ? demanda-t-elle, ébahie.

— Pierre-Alain était fragile, tu le savais et tu as préféré te réfugier dans les bras de ce cuisinier !

— Il était agressif, manipulateur et il m'a torturée pendant des mois !

— Laure, je t'en prie ! Il m'a avoué les quelques gifles qu'il t'a données sous le coup de la colère. Je ne cautionne pas son geste, crois-moi. Mais on s'en remet !

— On s'en remet ?

— Pourquoi as-tu été raconter ce tissu de mensonges auprès des autorités ? Il ne l'a pas supporté !

Laure était figée. Elle entendait le bruit du sang qui fouettait à ses oreilles et l'expression « voir rouge » prit tout son sens. Elle avait la bouche sèche et le cœur qui battait la chamade. Elle trembla. Elle ne vit pas au loin la voiture sombre qui avançait doucement sur la route sinueuse. Elle était uniquement portée par une rage sourde qui montait à travers ses entrailles. Les gendarmes, à couvert, se crispèrent et firent la mise au point sur leurs jumelles. Le commandant avait les yeux braqués sur Laure et fronça les sourcils. Il la voyait écouter son beau-père, le corps tendu et le visage rouge de colère.

— De quoi parlent-ils ? demanda son collègue, surpris par leur comportement.

Ils observèrent le courroux envahir peu à peu celle qui se trouvait au centre de cette affaire. La voiture progressait, mais Laure était tournée vers Jacques, prête à lui sauter à la gorge.

— Vous avez toujours minimisé ses crises ! Vous préfériez fermer les yeux sur ses délires plutôt que de supporter les jérémiades de Bernadette !

— Mais enfin, c'est faux !

— Votre fils a perdu la tête à la mort de Charles ! Et vous n'avez jamais rien fait pour me défendre !

— Si nous n'avions pas été là pour te faire soigner…

— Vous ne m'avez jamais soutenue ! hurla-t-elle. Jamais ! Bernadette s'est octroyé Céleste comme si elle était sa propre fille ! Si papa n'était pas intervenu, vous m'auriez laissée croupir dans cet hôpital ! Rappelez-moi, Jacques, le bon docteur Villeroy n'était-il pas un de vos amis proches, à l'époque ?

— Laure, tu étais dépressive et Bernadette pensait que…

— Cette chère Bernadette ! soupira Laure ironique, sans se calmer. Elle a toujours manœuvré pour ne pas perdre sa place ! Elle l'a entraîné dans son délire au lieu de le faire réagir !

— Tu ne peux pas le tenir pour unique responsable de l'échec de votre mariage !

— Vous saviez qu'il avait profité de mon placement pour magouiller l'achat de notre appartement sous son propre nom, avec l'argent de mon père ? Vous saviez aussi qu'il a vendu tous nos biens, il y a deux ans, pour éponger une partie de ses dettes ?

Laure voulait le blesser dans sa fierté. Elle explosa de rage en lisant la confirmation sur le visage de son beau-père.

— Vous connaissiez la vérité ! Et vous avez choisi de vous

taire ? De quoi aviez-vous peur, Jacques ? Peur du scandale ? Peur de vous conduire comme un homme et d'arrêter ses élucubrations ? Peur de contrarier votre chère épouse si vous m'accordiez un peu d'attention ? Vous avez préféré fermer les yeux alors que vous saviez dans quelle détresse sa femme et ses enfants vivaient ? Mais quel individu êtes-vous ?

— Je n'ai pas refusé de t'aider quand tu m'as demandé cet argent !

— Ce n'est pas moi qui passais mes soirées à jouer et à trafiquer : c'est votre fils ! Ce n'est pas moi qui ai mis Céleste en danger : c'est votre fils ! Votre fils, que vous avez toujours surprotégé, au lieu de le placer face à ses responsabilités !

La voiture sombre se gara derrière eux, mais Laure était lancée et rien ne l'arrêtait plus. Le commandant s'inquiéta. Les jumelles étroitement vissées devant ses yeux, il surveillait la scène.

— Elle va tout faire échouer !

Le vieux ouvrit sa portière, mais resta à l'intérieur de l'habitacle. Il était surpris par la totale ignorance de Laure. Il donna un signe bref à un de ses hommes, qui comprit le message. D'un bond, il empoigna Jacques et l'écarta d'elle.

— Qui est-ce ? demanda-t-il, le regard fermé. Je vous avais conseillé de venir seul !

Laure ne se calma pas pour autant. Ses mouvements étaient décousus. Elle hurla contre tous ceux qui l'entouraient. La rage avait fait disparaître la peur. Tout ce qu'elle avait gardé au plus profond de sa chair se déversa comme un torrent qui brise un barrage. Plus rien ne pouvait l'interrompre. Elle bouscula Jacques, attrapa le sac posé à ses pieds d'un geste virulent et le lança sur les genoux du vieux. Personne ne lui avait manqué de respect à ce point et il tiqua. Le garde à ses côtés fit mine d'arrêter Laure qui se tenait devant la portière, mais elle ne se laissa pas faire et poursuivit son monologue tout proche de l'hystérie.

— J'en ai assez de supporter la toute-puissance des hommes tels que vous tous ! J'en ai assez de devoir plier pour ne pas me faire massacrer ! C'est terminé ! Vous m'entendez tous, c'est fini ! Ne me touchez pas ! jura-t-elle en repoussant sèchement la main de la sentinelle, sans quitter les yeux du vieux.

— Ma p'tite…

— Je ne suis pas votre petite ! Je ne suis la petite, la fille, la femme de personne, vous comprenez ? Vous vouliez récupérer votre argent : vous l'avez ! Alors, foutez-moi la paix ! Et passez votre chemin ! Allez faire vos manigances loin de chez moi ! Je ne vous dois plus rien !

— Vous avez du cran ! admit-il, tandis que son sbire lui retirait le sac des genoux pour vérifier les billets.

Il confirma d'un léger signe de tête et le vieux fixa Laure dans les yeux. Ses pupilles étaient claires comme de l'eau et son regard était glaçant. La colère de Laure n'était pas redescendue, ses narines se dilataient et elle cherchait son souffle. Elle était prête à mordre quiconque s'approcherait d'elle.

— Nous n'avons plus rien à faire ici !

Le garde la repoussa brutalement et grimpa dans la voiture au moment où elle démarrait sur les chapeaux de roue.

Laure respira enfin. L'adrénaline qui l'avait portée jusque-là se retira de ses veines et elle tangua. Jacques chercha à la soutenir, mais elle le chassa.

— Vous ne valez pas mieux que ces hommes !

— Laure…

— Je ne veux plus vous entendre ! Je veux que vous quittiez ma propriété sur le champ !

Son beau-père rentra les épaules. Les dérives de son fils, sa mort, ses dettes et ce dernier épisode finirent de l'achever. Il tenait à peine debout. Ses cheveux blancs tombaient sur son front et son regard délavé faisait pitié. Laure remarqua à quel point ces événements l'avaient fragilisé. Il avait tout perdu. Il releva les yeux et se frotta les mains sur son pantalon. D'une voix faible, il raconta :

— Quand Pierre-Alain nous a annoncé qu'il avait une fiancée, j'ai été infiniment heureux. Je pensais que tu réussirais à l'éloigner de ses sombres penchants. Bernadette était si fière que tu viennes d'une bonne famille. Tout le monde était content.

Laure grimaça, écœurée par le son de sa voix. Elle se détourna de lui.

— Je n'ai pas voulu voir ni entendre ta souffrance. Je refusais de l'affronter. J'avais peur.

— Et ma peur à moi, Jacques, y avez-vous songé ? Il m'a battue, il m'a fouettée avec sa ceinture, il m'a violée ! jura Laure, ravagée.

Jacques avait les larmes aux yeux. Il tomba sur les genoux et se bouchait les oreilles pour ne plus écouter les révélations sordides de sa belle-fille.

— Pardon ! Je te demande pardon !

— Partez ! Allez retrouver votre femme et oubliez-moi ! De mon côté, je vous promets que je vais m'employer à le faire !

Jacques posa une main au sol et se releva maladroitement. Les épaules rentrées, il avança d'une démarche incertaine jusqu'à sa voiture. Il se tourna une dernière fois et lança :

— C'est ton père qui est venu demander mon soutien pour te faire sortir de la clinique où tu étais internée. Malgré le drame, il n'a jamais douté de toi. Tu as traversé les pires détresses et tu luttes pour protéger tes enfants. Tu es une femme remarquable, Laure, et il avait raison d'être fier de toi. Moi, mon fils unique ne m'aura apporté que du déshonneur !

Laure resta immobile sur le bord de la route. La voiture de son beau-père s'éloigna et elle l'ignora. Le silence était partout. Elle secoua la tête et ferma les yeux un instant pour lutter contre un vertige. Épuisée, elle s'affaissa contre la pierre qui soutenait la croix. Ses jambes tremblaient. Elle leva son regard vers le ciel, son corps se relâchait peu à peu de toutes les tensions accumulées. Elle n'arrivait pas à croire que toute l'affaire était terminée. Elle se redressa et vit, au loin, un homme venir à pied sur la route. Laure plissa les yeux. Un fou rire nerveux la gagna. Elle voulut aller à sa rencontre, mais ses jambes ne la portaient plus. Trop d'émotion avait raison de ses forces et elle s'écroula. Emmanuel courait maintenant, le visage tendu. Il s'immobilisa devant elle à bout de souffle. Quand elle lui sourit, il se baissa pour la serrer tout contre lui et respira à nouveau.

Elle tremblait. Il la souleva dans ses bras et elle s'accrocha à ses épaules.

— Le commandant m'a prévenu que tout était terminé ! Les prêteurs sont tombés dans le piège qu'ils leur ont tendu à cinq kilomètres d'ici ! C'est un véritable succès !

— C'est fini ?

— Tu es libre, ma chérie ! Tu es libre !

— C'est vraiment fini ? répéta-t-elle dans un sanglot.

— Je te le promets ! Il l'embrassa tendrement et le rythme de son cœur se tranquillisa. Allons vite rassurer tes enfants !

Ils ignorèrent les sirènes au loin et se sourirent. Emmanuel aida Laure à se tenir debout et lentement, ils reprirent le chemin vers la maison.

48

Le petit cimetière au pied de l'église était calme et lumineux en ce jour de février. La campagne était immaculée par la neige tombée toute la nuit. Laure repoussa de sa main gantée le tapis blanc sur la stèle de la famille d'Anglois. Ici, ses parents, ses grands-parents reposaient, et maintenant son fils. Elle réajusta la composition de pensées qui résistaient encore, malgré le froid, et se tourna vers le nom nouvellement gravé sur la pierre.

— Mon petit Charles ! murmura-t-elle dans un sourire paisible.

Un voile de vapeur sortit de sa bouche quand elle se confia à ses défunts.

— Nous partons dans quatre jours. Les travaux du dernier restaurant vont enfin débuter et nous allons vivre tous ensemble à Londres, pendant quelques mois. Nous en avons tant besoin pour nous reconstruire. Les enfants acceptent doucement ma relation avec Emmanuel. Je pense qu'il t'aurait plu, papa !

Des bruits de pas qui craquaient dans la neige la firent se retourner. Emmanuel lui adressa un sourire chargé de tendresse et lui caressa doucement les cheveux quand il arriva à sa hauteur.

— Tout va bien ? s'inquiéta-t-il.

— Oui !

Avoir ramené la dépouille de son fils auprès des siens lui apportait une immense paix. Elle glissa son bras autour de la taille d'Emmanuel et se blottit contre lui. Son regard débordait d'affection pour cet homme qui avait su l'apprivoiser peu à peu. Ils avaient traversé tant d'épreuves ces derniers mois qu'ils étaient secoués. Secoués, mais ensemble.

Il l'embrassa et lui proposa de rentrer. Laure lui assura qu'elle le rejoignait, le temps de saluer ses disparus. Elle se tourna vers la tombe et confia son fils à ses parents.

— Tout ira bien maintenant, je le sens !

Elle parcourut le cimetière et ferma le portail en fer qui grinça sur ses gonds. Les enfants étaient installés au chaud dans la voiture et Emmanuel l'attendait patiemment devant sa portière. Elle coupa la rue déserte et le rejoignit sans quitter son regard. Il lui adressa le plus doux des sourires, son cœur se gonfla et son ventre papillonna. Arrivée à sa hauteur, elle se dressa sur la pointe des pieds et murmura à son oreille :

— Je t'aime tant, Emmanuel !

— Moi aussi, mon amour, et depuis tellement longtemps !

Il la serra étroitement contre lui et respira une fois encore le parfum sur sa peau en fermant les yeux. Albertine frappa à la vitre pour les interpeller. Elle l'abaissa et grommela :

— Si on ne rentre pas tout de suite, je vais vraiment mourir de faim ! Je vous préviens !

Laure soupira et s'écarta d'Emmanuel en souriant. Sa fille, malgré le drame, gardait la même joie de vivre et toute la famille en avait tant besoin.

À peine arrivés devant la maison, les enfants jaillirent de la voiture et se chamaillèrent en riant. Ils couraient dans le parc, suivis par le couple. Laure les enveloppa d'un regard débordant de tendresse. Ils étaient son roc. Elle s'était battue pour eux et pour leur bonheur. Et ils l'avaient sauvée. Albertine lança une boule de neige à sa sœur et s'accrocha vite à sa mère pour se protéger des représailles. Laure, la gorge serrée, passa un bras tendre autour d'elle et lui embrassa les cheveux. Elle inspira calmement et ferma les yeux quelques secondes pour profiter de ce moment de grâce. Sa fille repartit courir de plus belle et elle se gorgea de leurs rires tout autour d'elle.

— Je meurs littéralement de faim ! grimaça Albertine en s'écroulant à leurs pieds.

— Littéralement ou théâtralement ? reprit Céleste.

— C'est une excellente nouvelle ! Je crois être tout à fait apte à régler ce problème ! dit Emmanuel.

Laure les laissa entrer au chaud et fit une pause sur la terrasse. Elle regarda tout autour d'elle. Alors qu'elle était au plus bas, son frère et sa sœur lui avaient confié la lourde tâche de maintenir « Maison Haute ». Elle s'en croyait pourtant incapable à l'époque. Elle soupira. Malgré les traumatismes qu'elle avait traversés, elle était encore debout et plus forte que jamais.

— Je te cherchais ! s'écria Emmanuel. Les petits débattent sur le film qu'on leur a promis d'aller voir au cinéma. Tu vas bien ?

— Très bien ! confia-t-elle. Ses yeux brillaient. Elle se sentait en paix.

— Tu m'épouseras un jour ?

Elle tourna la tête de gauche à droite, mais son sourire était lumineux. Il l'embrassa, complice, et retourna dans la maison. Elle se tourna vers le parc magnifique sous la neige, composé de buis taillés et de graminées givrées. Elle soupira de contentement et pivota quand il l'appela de nouveau. Il se tenait contre la porte et s'exclama en croisant son regard, confiant :

— J'ai bon espoir que tu finiras par accepter ma demande !

Il lui adressa un clin d'œil et s'éloigna en riant. Laure

resplendissait. Elle n'en doutait pas un instant.

Elle avait supporté le pire et dorénavant, elle était prête à vivre le meilleur. Elle respirait tous les jours avec profondeur, pleinement consciente d'être en sécurité et libre. Elle se soignait grâce à la psychologue qui la suivait. Elle avait tant souffert des sévices de son mari qu'elle ne réalisait pas encore sa nouvelle indépendance et de nombreux cauchemars la réveillaient encore au milieu de la nuit. Elle travaillait sur elle-même pour s'élever au-dessus de toutes les souffrances qu'il lui avait fait endurer.

Une main légère s'agrippa à son coude et elle croisa le regard bleu de sa fille aînée. Ses longs cheveux blonds s'échappaient de son bonnet en laine et ses joues étaient rougies par la fraîcheur. Son sourire était timide. Laure glissa son bras autour des hanches de Céleste et l'attira contre elle. Elles s'observèrent, complices.

Elle s'était promis d'être un roc sur lequel ses enfants pourraient s'appuyer. Les semaines qui avaient suivi la mort de Pierre-Alain avaient été particulièrement difficiles pour son aînée qui était partagée par des sentiments contraires. Bernadette avait tenu à garder ses distances depuis l'enterrement et ne souhaitait pas maintenir de liens avec les enfants de sa belle-fille. Ce choix avait anéanti Céleste qui, autrefois, était si proche d'elle. Laure l'avait soutenue avec une patience infinie. Et cette difficile période de deuil, étonnamment, les avait soudées.

Laure se demandait toujours si elle avait pris les bonnes décisions. Si elle avait été plus courageuse ? Si elle était partie plus tôt ? Si elle avait confié sa douleur aux siens au lieu de tout endurer en silence ? Si elle avait su stopper la dégringolade de Pierre-Alain dans la folie ? Sa famille serait-elle moins dévastée à présent ? Emmanuel l'écoutait sans relâche. Personne n'aurait jamais de réponse à ses questions. Chacun réagissait selon sa situation et elle n'avait pas à rougir de la sienne.

Elle passa son bras autour des épaules de Céleste, qui lui embrassa la joue en souriant. Elles croisèrent leurs regards confiants et entrèrent dans la chaleur de la maison, pour rejoindre Albertine et Augustin qui chahutaient avec Emmanuel.

Les gendarmes poursuivirent l'enquête autour des prêteurs. Catherine ne ménagea pas ses efforts pour défendre son dossier et Laure ne serait pas sollicitée pour le procès. Jacques tint sa promesse. Pour une fois, il passa outre l'avis de Bernadette et, dans un dernier geste de repentir, il abandonna à Laure la rançon qui avait servi à protéger Céleste.

Laure avait besoin de mener tous ses projets pour se sentir vivante. Elle avait besoin de partir pour mieux revenir. « Maison Haute » avait été le théâtre de toutes ses souffrances, mais également de sa renaissance.

FIN du 1er tome

2e tome

Tanguy

**

1

L'avion en provenance de Québec se posa sur la piste de l'aéroport de Roissy Charles de Gaulle à 8 h 40. Les traits tirés par la fatigue et les nerfs à fleur de peau, Tanguy jeta son sac sur son épaule, le regard sombre sur la vague de voyageurs qui empruntaient, tout comme lui, la direction des lignes de RER pour rejoindre la gare de Bercy. Autour de lui, des couples en vacances, des hommes et des femmes d'affaires déjà pendus à leurs téléphones, des enfants ensommeillés par la nuit passée dans le cockpit, des individus pressés, des individus perdus, des individus distraits, des joyeux et des pincés.

Tanguy avançait, l'esprit fermé. Il se sentait parachuté dans un autre monde. Plus d'espace ni de grandes étendues verdoyantes pour respirer. À la place, la foule, la grisaille, l'odeur aigre et la chaleur suffocante lui donnaient la nausée.

Il fut l'un des premiers à sortir de la rame de métro et se faufila dans les longs couloirs. Son regard glissa sur une affiche publicitaire représentant la campagne et en lisant le slogan « Avec la Nièvre, changez d'air ! », un sourire ironique se posa sur son visage crispé. La Nièvre ! Il l'avait quittée depuis dix ans avec la ferme intention de ne plus jamais y revenir. Et pourtant, il était de retour aujourd'hui et n'était pas convaincu du bien-fondé de sa présence.

Il acheta un billet de train pour Nevers et suivit un groupe de personnes âgées jusqu'au quai. Il était à peine monté que les portes du wagon se fermèrent derrière lui dans un bruit sec, comme pour lui rappeler qu'il ne pouvait plus faire marche arrière. Il se laissa tomber sur le premier fauteuil libre et se massa les paupières. Il ne voulait penser à rien et empêcha son esprit de s'emballer. Pourtant un poids lui vrillait l'estomac et il regrettait d'avoir promis à ses sœurs de rentrer.

Isabelle, sa cadette, lui avait téléphoné l'avant-veille pour lui apprendre la disparition brutale de leurs parents dans un accident de voiture et le supplier de revenir en France pour l'enterrement. Il avait commencé par refuser, mais elle avait longuement insisté, lui rappelant combien sa fuite leur pesait à elle, mais aussi à Laure, leur aînée.

— Nous ne t'avons jamais rien demandé ! s'était-elle écriée avant qu'il ne se dérobe. Mais ne nous laisse pas toutes seules dans ces moments-là ! Nous avons besoin de toi !

Tanguy avait alors promis du bout des lèvres. Il avait réglé son départ en quelques heures, et avait sauté dans le premier avion.

Remerciements

Merci à mes deux fidèles bêta-lectrices, Aude et Perrine. Merci à vous deux de m'avoir encouragée à réécrire l'histoire de « Maison Haute » que je vous avais confiée, il y a bien longtemps.

Merci, Eva (@eva.collin.et.les.livres), d'avoir réalisé l'analyse et la correction de cette fiction. Vos conseils et votre bienveillance sont un grand soutien pour moi.

L'écriture est une passion dévorante. Je te remercie, Jo, de constamment m'aider à poursuivre cette formidable aventure.

Merci à vous tous, chers lecteurs et lectrices ! Merci de me confier votre plaisir à lire mes histoires. Vos encouragements me portent.

L'aventure continue.

Je vous confie l'histoire de cette famille touchante, malmenée, et si fière de ses origines terriennes. Laure, Tanguy et Isabelle ont tant de choses à vous révéler…

Vous venez de lire un livre auto-édité et votre rôle est particulièrement important pour la suite de cette aventure.

Si vous avez aimé le premier volet des terres de « Maison

Haute », n'hésitez pas à en parler autour de vous et à me laisser un avis sur Amazon.fr, sur Babelio et sur les réseaux.

Merci pour ce geste qui sera la seule et la meilleure publicité dont pourra bénéficier cette saga.

Si vous voulez me contacter, et recevoir les informations de mes prochaines sorties de roman, n'hésitez pas à vous abonner à ma newsletter sur mon site internet : mariedewavrin.com

Vous pouvez aussi me solliciter ici ou là.

Facebook : Marie Dewavrin auteure

Instagram : Marie Dewavrin auteure

Je vous répondrai avec plaisir !

Je vous donne rendez-vous très vite !

Couverture : Marie Dewavrin
Dépôt légal : novembre 2024
ISBN 978-2-9592340-3-3

Printed by Amazon Italia Logistica S.r.l.
Torrazza Piemonte (TO), Italy

74767276R00267